James Salter est né en 1925. En 1945, il sort de West Point, et entre dans l'US Air Force comme pilote. En 1956, il publie son premier roman et démissionne de l'armée pour se consacrer à l'écriture. Son troisième roman, *Un sport et un passe-temps*, lui vaut une réputation internationale. Suivent *Un bonheur parfait*, *L'Homme des hautes solitudes* et *American Express* (prix Faulkner 1988). Le prix PEN Center USA a été décerné à son autobiographie, *Une vie à brûler*, en 1998. James Salter est considéré comme un styliste de premier plan. Sa prose « rare et éblouissante » (John Irving) rappelle celle de Nabokov.

DU MÊME AUTEUR

L'Homme des hautes solitudes
Denoël, 1981
Éditions des Deux-terres, 2003
et « Petite Bibliothèque de l'Olivier », n° 64

American Express
prix Faulkner 1988
Éditions de l'Olivier, 1995
et « Petite Bibliothèque américaine », n° 10, 1997
et « Points », n° P2450

Un sport et un passe-temps
Éditions de l'Olivier, 1995
« Petite Bibliothèque américaine », n° 11
et « Points Signatures », n° P2022

Une vie à brûler
prix PEN Center USA, 1998
Éditions de l'Olivier, 1999
et « Petite Bibliothèque américaine », n° 31

Cassada
Éditions de l'Olivier, 2000
et « Petite Bibliothèque de l'Olivier », n° 52

Bangkok
Éditions des Deux-Terres, 2003
et « Petite Bibliothèque de l'Olivier », n° 65

James Salter

UN BONHEUR PARFAIT

ROMAN

Traduit de l'anglais (États-Unis)
par Lisa Rosenbaum et Anne Rabinovitch

Éditions de l'Olivier

TEXTE INTÉGRAL

TITRE ORIGINAL
Light Years

ÉDITEUR ORIGINAL
Random House, Inc. N.Y.
© James Salter, 1975

ISBN 978-2-7578-1100-9
(ISBN 2-87929-022-8, 1re publication)

© Éditions de l'Olivier, 1997, pour la traduction française

I

1

Nous filons sur le fleuve noir, aux bas-fonds lisses telle la pierre. Pas un bateau, pas un canot, pas le moindre éclat blanc. La surface se craquelle, traversée par le vent. L'estuaire est vaste, infini, les eaux saumâtres, bleuies par le froid. Le flot se trouble. Les oiseaux de mer planent, et tournoient avant de disparaître. Rêve du passé, franchi en un éclair. Après les hauts-fonds, l'eau s'éclaircit, moins profonde, sur notre passage : barques tirées au sec pour l'hiver, embarcadères déserts. Ailés comme les mouettes, nous nous élançons dans les airs, faisons volte-face.

Une journée aussi blanche que le papier. Les fenêtres glacées. La carrière déserte, la mine d'argent, inondée. L'Hudson est très large à cet endroit, immobile. Un pays obscur où demeurent les esturgeons et les carpes. À l'automne, il étincelle, peuplé de myriades d'aloses. De longs cortèges d'oies le survolent, tels des triangles mouvants. La marée remonte de l'océan.

Les Indiens cherchaient une rivière « qui coule dans les deux sens ». Ils l'ont trouvée ici. L'enclave d'eau salée s'enfonce sur quatre-vingts kilomètres à l'intérieur des terres, parfois jusqu'à Poughkeepsie. Il y avait d'énormes bancs d'huîtres, des phoques dans le port, et dans la forêt, un gibier inépuisable. La grande entaille glaciaire avec ses baies nuptiales, ses anses riches en céleri et en riz sauvage, ce fleuve majestueux. Tels des

9

signes de ponctuation, les oiseaux le traversent en droite ligne. Ils semblent approcher lentement, puis accélérer, partant comme des flèches. Le ciel est incolore. L'impression qu'il va pleuvoir.

Toute cette région était hollandaise. Puis, comme tant d'autres, elle devint anglaise. Le fleuve est un reflet. Il porte seulement le silence, le froid étincelant. Les arbres sont nus. Les anguilles dorment. Le chenal est assez profond pour laisser passer des paquebots qui, s'ils le voulaient, pourraient venir surprendre les villes de l'intérieur. Dans les marais, il y a des tortues de mer, des crabes, des hérons, des mouettes bonaparte. Les égouts de la ville se déversent un peu plus haut. La rivière est sale, mais elle se purifie. Les poissons engourdis dérivent avec la marée.

Sur les berges se dressent des maisons de pierre d'un autre âge et des maisons de bois nues, exposées à tous les vents. Certaines propriétés sont les vestiges des vastes concessions d'autrefois. Près de l'eau, une grande bâtisse victorienne en brique peinte en blanc dominée par des arbres, un jardin clos et une serre délabrée, au toit bordé de fer forgé. Une maison près de la rivière, trop basse pour recevoir le soleil de l'après-midi, mais inondée de la lumière du matin à l'est. Midi est son heure de gloire. Il y a des taches aux endroits où la peinture a noirci ou pelé. Les allées de gravier s'effacent, des oiseaux ont fait leurs nids dans les remises.

Nous avons fait le tour du jardin, croquant les petites pommes âpres. Les arbres, secs et noueux. La cuisine était éclairée.

Une voiture remonte l'allée. Elle vient de la ville. Le conducteur entre dans la maison, le temps d'apprendre la nouvelle : le poney s'est enfui.

Il est furieux. « Où est-il ? Qui a oublié de remettre le loquet ?

– Je n'en sais vraiment rien, Viri. »

10

Dans une pièce remplie de plantes vertes, une sorte de solarium, il y a un lézard, un serpent brun et une tortue assoupie. Trop haute, la marche du seuil l'empêche de sortir. La tortue sommeille sur le gravier, les pattes repliées. Elle a de longues griffes ivoire incurvées. Le serpent dort, le lézard aussi.

Le col de son pardessus relevé, Viri gravit la côte d'un pas lourd.

« Ursula ! » crie-t-il. Il siffle.

La nuit est tombée. L'herbe est sèche ; elle craque sous ses pieds. Pas un rayon de soleil n'a brillé aujourd'hui. Appelant le poney, il se dirige vers les limites de la propriété : la route, les champs alentour. Partout, le silence. Il se met à pleuvoir. Il voit le chien borgne d'un voisin, une sorte de chien esquimau, au museau gris. Condamné depuis si longtemps, l'œil est complètement fermé, scellé, couvert de poils, comme s'il n'avait jamais existé.

« Ursula !

– Elle est là », lui annonce sa femme à son retour.

Calme et sombre, Ursula est debout près de la porte de la cuisine. Elle mange une pomme. Il lui effleure les lèvres. Elle lui mordille le poignet. Elle a des yeux noirs et brillants, de longs cils entremêlés de femme ivre. Sa robe est soyeuse, son haleine très douce.

« Ursula », dit-il.

L'animal tourne légèrement les oreilles, puis oublie.

« Où étais-tu ? Qui a ouvert ta stalle ? »

Elle ne s'intéresse pas à lui.

« Aurais-tu appris à le faire toi-même ? »

Il lui caresse une oreille : elle est chaude, solide comme une chaussure. Il ramène Ursula dans la remise dont la porte est entrebâillée. À l'extérieur de la cuisine, il tape des pieds pour faire tomber la terre de ses souliers.

Toutes les chambres sont éclairées : une vaste maison

illuminée. Des mouches mortes de la taille d'un haricot gisent derrière les rideaux de velours, le papier peint se décolle dans les coins, les vitres des fenêtres sont déformantes. Ils vivent dans une volière, un rayon de miel. Les toits sont en ardoise épaisse, les chambres ressemblent à des magasins. Aucun bruit ne s'échappe de cette demeure ; dans l'obscurité, elle ressemble à un vaisseau. Mais à l'intérieur, quand on tend l'oreille, on entend toutes sortes de sons : de l'eau qui s'écoule, un murmure de voix, le lent et régulier travail du bois.

Il plonge paisiblement dans la baignoire entre les murs tachés de la salle de bains principale, au milieu des éponges, des savonnettes couleur thé, des livres, des exemplaires de *Vogue* gondolés par l'humidité. L'eau couvre ses genoux, le pénètre jusqu'aux os. Le sol est recouvert de moquette, on peut voir un panier rempli de pierres lisses, un verre vide d'un bleu profond.

« Papa, appellent-elles derrière la porte.

– Oui. » Il est en train de lire le *Times*.

« Où était Ursula ?

– Ursula ?

– Où… ?

– Je ne sais pas, répond-il. Partie se balader… »

Elles attendent la suite. Leur père est un conteur, une source d'émerveillement. Elles prêtent l'oreille, guettent le moindre bruit, espérant que la porte va s'ouvrir.

« Mais où était-elle ?

– Elle avait les pattes mouillées, annonce-t-il.

– Les pattes ?

– Je pense qu'elle est allée nager.

– Oh ! papa, c'est pas vrai.

– Elle voulait attraper les oignons qui poussent au fond du fleuve.

– Il n'y a pas d'oignons à cet endroit.

– Mais si.

12

« – Vraiment ?

– C'est là qu'on les trouve. »

De l'autre côté de la porte, elles commentent cette découverte. C'est vrai, décident-elles. Elles attendent, accroupies comme des mendiantes.

« Papa, dépêche-toi de sortir, disent-elles. Nous voulons te parler. »

Il pose le journal et plonge une dernière fois dans la douce chaleur du bain.

« Papa ?

– Oui.

– Tu sors ? »

Ursula les fascine. Les effraie aussi. Quand elle émet un bruit inattendu, elles sont prêtes à s'enfuir. Ursula se tient dans sa stalle, patiente, silencieuse, capable de brouter, de manger pendant des heures. Sa bouche est nimbée de poils fins ; ses dents souillées de taches marron.

« Leurs dents s'allongent sans arrêt, leur avait dit le vendeur, un ivrogne aux vêtements déchirés. Et puis elles s'usent.

– Que se passera-t-il si elle ne mange pas ?

– Comment ?

– Qu'arrivera-t-il à ses dents ?

– Veillez à ce qu'elle mange », avait-il dit.

Les filles la regardent souvent ; elles écoutent le bruit de ses mâchoires. Cette bête mythique, odorante dans l'obscurité, est plus grande qu'elles, plus forte, plus maligne. Elles désirent ardemment s'en approcher, gagner son amour.

2

C'était l'automne 1958. Leurs enfants avaient sept et cinq ans. La lumière inondait le fleuve ardoise. Une lumière douce, paresse divine. Au loin, le nouveau pont brillait avec assurance, comme une phrase qui, dans une lettre, vous interpelle.

Nedra travaillait à la cuisine. Elle avait retiré ses bagues. Grande, l'air préoccupé, la nuque dégagée. Quand elle s'interrompait pour lire une recette, son air appliqué, docile, la rendait saisissante. Elle portait son bracelet-montre et ses plus belles chaussures. Sous son tablier, elle était habillée pour la soirée. Ils avaient des invités pour le dîner.

Elle avait coupé les tiges des fleurs étalées sur la paillasse en bois et commencé à les disposer dans un vase. Devant elle, il y avait des ciseaux, des boîtes de fromage très plates, des couteaux français. Ses épaules embaumaient.

Je vais vous décrire sa vie à partir de l'intérieur, et sa maison aussi, les pièces où se concentrait la vie, les chambres baignées de soleil le matin, au plancher garni de tapis orientaux abricot, rouge et ocre hérités de sa belle-mère, qui semblaient absorber la lumière, malgré l'usure, retenir la chaleur ; livres, fleurs séchées, coussins dans les tons de Matisse, objets étincelants d'authenticité dont beaucoup, s'ils avaient appartenu à un peuple ancien, auraient été placés dans les tombes pour une autre vie : dés en cristal, morceaux de corne de cerf, perles d'ambre, boîtes, sculptures, boules de bois, magazines contenant des photos de femmes auxquelles Nedra se comparait.

Qui nettoie cette grande maison ? Qui récure les planchers ? Elle fait tout, et rien. Vêtue de son pull couleur d'avoine, toute mince, ses longs cheveux noués ; le feu crépite derrière elle. Ce qui l'intéresse vraiment, c'est le cœur de la vie : les repas, le linge, les habits. Le reste n'a pas d'importance et finit toujours par s'arranger. Elle a une large bouche d'actrice, excitante, lumineuse. Des taches noires aux aisselles, l'haleine mentholée. Elle est dépensière. Elle achète sur un coup de tête, va chez *Bendel* comme elle irait chez un ami, décroche cinq ou six robes et entre dans une cabine d'essayage sans prendre la peine de bien fermer le rideau. On l'entrevoit en train de se déshabiller – bras minces, corps svelte, slip bikini. Oui, elle frotte les planchers et rassemble les vêtements sales. Elle a vingt-huit ans. Ses rêves lui collent encore à la peau comme une parure ; elle est pleine d'assurance, elle respire la sérénité, elle appartient à la famille des bêtes à long cou, des ruminants, des saints oubliés. Elle est réservée, d'un abord difficile. Elle cache sa vie. C'est à travers la fumée et la conversation de nombreux dîners qu'on la voit : des dîners à la campagne, au *Russian Tea-Room*, au *Café Chauveron* avec les clients de Viri, au *St. Regis*, au *Minotaure*.

Les invités venaient de la ville en voiture. Peter Daro et sa femme.

« À quelle heure doivent-ils arriver ?

– Vers sept heures, dit Viri.

– As-tu débouché le vin ?

– Pas encore. »

Le robinet de l'évier coulait, elle avait les mains mouillées.

« Tiens, prends ce plateau, dit-elle. Les filles veulent manger devant le feu. Raconte-leur une histoire. »

Elle resta un moment à surveiller ses préparatifs, consulta sa montre.

Les Daro arrivèrent à la nuit. Les portières de leur voiture claquèrent faiblement. Quelques instants plus tard, ils apparurent à la porte d'entrée, rayonnants.

« Tiens, voici un petit cadeau, dit Peter.

– Viri, Peter a apporté du vin.

– Donnez-moi vos manteaux. »

La nuit était froide. Dans les pièces, une impression d'automne.

« La route est superbe ! dit Peter en lissant ses vêtements. J'adore venir ici. Dès qu'on a traversé le pont, on est au milieu des arbres, dans l'obscurité, la ville a disparu.

– C'est presque un paysage primitif, ajouta Catherine.

– Et on est en route pour la belle maison des Berland. »

Il sourit. Quelle assurance, quelle réussite se lisent sur le visage d'un homme de trente ans !

« Vous êtes très beaux, tous les deux, leur dit Viri.

– Catherine adore cette maison.

– Moi aussi », fit Nedra en souriant.

Un soir de novembre, immémorial, limpide. De la truite fumée, du mouton, une salade d'endives, une bouteille de margaux ouverte sur la desserte. Le dîner était servi sous une lithographie de Chagall : la sirène au-dessus de la baie de Nice. La signature était probablement fausse, mais comme Peter l'avait dit un jour, quelle importance ? Elle était aussi belle que celle de Chagall, peut-être même davantage, avec juste ce qu'il fallait de désinvolture. Et l'affiche était après tout un exemplaire parmi des milliers d'autres – cet ange flottant dans la nuit – la plupart ne portaient d'ailleurs aucune signature, vraie ou fausse.

« Vous aimez la truite ? demanda Nedra, le plat à la main.

– Je ne sais ce que je préfère : les pêcher ou les manger.

– Tu sais vraiment les pêcher ?

– C'est ce que je me suis parfois demandé », répondit Peter. Il se servit généreusement. « J'ai pêché partout, vous savez. Le pêcheur de truites est un type tout à fait particulier, solitaire, revêche. C'est vraiment délicieux, Nedra. »

Il commençait à perdre ses cheveux ; il avait une figure lisse et ronde d'héritier, ou de cadre de banque dans le secteur gestion de patrimoine. En fait, il passait ses journées debout, à tirer des Gauloises d'un paquet tout froissé. Il avait une galerie d'art.

« C'est comme ça que j'ai conquis Catherine, dit-il. Je l'ai emmenée à la pêche. Ou plutôt, elle est venue lire ; elle est restée assise sur la berge avec un livre pendant que je pêchais la truite. Vous ai-je jamais raconté l'histoire de ma pêche en Angleterre ? Je suis allé au bord d'une petite rivière, la perfection même. Ce n'était pas le Test, ce célèbre cours d'eau protégé pendant de si nombreuses années par un certain Lunn. Un vieil homme fantastique, typiquement anglais. Il existe une merveilleuse photo de lui où on le voit choisir des insectes avec une paire de pinces très fines. Ce gars est une légende. Moi, j'étais près d'une auberge, l'une des plus vieilles d'Angleterre, appelée *The Old Bell*. J'arrive à cet endroit absolument superbe et j'aperçois deux hommes assis sur la rive. Ils n'étaient pas trop contents d'avoir de la compagnie, mais, étant anglais, ils ont bien entendu fait semblant de ne pas me voir.

– Peter, excuse-moi de t'interrompre, dit Nedra. Reprends un peu de truite. »

Il se servit.

« Je leur demande : "Comment ça va ? – Il fait un temps magnifique, répond l'un d'eux. – Je voulais parler de la pêche." Long silence. Finalement, l'un d'eux répond : "Il y a une truite ici." Un autre silence. "Là-bas, près de ce rocher, précise-t-il. – Ah oui ? je fais. – Je l'ai vue il y a environ une heure." Nouveau silence. "Une bestiole énorme."

– Et alors, tu l'as attrapée ? demanda Nedra.

– Penses-tu ! C'était une truite qu'ils connaissaient. Tu sais comment ils sont. Tu es allée en Angleterre.

– Je ne suis jamais allée nulle part.

– Pas possible !

– Mais j'ai absolument *tout* fait, dit-elle. Et ça, c'est plus important. » Elle lui sourit par-dessus son verre. « Oh, Viri, ce vin est délicieux.

– Il est bon, n'est-ce pas ? Vous savez, c'est étonnant, mais il y a quelques petits magasins où l'on peut trouver d'assez bons vins à des prix raisonnables.

– Où as-tu acheté celui-ci ? demanda Peter.

– Eh bien, tu connais la 56e Rue ?

– Près de Carnegie Hall.

– C'est ça.

– Au coin.

– Ils ont quelques très bons vins.

– Oui, je sais. Comment s'appelle le vendeur, déjà ? Un certain employé…

– Oui, un chauve.

– Non seulement il s'y connaît en vins, mais il en connaît aussi la poésie.

– Il est fantastique. Il s'appelle Jack.

– C'est ça, acquiesça Peter. Un type sympa.

– Viri, raconte cette conversation que tu as entendue, dit Nedra.

– Ce n'était pas chez lui.

– Je sais.

– Mais dans une librairie.

– Allez, raconte, Viri, insista-t-elle.

– Il s'agit simplement de quelques phrases que j'ai entendues par hasard, expliqua-t-il. Je cherchais un livre, et il y avait deux autres clients dans le magasin. L'un a dit à l'autre – Viri se mit à zézayer, une imitation parfaite : "Sartre avait raison, tu sais. – Ah oui ? Viri imita l'autre. À quel sujet ? – Genet est un saint, dit le premier. Un véritable *saint*." »

Nedra rit. Elle avait un rire chaud et nu.

« Tu racontes ça si bien, dit-elle.

– Mais non, protesta-t-il mollement.

– Tu le fais à la perfection », insista-t-elle.

Les dîners à la campagne, la table encombrée de verres, de fleurs, de nourriture à volonté, qui se terminent dans la fumée de cigarettes, un sentiment de bien-être. Des dîners d'une grande lenteur. La conversation ne tarit jamais. Ce couple mène une vie spéciale, pleine d'abnégation, ils préfèrent passer du temps avec leurs enfants, ils n'ont que quelques amis.

« Vous savez, j'ai quelques drogues dans la vie, commença Peter.

– Comme quoi ? demanda Nedra.

– Les biographies de peintres, par exemple. J'adore en lire. » Peter réfléchit un moment : « Et puis, les femmes qui boivent.

– Vraiment ?

– Les Irlandaises. Je les aime beaucoup.

– Elles boivent ?

– Quelle question ! Tous les Irlandais boivent. Avec Catherine, j'ai assisté à des dîners où de grandes dames irlandaises piquaient du nez dans leur assiette, ivres mortes.

– Tu rigoles !

– Les majordomes ne leur prêtent même pas attention, poursuivit Peter. L'ivrognerie est considérée comme leur péché mignon. La comtesse de… De quoi déjà, chérie ? Celle avec laquelle nous avons eu tant de problèmes – ivre morte à dix heures du matin. Une dame plutôt foncée, d'une couleur suspecte. Pas mal d'entre elles sont comme ça.

– Que veux-tu dire ? Foncée de peau ?

– Noire.

– Comment ça ? s'étonna Nedra.

– Eh bien, comme dirait l'un de mes amis, c'est parce que le comte a une grosse bite.

– Tu en sais des choses sur l'Irlande !

– J'aimerais vivre dans ce pays », déclara Peter.

Un moment de silence.

« Qu'est-ce que tu aimes par-dessus tout ? demanda-t-elle.

– Par-dessus tout ? Tu veux vraiment le savoir ? Pour moi, une journée de pêche vaut plus que n'importe quoi d'autre.

– Je déteste me lever si tôt, dit Nedra.

– Ce n'est pas nécessaire.

– Ah ? Je croyais…

– Je t'assure que non. »

Ils avaient bu tout le vin. L'intérieur des bouteilles avait la couleur des nefs de cathédrales.

« On est obligé de mettre des bottes et le reste.

– Seulement pour pêcher la truite.

– Et elles se remplissent toujours d'eau, c'est pour ça que les gens se noient.

– Parfois, admit-il. Tu ne sais pas ce que tu rates. »

Comme si elle n'écoutait pas, elle porta la main à sa nuque, dénoua ses cheveux et les fit ruisseler sur son dos.

« J'ai un merveilleux shampooing, annonça-t-elle. Il est suédois. Je l'achète chez *Bonwit Teller*. Il est vraiment fantastique. »

Elle ressentait les effets du vin, de la lumière tamisée.

Son travail à elle était terminé. Elle laissait à Viri le soin de servir le café et le Grand Marnier.

Ils étaient assis sur les canapés, près de la cheminée. Nedra s'approcha de l'électrophone.

« Écoutez ça, dit-elle. Je vous dirai quand ça commence. »

C'était un disque de chansons grecques. « C'est la prochaine », indiqua-t-elle. Ils attendirent. La musique passionnée, plaintive, déferla. « Écoutez. Cette chanson parle d'une jeune fille que son père veut obliger à épouser un de ses charmants prétendants… »

Elle ondula des hanches. Elle sourit. Elle ôta ses chaussures et s'assit, les jambes ramenées sous elle.

« … mais elle refuse. Elle veut se marier avec l'ivrogne du village parce qu'il lui fera chaque nuit merveilleusement l'amour. »

Peter la regardait. À certains moments, elle semblait tout révéler d'elle-même. Elle avait une fossette au menton, nette et ronde comme l'impact d'une petite balle. Une marque d'intelligence, de nudité qu'elle portait comme un bijou. Il essaya d'imaginer les scènes qui se déroulaient dans cette maison, mais le rire de Nedra l'en empêchait. Elle le laissa dégringoler comme un vêtement abandonné derrière elle, des bas ou un peignoir de bain sur la plage.

Assis sur les coussins douillets, ils restèrent à bavarder jusqu'à minuit. Nedra buvait beaucoup, tendant son verre pour le faire remplir. Elle avait une conversation en aparté avec Peter, donnant l'impression qu'ils étaient particulièrement intimes, qu'elle le comprenait parfaitement. Ici, toutes les chambres et toutes les portes lui appartenaient, ainsi que les cuillères, les tissus, le plancher. C'était son domaine, le sérail où elle pouvait se promener les jambes découvertes, dormir les bras nus, les cheveux épars. Quand elle leur dit bonne nuit, son visage paraissait déjà lavé, prêt pour le repos. Le vin lui avait donné sommeil.

« La prochaine fois que tu te maries, tu devrais choisir une femme comme elle, remarqua Catherine alors qu'elle rentrait à la maison avec son mari.

– Que veux-tu dire ?

– Ne t'affole pas. Tu aimerais vivre comme ça, c'est clair.

– Ne dis pas de bêtises.

– D'ailleurs, je pense que tu devrais le faire.

– C'est une femme très généreuse, c'est tout.

– Généreuse ?

– Oui, dans le sens de riche, abondante.

– C'est la femme la plus égoïste du monde. »

3

C'était un Juif, infiniment élégant et romantique, un soupçon de lassitude émanait de ses traits intelligents que tout le monde lui enviait. Il avait les cheveux secs et des vêtements curieusement râpés, c'est-à-dire pas très soignés : bouton manquant, bord d'un poignet taché. Son haleine n'était pas très agréable, comme celle d'un oncle qui a perdu la santé. Il était petit. Il avait les mains douces et aucun sens de l'argent, ou presque. Dans ce domaine, c'était un albinos, un phénomène. Un Juif sans argent est comme un chien édenté. En avoir était une nécessité, il le savait, mais c'était un événement passager, comme la pluie. Il était dénué de tout instinct de possession.

Ses amis s'appelaient Arnaud, Peter, Larry Vern. Chaque amitié est différente. Arnaud était son ami le plus intime, Peter, le plus ancien.

Il resta devant le comptoir à promener son regard sur les rouleaux de tissus colorés.

« Avons-nous déjà fait des chemises pour vous ? demanda une voix assurée, empreinte d'une immense sagesse.

— Vous êtes monsieur… ?

— Conrad.

— M. Daro m'a donné votre nom, dit Viri.

— Comment va-t-il ?

— Il vous a chaudement recommandé. »

Le commerçant inclina la tête. Il adressa à Viri un sourire confraternel.

Trois heures de l'après-midi. Les tables de restaurant se sont vidées, le jour commence à décliner. À part quelques femmes qui flânent parmi les étalages à l'autre bout du magasin, tout est tranquille. Conrad avait un léger accent, difficile à identifier de prime abord. Celui-ci semblait moins étranger qu'un peu spécial – le signe d'une éducation irréprochable. L'accent viennois, en fait. Il recelait une profonde sagesse, celle d'un homme qui savait être discret, mangeait d'une façon raisonnable, voire frugale, tout seul, et lisait le journal une page après l'autre. Conrad avait des ongles soignés et le menton bien rasé.

« M. Daro est quelqu'un de très attachant, dit-il en prenant le pardessus de Viri et en l'accrochant soigneusement à côté du miroir. Il a une caractéristique peu commune. Il fait dix-sept pouces et demi de tour de cou.

– C'est beaucoup ?

– Au-dessus des épaules, il pourrait facilement passer pour un boxeur professionnel.

– Il a le nez beaucoup trop fin pour ça.

– Au-dessus des épaules et au-dessous du menton », précisa Conrad.

Il prenait les mesures de Viri avec le soin et la délicatesse d'une femme, la longueur de chaque bras, le tour de poitrine, de taille, des poignets. Il inscrivait chaque chiffre sur une grande carte imprimée qui, comme il l'expliqua, existerait à jamais. « J'ai connu certains de mes clients avant guerre, dit-il. Ils continuent à venir chez moi. Les mardis et les jeudis ; ce sont les seuls jours où je suis là. »

Il posa son catalogue d'échantillons sur le comptoir, l'ouvrit comme on déplie une serviette de table. « Feuilletez ça, dit-il. Ce n'est pas absolument complet, mais tous nos meilleurs tissus y figurent. »

Les pages étaient couvertes de carrés d'étoffe jaune citron, magenta, cacao, gris. Il y avait des rayures, des batiks, des cotons égyptiens si fins qu'on aurait pu lire à travers.

« Celui-là est beau. Non, ça ne convient pas tout à fait, décida Conrad.

– Que pensez-vous de celui-ci ? demanda Viri, en tâtant un carré de tissu. Ou serait-ce trop voyant, toute une chemise faite dans cette matière ?

– En tout cas, ce serait mieux que la moitié d'une chemise. Non, sérieusement… » Conrad réfléchit. « Ce serait fabuleux.

– Ou celui-ci.

– Je vous connais seulement depuis quelques minutes, mais je vois déjà que vous avez des goûts et des opinions très arrêtés. Cela ne fait aucun doute. »

Ils étaient comme deux vieux amis ; une grande complicité s'était établie entre eux. Conrad avait les rides d'un veuf, d'un homme qui a chèrement payé son savoir. Sa façon d'être était respectueuse, mais pleine d'assurance.

« Essayez ces cols, dit-il. Je vais vous faire des chemises sublimes. »

Viri se tint devant la glace, s'examinant avec divers cols : longs, pointus, arrondis.

« Pas mal, celui-là.

– Pas assez haut pour vous, objecta Conrad. J'espère que vous ne m'en voulez pas de vous dire ça ?

– Pas du tout. Il y a une chose, toutefois, avec laquelle je ne suis pas d'accord, dit Viri en changeant de col. Les manches. J'ai vu que vous aviez écrit trente-trois pouces. »

Conrad consulta sa carte.

« En effet. Mon mètre est infaillible.

– Je les aime moins longues.

– Mais ce n'est pas long, ça ! Trente-quatre pouces, je ne dis pas…

– Et trente-deux ?

– Impossible. Ce serait peut-être drôle, mais qu'est-ce qui vous pousse vers le grotesque ?

– J'aime voir le bout de mes doigts.

– Monsieur Berland…

– Trente-trois, c'est trop long, croyez-moi.

Conrad retourna son crayon.

« Je suis en train de commettre un crime, dit-il en corrigeant d'un demi-pouce.

– Elles ne seront pas trop courtes, je vous assure. Je n'aime pas les manches longues.

– Monsieur Berland, une chemise… non, inutile que j'explique ça à quelqu'un comme vous.

– Évidemment.

– Une chemise mal faite, c'est comme une jolie fille célibataire qui tombe enceinte. Ce n'est pas la fin du monde, mais c'est ennuyeux.

– Et que ferez-vous pour la poche ? Je les aime assez profondes. »

Conrad prit un air peiné.

« Une poche ? dit-il. Quel besoin avez-vous d'une chose pareille ? Ça gâche une chemise.

– Pas complètement tout de même ?

– Quand une chemise a déjà des manches trop courtes et que vous lui ajoutez encore une poche…

– La poche n'est pas vraiment sur le haut des manches. Je la vois plutôt entre les deux.

– Que voulez-vous que je vous dise ? Pour quelle raison vous en faut-il une ?

– Pour y mettre mon crayon, répondit Viri.

– Mais non, pas là, voyons ! Eh bien, ça, c'est un très joli col, vous ne trouvez pas ?

– Pas trop haut derrière ? »

Viri tournait la tête de côté pour mieux se voir.

« Non, je ne pense pas, mais si vous voulez, nous pouvons l'abaisser un peu… d'un quart de pouce, disons.

– Je ne voudrais pas être trop exigeant.

– Non, pas du tout, lui assura Conrad. Je vais juste noter cette modification… » Pendant qu'il parlait, il écrivait. « Tout est dans les détails. J'ai eu des clients… Par exemple, un membre d'une famille célèbre de cette ville, une personnalité du monde politique. Il avait deux passions : les chiens et les montres. Il les collectionnait. Tous les jours, il notait l'heure exacte à laquelle il se couchait et se levait. On lui faisait le poignet gauche un demi-pouce plus large que le droit, pour ses montres-bracelets, évidemment. Il portait surtout des Vacheron Constantin. En fait, un quart de pouce aurait suffi. Sa femme, par ailleurs une sainte, l'appelait Toutou. Sur son monogramme, on voyait le profil d'un schnauzer. J'ai eu d'autres clients – je ne citerai pas leurs noms –, des clients du type Lepke-Buchalter. Vous savez qui c'était ?

– Oui.

– Des gangsters. Eh bien, vous savez, les criminels ont souvent adopté le genre chic, mais il faut reconnaître que ces hommes étaient de merveilleux clients.

– Ils dépensaient beaucoup ?

– Oh, l'argent… il n'y avait pas que ça. » Conrad fit un large geste. « L'argent n'entrait pas en ligne de compte. Ils étaient si contents d'avoir quelqu'un qui fasse attention à eux, qui essaye de les habiller avec élégance. Excusez-moi, mais vous, que faites-vous dans la vie ?

– Moi ?

– Oui.

– Je suis architecte. » Cela semblait un peu fade comparé aux rois du crime.

« Architecte, répéta Conrad. Il se tut un instant,

comme pour digérer cette idée. Avez-vous construit des immeubles dans ce quartier ?

– Non, pas ici.

– Êtes-vous un bon architecte ? Me montrerez-vous l'une de vos œuvres ?

– Cela dépendra de la qualité de vos chemises, Conrad. »

Le fabricant émit un petit soupir, signe d'approbation et de compréhension.

« Sur ce point, je n'ai aucun doute. Cela fait trente, non, trente et un ans que j'exerce ce métier. J'ai confectionné quelques très belles chemises, j'en ai raté d'autres, mais dans l'ensemble, j'ai appris à maîtriser mon art. Je peux me dire, Conrad, tu n'as pas eu, hélas ! une très bonne instruction, tes finances ne sont pas bien brillantes, mais ce qui est sûr et certain, c'est que tu es un expert en chemises. Je connais mon métier sous toutes les coutures, si j'ose dire. Bon, quels sont les jours où l'on me trouve au magasin ?

– Les mardis et les jeudis.

– Simple vérification », expliqua Conrad.

Ils choisirent un tissu dont le motifs évoquait des plumes, vert foncé, noires et permanganate, un autre couleur daim, et un troisième bleu militaire.

« Vous ne trouvez pas ce bleu trop bleu ?

– Un bleu ne peut pas être trop bleu, assura Conrad. Combien en faisons-nous ?

– Une de chaque.

– Trois chemises ?

– Vous êtes déçu.

– La seule chose qui me décevrait serait qu'elles ne deviennent pas vos vêtements préférés », dit Conrad, d'un ton légèrement résigné.

– Je vais vous envoyer beaucoup de clients.

– J'en suis sûr.

– Je vais vous donner tout de suite le nom de l'un

d'entre eux. J'ignore quand il viendra, mais ce sera certainement bientôt.

– Un mardi ou un jeudi, rappela Conrad.

– Évidemment. Il s'appelle Arnaud Roth.

– Roth, dit Conrad.

– Arnaud.

– Dites-lui que je serai ravi de faire sa connaissance.

– Mais vous vous souviendrez de son nom ?

– Voyons ! » protesta Conrad.

On aurait dit un malade à la fin d'une trop longue visite ; il semblait un peu fatigué.

« Vous le trouverez très amusant, dit Viri.

– Je n'en doute pas.

– Quand mes chemises seront-elles prêtes ? demanda Viri en remettant son pardessus.

– Dans quatre ou six semaines, monsieur.

– Cela prendra si longtemps ?

– Quand vous les verrez, vous vous demanderez comment on a pu les confectionner aussi vite. »

Viri sourit. « Je suis très heureux de vous avoir rencontré, monsieur Conrad, dit-il.

– Tout le plaisir était pour moi. »

L'avenue était noire de monde, le soleil brillait encore ; les premiers banlieusards, bien habillés, allaient déjà reprendre leur train. Alors qu'il marchait dans la foule, le tumulte de la circulation frappa agréablement son oreille. À cet instant, il sut ce que tous ces gens cherchaient. Il comprit la ville, les rues bondées, le soleil automnal qui étincelait sur les fenêtres telle une lame de couteau, les hommes d'affaires qui sortaient de la porte à tambour du *Sherry-Netherland*, le parc balayé par le vent.

Dans une cabine téléphonique, il composa un numéro familier.

« Allô, fit une voix languide.

– Arnaud…

– Oh, salut, Viri.

– Écoute, quel jour sommes-nous ? Mardi. Jeudi prochain, je voudrais que tu rencontres quelqu'un. Tu m'en seras reconnaissant toute ta vie.

– Où es-tu ? Dans un bordel ?

– C'est quoi déjà l'histoire des douze Justes dont l'existence est indispensable au monde ?

– Rappelle-moi la chute.

– Non, il s'agit d'une histoire à la Cholem Aleichem. Ces douze Justes – tu dois la connaître. Ils sont dispersés sur toute la surface de la terre. Personne ne sait qui ils sont, mais quand l'un d'eux meurt, il est aussitôt remplacé. Sans eux, la civilisation s'effondrerait, nous croulerions dans le chaos, le crime, la désillusion totale.

– C'est probablement ce qui s'est passé. Nous devons en être réduits à quatre ou cinq.

– J'en ai rencontré un.

– Ah ! c'est donc ça.

– Il s'appelle Conrad.

– Conrad ? Tu plaisantes. C'est un escroc.

– Il s'agit d'un autre Conrad. Il faut que tu fasses sa connaissance.

– La dernière fois que tu m'as dit ça, tu sais ce qui s'est passé ?

– J'essaie de me le rappeler.

– J'ai fini par investir cinq cents dollars dans un film.

– Ah oui, je m'en souviens.

– Et ce Conrad, que va-t-il faire pour moi ? »

Viri contemplait la circulation dont le bruit lui parvenait faiblement, faisant vibrer le métal sous ses pieds. Son regard suivait les voitures flamboyantes.

« Des chemises. »

4

L'hiver est là. Le froid vif. La neige crisse sous les pas avec un bruit soyeux, mélancolique. La maison est entourée de blanc. De longues heures de sommeil, l'air glacé. Le sommeil le plus délicieux – la mort est-elle aussi tiède, aussi facile ? Il est à peine réveillé ; il émerge un instant aux premières lueurs du jour, comme animé par un instinct enfoui, oublié. Ses yeux s'entrouvrent, tels ceux d'un animal. Brièvement, il glisse hors de ses rêves, il voit le ciel, la lumière ; rien ne bouge, on n'entend pas un bruit. La dernière heure, les enfants endormis, le poney silencieux dans sa stalle.

Le fleuve était gelé. Ils l'apprirent par téléphone.

« Vraiment gelé ?

– Oui, lui assura-t-on. Les gens patinent dessus.

– Eh bien, nous irons voir. »

En bas, au-delà du pont, de vastes pans de glace s'étendaient le long des berges, des gens étaient déjà dehors, les hommes en pardessus, les femmes emmitouflées. Ils patinaient sous un soleil éblouissant, l'écharpe autour du cou, s'interpellant, les chevilles des jeunes enfants souples comme du papier. Au loin, dans le chenal, le fleuve avait la teinte grise de la glace éclatée. Un vent soufflait, si froid qu'il brûlait le bout des doigts. La petite unijambiste était là. À trois ans, elle souffrait d'un cancer, on avait dû l'amputer. Avant, elle était invisible. Une fois, sur ses béquilles, elle s'était mise à briller ;

elle longeait très lentement le trottoir, ou bien restait assise dans la voiture, incapable de descendre, le visage de profil, figée. Elle s'appelait Monica. Elle avait deux frères, de toutes petites dents, ne souriait jamais. C'était la martyre d'une famille désespérée ; ils s'en voulaient de se montrer impatients avec elle. Ils habitaient une maison très laide, couleur d'engelures. De la brique flanquée de quelques buissons dénudés. Malgré le froid mordant, son père la tirait sur la glace dans une sorte de coque en aluminium. L'enfant avait l'air grave, elle était silencieuse, ses mains gantées agrippaient le bord de la luge.

« Salut, Monica ! » crièrent-ils. Ils patinaient autour d'elle en agitant la main. Elle semblait ne voir personne ; elle restait parfaitement immobile, comme une femme qui a vécu trop longtemps.

« Accroche-toi ! lui crièrent-ils. Accroche-toi bien ! »

Son père était tête nue. Viri ne le connaissait que de vue. Il travaillait dans une compagnie d'assurances, se rendait tous les jours en ville en voiture.

« Accroche-toi, Moni ! » dit-il à sa fille. Il décrivit un grand arc de cercle. La coque commença à virer, penchée sur le côté.

« Cramponne-toi ! » recommandèrent les autres.

L'air était traversé de voix, de cris, du raclement des patins. Personne ne se souvenait d'être allé aussi loin ; une glace épaisse s'étendait sur près d'un kilomètre à partir des berges. Des gens avaient allumé des feux ; ils s'y chauffaient, perchés sur leurs patins. Quelques chiens essayaient de courir sur la glace.

Nedra ne les avait pas accompagnés. Elle était à la cuisine. Un feu brûlait dans la cheminée. Elle avait versé du lait tiède dans un plat et le chiot le lapait à petits coups de langue maladroits, la gueule pleine d'éclaboussures blanches. Brun roux, comme un renard, le ventre blanc, il était incroyablement pataud.

« C'est bon, n'est-ce pas ? » dit-elle. Elle toucha son doux pelage tandis qu'il continuait à boire sous sa main. « Hadji, dit-elle. Un jour, tu seras un grand garçon. Et tu aboieras beaucoup. »

Viri revint du patinage en se frottant les mains. À quelques pas derrière lui, dans l'entrée, les filles étaient leurs manteaux.

« Je lui ai trouvé un nom.

– Bien. Comment s'appelle-t-il ?

– Hadji, répondit-elle.

– Hadji.

– Tu ne trouves pas que ça lui va bien ?

– Oui. Qu'est-ce que ça veut dire ?

– Pourquoi cela voudrait-il dire quelque chose ? »

Hadji léchait son plat, le faisant cliqueter sur le sol.

« Nous avons vu cette petite fille qui n'a qu'une jambe.

– Monica.

– Oui.

– Quelle triste histoire…

– Je ne peux pas la regarder. Ça me démoralise.

– Il faisait un froid de loup. »

En début d'après-midi, ils burent du chocolat et mangèrent des poires. La lumière avait changé. Le soleil s'était caché derrière des nuages ; le jour avait perdu sa source. Viri se lança avec les filles dans un jeu arabe dont les pièces étaient des haricots. À la fin, il les laissa gagner.

« Il reste du chocolat ? demanda-t-il.

– Je vais en refaire », répondit Nedra.

À la surface du fleuve, les mouettes semblaient marcher sur l'eau. On ne distinguait pas la glace. Leurs reflets étaient sombres ; on voyait les lignes noires de leurs pattes. Et, dans la pièce, un berceau de musique, un plateau avec trois tasses, des morceaux de sucre blanc dans un bol, beaucoup de livres.

Leur vie est mystérieuse. Pareille à une forêt. De loin, elle semble posséder une unité, on peut l'embrasser du regard, la décrire, mais, de près, elle commence à se diviser en fragments d'ombre et de lumière, sa densité vous aveugle. À l'intérieur, il n'y a pas de forme, juste une prodigieuse quantité de détails disséminés : sons exotiques, flaques de soleil, feuillage, arbres tombés, petits animaux qui s'enfuient au craquement d'un rameau, insectes, silence, fleurs.

Et toute cette texture solidaire, entremêlée, est une illusion. En réalité, il existe deux sortes de vie, selon la formule de Viri : celle que les gens croient que vous menez, et l'autre. Et c'est l'autre qui pose des problèmes, et que nous désirons ardemment voir.

« Ici, Hadji ! » ordonne-t-il.

Le chien possède déjà la connaissance, le courage, l'amour, il le regarde, l'œil vif, mais ne comprend pas.

« Ici ! » répète Viri. Il attrape l'animal. Hadji ne s'aplatit pas ; il se soumet.

« Tu es donc un chien de bouvier ? Où est ta queue ? Qu'en as-tu fait ? Tu ne sais même pas ce que c'est, hein ? Tu crois peut-être que c'est une ficelle qui pendouille derrière une vache. Écoute-moi bien, Hadji. La première chose dont nous devons parler, c'est l'hygiène. Nos toilettes à nous sont dans la maison, les tiennes, dehors. Les arbres…

– Il ne saurait quoi faire d'un arbre, Viri.

– Ah bon, tu ne saurais pas ? Alors l'herbe, pour commencer. Ensuite, tu passeras aux petits rochers, au coin de la maison, aux marches d'escalier, et enfin… enfin à un arbre. Tu deviendras un énorme chien, Hadji. Tu vivras avec nous. Nous t'emmènerons au bord du fleuve. À la mer. Ouille, que tes dents sont pointues ! »

Il dormit dans une corbeille de fruits, sur le dos, comme un ours. Un matin, grosse excitation. Franca fut la première à le remarquer. « Son oreille s'est dressée ! Son oreille s'est dressée ! » cria-t-elle.

Ils se précipitèrent tous vers le chien qui resta assis, inconscient de son triomphe. Mais, dans l'après-midi, l'oreille retomba.

Il devint intelligent et fort, il reconnaissait leurs voix. Il était stoïque et rusé. Dans son œil sombre, on pouvait voir une génération d'animaux – chevaux, souris, vaches, daims. La famille l'appelait « Face-de-grenouille ». Il se couchait par terre, les pattes de derrière étendues, et les observait, le museau posé sur celles de devant.

5

La vie, c'est le temps qu'il fait, les repas. Des déjeuners sur une nappe à carreaux bleus où quelqu'un a renversé du sel. Une odeur de tabac. Du brie, des pommes jaunes, des couteaux à manche de bois.

Des virées en ville, des virées quotidiennes. On dirait une fermière qui se rend au marché. Elle allait en ville pour n'importe quoi, les rues l'excitaient, les rues d'hiver d'où s'échappait de la fumée. Elle descendait Broadway. Les trottoirs étaient tachés de blanc. Elle n'achetait de la nourriture que dans certains magasins ; c'était une cliente fidèle, exigeante. Elle garait sa voiture n'importe où, à des arrêts d'autobus, dans des zones interdites ; l'urgence qu'elle attribuait à ses courses la protégeait. Elle conduisait une petite décapotable verte de marque étrangère qu'elle négligeait, contrairement à d'autres choses.

Janvier. Elle partit de bonne heure, une journée froide, les trottoirs étaient verglacés, des pigeons se blottissaient dans le R du FURNITURE d'une enseigne. La ville est une cathédrale de biens matériels ; son parfum, ce sont les rêves. Même ceux qu'elle a rejetés ne peuvent la quitter. Une vieille femme hideuse, édentée, était assise sur le seuil d'une maison, le visage buriné par les années, les cheveux en désordre. Elle tenait sur ses genoux un animal au museau gris dont les yeux coulaient. Elle baissa la tête, la joue appuyée contre la tête du petit chien, silencieuse, abandonnée. Sur le trottoir suivant, un clochard marchait sur les genoux, la figure si sale, si rouge, qu'elle semblait couverte de plaies. Ses guenilles étaient tachées de vomi. Il avançait péniblement, le regard posé sur son pantalon comme pour y chercher des traces de sang, sans voir les gens qui passaient près de lui. Dans les halls des théâtres, il y avait des nains, des hommes gras, des génies de la finance à l'expression maussade, des femmes en bas noirs et fourrure. Des bagues ornaient leurs doigts vieillissants, de l'or brillait dans leur bouche.

Elle se rendit au musée, puis au bureau de son mari, et dans un magasin de Lexington où elle resta debout au milieu de livres d'art, grande, pensive, perchée sur ses longues jambes, le cou gracieux et, sur son front, les rides imperceptibles de la décennie future. Elle mangea un sandwich dans un restaurant des plus quelconques. Elle ôta son manteau. En dessous, elle portait un pull irlandais blanc ordinaire, des colliers d'ambre et de graines colorées. Des hommes seuls à leur table la regardaient. Elle mangea calmement. La bouche large, intelligente. Elle laissa un pourboire, puis disparut.

Dans la lumière déclinante de cet après-midi d'hiver, elle passe devant Columbia. La circulation est intense, mais fluide. Les magasins d'alimentation sont bondés, les éclairs du métro aérien au-dessus d'elle font apparaître des images bleues, illuminées comme des exécutions au crépuscule. Elle rentre à la maison par la longue route courbe, dans le flot des autres voitures. Sur l'autre rive du fleuve, les arbres deviennent noirs. Elle roulait très vite, toujours dans la file de gauche, dépassant la limite autorisée, fatiguée, heureuse, pleine de projets. Ses yeux brillaient. Sur le siège arrière, il y avait des sacs blanc et orange de chez *Zabar*, sur le plancher, des tickets de station-service, de parkings, du courrier jamais ouvert, des factures. La route suit les grandes falaises de la rive occidentale ; pendant la plus grande partie du trajet, on ne voit pas une maison, pas un magasin, rien à part la longue galaxie des villes de l'autre côté de l'eau qui commencent à briller dans la nuit.

Elle quitte la grand-route et pénètre dans les eaux calmes, les étangs de la vie quotidienne, des maisons qu'elle connaît intimement sans savoir qui peut les habiter, les voitures familières, un bureau de poste à l'angle d'une rue, une épicerie qui vend les journaux de la ville, la clôture en bois des voisins, les lumières de ses fenêtres.

« Que font les enfants, Alma ? » demande-t-elle. Le chien sautille autour d'elle. « Salut, Hadji. Reste tranquille ! »

« Elles dessinent dans leur chambre », répond la Jamaïcaine. Elle leur a lu des histoires ; elle les a emmenées en promenade.

« Quel chien ! dit-elle. Un beau chien.

– Oui, n'est-ce pas ?

– Et il aime aboyer ! »

Ses filles descendent l'escalier. « Maman », crient-elles.

« Je vous ai apporté quelque chose, annonce-t-elle, s'agenouillant sans retirer son manteau.

– Quoi ? demandent-elles. Tu as les joues glacées.

– Les vôtres sont toutes chaudes. Qu'avez-vous fait ?

– Nous sommes en train de fabriquer quelque chose, dit la plus jeune. Qu'est-ce que tu as apporté ? »

Elle nomme un biscuit français qu'elles adorent. Des LU.

« Oh, chouette !

– Qu'est-ce que vous fabriquez ?

– Un temple égyptien, répond Franca. Viens voir.

– Mais on n'a plus d'or », crie sa sœur.

Ils l'appellent Danny. Son vrai nom est Diane.

« Vous pourriez le descendre ? demande Nedra. Apportez-le dans la cuisine. Je vais me faire du thé. »

6

« Bruce Ettinger est beau, chuchota Nedra.

– C'est lequel ?

– Le type là-bas, dans le coin. Celui qui est très grand. »

Viri regarda dans la direction indiquée.

« Vraiment ? Tu le trouves beau ?

– Attends qu'il sourie. »

Toutes les pièces étaient bondées. Il y avait des gens qu'ils connaissaient, d'autres qu'ils auraient pu connaître. De belles femmes, des vêtements audacieux.

« Il a un sourire de gangster », dit Nedra.

Ève se tenait à l'autre extrémité de la pièce, dans une robe bordeaux légère qui lui moulait vaguement le ventre. Elle était pâle, élégante, négligée. Elle avait une mauvais vue ; c'est à peine si elle pouvait voir son interlocuteur. Elle portait des lentilles de contact, mais jamais à une fête. Elle s'entretenait avec un homme plus petit qu'elle. Derrière eux était accroché un tableau qui semblait représenter une forêt vierge : bleu, violet, vert océan.

« Cette toile se marie avec ta chemise, dit Nedra.

– Même Bruce Ettinger n'en a pas une aussi belle que moi.

– La tienne est la plus belle, c'est incontestable.

– C'est bien mon avis.

– Mais lui, il a le plus beau sourire.

– Je vais aller nous chercher à boire, offrit-il.

– Quelque chose de pas trop fort, pour moi. »

Elle se fraya lentement un chemin à travers la foule, le visage moins animé que celui d'autres invitées. Elle passait derrière les gens, les contournait, faisait des signes de tête, souriait. Elle était de ces femmes qui, lorsqu'on les aperçoit pour la première fois, transforment l'univers tout entier.

« Saul Bellow est là, l'informa Ève.

– Où ? À quoi ressemble-t-il ?

– Il était dans l'entrée il y a un instant. »

Elles ne purent le trouver.

« Je crois que je n'ai jamais rien lu de lui.

– Arthur Kopit est là, dit Ève.

– Lui, il ne sait même pas écrire.

– Il est très drôle.

– Bruce Ettinger est là, dit Nedra.

– Qui ?

– Un homme qui n'a pas de très belles chemises.

– À propos de chemises, tu as vu celles qu'Arnaud s'est fait faire ?

– C'est Viri qui lui avait donné l'adresse.

– Ah oui ?

– Elles sont belles ?

– Il les garde même pour dormir. »

À ce moment, Arnaud, calme, affectueux, les épaules comme saupoudrées de talc, s'approcha d'elles. Il tenait un verre dans chaque main.

« Bonjour, Nedra », dit-il. Il se pencha pour l'embrasser. « Je t'ai apporté à boire, chéri, dit-il à Ève. Où est Viri ?

– Ici.

– Où ?

– Tu le reconnaîtras facilement, dit Nedra. Il porte exactement la même chemise que toi.

– Ah, tu es jalouse !

– Pas du tout. Je trouve que tu mérites d'avoir de belles choses…

– Je t'adore.

– Par exemple, tu nous as nous… » Elle lui adressa un sourire entendu, qui découvrait ses dents blanches.

« Tu as raison, dit-il. Voilà Viri.

– Il n'y avait pas de Cinzano. Je t'ai pris un vermouth. » Il s'interrompit. Arnaud l'étreignait. « Attention ! Tu vas me faire renverser mon verre ! Tu vas froisser ma chemise ! cria-t-il. Tu es drôlement fort, tu sais », dit-il quand Arnaud l'eut relâché.

« Fort comme un taureau », confirma Ève.

Arnaud était costaud à la manière des hommes chez qui cela surprend : professeurs de maths, dentistes. En fait, ses beaux jours étaient derrière lui : à trente-quatre ans, la silhouette bedonnante, il était déjà encrassé par la fumée de cigare. C'était un homme fuyant, rusé, maladroit. Il connaissait de fantastiques tours de cartes.

« Dans le temps, je faisais de la lutte, affirma-t-il. J'ai affronté des types très forts…

– Où ça ? À l'Université ?

– … certains d'entre eux mesuraient plus de deux mètres. Le seul ennui, c'est qu'ils sentaient tous tellement mauvais. »

Il buvait. Et, à ces moments-là, il souriait ; l'alcool ne l'affectait pas. Il devenait un autre homme, on ne pouvait l'offenser, il flottait dans le bain tiède de la vie. Autour de lui gravitaient des femmes en robes de lamé or, d'anciens mannequins, caryatides d'un certain milieu chic de New York. Malgré son teint gris et son col saupoudré de pellicules, Arnaud était leur chouchou. Il était affectueux, irrévérencieux ; il adorait raconter des histoires.

« Vous venez à la projection ? demanda leur hôte.

– Ah ? Il va y avoir un film ? fit Nedra.

– Dans deux heures environ, répondit deBeque. C'est

un film que nous distribuons. Il n'est pas encore sorti en salle.

– Connaissez-vous Ève Caunt ? demanda Viri.

– Ève ? Bien sûr que je la connais. Tout le monde la connaît. »

Ses yeux étaient pâles comme un verre d'eau. Leur regard vous ébouillantait.

« Je ne connais pas la moitié des gens qui sont ici, avoua-t-il à Viri. À part les femmes. Celles-là, je les connais toutes. » Il baissa la voix. « Et crois-moi, il y en a qui sont fantastiques. » Il prit Viri par le bras et l'entraîna. « Il faut que je te parle, expliqua-t-il. Attends, voici quelqu'un dont tu devrais faire la connaissance. » Il attrapa un bras nu. « Je te présente Faye Massey. »

Le teint brouillé d'une fille de bonne famille. Un profond décolleté sur lequel s'attardèrent les yeux aqueux.

« Tu es très belle ce soir, Faye, dit deBeque.

– Le film est-il aussi mauvais qu'on le dit ?

– Mauvais ? C'est un film admirable.

– Ce n'est pas ce qu'on m'a dit, insista-t-elle.

– Faye est une fille très intéressante, déclara deBeque en plongeant de nouveau son regard dans la robe. C'est ce que beaucoup de gens disent.

– Oh ! arrête, protesta-t-elle.

– Cette soirée appartient aux femmes, décréta deBeque.

– Que veux-tu dire par là ?

– Vous êtes toutes si belles ! »

Derrière eux, Viri aperçut une fille assise au bord d'un canapé.

« Pourquoi parles-tu toujours au pluriel ?

– C'est naturel pour un homme.

– Qu'est-ce qui est naturel et qu'est-ce qui ne l'est pas ? demanda-t-elle. Nous le sommes si peu, naturels… tout le problème est là. »

Viri cherchait un prétexte pour les quitter.

« Vous trouvez-vous naturel ? lui demanda Faye.

– Tout le monde se croit plus ou moins naturel.

– Vous pouvez penser ce que vous voulez, mais nommez-moi un seul homme qui le soit.

– Connaissez-vous Arnaud Roth ?

– Qui ? » Soudain elle sourit, un sourire chaud, inattendu. « Arnaud. Oui, vous avez raison. Je l'adore. Cela fait des années que je le connais. »

La femme qui nous bouleverse ne doit rien avoir de familier. Faye racontait une histoire sur Arnaud : un jour, il avait acheté un avion, mais celui-ci refusait de décoller, n'était-ce pas typique ? L'appareil était garé près d'un étang. La fille du canapé s'était levée, elle parlait avec quelqu'un. Viri essaya de ne pas la regarder fixement. Il se sentait perdu dans ce genre de réunion où la conversation était rapide et cynique, les contacts aussi distants qu'à un cours de danse. Il se réfugiait généralement auprès de quelque personnage grotesque, hors concours. Il résistait à l'attrait de jolis visages, il avait appris à ne pas les regarder, mais cette fille faisait partie des femmes auxquelles il était terriblement sensible : mince, avec une poitrine pleine qu'elle portait comme un fardeau. Même ses pouces étaient osseux.

Sans cesse, il la perdait de vue. Il n'arrivait pas à imaginer sa vie un seul instant. Si elle s'était adressée à lui, il serait demeuré muet, ou, pis encore, aurait débité des sottises aussitôt regrettées, incarnant à ses yeux un type d'homme pitoyable : un père de famille habitant la banlieue. Mais ce n'est pas ce que je suis, aurait-il voulu dire, ce n'est pas du tout ce que je suis. Quoi qu'il en soit, la fille était partie. Elle était forcément la petite amie de quelqu'un ; une fille comme ça ne restait pas seule.

« Où étais-tu passé ? » demanda Nedra.

Ils burent et dînèrent avec leurs assiettes sur les genoux. Un domestique servait du champagne. Quelqu'un jouait du piano ; on l'entendait à peine dans le vacarme. Gerald deBeque était assis à côté d'une jeune Japonaise. Sa femme, qui avait une affreuse migraine, commença à dire à ses invités qu'il était temps d'aller voir le film. Ils descendirent dans un ascenseur bondé et longèrent trois pâtés de maisons dans un froid glacial, courant presque jusqu'au cinéma. Ils attendirent deBeque dans le hall pour qu'il demandât au directeur de les laisser entrer. Plusieurs personnes avaient d'ailleurs réussi à pénétrer dans la salle.

« Vas-y, Viri, dis-lui que nous faisons partie des invités, maugréa Nedra.

– Mais tous les autres doivent aussi patienter.

– Oh, zut ! »

Elle parlait elle-même au directeur quand deBeque apparut enfin.

« Gerald, on a dû louper la moitié de ton film, dit-elle.

– Laissez-les entrer, cria deBeque au directeur. Tout le monde peut entrer. »

Viri resta en arrière. Il toucha le coude de deBeque.

« Gerald…, dit-il.

– Oui ?

– Cette fille debout près de l'entrée, cette fille très mince…

– Oui, eh bien ?

– Elle porte un manteau de cuir.

– Oui, avec une ceinture.

– Qui est-ce ? Tu la connais ? demanda-t-il d'un ton détaché.

– Elle est venue avec George Clutha. Elle s'appelle Kaya quelque chose… J'ai oublié.

– Kaya…

– Il m'a dit qu'elle était mieux qu'elle n'en a l'air. »

On l'appelait ; ils avaient déjà parcouru la moitié de l'allée.

« Elle cherche du boulot, se rappela deBeque.

– Ah bon ? Merci.

– Viri, dit-il en le retenant, tu peux prétendre à mieux.

– J'avais simplement l'impression de l'avoir déjà rencontrée quelque part. »

Debout devant leurs sièges, Arnaud lui faisait signe. C'était un petit cinéma qui avait connu des jours meilleurs. Ils gardèrent leurs manteaux.

« J'essayais d'en apprendre un peu plus sur ce film, dit Viri. Ça parle de l'éveil sexuel d'une jeune femme.

– Je m'en serais doutée… », dit Nedra.

Arnaud bâilla. « Gerald doit jouer dedans. »

Les lumières restèrent allumées un bon moment. Les spectateurs se mirent à siffler et à taper des mains. Viri se retourna comme pour voir s'il y avait encore du monde qui entrait. Il semblait calme et détendu. Tel un chien qui court après les voitures, il était condamné.

« J'ai l'impression que je vais m'endormir avant le début du film », murmura Arnaud.

Enfin, les lumières s'éteignirent et la projection commença. Les nombreux plans d'une jeune fille au chemisier ouvert qui flânait le long des routes, dans les champs, et travaillait à la cuisine dans cette tenue invraisemblable ne suffirent pas à captiver les spectateurs.

« Qu'est-ce que c'est barbant ! » chuchota Nedra.

Arnaud dormait. Viri se taisait. Le vague lien existant entre l'héroïne et la fille assise quelque part dans la salle, parmi le public qui toussait et s'ennuyait, le rendait malheureux. Si seulement il avait pu la voir du coin de l'œil, une ou deux rangées devant lui ! Il voulait la regarder sans que personne ne le remarquât. Certains visages vous subjuguent, on s'en détourne avec le sentiment de renoncer même à respirer. Demain, j'aurai oublié tout ça, se dit-il. Le matin, tout est différent, les choses deviennent réelles.

En sortant, ils virent une foule dans la rue : des gens qui attendaient la première projection publique du film, à minuit. Arnaud avait relevé le col de son pardessus, il ressemblait à un chanteur d'opéra ou à un joueur.

« Le livre était meilleur, commenta-t-il, alors qu'ils se frayaient un chemin parmi les gens qui faisaient la queue.

– Ah oui ? Quel livre ?

– Pas la peine de l'acheter. »

Ils rentrèrent après minuit, la longue route coulait dans l'obscurité, la neige sur les bas-côtés. La baby-sitter était affalée sur le canapé ; quand Viri la ramena chez elle, son visage détendu, ensommeillé, semblait tout désorienté.

Ils se couchèrent dans la grande chambre fraîche, leurs vêtements éparpillés, la fenêtre laissant passer un filet d'air glacé.

« Gerald deBeque est un dépravé, dit Nedra. Et ce film était nul. Je n'ai trouvé personne d'intéressant parmi les invités. Pourtant, je me suis bien amusée. C'est bizarre, non ? »

Il ne répondit pas. Il dormait.

7

C'était un jour froid, ensoleillé, le jour anniversaire de la mort de ses parents, disparus six ans plus tôt. Il était assis à son bureau. Les deux dessinateurs travaillaient, penchés sur leurs grandes tables. Le silence régnait dans la pièce, et ce calme soudain l'avait plongé dans ses pensées. Son père et sa mère reposaient sous terre, patines comme des reliques, leurs vêtements funéraires pourrissaient. À trente-deux ans, il était seul au monde. Avec ses rêves et son travail.

Ai-je précisé que c'était un homme doué d'un modeste talent ? Il était né après une guerre, avant une autre – en 1928 en fait, une année de crise, cruciale pour le siècle. Il était né sans se soucier de l'époque, comme tout le monde ; l'hôpital où il a vu le jour n'existe plus, l'accoucheur a pris sa retraite, et vit dans le sud du pays.

Il croyait à la grandeur, comme à une vertu qu'il pourrait s'approprier. Il était sensible aux existences qui, tel un énorme rocher, telle une ombre, contenaient une gloire cachée qui serait un jour révélée à la lumière. Il appréciait le travail des autres avec justesse et lucidité. Et il éprouvait un respect modéré pour le sien. Dans sa foi, au cœur de ses illusions, demeurait la structure que l'on découvrirait sur les photographies de ce temps-là, la construction célèbre qu'il avait conçue et que rien ne pourrait changer – ni les critiques, ni la jalousie, ni même la destruction.

Bien entendu, il n'en parlait à personne, sauf à Nedra. Son rêve pâlissait au fil des ans. Il disparut de sa conversation, mais non de sa vie. Il resterait là jusqu'à la fin, tel un grand bateau pourrissant sur une cale. Les gens l'aimaient bien. Il eût préféré être haï. Je suis trop doux, disait-il.

« C'est ta nature, lui assurait Nedra. Tu dois en tirer le meilleur parti possible. »

Il respectait ses idées. Oui, pensait-il, je dois continuer. Concevoir un édifice, si petit soit-il, que tout le monde remarquera. Puis un autre, plus grand. Je dois m'élever par étapes.

Un jour parfait commence dans la mort, ou son apparence, dans l'abandon complet. Le corps est atone, abandonné par l'âme, la force et le souffle. Le bien et le mal sont impuissants, la surface lumineuse d'un autre monde, toute proche, vous enveloppe, les branches d'arbres frémissent. Le matin, il s'éveille lentement, comme si le soleil lui caressait les jambes. Il est seul. Une odeur de café flotte dans la maison. Le pelage roux de son chien absorbe la lumière intense.

Pour se déployer, le jour immense, infiniment bleu, devait dissimuler le secret qui inspirait sa vie, en retenir l'image invisible, telles les étoiles dans le ciel diurne. Il voulait une chose, la réalisation d'un souhait : devenir célèbre. Être au centre de la famille humaine – que peut-on espérer, désirer d'autre ? Déjà il avançait d'un pas modeste dans les rues, comme s'il avait été sûr de l'avenir. Il n'avait rien, à part le bagage soigneusement étalé de la vie bourgeoise, un crâne qui commençait à se dégarnir, des mains immaculées. Et son savoir. Oui, il avait cela. Il connaissait la Sagrada Familia aussi bien qu'un fermier sa grange, les « villes nouvelles » de France et d'Angleterre, cathédrales, voussoirs, corniches, pierres d'angle. Il connaissait la vie d'Alberti et de Christopher Wren. Il savait que Sullivan était le fils d'un professeur de danse, Breuer, un médecin hongrois. Mais le savoir ne vous protège pas. La vie méprise le savoir ; elle le force à faire antichambre, à attendre dehors. La passion, l'énergie, les mensonges, voilà ce que la vie admire. Néanmoins, on est capable de supporter beaucoup de choses si l'humanité entière vous regarde. Les martyrs sont là pour le prouver. Nous vivons dans l'attention des autres. Nous nous tournons vers elle comme les fleurs vers le soleil.

Il n'existe pas de vie complète, seulement des fragments. Nous sommes nés pour ne rien avoir, pour que tout file entre nos doigts. Pourtant, cette fuite, ce flux de rencontres, ces luttes, ces rêves... Il faut être une créature non pensante, comme la tortue. Être résolu, aveugle. Car, tout ce que nous entreprenons, et même ce que nous ne faisons pas, nous empêche d'agir à l'opposé. Les actes détruisent leurs alternatives, c'est cela, le paradoxe. De sorte que la vie est une question de choix – chacun est définitif et sans grandes conséquences, comme le geste de jeter des galets dans la mer. Nous avons eu des enfants, pensa-t-il ; nous ne pourrons jamais être un couple sans enfants. Nous avons été modérés, nous ne saurons jamais ce que c'est que de brûler la chandelle par les deux bouts...

D'une certaine manière, il n'était pas tout à fait lui-même. Le faible son de la radio qui diffusait de la musique près de la table des dessinateurs constituait une étrange distraction. Il n'arrivait pas à se concentrer, il se sentait incertain, comme à la dérive.

Arnaud passa en fin d'après-midi. Il s'assit sans même défaire la ceinture de son manteau. On aurait dit un négociant en vins, un propriétaire terrien.

« Qu'est-ce que tu as ?

– Oh, je réfléchissais, c'est tout, murmura Viri.

– J'ai déjeuné à La Toque, aujourd'hui.

– C'était bon ?

– Je deviens de plus en plus gros, gémit Arnaud. Déjeuner, ce n'est pas prendre un repas, c'est une profession. Cela occupe toute votre vie… J'ai déjeuné avec une fille charmante. Tu ne la connais pas.

– Qui ?

– Elle était si… tout ce qu'elle disait était tellement surprenant. Elle est allée à l'école dans un couvent. Les pensionnaires dormaient sur des paillasses.

– C'est surprenant, ça ?

– Tu sais, il y a des éducations qui te démolissent, et pourtant, si tu y survis, ce sont les meilleures au monde. C'est comme d'avoir été héroïnomane ou voleur. Nous essayons de sauver trop de gens, c'est ça, l'ennui. Tu les sauves, mais à quoi ça sert ?

– Que disait-elle d'autre ?

– Ce n'était pas seulement ce qu'elle disait. Elle mangeait, c'était ça ce qui me plaisait en elle, elle a mangé autant que moi. Nous étions là comme deux paysans qui concluent un marché. Du pain, du poisson, du vin, de tout. J'ai commencé à la regarder comme si c'était elle le plat suivant. On aurait dit – tu vois ces pâtés au veau et au jambon qu'on fait en Angleterre ? – un pâté *en croûte**. Et le plus intéressant, c'est qu'elle boite.

– Elle boite ?

– Oui, elle a du mal à marcher. C'est assez rare. Une boiteuse… comme Louise de La Vallière. Louise de Vilmorin aussi. Elle a eu une tuberculose de la hanche.

– Ah oui ?

– Je crois. Il y a autre chose qui m'attire chez une femme, c'est qu'elle louche un peu.

– Elle louche ?

– Oui, juste un peu. Et des dents de travers.

---

* En français dans le texte.

– Tu aimes ces trois particularités réunies ?

– Bien sûr que non ! s'écria Arnaud. Pas chez la même femme. On ne peut pas tout avoir. »

Son expression semblait receler un secret : il souriait comme quelqu'un qui ne doit surtout pas le révéler.

« C'est terrible, soupira-t-il.

– Quoi ?

– Je ne peux pas faire ça à Ève. Je ne peux pas lui être infidèle juste pour une…

– Une jambe estropiée.

– Ce n'est pas bien, dit Arnaud. Je veux dire : elle me prépare à manger, elle a un sens de l'humour extraordinaire.

– Et n'a pas des dents aussi bonnes que ça.

– Elles sont banales. Pas vraiment de travers. »

Il bougea légèrement dans son fauteuil pour trouver une nouvelle position. Ses habits le serraient un peu.

« C'est si facile de se laisser distraire, dit-il. Ève me fait du bien.

– Elle t'aime.

– Oui.

– Et toi, tu l'aimes ?

– Moi ? Arnaud regarda autour de lui comme à la recherche d'un objet qui eût pu capter son attention. Moi, j'aime tout le monde. Ce sont tes filles que j'aime, Viri. Je suis sérieux.

– Eh bien, c'est réciproque.

– Je suis jaloux d'elles. Je suis jaloux de votre vie. C'est une vie intelligente. Elle est harmonieuse, voilà ce que j'essaie de dire, et, surtout, elle est intimement tournée vers l'avenir, grâce aux enfants. Je suis sûr que tu t'en rends compte. Quel sens cela donne à chaque jour !

– Pourquoi n'as-tu pas d'enfants, toi ?

– D'abord, je te répondrai qu'il me faudrait une femme pour ça. Et, malheureusement, c'est la tienne qui me plairait. Nedra aurait-elle une sœur, par hasard ?

– Non.

– C'est bien dommage. J'épouserais bien sa sœur. Ça serait vraiment un adultère. » Il n'y avait pas la moindre insulte dans sa voix. « Tu as beaucoup de chance. Mais tu le sais. Enfin, si jamais quelque chose arrivait… »

Viri sourit.

« Je suis sérieux. Dans ce cas, je prendrai soin de ta femme et de tes enfants. J'assurerai la continuité de ton amour.

– Ça m'étonnerait qu'il m'arrive quelque chose.

– On ne sait jamais, dit Arnaud gaiement.

– Écoute, pourquoi tu ne viendrais pas dîner chez nous ce week-end ?

– Fantastique.

– Avec Ève.

– J'ai oublié quelque chose, dit soudain Arnaud. Il fouilla dans sa poche. J'ai un cadeau pour Franca. Je l'ai acheté à Azuma : une bague en forme de grenouille.

– Donne-la-lui toi-même.

– Non, emporte-la. Je veux qu'elle l'ait ce soir.

– Je lui dirai qu'elle vient de toi.

– Dis-lui que c'est de la part de Yassir Rashid, le roi du désert. Dis-lui que si jamais elle est en danger, il lui suffira de montrer ce bijou pour être en sécurité au sein de mes tribus.

– Écoute, Yassir, que dirais-tu d'un petit scotch avant de disparaître ?

– Dans le désert, il y a trois choses impossibles à cacher, dit Arnaud : un chameau, de la fumée et… Tu sais quoi ? Nous voyons trop de films.

– Avec de la glace ?

– Le cinéma tue l'imagination. Tu as entendu parler des conteurs aveugles. Ce sont les ténèbres qui donnent naissance aux mythes. Le cinéma ne le peut pas. Est-ce que je t'ai parlé de la fille que j'ai invitée à déjeuner ? Elle était vraiment bien. Dans un sens, c'est pareil pour elle. Comme son infirmité l'empêche de danser, sa grâce, sa musique sont intérieures. »

Le soir était tombé. Il faisait sombre. La rue tremblait sous le poids des autobus et des énormes voitures qui fuyaient la ville. Le long du fleuve s'étirait l'interminable cortège que Viri allait rejoindre. Il avancerait avec lui, les jambes lasses sans qu'il eût marché, la nuque légèrement douloureuse, seul, porté par le flot en direction de sa maison, écoutant les nouvelles se répéter sans fin.

8

Hiver comme été, Nedra se levait tard, chaque fois qu'elle le pouvait. Son vrai moi restait au lit jusqu'à neuf heures, bougeait, s'étirait, inspirait l'air renouvelé. Les grands dormeurs sont généralement non conformistes, méditatifs et un peu renfermés. Elle avait de beaux cheveux qui épousaient son corps. Elle les attachait de diverses manières. Elle les lavait et les laissait sécher naturellement. On repense aux dix, aux vingt brillantes années de son ascension vers la maturité. Ses remarques tranquilles créent l'ambiance d'un dîner ; ses voisins de table sourient. Elle sait ce qu'elle fait, c'est son secret ; mais comment peut-elle en juger ? Elle ne fait jamais deux fois la même chose. Elle n'est jamais en représentation. Elle a un visage qui vous fait vibrer – ce sourire soudain, tel un feu d'artifice – et pourtant, d'une certaine façon, elle ne donne rien.

Ses cheveux ont un parfum de fleurs. La journée est calme. Le soleil n'a pas fini de se dessiner, la rivière déborde de lumière.

Elle dit qu'elle n'a pas d'amis. Rae et Larry. Ève. Elle a du mal à s'en faire. Elle n'a pas le temps d'entretenir des amitiés, elle est vite déçue. Ce sont les commerçants qui l'adorent, les gens qui la voient passer dans la rue, plongée dans ses pensées, regardant dans les vitrines des librairies les ouvrages imposants sur la peinture, l'édition italienne de *Vogue*.

« Dites-lui combien nous l'aimons et combien elle nous manque, s'écrient les propriétaires de la petite parfumerie près de Bonwit. Où est-elle ? Depuis qu'elle vit à la campagne, on ne la voit plus. Dites-lui de passer. » Ils aimaient sa stature, son élégance, ses yeux noisette.

Elle s'intéresse à certaines personnes. Elle admire certaines vies. Elle est subtile, perspicace et parfois espiègle ; elle a une forte tendance à aimer et ne se soucie guère de la façon dont est pris cet amour. Elle parle de tout cela dans le carnet où elle note ses rêves. Bien entendu, elle n'y croit pas, mais ça l'amuse, et certaines pages de ce journal sont très vraies. Ève, par exemple, correspond exactement à la description qu'elle en fait. Le portrait de Viri est assez juste, lui aussi.

On a envie d'entrer dans son aura, d'être accepté par elle, de la voir sourire, exercer ce talent implicite et profond pour l'amour. Presque aussitôt après leur mariage, peut-être une heure après, Viri désira ardemment tout cela. Désormais, elle lui appartenait d'une manière absolue, mais Nedra avait subtilement changé. Elle était devenue sa plus proche parente. Elle s'identifiait avec ses intérêts à lui et développait les siens propres. L'affection désespérée, insupportable, du début avait disparu : à sa place, il y avait une jeune femme de vingt ans condamnée à vivre avec lui. Il était incapable de dire ce qui s'était passé. Elle s'était enfuie. Ou peut-être plus grave encore : la faute qu'elle pensait commettre un jour était enfin commise. Son visage rayonnait d'intelligence. Une veine verticale, pareille à une cicatrice incolore, lui barrait le front. Elle avait accepté les limites de sa vie. Cette angoisse, ce contentement créaient sa grâce.

L'été, ils allaient à Amagansett. Des maisons de bois. Des journées bleues, si bleues. L'été est le midi des familles unies. C'est l'heure silencieuse, quand on n'entend que les cris des oiseaux de mer. Les volets sont fermés, les voix murmurent. De temps en temps, le tintement d'une fourchette.

Journées pures et vides. La mer est argent, rugueuse comme de l'écorce. Hadji est couché dans un trou qu'il a creusé, les yeux mi-clos, des grains de sable collés à sa gueule. Il est toujours tourné vers la mer. Franca porte un maillot une pièce noir. Elle a des membres forts et luisants. Elle a peur des vagues. Danny est plus courageuse. Elle entre dans l'eau avec son père ; poussant des cris, ils surfent sur le ventre. Franca les rejoint. Le chien aboie sur le rivage.

Le murmure de la mer durant les longs après-midi, les larges bandes d'écume brune, d'algues brassées par la tempête, les moules, les planches délavées. Vers l'ouest, l'eau fume, vaste étendue qui scintille comme s'il pleuvait. Dans les dunes, Franca a trouvé la dépouille desséchée d'un scarabée. Elle apporte à Viri le squelette fragile au creux de sa main. L'insecte a une sorte d'antenne unique.

« Regarde, papa.

– C'est un scarabée rhinocéros, dit-il.

– Maman, regarde ! crie-t-elle. Un scarabée rhinocéros ! »

Elle a neuf ans. Danny en a sept. Ces années-là sont interminables, mais ne s'inscrivent pas dans le souvenir.

Viri dort au soleil. Il est bronzé, les ongles très blancs. Le lundi, il part pour la ville en train et revient le jeudi soir. Il fait la navette entre deux bonheurs. Il a une nouvelle secrétaire. Ils travaillent ensemble dans une sorte d'excitation, comme si rien d'autre n'existait dans leurs vies. L'isolement, l'indifférence de la ville en été les envoûte. On dirait de longues vacances, ou un voyage. Elle est si charmante, porte un si beau nom : Kaya Doutreau ; il ne s'y habitue pas.

Près de lui, sur la plage, deux jeunes femmes sont

couchées sur le ventre. Derrière elles, dispersés çà et là, des familles, des vêtements, des types assis, seuls. La mer est vide. Le long des vagues mourantes marchent un jeune homme barbu en Levi's, torse nu, et une jeune fille vêtue d'un minuscule bikini. Tête baissée, ils discutent. Auréolés de leur liberté nouvelle ; leurs vies semblent infiniment utiles et agréables. Parfois, à midi, il aperçoit son reflet dans les vitrines, accompagné d'une enfant ; il voit ces deux personnes comme s'il plongeait le regard dans le fleuve de la vie, au milieu de gâteaux et de bouteilles de bordeaux. Pendant un moment, ils restent là, le dos tourné à la rue. Ils ont presque terminé leurs courses. Le visage de sa fille frôle son bras. Ils sont silencieux, unis. Elle porte un chapeau de paille et a les pieds nus. Il est submergé de bonheur. Le soleil baigne la ville estivale. Ils retournent chez eux. Le faible claquement des portières. Près du seuil de la cuisine, Danny est en train de nourrir le lapin, un lapin noir avec deux pattes blanches et une tache claire sur la poitrine qu'ils appellent son « étoile ». L'animal mange en remuant très vite la bouche. Ses oreilles sont couchées.

Dans les sacs en papier pleins à ras bord, Viri trouve une carotte.

« Tiens », dit-il.

Danny glisse la carotte à travers le grillage de la cage. Le lapin ingurgite le légume à la manière d'un jouet mécanique.

« Il aime déjeuner, dit-elle.

– Et petit déjeuner ?

– Ça aussi.

– Est-ce qu'il se lave les mains avant de manger ? »

Les fanes de carotte disparaissent à petits coups.

« Non, répond-elle.

– Est-ce qu'il se brosse les dents ?

– Non, il ne peut pas.

– Pourquoi ?

« – Il n'a pas de lavabo. »

Danny est moins obéissante ; elle a quelque chose de têtu. Elle est moins belle, aussi. En été, sa minceur et son hâle la dissimulent. Elle part hardiment dans l'eau profonde, ceinte d'une chambre à air, battant des pieds comme un insecte. C'est le matin, les vagues se déploient, leur écume blanche frémit sur le rivage. Assis sur le sable, Viri regarde sa fille. Elle lui fait de grands signes, ses cris sont emportés par le vent. Il comprend soudain ce que c'est que d'aimer un enfant. Cela le bouleverse comme les paroles d'une chanson.

Le matin ; le vent apporte le bruit assourdi de la mer. Ses filles bronzées marchent sur les planchers grinçants. Ils passent leur vie ensemble, forment une alliance qui ne se terminera jamais. Ils vont au cirque, dans les magasins, au marché couvert d'Amagansett avec ses étalages surchargés, ses fruits, ils vont à des pique-niques, des spectacles historiques, des concerts dans des églises de bois entourées d'arbres. Ils pénètrent dans le Philarmonic Hall. Le public est parfaitement silencieux. Ils sont assis, le programme sur les genoux. Écouter une symphonie, c'est ouvrir le livre des visages. Le maestro arrive. Il se concentre, lève les bras. Les beaux accords exotiques, prélude d'une œuvre de Chabrier. Ils vont à des représentations du *Lac des cygnes*, leurs figures pâles brillent dans l'obscurité du Grand Tier. Le vaste hémicycle de sièges est illuminé comme le Ritz. Une immense fosse d'orchestre aussi vaste qu'un bateau, un plafond doré d'où ruissellent des lumières, avec des pendeloques qui scintillent comme de la glace. À la fin du ballet, le grand Noureev revient en scène ; il s'incline tel un ange, ou un prince. Ils se disputent les jumelles ; son cou, sa poitrine sont luisants de sueur, il transpire jusqu'à la racine des cheveux. Ses mains, comme celles d'un enfant, jouent avec les pompons de sa cape. La fin de la saison musicale, la fin de Mozart, de Bach. La violoniste se tient debout, les derniers accords résonnent encore dans la salle. Elle lève son visage, vidée comme par un grand amour. Le chef d'orchestre l'applaudit, le public, les belles femmes suivent son exemple, leurs mains tendues vers le ciel.

Ils passent leur vie ensemble, ils croisent de jeunes pêcheurs qui vont jusqu'au bout de l'embarcadère avec une petite anguille recroquevillée sur l'hameçon. L'œil muet du poisson crie, un point noir tache sa face lisse et argentée. Ils s'assoient à table avec leur grand-père, le père de Nedra, un représentant de commerce, un homme des petites villes ; il a une toux de fumeur, son paquet de Camel toujours à portée de main. Il a une voix éraillée, des yeux voilés, et semble à peine les voir. Il apporte la mort avec lui, dans la cuisine ; une longue vie gaspillée, la chrysalide de Nedra, son cocon séché, sa source oubliée. Il porte des chaussures bon marché ; il a une valise remplie d'échantillons de châssis de fenêtre en aluminium.

Leurs vies sont tissées de façon à n'en former qu'une seule ; ils sont pareils à des acteurs enthousiastes qui ne connaissent rien en dehors d'eux-mêmes, d'une foule de rôles tirés de vieux classiques. L'été se termine. Il y a des jours brumeux et frais, la mer est calme et blanche. Les vagues déferlent très loin avec un bruit lent, majestueux. La plage est déserte. Parfois, des promeneurs longent le bord de l'eau. Les enfants sont couchées comme des opossums sur le dos de Viri ; sous lui, le sable est tiède.

Peter et Catherine les rejoignent avec leur petit garçon. Les familles sont assises séparément, dans la solitude et la brume. Peter a une chaise pliante ; il porte une casquette de yachtman et une chemise. Près de lui se trouvent un seau à glace, des bouteilles de Dubonnet et de rhum. Une journée d'une beauté irréelle. De fines perles de poudrin glissent sur eux. Le mois d'août est fini.

Lors d'une pause dans la conversation, Peter se lève et se dirige lentement, sans dire un mot, vers la mer. Solitaire, il nage vers le large vêtu de sa chemise bleue. Il a des mouvements puissants et réguliers. Il nage avec assurance, avec la force d'un livreur de glace. Finalement, Viri le rejoint. L'eau est froide. Ils sont enveloppés de brume, bercés par le gonflement rythmé des vagues. Ils ne voient personne, hormis leurs familles assises sur le rivage.

« On a l'impression de nager dans la mer d'Irlande, dit Peter. Jamais un rayon de soleil. »

Franca et Danny s'avancent vers eux.

« C'est profond ici », les avertit Viri.

Chacun des hommes tient un enfant. Ils se serrent les uns contre les autres.

« Les marins irlandais n'apprennent jamais à nager, dit Peter. Pas la moindre brasse. La mer est trop agitée.

– Et si leur bateau coule ?

– Ils joignent leurs mains sur leur poitrine et disent une prière », répond Peter.

Il fait une démonstration. Pareil au couvercle sculpté d'un cercueil, il s'enfonce sous l'eau.

« Est-ce que c'est vrai ? demandent-elles plus tard à Viri.

– Oui.

– Ils se noient ?

– Ils s'en remettent à la volonté de Dieu.

– Comment le sait-il ?

– Il le sait.

– Peter est très bizarre », déclare Franca.

Et il leur lit un livre, comme chaque soir ; il a l'impression de les arroser, de biner la terre à leurs pieds. Il y a des histoires dont il n'a jamais entendu parler, d'autres qu'il connaît depuis son enfance, ces pierres de gué visibles de tous. Quel est le véritable sens de ces histoires, se demande-t-il, de ces êtres qui n'existent plus, même dans l'imagination : princes, bûcherons, honnêtes pêcheurs qui vivent dans de pauvres cabanes ? Il veut que ses enfants aient une vie ancienne et une vie nouvelle, une vie inséparable de toutes les vies passées, qui en découle, les dépasse, et une autre, originale, pure, libre, située au-delà des préjugés qui nous protègent, de l'habitude qui nous façonne. Il veut qu'elles connaissent à la fois l'avilissement et la sainteté, mais sans humiliation, sans ignorance. Il les prépare pour ce voyage. Comme s'il ne restait qu'une seule heure pour rassembler tous les vivres nécessaires, donner tous les conseils possibles. Il désire leur transmettre une direction unique, dont elles se souviendront toujours, qui englobe tout, montre le chemin, mais il ne parvient pas à la trouver, ni à la reconnaître. Il sait que c'est le bien le plus précieux qu'elles pourront jamais posséder, mais il ne le détient pas. De sa voix égale et sensuelle il leur décrit plutôt les mythes étriqués de l'Europe, de la Russie enneigée, de l'Orient. Il suffit de connaître un seul livre pour avoir une bonne éducation, dit-il à Nedra. On acquiert ainsi la pureté, un sens des proportions, et le réconfort d'avoir toujours un exemple sous la main.

« Quel livre ? demande-t-elle.

– Il en existe beaucoup.

– C'est une idée charmante, Viri. »

9

Au restaurant, ils étaient assis comme il l'aimait : ni face à face, ni côte à côte, mais à angle droit. Il y avait des plis de repassage sur la nappe, la salle était inondée de lumière.

« Voulez-vous un peu de vin ? » demanda-t-il.

Elle portait une robe prune, sans manches – il fait chaud en septembre, à New York – et un collier de feuilles argentées pareilles à un essaim de *i*. Il remarquait chaque détail, s'en délectait : le bout de ses dents, son parfum, ses chaussures. La pièce était bondée, bourdonnante de conversations.

Il parlait, lui aussi. Il donnait trop d'explications, il ne pouvait résister à cette tentation. Un sujet en amenait un autre, l'inspirait, l'histoire de Stanford White, la ville telle qu'elle avait été autrefois, les églises de Wren. Il n'inventait rien ; les phrases s'enchaînaient naturellement. Acquiesçant, elle répondait par le silence, buvait son vin. Elle se pencha vers lui, les coudes sur la table, et son regard le fit défaillir. Elle était captivée, presque hypnotisée. C'était son intelligence qui la rendait extraordinaire. Elle pouvait apprendre, comprendre. Elle était nue sous sa robe, il le savait ; deBeque le lui avait dit.

Elle habitait dans l'appartement d'un journaliste absent pour un an. Des livres, des crayons bien taillés, du bois soigneusement entassé pour l'hiver, tout ce dont on pouvait avoir besoin. Il y avait des exemplaires de

63

Der Spiegel et des skis Kneissl blancs. Elle ferma la porte derrière elle et donna un tour de clé. Dès cet instant, avec ce geste tranquille et banal, un film parut commencer, un film muet, tremblotant, plein de séquences folles qui les fit chavirer et devint réalité.

Il y avait une grande pièce. Au mur, des photos d'amis, de bateaux, de fêtes, d'après-midi à Puerto Marqués. Un poste de radio en plastique sur le cadran duquel on lisait les noms des villes d'Europe. L'*Odyssée* de Kazantzakis. Les stries rouge et bleu d'enveloppes par avion. Les *Écrits intimes* de Vailland. Dans l'alcôve, un miroir encadré d'argent martelé, des oiseaux en bois sculpté, un couvre-lit imprimé à la main.

« On se croirait à Mexico », dit Viri. Sa voix était blanche, elle semblait vaciller. « Ces skis sont à vous ?
– Non. »

Alors, sans explication, elle l'embrassa. Il lui ôta une chaussure, puis l'autre, elles se retournèrent en tombant. Elle avait des pieds racés, à la forme parfaite. Le bruit léger d'une fermeture Éclair. Elle se tourna et leva les bras.

Le grand lit d'après-midi, l'obscurité des rideaux fermés. Il se dégagea de ses vêtements, les laissa choir sur le sol. Couchée sur le lit, elle attendait. Elle paraissait calme, distante. Il porta la main à son front, la saluant comme l'aurait fait un domestique, un fidèle. Il était incapable de parler. Il lui étreignit les genoux.

L'appartement donnait sur des arrière-cours où l'on voyait des arbres encore feuillus. Les bruits de la rue avaient cessé. La tête de Kaya était tournée de côté, la gorge nue. La nouveauté de ce corps l'étourdit. Quelque part près du lit, le téléphone se mit à sonner. Trois, quatre fois. Elle ne l'entendit pas. Enfin, le vacarme prit fin.

Ils se réveillèrent beaucoup plus tard, fourbus, le temps comme suspendu. Elle avait le visage gonflé par l'amour. Elle parla d'une voix impassible.

« Alors, tu as aimé Mexico ? »

Il finit par répondre. « C'est une belle ville. »

Il lui fit couler un bain. Dans la pénombre, il aperçut son propre reflet et crut voir quelqu'un d'autre. Il continua à se contempler, triomphant, pendant que l'eau tombait avec fracas dans la baignoire. Son corps, vu dans l'ombre, ressemblait à celui d'un lutteur ou d'un jockey. Viri n'était pas un citadin ; il était soudain devenu un primitif, ferme comme une branche. Jamais il n'avait été aussi heureux après l'amour. Toutes les choses simples avaient trouvé leur voix. C'était comme s'il se tenait dans les coulisses tandis qu'on jouait une belle ouverture ; seul dans la semi-obscurité, mais entendant chaque note.

Elle passa près de lui, nue, sa peau frôla la sienne. Il fut bouleversé par cette vision, il ne parvenait pas à l'imprimer dans sa mémoire, n'arrivait pas à s'en rassasier. La présence d'un homme ne la gênait pas. Sa nudité dense n'avait rien d'enfantin ; ses fesses luisaient comme celles d'un garçon.

Elle entra dans l'eau et attacha ses cheveux au sommet de sa tête. Il s'assit par terre à côté de la baignoire, les jambes repliées, content.

« C'est comment ? demanda-t-il.

– Comme de faire l'amour une seconde fois. »

Ses yeux parcoururent l'élégant appartement. Certaines femmes vivent prudemment, elles sont rusées, ne s'avancent que lorsque le sol est solide sous leurs pieds. Kaya n'était pas ainsi. On voyait ses colliers accrochés négligemment près du miroir, ses vêtements éparpillés, ses cigarettes. Il alluma la télévision sans mettre le son. C'était un décor étranger avec de belles couleurs intenses. Il eut l'impression d'être ailleurs, dans une ville d'Europe, dans un train. Il était entré dans cette pièce où l'avait attendu une femme intelligente, qui savait pourquoi il était venu.

Adossée au chambranle, ses hanches cerclées de blanc soulignées par la touffe sombre de ses poils, elle regardait. Bien qu'il en eût envie, il n'osait la contempler. Il était un peu étonné qu'elle se fût donnée à lui. Il savait qu'il la dévorait comme un renard.

« Tu crois que je devrais retourner au bureau ? demanda-t-elle ?

— Il vaudrait sans doute mieux que nous n'arrivions pas ensemble. » Il prit sa montre. « Oh ! mon Dieu ! murmura-t-il, il est presque quatre heures. Reviens vers quatre heures et demie. Dis-leur que tu as dû aller chez le dentiste ou un truc comme ça.

— Tu crois qu'ils s'en apercevront ?

— S'ils s'en apercevront ? » répéta-t-il. Il avait commencé à se rhabiller. « Je pense qu'ils ont déjà compris. »

Il la regarda se coiffer. Elle le voyait dans le miroir, un léger sourire sur les lèvres. C'était son silence, sa soumission qui le bouleversaient. Il sentait qu'elle n'attendait rien, mais lui permettrait tout. Il ne pouvait la regarder sans penser, rempli de désir. Elle était comme perdue. Il avait peur de troubler sa quiétude, de l'aider. Elle ne semblait pas l'avoir réellement vu. Combien de temps cela pouvait-il durer ? Quand le reconnaîtrait-elle, pénétrerait-elle ses pensées ? Il avait peur du scintillement soudain d'une montre-bracelet, de l'éclat d'un sourire, du soleil sur un enjoliveur de voiture – de tout signal masculin puissant susceptible de la réveiller. Il voulait continuer à la posséder même s'il ne pouvait y croire, à sentir cette assurance dont tout dépendait. Il voulait être invulnérable, ne fût-ce qu'une heure, l'admirer allongée sur le ventre, lui parler doucement, comme à une enfant. Il glissa un oreiller sous elle, le pliant avec beaucoup de soin. Ils nageaient dans la lenteur. Il eut l'impression de mettre cinq minutes à s'agenouiller entre ses jambes. Elle était couchée sous lui ; il soutenait son corps de sa main…

Il la laissa au coin, près du musée. Elle attendait que le feu passe au vert. Les immeubles qu'il longea paraissaient étrangement morts, la rue très nue, même au soleil. Il se tourna pour la regarder une fois encore. Soudain, sans qu'il sût pourquoi – alors qu'elle traversait la large avenue – toute son incertitude s'évanouit. Il se mit à courir et la rattrapa sur les marches.

« J'ai décidé de venir avec toi, dit-il, haletant. Ils ont une très belle collection de bijoux égyptiens. Je voudrais te la montrer. Sais-tu qui est Isis ?

– Une déesse.

– Oui, une autre déesse. »

Elle baissa la tête en un geste de profonde satisfaction. Puis elle le regarda et sourit.

« Ah oui ? Tu les connais toutes. »

Il sentit clairement l'amour qu'elle lui portait. Elle lui appartenait, comprit-il. Il n'avait jamais été aussi heureux, aussi confiant.

« Il y a un tas de choses que je voudrais te montrer. »

Elle le suivit dans les grandes galeries. Il la guidait en lui tenant le coude, il la touchait souvent, à l'épaule, au creux des reins. Pour finir, elle l'oublierait ; c'est ainsi qu'elle gagnerait.

Il rentra chez lui dans un crépuscule lumineux. La radio de la voiture diffusait les dernières cotations en Bourse, les arbres retenaient les vestiges du jour.

Nedra était assise à une table de la salle de séjour, des notes étalées autour d'elle. Elle écrivait.

« Une histoire, expliqua-t-elle. Il y avait des embouteillages ?

– Pas trop.

– Il faudra que tu me l'illustres. » Elle rayonnait d'une étrange allégresse. Un San Raphael était posé à côté d'elle. Elle leva les yeux. « Tu en veux un ?

– Je boirai quelques gorgées du tien. Non, j'en prendrais bien un verre, après tout. »

Elle paraissait calme, confiante ; elle ne savait rien, il en était certain. Elle partit préparer le cocktail. Il se sentit soulagé. Il était comme un lièvre qui a enfin retrouvé la sécurité de son gîte. Il l'aperçut qui traversait l'entrée et fut submergé d'une grande affection pour elle, pour ses hanches, ses cheveux, ses bracelets. D'une certaine façon, il était soudain devenu son égal ; son amour ne dépendait plus exclusivement d'elle, c'était un amour plus vaste, l'amour des femmes, un amour généralement insatisfait, inaccessible, focalisé, en ce qui le concernait, sur cet être obstiné, mystérieux, mais pas seulement. Il avait divisé sa souffrance ; elle était enfin clivée.

Elle revint avec un verre et s'assit dans un fauteuil confortable.

« Tu as beaucoup travaillé aujourd'hui ?

– Oui, pas mal. Il but une gorgée. C'est délicieux. Merci, Nedra.

– Et ça a bien marché ?

– Plus ou moins.

– Mmm. »

Elle ne savait rien. Elle savait tout, se dit-il brusquement, mais elle était trop avisée pour en parler.

« Et toi, qu'as-tu fait aujourd'hui ? demanda-t-il.

– J'ai passé une journée vraiment formidable. J'écris cette histoire d'anguille pour Franca et Danny. Je n'aime pas les livres qu'on leur donne à l'école, alors j'ai décidé de faire les miens. Je vais te le lire. Attends une seconde que je prenne mon texte. »

Avant de se lever, elle lui sourit – un grand sourire compréhensif.

« Une anguille…, dit-il.

– Oui.

– C'est très freudien.

– Je sais, Viri, mais je ne crois pas à tout ça. Je pense que c'est une vision très étroite des choses.

– Très étroite, en effet, mais le symbolisme est clair.

– Quel symbolisme ?

– C'est une bite, rien de plus évident.

– J'ai horreur de ce mot.

– Il est bien inoffensif.

– Je ne trouve pas.

– Je veux dire : il y en a de bien pires.

– Il me déplaît, c'est tout.

– Lequel te plaît, alors ?

– Quel mot ?

– Oui.

– Inimitable, dit-elle.

– Inimitable ?

– Oui. » Elle se mit à rire. « Il avait un gros inimitable. Écoute ce que j'ai écrit. »

Elle lui montra un dessin qu'elle avait fait. C'était juste pour donner une idée ; lui, il ferait beaucoup mieux.

« Mais c'est très joli, Nedra ! » dit-il.

Une étrange bête sinueuse comme un serpent était couchée par terre, ornée de fleurs.

« Quelle plume as-tu utilisée pour ça ? demanda-t-il.

– Une plume sensationnelle. Regarde. Je l'ai achetée exprès. »

Il l'examina.

« Elle est à tête interchangeable, expliqua-t-elle.

– Ton anguille est magnifique.

– Pendant des siècles, personne ne savait rien sur elles, Viri. Elles représentaient un mystère total. Aristote a écrit qu'elles n'avaient ni sexe, ni œufs, ni sperme. Il disait qu'elles sortaient de la mer sous leur forme adulte. Et pendant des milliers d'années, c'est ce que les gens ont cru.

– Je croyais qu'elles pondaient.

« – Je vais tout te raconter, promit-elle. J'ai passé toute la journée à dessiner cette anguille. Tu aimes mes fleurs ?

– Oui. Beaucoup.

– Toi, tu dessines bien mieux que moi, ton illustration sera fantastique. D'ailleurs, tu as raison : l'anguille, c'est quelque chose de masculin, mais les femmes le comprennent aussi. Cela les fascine.

– J'ai déjà entendu dire ça, murmura Viri.

– Écoute… »

Il se sentait vide, en paix. Les fenêtres obscures faisaient paraître la pièce très lumineuse. Il rentrait d'un voyage passionnant, il arrivait de la mer. Il avait rajusté ses vêtements, brossé ses cheveux. Il était plein de secrets, de tromperies qui avaient fait de lui quelqu'un de complet.

« L'anguille est un poisson de la famille des apodes, lut-elle. Elle est couleur olive et brun, avec des flancs jaunes et un ventre pâle. Le mâle vit dans les ports et les rivières, la femelle, loin de la mer. La vie des anguilles avait toujours été un mystère. Personne ne savait d'où elles venaient ni où elles allaient.

– Mais c'est un livre, ça, dit-il.

– Un livre ou une histoire. Juste pour nous. J'adore les descriptions. Les anguilles vivent en eau douce, poursuivit-elle, mais, une fois dans leur existence, et seulement une fois, elles partent pour la mer. Mâles et femelles font le voyage ensemble. Ils ne reviennent jamais.

– Cela est exact, bien sûr.

– L'anguille sort d'un œuf. Ensuite, elle devient larve. Sous cette forme, elle flotte sur le courant océanique ; elle n'a pas un centimètre de long et elle est transparente. Elle se nourrit d'algues. Au bout d'un an ou plus, elle atteint finalement le rivage. Là, elle grandit pour devenir une jeune anguille à part entière, puis, aux embouchures, les femelles quittent les mâles pour remonter les rivières. Elles se nourrissent de n'importe quoi : poissons et animaux morts, écrevisses, crevettes. Le jour, elles se cachent dans la vase, la nuit, elles mangent. Elles hibernent en hiver. »

Après avoir bu une gorgée de San Raphael, elle poursuivit. « La femelle vit ainsi pendant des années dans les mares et les rivières, puis, un beau jour d'automne, elle cesse de manger. Elle devient noire, ou presque, son nez s'allonge, ses yeux s'élargissent. Se déplaçant la nuit, elle se repose le jour, traverse parfois des prés et des champs, et descend vers la mer.

– Et le mâle ?

– Elle le rejoint. Lui, il a passé sa vie près de l'embouchure. Ensuite, par centaines de milliers, ils retournent ensemble à l'endroit où ils sont nés, la mer des algues, la mer des Sargasses. Ils s'accouplent à d'incroyables profondeurs et meurent.

– Nedra, on dirait du Wagner !

– Il y a les anguilles communes, *muraenesox*, *ophichtys*, *serviomeridae*, toutes sortes d'anguilles. Elles naissent dans la mer, vivent dans l'eau douce, puis retournent à la mer pour frayer et mourir. Tu ne trouves pas ça émouvant ?

– Oui.

– Je ne sais pas comment terminer.

– Par un beau dessin, peut-être.

– Oh, des dessins, il y en aura à toutes les pages. Je veux que le livre en soit couvert. »

Les yeux de Viri brûlaient de fatigue.

« Et je voudrais qu'ils soient exécutés sur du papier gris pâle. Tiens, fais-m'en un tout de suite. »

Les enfants descendaient l'escalier.

« Une anguille ? demanda-t-il.

– Oui. Voilà des photos de ces bêtes.

– Est-ce que les filles ont le droit de voir ce que je fais ?

– Non. Je veux que ce soit une surprise. »

Ils mangèrent chez un Chinois qui était toujours bondé les week-ends, mais presque vide ce soir-là. Complètement usés, les menus se déchiraient à l'endroit du pli. Viri but deux vodkas et montra aux filles comment se servir de baguettes. On apporta les plats sur la table et on ôta leur couvercle : des crevettes et des petits pois, du poulet braisé, du riz. Avoir deux vies est parfaitement normal, pensa-t-il en prenant une châtaigne d'eau. Avoir deux vies est essentiel. Pendant ce temps, il parlait de la Chine : légendes d'empereurs, bateaux de pierre de Peiping. Nedra paraissait peu loquace, aux aguets. Craignant soudain de se trahir, il devint prudent, presque silencieux. Quelque chose avait dû lui échapper, il essaya d'imaginer ce que c'était, un détail qu'elle avait remarqué par hasard. Le sentiment de culpabilité du novice le submergea comme un faux malade démasqué. Il essaya de rester calme, pragmatique.

« Vous voulez un dessert ? » demanda-t-il.

Il appela le garçon. Celui-ci portait un badge avec son nom sur sa veste.

« Kenneth ? lut Viri, surpris.

– Kennif, confirma le Chinois.

– Ah ! oui. Qu'avez-vous comme desserts, Kenneth ? Vous avez des beignets chinois ?

– Oui, monsieur.

– Des kumquats ?

– Non.

– Pas de kumquats ?

– Du *jerro**, dit le garçon d'un ton conciliant.

– Les beignets, alors », décida Viri.

---

* Jello : sorte de gelée. Le mot est prononcé avec l'accent chinois.

Couché dans le lit, vêtu d'un pyjama propre, il attendait. Ses chaussures étaient dans le placard, ses vêtements, rangés. La fraîcheur de l'oreiller sous sa tête, la sensation de fatigue et de bien-être qui le remplissaient, il examinait tout cela comme une série d'avertissements. Il était couché là, résigné et sur ses gardes, prêt à encaisser le coup.

Nedra prit sa place à côté de lui. Il resta silencieux, incapable de fermer les yeux. La présence de sa femme était un gage ultime d'ordre et d'inviolabilité, comme ces grands chefs militaires qui étaient toujours les derniers à s'endormir. Dans la maison silencieuse aux fenêtres noires, ses filles reposaient dans leurs lits. Quelque part près de lui, le doigt de Nedra était orné d'un anneau de mariage, un doigt probablement taché d'encre qu'il brûlait de caresser, qu'il n'avait pas l'audace de toucher.

Ils étaient allongés l'un près de l'autre dans l'obscurité. Enterrée tout au fond d'un tiroir du secrétaire, il y avait une lettre composée de phrases découpées dans des magazines et des journaux, une lettre d'amour pleine de plaisanteries et de sous-entendus passionnés, la fameuse lettre envoyée de Géorgie avant leur mariage, quand Viri était à l'armée, nostalgique et solitaire. Des abeilles avaient fait leur nid dans la serre, la berge s'effritait. Sur une commode d'enfants, un coffret monté sur quatre pieds contenait des colliers, des bagues, une étoile de mer dure comme du bois. Une maison aussi riche qu'un aquarium, remplie du rythme du sommeil, de membres alanguis, de bouches entrouvertes.

Nedra ne dormait pas. Elle se dressa soudain sur un coude.

« Qu'est-ce que c'est que cette terrible odeur ? dit-elle. Hadji ? C'est toi ? »

Le chien était couché sous le lit.

« Sors de là ! » cria-t-elle.

73

Hadji refusa de bouger. Elle continua à lui donner des ordres. Finalement, les oreilles rabattues, il apparut.

« Viri, soupira-t-elle, ouvre la fenêtre.

– Oui, que se passe-t-il ?

– Ton foutu chien. »

10

Marcel-Maas vivait dans une grange inachevée
construite en grande partie de ses propres mains. Il
était peintre. Une galerie exposait ses œuvres, mais il
était pratiquement inconnu. Il avait une fille de dix-sept
ans. Sa femme – les gens la trouvaient bizarre – vivait
ses dernières années de jeunesse. Elle était comme un
bon dîner laissé sur la table pendant la nuit. Elle était
somptueuse, mais les invités étaient partis. Désormais
ses joues tremblotaient quand elle marchait.

Une barbe épaisse, un nez qui tenait de la verrue,
une veste en velours côtelé, de longs silences : c'était
ça, Marcel-Maas. Il consacrait désormais toute son
énergie à la peinture ; les châssis de fenêtre s'écail-
laient, les murs intérieurs étaient couverts de taches. Il
ne réparait rien, pas même une fuite. Il sortait rarement,
il ne conduisait jamais une voiture. Il détestait voyager,
disait-il.

Sa femme faisait penser à une jument seule dans un
pré. Elle attendait la folie en broutant sa vie. Elle allait
en ville, chez Bloomingdale, chez le gynécologue, dans
des magasins de fournitures d'art. Parfois, dans l'après-
midi, elle allait au cinéma.

« Voyager est stupide, déclara Marcel-Maas. Tout ce
que vous voyez, vous le portez déjà en vous. »

Il avait des pantoufles en tapisserie. Ses cheveux
noirs étaient flottants.

« Je ne suis pas tout à fait d'accord, dit Viri.

– Ceux qui tireraient profit d'un voyage, les êtres sensibles, n'ont pas besoin de voyager.

– Ça revient à dire que ceux qui bénéficieraient d'une bonne instruction n'ont pas besoin d'apprendre », dit Viri.

Marcel-Maas resta un moment silencieux.

« C'est une interprétation trop littérale, finit-il par dire.

– Moi, j'adore voyager », intervint sa femme.

Silence. Marcel-Maas ne lui accorda aucune attention. Elle se tenait à la fenêtre, le regard perdu au loin, un verre de vin rouge à la main. « Robert est la seule personne que je connaisse que cela n'intéresse pas », ajouta-t-elle. Elle ne bougea pas la tête.

« Où as-tu voyagé ? demanda-t-il.

– Bonne question, n'est-ce pas ?

– Tu parles de quelque chose dont tu ignores tout. Tu as simplement lu des trucs là-dessus. Tu as entendu parler de médecins qui vont en Europe avec leurs femmes. De médecins et d'employés de banque. Qu'y a-t-il de si intéressant là-bas ?

– Ne dis pas de bêtises », riposta-t-elle.

Leur fille apparut à la porte. Elle avait un corps et des bras minces, de petits seins. Ses yeux étaient d'un bleu fascinant.

« Salut, Kate », dit Viri.

Elle était occupée à mordiller son pouce. Elle avait les pieds nus.

« Je vais vous dire ce que l'Europe a d'intéressant, poursuivit son père, les déchets de civilisations ratées. Des boîtes de nuit. Des puces.

– Des puces ?

– Jivan est là », annonça Kate.

Nora Marcel-Maas pressa sa figure contre le carreau pour regarder dehors.

« Où ça ?

– Il vient d'arriver en moto. »

Ils entendirent la porte d'entrée s'ouvrir. « Il y a quelqu'un ? appela une voix.

– Je suis ici ! » cria Marcel-Maas.

Ils l'entendirent traverser le hall. La cuisine était l'endroit le plus douillet de la grange ; l'étage supérieur n'était même pas chauffé.

Jivan était petit, mince comme ces garçons qu'on voit traîner sur les *plazas* du Mexique et de pays situés plus au sud. Il appartenait à la même famille, mais il avait de bonnes manières, des vêtements neufs.

« Bonjour, dit-il en entrant. Bonjour, Kate. Tu deviens drôlement jolie, dis donc ! Laisse-moi voir. Tourne-toi. » La jeune fille virevolta sans hésiter. Il lui prit la main et la baisa comme si ç'avait été un bouquet de fleurs. « Ta fille est fantastique, Robert. Elle a un cœur de courtisane.

– Ne t'inquiète pas. Elle va bientôt se marier.

– Ah bon, je pensais qu'il s'agissait d'une simple expérience, se plaignit Jivan. Ce n'est pas ça ?

– Plus ou moins, répondit Kate.

– J'ai vu ta voiture, Viri, dit Jivan. C'est ce qui m'a fait m'arrêter. Comment vas-tu ?

– Tu es en moto ? demanda Viri.

– Tu veux une autre leçon ?

– Non, merci.

– C'était un accident de rien du tout.

– J'aimerais essayer de nouveau, mais j'ai encore mal aux côtes », dit Viri.

Jivan accepta un verre de vin. Il avait de petites mains, des ongles soignés, le visage lisse comme celui d'un enfant.

« Où étais-tu ? En ville ? demanda Marcel-Maas.

– Où est Nora ?

– Elle était ici il y a un instant.

77

– Oui, je viens de rentrer. J'y ai passé la nuit. Je suis allé à une sorte de réception – un truc libanais. La fête s'est terminée tard, alors je suis resté. Elles sont vraiment bizarres, les Américaines. »

Jivan s'assit et sourit poliment. Il vous transportait dans des cafés et des restaurants ternes animés par le murmure des conversations. Il sourit encore, ses dents étaient solides. Il dormait avec un couteau à la tête de son lit.

« Eh bien, j'y ai rencontré cette femme, poursuivit-il. L'ex-épouse d'un ambassadeur, une blonde, la trentaine. Après la soirée, nous sommes arrivés près de l'endroit où j'allais passer la nuit. Il y avait là un bar et je lui ai demandé, très simplement, si elle voulait y prendre un verre. Vous ne devinerez jamais ce qu'elle m'a répondu. Elle a dit : « Je ne peux pas. J'ai mes règles. »

– N'as-tu pas eu assez de femmes ? demanda Marcel-Maas.

– Assez ? Comment peut-on jamais en avoir assez ?

– Elles sont comme des *lukoum* pour toi.

– *Loukoum*, rectifia Jivan. *Rahat loukoum*. Hautement caloriques. Robert aime le son de ce mot. Un de ces jours, je vous en apporterai, vous verrez alors ce que c'est.

– Je sais ce que c'est, affirma Marcel-Maas. J'en ai souvent mangé.

– Mais pas le vrai *rahat*.

– Si. »

Marcel-Maas disait toujours que Jivan était son ami. Il n'en avait pas d'autres, même sa femme n'était pas une amie. De toute façon, il allait divorcer. Elle était complètement névrosée. Un artiste devait vivre avec une femme peu compliquée, une femme comme celle de Bonnard, qui posait seulement avec ses chaussures. Le reste suivrait. C'est-à-dire un repas chaud par jour, sans lequel il ne pouvait pas travailler. Il s'attablait comme un ouvrier irlandais, les mains tachées, la tête penchée en avant, des pommes de terre, de la viande, de grosses tranches de pain. Il ne parlait pas, ne plaisantait pas ; il attendait que les choses se résolvent d'elles-mêmes pendant qu'il mangeait, qu'elles forment un élément original et intéressant comme la couche de fines bulles qui enveloppe votre jambe dans un bain.

« Alors, où est ta mère, Kate ? dit-il. Où est-elle passée ? »

Kate haussa les épaules. Elle avait la nonchalance d'un garçon de courses, d'un être qu'on ne pouvait blesser. Elle avait connu des chambres à coucher glaciales, des factures impayées, les départs d'un père qui les abandonnait, ses retours, de magnifiques oiseaux qu'il avait sculptés dans du bois de pommier, peints et placés sur son lit. Il s'était beaucoup occupé d'elle dans son enfance. Elle en gardait quelques souvenirs. Elle avait vécu dans les ondes de couleurs qu'il avait choisies, avait été irradiée par elles comme par le soleil. Elle avait vu ses carnets de croquis déchirés et jetés par terre avec des empreintes de chaussures sur les pages, elle l'avait trouvé étalé, ivre, dans sa chambre d'enfant, la figure écrasée contre les épaisses lattes de pin du plancher. Elle ne pourrait jamais le trahir, c'était impensable. Il ne lui demandait rien. Toutes ces années-là, il avait été battu, comme dans une bagarre de rue, sous ses yeux. Il ne se plaignait pas. Il parlait parfois de peinture ou de la taille des arbres. Il avait la sainteté d'un homme qui ne se regarde jamais dans une glace, dont les pensées sont brillantes mais incultes, les rêves, immenses. Chaque sou gagné, il le leur avait donné et elles l'avaient dépensé.

Le petit ami californien de Kate était peintre. Tous deux fumaient dans l'air rempli de musique pendant des jours d'affilée. Ils sortaient le soir, se couchaient tard, dormaient jusqu'à midi. Son père ne lui avait rien appris,

mais le tissu de sa vie était le seul qui lui convînt, à elle ;
elle le portait comme parfois, ses vieilles chaussures : il
avait de très petits pieds.

« Eh bien, où est-elle ? demanda-t-il. Pas moyen de
s'en débarrasser quand vous travaillez, et puis dès que
vous avez besoin d'elle, elle disparaît. Va donc lui dire
que Jivan est ici.

– Oh, elle le sait », répondit Kate.

11

Jivan adorait les enfants. Ceux-ci lui montraient leurs jeux, sachant qu'il les apprendrait vite. Il ne se mettait pas à leur niveau : il devenait l'un d'eux. Il en avait le loisir. Il incarnait les vertus simples d'un célibataire. Il avait du temps pour tout : cuisiner, s'occuper de ses plantes.

Il habitait un magasin vide, une ancienne pharmacie. Une longue pièce calme sur le devant avec des fenêtres voilées par des stores en bambou et des plantes. La nuit, on voyait à peine à l'intérieur. On aurait dit un restaurant où s'attardaient les derniers clients. Un vélo de course pendait au mur. Un chien-loup blanc pressait silencieusement sa truffe contre la porte vitrée.

Il avait des oiseaux dans une cage et un perroquet gris qui déployait ses ailes.

« Perruchio, disait Jivan, fais l'ange. »

Rien.

« L'ange, l'ange, répétait-il. *Fa l'angelone.* »

Tel un chat qui sort ses griffes, le perroquet étendait alors ses ailes et ses plumes. Sa tête se tournait de profil, montrant un œil noir, impitoyable.

« Pourquoi s'appelle-t-il Perruchio ? » demanda Danny.

Alors qu'elle essayait de s'approcher de lui, l'oiseau se déplaça de côté, un pas à la fois.

« C'est le nom qu'il portait quand je l'ai eu », répondit Jivan.

Il jouait aux vingt questions. Il s'était instruit de la manière la plus simple qui fût : en lisant. Jamais de romans, seulement des journaux intimes, des lettres, des biographies de grands hommes.

« OK, dit-il, vous êtes prêtes ? J'en ai une.

– Un homme ? hasarda Danny.

– Oui.

– Vivant ?

– Non. »

Une pause tandis que les filles abandonnaient l'espoir d'une réponse facile.

« Avait-il une barbe ? »

Elles posaient toujours des questions obliques.

« Oui.

– Lincoln ! s'écrièrent-elles.

– Non.

– Avait-il une grande famille ?

– Oui.

– Napoléon.

– Non, ce n'est pas lui.

– Ça fait combien de questions maintenant ?

– Je ne sais pas : quatre ou cinq », dit Jivan.

Il leur apportait des cadeaux : des boîtes qui avaient contenu des savonnettes de luxe, des cartes à jouer miniatures, des perles grecques. Il arriva pour dîner dans le crépuscule d'octobre, ses pieds écrasant le gravier froid, une bouteille de vin à la main. L'automne était là, on le sentait dans l'air.

Hadji était couché sur le côté, enfoui dans un buisson aux feuilles sombres.

« Salut, Hadji. Comment vas-tu, mon vieux ? » Jivan s'arrêta pour lui parler comme à une vraie personne. L'arrière-train du chien frémit : il agitait sa queue absente. « Qu'est-ce que tu fais ? Tu te reposes ? »

Il entra dans la maison. Il était à l'aise, mais poli, comme un parent qui connaît sa place. Il respectait le savoir de Viri, le milieu dont il était issu, les gens qu'il connaissait. Il s'était habillé avec soin : un de ces pantalons gris qu'on trouve dans les grands magasins, un large foulard noué autour du cou, une chemise blanche.

« Salut, Franca », dit-il. Il l'embrassa avec naturel. « Salut, Dan. » Il tendit la main à Viri en souriant.

« Je vais te débarrasser de ce vin », proposa son hôte. Il examina l'étiquette. « Du Mirassou. Je ne le connais pas.

– Un de mes amis de Californie m'en a parlé, dit Jivan. Il a un restaurant. Vous savez comment sont les Libanais : la première chose qu'ils font en arrivant quelque part, c'est de trouver un bon restaurant ; ensuite, ils vont toujours au même et nulle part ailleurs. C'est comme ça que je l'ai rencontré. Je dînais dans son restaurant. Quand je vivais en Californie, j'étais tous les soirs chez lui.

– Il y a de l'agneau au menu de ce soir.

– Ce vin l'accompagnera très bien.

– Veux-tu un San Raphael ? demanda Nedra.

– Oui, merci », répondit Jivan. Il s'assit. « Alors, qu'as-tu fait de beau ? » demanda-t-il à Danny.

Il se sentait moins à l'aise avec les enfants quand leur père était là.

« Je voudrais te montrer un truc que je suis en train de faire, dit-elle.

– Qu'est-ce que c'est ?

– Une forêt.

– Quelle sorte de forêt ?

– Je vais te montrer, dit Danny en prenant Jivan par la main.

– Non, apporte-la ici », décida Viri.

Les deux hommes avaient presque la même taille et le même âge. Jivan avait moins d'assurance. Ils étaient

83

assis là comme le propriétaire d'une grande maison et son jardinier. Chacun attendait que l'autre introduise un sujet pour engager la conversation.

« Le temps a fraîchi, fit remarquer Viri.

– Oui, les feuilles commencent à jaunir, acquiesça Jivan.

– L'hiver ne va pas tarder maintenant. J'aime cette saison. J'aime la sensation de son imminence.

– Comment va Perruchio ? demanda Franca.

– Je lui apprends à pendre de son perchoir la tête en bas.

– Comment fais-tu ?

– Comme une chauve-souris, ajouta Jivan.

– J'aimerais voir ça.

– Tu le verras quand il aura appris. »

Nedra lui apporta son apéritif.

« Merci, dit-il.

– Veux-tu d'autres glaçons ?

– Non, c'est parfait. »

Elle se montrait facilement gentille, Nedra, facilement ou pas du tout. Jivan sirota sa boisson. Il essuyait le pied de son verre avant de le poser sur la table. Il avait une petite entreprise de déménagement et de garde-meubles. Son camion était immaculé. Ses couvertures molletonnées étaient pliées et empilées avec soin, ses pare-chocs, intacts.

À midi, deux fois par semaine, et parfois plus, elle se couchait dans son lit, dans la pièce tranquille du fond. Près d'elle, sur la table de chevet, étaient posés deux verres vides, ses bracelets, ses bagues. Elle ne portait rien ; elle avait les mains et les poignets nus.

« J'adore le goût du San Raphael, dit-elle.

– Moi aussi, acquiesça Jivan. C'est bizarre, vous êtes les seules personnes à en boire, à ma connaissance.

– C'est notre apéritif préféré. »

Midi, le soleil loin dans le ciel, les portes bien fermées. Elle était perdue, elle pleurait. L'amour avait le rythme régulier d'un monologue, d'une paire d'avirons qui grincent. Elle n'en finissait pas de crier, les mamelons durcis. On aurait cru entendre une jument, un chien, une femme qui s'enfuit pour sauver sa vie. Les cheveux épars.

« Viri, allume le feu, s'il te plaît.

– Je vais le faire, offrit Jivan.

– Il doit y avoir du petit bois dans le panier », dit Viri.

Elle le voyait très loin au-dessus d'elle. Elle agrippait le drap. En trois, quatre, cinq grands mouvements qui se répercutaient le long des méridiens du corps de Nedra, il atteignait la jouissance en un jaillissement brutal. Ils restaient étendus en silence. Il demeurait immobile un long moment, comme sur un cheval en automne, accroché à elle, épuisé, rêveur. Ils sombraient ensemble dans un profond sommeil, les membres lourds, ils se vautraient dedans. Les seins de Nedra étaient plus larges, plus doux, comme si elle avait été enceinte.

Le feu prit, crépita entre les grosses bûches, Jivan était agenouillé devant. Franca observait l'invité en silence. Elle savait déjà, tel un chat, ou tout autre animal ; l'instinct coulait dans ses veines. Bien entendu, ce n'était encore qu'une enfant, aux regards furtifs, sans conséquences. Elle n'avait aucun pouvoir, juste la velléité qui le ferait apparaître. Elle savait déjà prononcer le nom de Jivan après une petite pause ingénue. Sa mère avait de l'affection pour cet homme, et elle sentait en lui une certaine chaleur, différente de celle de son père, moins familière, moins douce. Même quand il jouait avec Danny comme maintenant – il regardait le paysage miniature qu'elle avait fait avec des ramilles de pin et des pierres – son attention, ses pensées ne vagabondaient pas, elle en était sûre.

Nedra se réveillait lentement sous l'effet de caresses

légères, de caresses de rêve. Elle luttait pour remonter à la surface, pour reprendre ses esprits. Il lui fallait une demi-heure. Le soleil de l'après-midi tombait sur les rideaux, la voix du jour avait changé. Il levait un bras comme pour le voir à la lumière. Elle l'imitait. Ils regardaient ces bras dressés avec un vague intérêt.

« Ta main est plus petite. »

Elle approchait sa main de la sienne, pour comparer.

« Tu as de plus jolis doigts », disait-il. Ils étaient longs et pâles, on voyait l'os sous la peau. « Les miens sont carrés.

– Les miens aussi.

– Moins que les miens. »

Déjeuner, cognac, café. Elle adorait l'isolement de ce magasin abandonné dont un côté donnait sur une rue en pente. Elle était pleine d'un sentiment de paix, de plénitude. Elle avait été comblée, et maintenant elle irradiait le bonheur comme une brique chauffée pour le lit. Elle sortait par la porte de derrière. Les vieux arbres avaient fissuré le trottoir, d'énormes arbres aux troncs tachetés, tels des serpents. Seules quelques feuilles étaient tombées. Il faisait encore doux, la dernière heure de l'été.

Jivan était insignifiant, dénué d'envergure. Il tenait aux ternes attributs de la bourgeoisie : chaussures, pulls couleur pastel, cravates en tricot. Elle conduisait sa voiture quand la sienne était en panne. Il la grondait pour le manque de soin avec lequel elle la traitait, les papiers qu'elle y laissait traîner, les bosses qui apparaissaient sur les côtés. Elle s'excusait en souriant, mais n'en faisait qu'à sa tête.

La grande ambition de Jivan était de devenir propriétaire. Il en avait l'étoffe. Il possédait déjà le magasin dans lequel il vivait et était en train d'acheter une maison avec cinq hectares, près de New City. Il épargnait tranquillement, patiemment, comme une femme.

« Parle-nous de ta maison, dit Nedra.

– Oui. Où se trouve-t-elle exactement ? » demanda Viri.

Ce n'était pas grand-chose, déclara Jivan, une toute petite maison, mais le terrain tout autour était beau. C'était davantage un studio qu'une maison. Il y avait toutefois une source avec un pont de pierre en ruine. Ils dînèrent. Ils burent le Mirassou. Franca eut droit à un demi-verre. Dans la douce lumière, elle avait un visage extraordinairement sage, des traits qui paraissaient indestructibles.

« C'est dans ton sang, n'est-ce pas, de vouloir des biens au soleil ? dit Nedra.

– Je crois que cela dépend plutôt de l'éducation. Dans le sang ? Oui, peut-être aussi, un peu. Je me souviens de mon père. Il m'a dit : "Jivan, il faut que tu me promettes trois choses." J'étais un petit garçon à l'époque, et il m'a dit : "Jivan, tout d'abord, promets-moi de ne jamais jouer. Jamais." Vous savez, j'avais entre sept et huit ans à l'époque, et il me disait des choses pareilles. "Si tu dois absolument jouer, dit-il, fais-le avec le roi des joueurs. Tu le trouveras dans la rue ; il est nu, il a tout perdu, même ses vêtements. Ensuite…" Moi, j'étais encore en train d'essayer d'imaginer ce roi, ce mendiant, mais déjà mon père poursuivait : "Ensuite, ne va jamais chez les putains." Excuse-moi, Franca. Je n'avais que huit ans, je ne savais même pas de quoi il parlait. "Jamais, dit-il, promets-le-moi. Si tu dois absolument le faire, n'y va que le matin : à ce moment-là, elles ne sont ni maquillées ni poudrées et tu pourras voir leur vrai visage, tu comprends ? – Oui, dis-je. Oui, père. – Très bien, dit-il, et la troisième chose, écoute-moi bien, c'est qu'il faut toujours repeindre une maison avant de la vendre." »

Jivan était sombre, plein d'histoires comme le serpent des mythes ; chacune de ses dents blanches contenait une histoire et chaque histoire, une centaine d'autres ; elles étaient toutes en lui, entrelacées, endormies. L'étranger bardé de légendes est invincible. Une fois qu'ils lui ont échappé, ces hymnes, ces plaisanteries, ces mensonges se mélangent à l'air, on les respire, on ne peut les filtrer. Il est comme la proue d'un navire qui fend des océans de sommeil. Le silence est mystérieux, mais les histoires nous remplissent comme le soleil. Elles sont pareilles à des éclats de miroirs qui reflètent des images brisées ; rassemblez-les, et une forme plus grande commencera à apparaître : l'histoire des histoires.

« Mon père est mort, dit Jivan, mais ma mère vit toujours. C'est une femme formidable. Elle sait tout. Elle a une maison et un petit jardin non loin de la mer. Tous les matins, elle boit un verre de vin. Elle n'a jamais quitté son village. Elle est comme… qui était-ce ? Comme Diogène. Dans cette petite ville avec sa place plantée d'arbres, elle est aussi heureuse que nous en plein cœur d'une capitale.

– Diogène ? fit Viri.

– Oui. N'est-ce pas le type qui vivait dans un tonneau ? »

II

1

Le matin, la lumière arrivait en silence. La maison dormait. Au-dessus, l'air étincelant, infini, au-dessous la terre humide – on pouvait goûter sa fertilité, sa densité, se baigner dans l'air comme dans une rivière. Pas un bruit. La croûte du fromage avait séché comme du pain. Les verres renfermaient l'arôme éventé du vin disparu.

Dans la salle à manger vide était accroché *L'Expulsion du paradis*, un tableau rempli d'animaux et une forêt à la Rousseau d'où émergeaient deux personnages, l'homme encore fier, la femme également. Gracieuse, à peine honteuse, elle avait quelque chose d'impertinent, sa peau luisait. Même dans la lumière du grand matin qui privait le fabuleux serpent de ses couleurs et les arbres de leurs fruits, elle était reconnaissable, du moins pour le propriétaire de la toile : ses jambes, ses poils impudiques, ce qu'ils cachaient. C'était Kaya.

Il l'avait remarqué tout à fait par hasard. Un jour, il avait inconsciemment été attiré par sa douce luminosité comme par la partie érodée d'une relique, par un visage blanc dans la foule. Il y avait trouvé une forme de confirmation, convaincu que certains objets prouvaient son existence.

Sur un autre mur, on voyait la célèbre photo de Louis Sullivan prise dans le Mississippi, à Ocean Springs, sa maison d'été. Avec sa tenue entièrement blanche, casquette comprise, sa moustache et sa barbe, on eût dit un capitaine de bateau fluvial ou un romancier. Un grand nez, des doigts délicats. Il posait presque avec coquetterie, appuyé contre un tronc d'arbre.

Lui, il ne serait jamais Sullivan, ni Gaudí. Enfin, peut-être serait-il Gaudí qui vécut jusqu'à cet âge avancé qui s'appelle la sainteté, vieillard ascétique, frêle, mince, parcourant les rues de Barcelone, inconnu de ses nombreux habitants. Pour finir, il fut renversé par un tramway et abandonné sur la chaussée. Ce fut dans le dépouillement et l'odeur d'une salle d'hospice, au milieu d'enfants et de parents pauvres, que se termina cette vie excentrique, une vie plus bruyante que la mer, une vie éternelle, une vie facile à quitter car elle n'était qu'une enveloppe : déjà métamorphosée, déjà envolée pour devenir bâtiments, cathédrales, légende.

Le matin. La première lumière. Au-dessus des arbres, le ciel est clair, pur, plus mystérieux que jamais, un ciel à étourdir les *fedayin*, c'est l'heure où les astronomes vont se coucher. Aussi indistinctes que des pièces de monnaie sur une plage, deux étoiles pâlissantes y brillent encore.

C'est un matin d'automne. Dans les champs avoisinants, les chevaux se tiennent immobiles. Le poney a déjà son pelage d'hiver ; on a l'impression que c'est trop tôt. Ses grands yeux sont sombres, ses cils, peu fournis. Quand on s'approche, on entend un bruit régulier d'herbe mâchonnée, de dents meulant la paix de la terre.

Les rêves de Viri sont illicites. Il y voit une femme interdite, la rencontre dans une foule en compagnie d'autres hommes. L'instant d'après, ils sont seuls. Elle se montre amoureuse, complaisante. Tout semble incroyablement réel : le lit, la façon dont elle dispose son corps…

Il se réveille ; sa femme est allongée sur le ventre, les enfants sont couchées sur elle, l'une sur son dos, l'autre sur ses fesses. Elles dorment, accrochées à leur mère, tête-bêche. Leur présence l'absout, lentement le bonheur l'envahit. Ce monde, ses oiseaux emplumés, son soleil… une raison de vivre, du moins pour le moment. Cela le console. Il se sent bien au chaud, fort, empli d'une joie inviolable.

Que se passe-t-il entre les époux pendant les longues heures de leur vie commune ? Quel élan les rapproche, quel courant ? Leur vaste chambre à coucher donnait sur la rivière ; elle avait des doubles fenêtres à hauteur de taille ; composés de losanges, les carreaux étaient inégaux, bombés, comme déformés par la chaleur ; ici et là, il en manquait un morceau, un verre était tombé de sa châsse de plomb. Les murs étaient d'un turquoise délavé, une couleur curieuse que Viri avait cessé de détester. Derrière la porte-fenêtre, il y avait une véranda blanche comme le lin où, les pattes en l'air, leur chien dormait sur un canapé en rotin. Leur vie était à la fois une vie – ou, du moins, sa préparation – et l'illustration d'une vie pour leurs enfants. Ils n'avaient jamais discuté de cette idée, mais ils étaient d'accord à ce sujet, et ces deux versions restaient imbriquées, de sorte que lorsque l'une disparaissait, l'autre surgissait. Ils voulaient durant ces années-là donner l'impossible à leurs filles, non pas dans le sens de l'inaccessible, mais dans celui de la pureté.

Les enfants sont notre récolte, nos champs, notre terre. Ce sont des oiseaux lâchés dans l'obscurité. Des erreurs renouvelées. Néanmoins, ils sont la seule source d'où nous pouvons tirer une vie plus réussie, plus intelligente que la nôtre. D'une certaine façon, ils feront un pas de plus, ils apercevront le sommet. Nous croyons à la splendeur jaillie d'un avenir que nous ne verrons pas. Les enfants doivent vivre, ils doivent triompher. Les enfants doivent mourir ; c'est une idée que nous ne pouvons accepter.

Il n'y a pas de plus grand bonheur que celui-ci : les matins tranquilles, la lumière du fleuve, la perspective d'un week-end. Ils menaient une vie russe, une vie riche, où s'entremêlaient les événements, où le malheur, l'échec, la maladie de l'un d'eux les ébranlaient tous. Une vie belle du dehors, chaude à l'intérieur, comme un vêtement.

Pour l'anniversaire de Franca, Nedra fit une merveilleuse nappe : une jungle de fleurs découpées dans du papier et collées ensemble, une à une, les plus luxuriantes fougères et plantes qu'on puisse imaginer. Elle confectionna aussi des invitations, des jeux, des chapeaux : toques de cuisinier, hauts-de-forme, casquettes bleu et or de chef de train, tous ornés de noms. Au-dessus de la table était accrochée une grande grenouille en papier mâché remplie de cadeaux et de pièces de monnaie en chocolat. Viri joua du piano pour les chaises musicales, s'interdisant de regarder les participantes trop nerveuses. Leslie Dahlander était là, et Dana Paum dont le père était acteur. Il y avait neuf petites filles en tout, aucun garçon.

Un gâteau avec un glaçage à l'orange. Nedra avait même fait de la glace parfumée à la vanille, si épaisse qu'elle s'étirait comme du caramel. La maison ressemblait à un théâtre ; en fait, une représentation de guignol termina la journée. Viri et Jivan s'agenouillèrent derrière la scène, les pages du texte éparpillées entre eux, les formes inertes des marionnettes rangées selon leur ordre d'entrée. Assises sur les canapés, les enfants crièrent et applaudirent. Elles connaissaient la pièce par cœur. Franca trônait au milieu d'elles. En ce jour d'anniversaire, elle semblait plus belle que jamais. Sa figure rayonnait de bonheur, ses dents blanches brillaient. Viri l'entrevit par une ouverture au bord de la scène. Les mains sur les genoux, sa fille était très attentive, absorbant chaque mot du dialogue.

« Où est le bébé ?

– Comment ? Tu ne l'as pas attrapé ?

– Attrapé ? Qu'as-tu fait de lui ?

– Eh bien, je l'ai jeté par la fenêtre, pensant que tu allais passer. »

Des hurlements de joie. Franca, radieuse, dominait de sa taille les filles qui l'entouraient. De toute évidence, c'était leur idole.

Les voitures arrivèrent peu à peu dans l'allée pour ramener les invitées épuisées. Les lumières s'allumèrent dans la maison, une brume emplit le crépuscule. Hadji gisait, à bout de forces, parmi les débris de la fête. Enfin, le calme revint.

« Certaines de ces fillettes sont très gentilles, admit Nedra. J'aime beaucoup Dana. Mais, n'est-ce pas étrange – crois-tu que c'est parce que ce sont les nôtres ? – je trouve Franca et Danny différentes. Elles ont quelque chose de très particulier qu'il me serait impossible de définir.

– Jivan a mal lu la moitié du texte.

– Oh, la représentation de marionnettes était absolument merveilleuse !

– Et il a marché sur Scaramouche – par mégarde, évidemment.

– C'est lequel, Scaramouche ?

– Celui qui dit : *Je vous ferai payer pour ma tête, monsieur.*

– Oh, quel dommage !

– Je le réparerai », concéda Viri.

La pièce était silencieuse, jonchée de bouts de papier. Les événements de la journée avaient déjà revêtu une sorte d'aura. Pareille à une cargaison de marchandises saccagée, la grenouille gisait sur la table, en morceaux, démolie par d'innombrables coups.

Dans un moment, Nedra préparerait le dîner. Ils mangeraient ensemble, un plat léger : une pomme de terre bouillie, de la viande froide, ils finiraient une bouteille de vin. Leurs filles seraient assises, tout engourdies, des cernes de fatigue sous les yeux. Nedra prendrait un bain. Comme ceux qui ont tout donné d'eux-mêmes – acteurs, athlètes –, ils sombreraient dans cette apathie que seule engendre la tâche accomplie.

2

« Es-tu heureux, Viri ? » demanda-t-elle.

Ils traversaient la ville en voiture, à cinq heures de l'après-midi. Le grand fleuve mécanique dont ils faisaient partie coulait tout doucement aux carrefours, puis plus vite dans les longues rues transversales. Nedra se faisait les ongles. À chaque feu rouge, sans dire un mot, elle lui donnait le flacon à tenir et vernissait un ongle.

Était-il heureux ? La question était posée d'une façon si douce, si ingénue. Il y avait des choses qu'il rêvait de faire et qu'il craignait de ne jamais pouvoir réaliser. Il faisait souvent le bilan de sa vie. Pourtant, il était encore jeune ; devant lui, les années s'étendaient comme des plaines infinies.

Était-il heureux ? Il saisit le flacon ouvert. Elle y trempa le pinceau, absorbée par sa tâche. Il savait qu'elle flairait tout. Elle avait les dents bien aiguisées propres à son sexe, des dents qui sectionnaient un fil en deux, coupantes comme un rasoir. Son aisance, son regard interrogateur semblaient exprimer tout son pouvoir. Il s'éclaircit la voix.

« Je crois que oui. »

Silence. La file de voitures devant eux avait commencé à s'ébranler. Nedra reprit la bouteille pour lui permettre de conduire.

« Mais c'est une idée stupide, n'est-ce pas, quand on y pense ? dit-elle.

– Quoi ? Le bonheur ?

– Sais-tu ce que dit Krishnamurti ? Consciemment ou inconsciemment, nous sommes foncièrement égoïstes et tant que nos désirs sont satisfaits, nous pensons que tout va bien.

– Tant que nos désirs sont satisfaits… mais est-ce cela, le bonheur ?

– Je ne sais pas. Tout ce que je sais, c'est que, lorsqu'on n'obtient pas ce qu'on veut, on est malheureux.

– Il faudrait que je réfléchisse à ça, dit-il. Ne *jamais* voir ses désirs satisfaits pourrait être très frustrant, mais tant qu'il y une chance de les réaliser… »

Dès qu'ils auraient atteint la 10ᵉ Avenue, la rue serait vide, dégagée comme pendant le week-end ; ils seraient libres de filer vers l'autoroute, de foncer vers le nord. La foule grise et épuisée se traînait le long des kiosques à journaux, des échoppes de clé-minute, des banques. Des gens affalés aux tables de l'Automat mangeaient en silence. Il y avait des pigeons à une patte, des voitures cabossées, les fenêtres obscures d'innombrables appartements et, au-dessus de tout cela, un ciel automnal, lisse comme une coupole.

« Y réfléchir est difficile, dit Nedra. D'autant plus qu'il dit que la pensée ne peut jamais conduire à la vérité.

– Qui le peut, alors ? Voilà la question.

– La pensée fluctue. Elle est pareille à une rivière, elle contourne les choses, change de cours. La pensée est désordre, dit-il.

– Mais quelle est l'alternative ?

– C'est très compliqué, admit-elle. C'est une autre façon de voir les choses. Tu n'as pas parfois le sentiment que tu aimerais trouver une nouvelle manière de vivre ?

– Cela dépend de ce que tu veux dire par là. Oui, ça m'arrive. »

Ce jour-là mourut Monica, la petite unijambiste. Les chirurgiens n'avaient pas pu couper suffisamment. La douleur avait repris, invisible, comme si l'opération n'avait servi à rien. Ce fut le début de la fin. Suivirent la fièvre et les maux de tête. L'enfant enfla de partout. Elle sombra dans le coma. Cela prit des semaines, évidemment. Finalement – c'était le soir, Viri rentrait du bois, des bouts d'écorce collés à ses manches, les bras encombrés ; il construisait un talus de bûches, un parapet qui durerait tout l'hiver –, elle mourut. Son père était encore au travail. Sa mère était assise près du lit sur une chaise pliante quand son enfant cessa de respirer. À peine un instant, et Monica fut partie. Soudain, elle devint plus légère, beaucoup plus légère ; elle gisait là, terriblement inconsistante. Tout avait disparu : l'innocence, les pleurs, les sorties obligatoires avec son père, la vie qu'elle n'avait jamais vécue. Tout cela pèse. Tout cela passe, se dissout, s'éparpille comme de la poussière.

Les jours avaient fraîchi. Parfois, tel un adieu, régnait à midi une ou deux heures estivales, éphémères. Dans les vergers voisins, les arbres portaient des pommes jaunes et dures, remplies d'un jus puissant. Elles giclaient contre vos dents, crachant une pluie de gouttelettes blanches, comme des répliques. Dans les champs lointains, océans de terre éloignés de tout, des tomates pendaient encore à leurs plants. Au premier coup d'œil, il semblait n'y en avoir que quelques-unes, mais elles étaient cachées, à l'abri ; c'est ainsi qu'elles avaient survécu.

Nedra en avait un panier plein, Viri, deux. Elles pesaient étonnamment lourd, comme du linge mouillé ou des oranges. Une famille de glaneurs aux visages sales, aux mains noircies par cette terre encore humide. C'était un champ près de New City, le fermier était leur ami.

« Cueillez les moins grosses », avait dit Viri à ses filles.

Elles aussi en avaient des paniers pleins. Elles fourraient dans leurs poches les toutes petites, celles qui étaient encore à moitié vertes. Elles longeaient les interminables rangées, errant de-ci de-là, vite fatiguées, apprenant à se pencher, à travailler, à sentir le fruit nu dans leurs mains. Elles s'interpellaient ; parfois, elles s'asseyaient par terre. Enfin, elles atteignirent le bout du dernier alignement.

« Papa, nous en avons des tonnes !

– Montrez-moi ça. »

Ils étaient debout près de la voiture, dans l'air fraîchissant, encore tout crottés de terre. Nedra avait l'air d'une femme qui avait été riche autrefois. Elle tenait ses mains loin de son corps. Ses cheveux s'étaient défaits.

« Qu'allons-nous faire de toutes ces foutues tomates ? » dit-elle en riant.

Son merveilleux rire, à l'automne, au bord des champs.

« Allez, monte, Hadji, chien dégoûtant ! » appela-t-elle. La truffe de l'animal était couverte d'une croûte de boue. « Tu as eu une sacrée journée. »

Les ongles noirs et les chaussures boueuses, ils rangeaient les tomates dans l'entrée non chauffée de la cuisine quand, dans le crépuscule, ils virent arriver Jivan.

3

« Il y a des choses que j'aime dans le mariage, dit Nedra. Par exemple, son côté familier. C'est comme un tatouage. Tu en voulais un, tu l'as eu, et à présent il est gravé dans ta peau pour toujours. C'est à peine si tu en as encore conscience. Je dois être très conformiste.

– D'une certaine manière, peut-être.

– Si tu demandais aux gens ce qu'ils veulent, que diraient la plupart d'entre eux ? De l'argent, voilà ce qu'ils diraient. Moi aussi, j'aimerais avoir beaucoup d'argent. Je n'en ai jamais assez. »

Jivan ne répondit pas.

« Je ne suis pas matérialiste, tu le sais. Enfin… sans doute le suis-je, après tout. J'aime les beaux vêtements et la bonne nourriture, je déteste les bus ou les endroits déprimants. Avoir de l'argent, c'est très agréable. J'aurais dû épouser quelqu'un de riche. Viri ne le sera jamais. Ja-mais. C'est terrible, tu sais, d'être lié à quelqu'un qui ne peut pas te donner ce que tu veux. La chose la plus simple, je veux dire. Nous ne sommes vraiment pas faits pour vivre ensemble. Pourtant, quand je le regarde fabriquer des marionnettes pour les filles… Ils sont assis tous les trois, leurs têtes rapprochées, complètement absorbés par le travail qu'il fait.

– Je sais.

– Il est en train de fabriquer tous les personnages d'*Elephant's Child*.

– Oui.

– Le kola-kola, le crocodile, tout. Il a du talent, tu sais. Il dit : "Franca…" et elle répond : "Oui, papa." Je ne peux pas t'expliquer.

– Franca est très belle.

– Cette terrible dépendance des autres, ce besoin d'amour.

– Ce n'est pas terrible.

– Si, parce que, en même temps, il y a la *stupidité* de ce genre de vie, l'ennui, les disputes. »

Il calait un oreiller derrière elle. Elle se souleva sans dire un mot.

« On n'a pas de lait sans vache et inversement, dit-il.

– Sans vache.

– Tu comprends, non ?

– Si tu veux du lait, tu dois accepter la vache, l'étable, les prés et tout le bataclan.

– Exactement », dit-il.

Il se déplaçait sans se presser, comme un homme qui met la table, une assiette après l'autre. Il y a des moments où l'on est important, d'autres où l'on existe à peine. Elle sentit qu'il s'agenouillait. Elle ne pouvait pas le voir. Elle fermait les yeux, la figure pressée contre le drap.

« *Karezza.* »

Il était solennel, distant. « D'accord », dit-il.

Il agissait avec lenteur et concentration, tel un analphabète qui s'applique à écrire. Presque inconscient de la présence de Nedra, il commença à lui faire l'amour comme s'il voulait la guérir. Son rythme, sa détermination la terrassaient comme des coups.

« Oui », murmura-t-il. Il la tenait par les épaules, par les fesses, avec une force qui l'annihilait. Le poids, l'audace de l'acte la bouleversaient. Elle se mit à gémir.

« Oui, dit-il, crie. »

Il n'y avait aucun mouvement, rien à part un lent relâchement auquel elle réagissait comme à une douleur.

Elle se roulait sur le lit en sanglotant. Elle poussait des cris étouffés. Il resta immobile, longtemps, très long-temps.

Ensuite, ils eurent l'impression d'avoir couru pen-dant des kilomètres. Ils demeurèrent couchés l'un à côté de l'autre sans pouvoir parler. Une journée vide, des mouettes sur le fleuve, l'eau bleue réfléchissant du bleu, comme des lames de mica.

« Quand tu me fais l'amour, j'ai parfois la sensa-tion que je vais si loin que je ne pourrai jamais revenir, dit-elle. J'ai la sensation d'être… » Soudain, elle se redressa. « Qu'est-ce que c'est que ça ? »

On aurait dit que quelqu'un secouait la porte. Jivan tendit l'oreille.

« Ce sont les chats », dit-il.

La tête de Nedra retomba sur le lit.

« Qu'est-ce qu'ils veulent ?

– Ils veulent entrer, dit Jivan. Ils n'aspirent qu'à ça. »

Le bruit, à la porte, continuait.

« Laisse-les entrer.

– Pas maintenant », décida-t-il.

On aurait dit qu'elle dormait. Elle avait le dos nu, les bras au-dessus de la tête, les cheveux défaits. Il toucha ce dos comme si c'était un objet qu'il avait acheté, comme s'il le découvrait pour la première fois.

Elle ne pourrait jamais se passer de lui, avait-elle dit. Parfois elle le haïssait parce que, contrairement à elle, il était libre : il n'avait ni femme ni enfants.

« Tu ne vas pas te marier, n'est-ce pas ? demanda-t-elle.

– Eh bien, il m'arrive d'y penser, évidemment.

– Pour toi, ce n'est pas nécessaire. Tu jouis déjà du fruit du mariage.

– Du fruit. Le fruit, c'est autre chose.

– Tu as tout le temps, insista-t-elle. Je suis stupide. Je te parle de la chose que je crains le plus au monde.

– N'aie pas peur.

– Je ne peux pas m'en empêcher. C'est plus fort que moi. Je dépends de toi.

– Nos vies sont toujours entre les mains de quelqu'un. »

La voiture de Nedra était garée dehors. Un après-midi d'hiver, des branches nues. Les enfants étaient à l'école en train d'écrire en grosses lettres sur leur cahier ou de dessiner des cartes argent et vert des États-Unis.

Viri revint dans l'obscurité, les phares de sa voiture proclamaient son approche, illuminaient les arbres, la maison, puis ils s'éteignirent comme des étoiles mourantes.

La porte se referma sur lui. Il venait de l'air du soir, la peau fraîche et blanchie, comme s'il arrivait de la mer. On aurait même dit que les embruns avaient ébouriffé ses cheveux. Derrière lui, il laissait des plans, des discussions avec des clients. Il était fatigué, un peu nerveux.

« Salut, Viri », dit-elle.

Un feu brûlait. Les enfants mettaient le couvert.

« Tu veux boire un verre ? offrit-elle.

– Oui. »

Après avoir embrassé ses filles au passage, il mangea une petite olive verte, amère comme du thé.

Elle lui prépara son apéritif. Ce soir, elle était satisfaite de sa vie, nota-t-il. Elle était toute contente. Cela se voyait à sa bouche, aux ombres que dessinaient les commissures de ses lèvres.

« Franca, tiens, ouvre cette bouteille », dit-elle.

La radio diffusait de la musique. Des bougies étaient allumées sur la table. Les premières nuits d'hiver avec leurs déferlements glacés. De loin, la maison ressemble à un navire sombre, immobile, toutes ses fenêtres sont inondées de lumière.

4

Robert Chaptelle avait trente ans. Il perdait déjà ses cheveux et avait des lèvres d'un rouge peu naturel. Sous ses yeux s'étendaient les légers cernes mauves de la maladie, l'asthme surtout, l'asthme de Proust. Une figure d'intellectuel dont l'ossature se devinait à travers la peau. C'était un ami d'Ève. Il l'avait rencontrée lors d'un dîner où il était resté assis tout seul dans un coin. Elle l'avait abordé ; il parlait avec un accent.

« Vous êtes français.

– Comment avez-vous deviné ? s'étonna-t-il.

– Vous êtes ici depuis longtemps ? »

Il haussa les épaules. « Oui, il est temps que je parte, acquiesça-t-il.

– Je veux dire : depuis combien de temps êtes-vous aux États-Unis ?

– Depuis trop longtemps aussi », dit-il.

C'était quelqu'un qui s'écoutait, un raté. Il tenait à l'échec : c'était son adresse, sa rue, son unique confort. Sa vie était faite d'intimité et de trahison. Lui-même se décrivait comme un être extravagant et fourbe. Il n'avait aucun sens pratique, était lunatique et marginal. Il aimait et souffrait à la manière d'une femme ; il se souvenait du temps qu'il faisait tel jour, des menus de restaurant, d'heures semblables à un collier cassé rangé dans un tiroir. Il retenait tout, ça restait là, affirmait-il en se frappant la poitrine.

Chaptelle était un nom d'origine russe. Sa mère était venue à Paris dans les années vingt, pendant la guerre civile. Il avait rencontré Beckett, Barrault, tout le monde. Il est une sorte d'amour-propre qui fait fondre des murs de glace. Cela ne veut pas dire qu'on ne se souvenait pas de lui : sa véhémence, ses yeux sombres et cernés, l'assurance qu'il portait en lui comme une tumeur étaient difficiles à oublier.

Ils parlèrent d'écrivains : Dinesen, Borges, Simone de Beauvoir.

« Elle est ennuyeuse comme la pluie, déclara Chaptelle. Sartre, en revanche, a de *l'esprit.**

– Vous le connaissez ?

– Nous fréquentons le même café. Ma femme, ou plutôt mon ex-femme, le connaît mieux. Elle travaille dans une librairie.

– Vous avez donc été marié.

– Nous sommes restés de très bons amis.

– Comment s'appelle-t-elle ? s'informa Ève.

– Comment elle s'appelle ? Paule. »

Pour leur voyage de noces, ils avaient visité toutes les petites villes par lesquelles était passée Colette à l'époque où elle dansait dans des revues. Ils voyageaient en frère et sœur. Il lui rendait un *hommage.* « Savez-vous ce que c'est que d'être vraiment intime avec quelqu'un, sentir que cette personne ne vous trahira jamais, qu'elle ne vous forcera jamais à agir contre votre nature ? C'est ce genre de relation que nous avions.

– Mais cela n'a pas duré, dit Ève.

– Il y avait d'autres problèmes. »

Quand Nedra le vit pour la première fois, il était calme et paraissait s'ennuyer. Elle remarqua que les poignets de sa chemise étaient sales, ses mains propres ; elle

* En français dans le texte.

le reconnut immédiatement. Il était juif ; elle le sut dès le premier instant. Tous deux partageaient un secret. Il ressemblait à son mari ; en fait, il aurait pu être l'homme que Viri cachait en lui, son image négative qui, de quelque façon, avait réussi à s'échapper.

Il but un *espresso* dans lequel il ajouta deux cuillerées de sucre. Il était comme ces vieux garçons qui rentrent le matin chez leur mère après avoir tout perdu. Il reniflait. Il n'avait rien à dire. Il était aussi vide que quelqu'un qui vient de commettre un crime passionnel. Un cadavre ambulant. On évoquait à la fois l'assassin et la femme à demi nue recroquevillée sur le sol.

« Votre mari est architecte, dit-il finalement.

– Oui. »

Il renifla de nouveau. Il se tamponna le visage avec sa serviette. Il avait oublié Ève, c'était évident ; il suffisait de les regarder pour le voir.

« A-t-il du talent ?

– Beaucoup, répondit Nedra. Vous êtes écrivain.

– Dramaturge.

– Excusez mon ignorance, mais une de vos pièces a-t-elle déjà été jouée ?

– Non, pas encore », répondit Chaptelle d'un ton calme. Son laconisme, son dédain avaient le don de vous convaincre. « Puis-je vous demander une cigarette ? »

Certains individus sont tellement désespérés que, même quand ils sont inactifs, même quand ils dorment, nous devinons qu'ils brûlent leur vie. Ils ne gardent rien pour plus tard. Ils n'en ont pas besoin. Chaque heure qui passe est une déchéance, un acte de rejet.

Il écrasa sa cigarette après une ou deux bouffées.

« J'écris des pièces, mais pas pour la scène, pas pour la scène actuelle, précisa-t-il. Vous avez entendu parler de Laurent Terzieff ? J'écris pour lui. C'est le plus grand acteur de ces vingt dernières années.

– Terzieff…

– Je vais à ses répétitions. Personne ne s'aperçoit de ma présence. Je m'assieds au dernier rang ou sur le côté. Jusqu'ici, je n'ai pu découvrir en lui la moindre imperfection, le moindre défaut. »

Il avait envie de parler. Pour nos interlocuteurs prédestinés, nous n'avons pas besoin de préparer nos discours, les mots sont prêts, tout est là. Il testa sa connaissance du théâtre. Il lui cita les noms des grands auteurs, évoqua les chefs-d'œuvre inconnus de l'époque.

« Viri, dit-elle, j'ai rencontré un homme tout à fait extraordinaire.

– Ah oui ? Qui ça ?

– Tu ne le connais pas. C'est un écrivain français.

– Français… »

Un soir par semaine, parfois deux, chaque fois qu'il le pouvait, Viri restait tard en ville, prétextant du travail. Peu à peu, sa vie se scindait. Il est vrai qu'il paraissait le même, absolument le même, mais c'est souvent le cas. La dégradation est cachée, elle doit atteindre un certain stade avant de crever la surface, avant que les piliers ne commencent à céder, les façades à s'effondrer. Son nouvel amour était comme une blessure. Il avait sans cesse envie de la regarder, de la toucher. Il avait envie de parler à Kaya, de tomber à genoux devant elle, d'embrasser ses jambes.

Il était assis devant le feu. Deux Hessois en fer forgé* maintenaient les bûches, l'éclat des braises entre leurs pieds. Nedra se pelotonnait dans un fauteuil.

« Viri, tu dois lire ce livre, dit-elle. Je te le passerai dès que je l'aurai terminé. »

Un livre à la tranche mauve dont les caractères du titre s'effaçaient. Elle se mit à lui lire un passage. Le

---

* Chenets représentant des soldats mercenaires.

bois crépitait doucement dans l'âtre, on aurait dit des coups de feu.

« Quel est son titre ? demanda-t-il finalement.

– *Paradis terrestre.* »

Il se sentit devenir faible. Ces mots semblaient décrire les images qui l'obsédaient, le silence de l'appartement prêté dans lequel elle dormait, le vaste lit, son corps pur, indolent.

Il partit très tôt. Le soleil était d'un blanc étincelant, le fleuve, pâle. La route dessinait d'abord de longues courbes régulières, puis elle filait tout droit ; il conduisait, aveuglé par la fièvre de l'attente. Le grand pont luisait dans la lumière matinale ; derrière s'étendait la ville, vaste comme la mer, avec ses métros, ses marchés, ses journaux, ses arbres. Mentalement, il composait un texte, parlait à Kaya, lui murmurait à l'oreille : *Je t'aime comme j'aime la terre, les bâtiments blancs, les photos, l'heure de midi... je t'adore*, disait-il. Des voitures passaient à côté de lui. Il se regarda dans le rétroviseur ; oui, il avait une bonne tête, digne de confiance.

Le silence commença à se faire en lui. Les rues de la ville étaient nues. Leur calme et leur désolation témoignaient de la nuit qui venait de s'écouler, telle la lassitude d'un visage. Il commença à être inquiet. C'était comme l'antichambre d'un endroit où quelque chose d'affreux se serait produit ; il pouvait le sentir comme les bêtes sentent l'abattoir. Soudain, il eut peur. Il trouverait l'appartement vide. C'était comme s'il avait aperçu une chaussure de Kaya par terre, devant une maison ; il ne supporta pas d'en imaginer davantage.

Un matin d'hiver blanc. La rue était glacée. Avec sa clé, il ouvrit la porte d'entrée de l'immeuble et monta l'escalier en courant. Arrivé devant l'appartement, il frappa légèrement, sans savoir pourquoi.

« Kaya ? »

Silence. Il frappa de nouveau, doucement, à plusieurs reprises. Soudain, son sang se glaça dans ses veines et il comprit. C'était donc vrai : elle avait passé la nuit ailleurs.

« Kaya. »

Il introduisit la clé dans la serrure et ouvrit. La porte buta contre la chaîne de sûreté.

« Qui est là ? » demanda-t-elle.

Il ne fit que l'entrevoir.

« Viri », répondit-il. Il y eut un silence. « Ouvre.

– Non.

– Que se passe-t-il ?

– Je ne suis pas seule. »

Pendant un moment, il ne sut que faire. Il était si tôt. Il était malade, mourant. Les murs, les tapis, sa vie.

« Kaya, plaida-t-il.

– Je ne peux pas. »

Il était d'autant plus bouleversé qu'il était innocent. Tout était inchangé, tout, dans le monde, demeurait à sa place, pourtant il ne reconnaissait rien, sa vie s'était évanouie. La nudité de Kaya, les dîners tardifs, sa voix au téléphone – il lui restait ces bribes de souvenirs, abandonnées sur ses pas. Il commença à descendre l'escalier. Je meurs, pensa-t-il. Je n'ai plus de force.

Il demeura assis dans sa voiture. Je dois voir ce type, décida-t-il, voir qui c'est. Une camionnette des Postes descendit la rue. Les gens partaient travailler. Il était trop près de la porte. Il y avait une place un peu plus loin. Il mit le contact et roula jusque-là.

Soudain quelqu'un sortit : un homme au visage rond, en loden, avec un attaché-case. Non, impossible, pensa Viri. L'instant d'après, deux autres hommes émergèrent – cela allait-il tourner à la comédie ? – un autre suivit. Il avait la cinquantaine ; il aurait pu être avocat.

Il était assis à son bureau, incapable de se concentrer. Ses dessinateurs arrivaient. Vous ne vous sentez pas bien ? demandèrent-ils. Mais si. Leurs grandes tables étaient déjà baignées de soleil. Ils accrochèrent leurs pardessus. On aurait dit que les téléphones blancs, les chaises en chrome et cuir, les crayons soigneusement taillés avaient perdu leur signification, ils étaient comme des objets dans un magasin fermé. Il laissa errer son regard sur ces choses plongées dans un silence strident, un silence impénétrable bien qu'il prononçât des mots, acquiesçât d'un signe de tête, entendît la conversation.

Elle arriva à dix heures.

« Je t'en prie, je ne peux pas parler », dit-elle.

Elle portait un pull fin à côtes couleur de carton d'emballage ; elle était pâle. Alors qu'elle traversait la pièce, il vit ses jambes, perçut le bruit de ses talons sur le plancher, les os de ses poignets. Il ne pouvait pas la regarder, tout ce qu'il avait connu d'elle, tout ce à quoi il avait eu accès, était en train de lui échapper.

Il partit avant midi pour se rendre à un rendez-vous. Il l'appela dès qu'il fut dehors. Des pages avaient été arrachées de l'annuaire de la cabine. La porte ne fermait pas.

« Kaya, dit-il, que veux-tu dire par : Je ne peux pas parler ? »

Elle semblait désemparée.

« J'ai besoin de toi, dit-il. Je ne peux rien faire sans toi. Oh, mon Dieu ! » soupira-t-il. Ses yeux s'emplirent de larmes. Il ne pouvait pas lui dire ce qu'il ressentait. Il était pareil à un fugitif. « Oh, mon Dieu, je connais cette fille…

– Arrête.

– J'ai été en prison pour elle, je suis devenu l'ombre de moi-même. Je lui ai sacrifié ma vie.

– Comment pouvais-je savoir que tu allais venir ? répondit-elle. Pourquoi ne m'as-tu pas appelée ? » Elle se mit à pleurer. « Tu n'as donc rien dans le crâne ? »

Il raccrocha. Il savait parfaitement que parler ne

servait à rien, qu'il y avait eu un moment où il aurait dû la gifler de toutes ses forces. Mais ce n'était pas son genre. Sa haine était faible, pâle, elle ne pouvait même assombrir son sang.

Dix minutes plus tard, il s'excusa auprès de son client et se précipita dehors pour la rappeler. Il essaya d'être calme, impassible.

« Kaya.

– Oui.

– Voyons-nous ce soir.

– Je ne peux pas.

– Demain, alors.

– Peut-être.

– Tu dois me le promettre, je t'en prie. »

Elle refusa de répondre. Il la supplia.

« Bon, d'accord », dit-elle finalement.

Se sentant incapable de retourner au bureau, il se rendit à l'appartement de Kaya et sonna. Pas de réponse. Il ouvrit à l'aide de sa clé. Il eut soudain très froid – ce froid qu'on éprouve quand on est en état de choc, après un accident. Le soleil brillait. La radio diffusait le bulletin météo, les nouvelles.

Le lit était défait, il ne put s'en approcher. Dans la cuisine, il y avait des verres sales, un bac à glaçons qui ne contenait plus que de l'eau. Il alla au placard. Les vêtements de Kaya l'entouraient ; ils semblaient trop légers, dénués de substance. D'une main tremblante, il réussit à découper un cœur dans une robe noire évasée, la plus belle qu'elle avait. Il craignait qu'elle ne revînt pendant qu'il se livrait à cette besogne ; il n'avait pas d'explication, pas d'issue. Ensuite, il resta assis un moment à la fenêtre. Il haletait comme une salamandre. Il demeura immobile ; le vide, la tranquillité de l'appartement commencèrent à le calmer. Elle était couchée dans la grisaille du matin, le dos lisse et lumineux, les jambes détendues. Nue, elle ne pensait à rien. Il lui écartait les genoux. Plus jamais.

Nedra était heureuse, ce soir. Elle semblait contente d'elle.

« Quelque chose ne va pas ? demanda-t-elle.

– Quoi ? Oh, ma journée a été longue.

– Nous aurons bientôt nos propres œufs », annonça-t-elle.

Les filles étaient ravies.

« Viens voir ! » crièrent-elles.

Elles l'entraînèrent dans le solarium au sol tapissé de gravier. Les poules coururent se réfugier dans les coins de la pièce, puis se mirent à marcher le long du mur. Danny réussit à en attraper une.

« Regarde-le, papa. Tu ne le trouves pas adorable ? »

La poule était blottie dans ses bras. Paniquée, elle clignait ses petits yeux.

« Regarde-*la*, rectifia Viri.

– Tu veux savoir comment elles s'appellent ? » demanda Franca.

Il fit un vague signe de tête.

« Tu veux, papa ?

– Oui. Où les avez-vous trouvées ?

– Celle-là, c'est Janet.

– Janet.

– Dorothy.

– Bien.

– Et celle-là, c'est Mme Nicolai.

– Celle-là…

– Elle est plus âgée que les autres », expliqua Franca.

Il s'assit sur la marche. Une odeur légèrement âcre emplissait déjà la pièce. Une plume tomba mystérieusement par terre. Mme Nicolai était assise, comme enfouie dans un grand tas de plumes chaudes allant du marron au roux clair en passant par le beige.

« Elle est plus sage, dit-il.

« – Oh, elle est très sage.

– Une sage parmi les poules. Quand commencent-elles à pondre ?

– Tout de suite.

– Ne sont-elles pas un peu jeunes ? » Assis nonchalamment sur la marche, il regardait les pas prudents, mesurés, des volatiles, leurs brusques mouvements de tête. « Si elles ne pondent pas, elles pourront toujours servir… Rôties à la mode de Kiev.

– Papa !

– Quoi ?

– Tu ne ferais pas une chose pareille.

– Elles comprendraient, affirma-t-il.

– Non.

– Mme Nicolai comprendrait », insista-t-il.

Cette dernière se tenait maintenant à l'écart des autres et le regardait. Elle présentait sa tête de profil, montrant un œil noir fixe, cerné d'un anneau ambré.

« C'est une femme qui connaît la vie, déclara-t-il. Regarde sa poitrine, l'expression de son bec.

– Quelle expression ?

– Elle sait ce que c'est que d'être une poule.

– C'est ta préférée ? »

Il essaya de l'attirer vers sa main à demi fermée.

« Hein, papa ?

– Je crois que oui, murmura-t-il. Oui. C'est une super poule. La poule des poules. »

Les filles s'accrochaient à son bras, contentes, affectueuses. Il resta assis là. Les volatiles gloussaient, émettaient de petits sons très doux pareils à de l'eau qui bout. Et l'homme adultère, désespéré, continua de louer Mme Nicolai, qui maintenant s'était prudemment détournée.

5

Franca avait douze ans. Comme ses robes étroites moulaient un corps encore dépourvu de hanches, il était difficile de lui donner un âge. Elle était parfaitement formée quoique sans l'ombre d'un début de poitrine. Elle avait les joues fraîches, l'expression d'une femme.

Elle inventait des histoires qu'elle illustrait elle-même. *Margot était un éléphant, Juan un escargot. Margot aimait beaucoup Juan et celui-ci l'adorait. Souvent, ils restaient assis à se regarder dans les yeux. Un jour, elle lui dit :*

« Juan.

— Oui, Margot.

— Tu n'es pas très intelligent.

— Ah bon ?

— Tu n'as pas vu le monde.

— Non, répondit Juan, je n'ai pas d'avion... »

L'enfant écrivain est solennel, sans complexes. Viri prit une photo d'elle tenant le lapin dans ses bras, une patte blanche de l'animal reposant sur son poignet.

« Ne bouge pas », avait-il murmuré.

Il s'était approché, faisant le point. Le lapin restait calme, immobile. Ses yeux noirs et brillants paraissaient ne pas voir ; ils étaient fixes, comme hypnotisés. Couchées en arrière, ses oreilles ressemblaient à du céleri fané. Seul son nez tremblotant donnait des signes de vie.

Franca avait baissé lentement la tête, posé ses lèvres sur la fourrure. Viri avait appuyé sur le déclencheur de son appareil.

Comme sa mère, Franca était en contact avec le mystère. Elle savait raconter des histoires. Ce don était apparu très tôt. Ou bien c'était un vrai talent, ou bien une qualité précoce et éphémère. Elle écrivait une histoire intitulée *La Reine des plumes*. Assise sur le seuil du solarium, elle observait les poules. La maison était silencieuse. Les bêtes étaient conscientes de sa présence, mais incapables de s'y intéresser plus de quelques secondes. Elles cherchaient des graines de la même façon que Franca s'emparait patiemment de leurs secrets. Soudain, elles dressèrent la tête pour écouter. Quelqu'un venait.

C'était Danny, accompagnée de Hadji. Dès qu'elle eut ouvert la porte, le chien se mit à aboyer.

« Oh ! Danny.

– Qu'est-ce que tu fais ?

– Rien. Sors ce chien d'ici. Il fait peur aux poules. »

Toutes deux se mirent à gronder Hadji. Les volatiles s'étaient réfugiés sous une table métallique chargée de plantes. Du seuil de la porte, le chien aboyait. À chaque aboiement, il couchait ses oreilles, les pattes fermement plantées sur le sol.

« Il ne les aime pas, dit Danny.

– Fais-le taire, bon sang !

– Tu sais bien que c'est impossible.

– Alors, emmène-le. »

Les deux filles se précipitèrent sur le chien et, agitant les mains, le chassèrent vers la sortie. Il céda du terrain à contrecœur, aboyant après elles, après les poules invisibles.

« Ça commence à puer là-dedans », dit Danny.

Bien que sœurs, elles ne s'aimaient guère. Elles se plaignaient l'une de l'autre et détestaient partager.

Franca était plus belle, plus admirée. Danny était plus lente à s'épanouir.

Cependant, le jour où Robert Chaptelle vint dîner, elles portèrent sur lui le même jugement : « Sans intérêt. »

Il arriva, assez nerveux. Il avait pris le train jusqu'à Irvington, mais on eût dit qu'il avait fait un voyage de plus de mille kilomètres. Il était anéanti. Viri essaya de le mettre à l'aise et même de parler avec lui de Valle-Inclán dont il avait lu les pièces, mais Chaptelle réagit comme s'il n'avait rien entendu. Dès qu'ils entrèrent dans la maison, le visiteur demanda :

« Vous avez de la musique ?

— Oui, bien sûr.

— On pourrait écouter quelque chose ? »

Sans prêter la moindre attention aux enfants, il attendit que Viri choisît quelques disques. Le concert commença. Comme sous l'effet d'un médicament très efficace, Chaptelle se calma.

« Valle-Inclán n'avait qu'un bras, déclara-t-il. Il s'était coupé l'autre pour ressembler à Cervantes. Vous vous intéressez aux écrivains espagnols ?

— Je les connais mal.

— Je vois. »

Quand il mangeait, il approchait la tête de son assiette, comme les hommes dans les réfectoires des institutions charitables. Il toucha à peine au repas. Il n'avait pas faim, expliqua-t-il, il avait pris un sandwich dans le train. Pour ce qui était du vin, il n'en but pas une goutte. L'alcool lui était interdit.

Ensuite, ils jouèrent aux cartes. Presque indifférent au début, Chaptelle s'anima très vite.

« Oui, je suis assez doué pour les cartes, dit-il. Dans ma jeunesse, je passais mon temps à jouer. Ça, qu'est-ce que c'est ? Le valet ?

— Non, le roi.

– Ah oui, *le roi**. Maintenant, je me rappelle. »

Viri l'emmena à la gare en voiture. Ils attendirent sur le long quai désert. Chaptelle regarda la voie déserte.

« Le train vient de l'autre côté, l'informa Viri.

– Ah bon ! » Chaptelle tourna les yeux dans la direction indiquée. Ils entrèrent dans une petite salle d'attente où l'on entretenait un feu dans un poêle. Les bancs étaient couverts d'initiales gravées, les murs de dessins grossiers.

« Pourriez-vous me prêter quelques dollars pour le taxi ? demanda brusquement Chaptelle.

– Combien vous faut-il ?

– Je n'ai pas un cent sur moi. Je n'ai que mon billet. Comme ça, au moins, on ne me volera pas. »

Viri prit l'argent qu'il avait sur lui. Il tendit deux dollars.

« Ça ira ?

– Absolument, dit Chaptelle avec majesté. Tenez, un dollar me suffira.

– Vous risquez d'en avoir besoin.

– Je ne donne jamais de pourboire. Vous savez, votre femme est très intelligente. Plus que ça, même.

– Oui.

– Elle a *du chien***. Vous connaissez cette expression ? »

Le sol s'était mis à vibrer sous leurs pieds. Les hautes fenêtres éclairées du train passèrent à toute allure devant eux, puis s'arrêtèrent brusquement. Chaptelle resta immobile.

« Je ne trouve pas mon billet », annonça-t-il.

Viri tenait la porte de la salle d'attente. Quelques voyageurs étaient descendus ; le chef de train regardait des deux côtés.

---

* En français dans le texte.
** En français dans le texte.

« Montez, vous le chercherez ensuite.

– Je l'avais dans ma *poche*... Ah, *merde !* » Il se mit à marmonner en français.

On entendit le son strident d'un sifflet. Chaptelle se redressa.

« Ah, le voilà », dit-il.

Il sortit précipitamment et resta sur le quai, hésitant, essayant de voir quelles portières étaient ouvertes. Il n'y en avait qu'une : celle devant laquelle se tenait le chef de train.

« Où faut-il monter ? » demanda Chaptelle.

Le cheminot ne répondit pas.

« Là où il se trouve, cria Viri.

– Mais c'est deux voitures plus loin ! Est-ce qu'ils n'ouvrent que cette portière ? »

Chaptelle commença à marcher dans cette direction. Viri s'attendait à voir les roues se mettre en branle d'un instant à l'autre. Fonctionnant à l'électricité, ces trains avaient des accélérations rapides.

« Attendez, il y a encore un passager ! » cria-t-il, puis il eut honte.

Chaptelle escaladait nonchalamment le marchepied. Le train s'ébranla avant qu'il n'eût choisi sa place. Il se pencha légèrement dans le couloir et agita la main avec gaucherie, la paume en avant, comme une vieille parente qui s'en va. Puis il disparut.

« Tu l'as mis dans le train ? demanda Nedra.

– Il est vraiment unique, ce type, dit Viri. Du moins, je l'espère.

– Il m'a invitée à venir en France.

– Ça serait sûrement un voyage inoubliable. Comment ça, il t'a invitée ? Il ne sait pas que tu es mariée ? Ce soir, par exemple, il a cru que ma présence était une simple coïncidence ?

– Cela n'a rien à voir avec le mariage. En tant

qu'homme, il ne m'attire pas du tout. Je le lui ferai comprendre. »

Elle était au lit, adossée à des oreillers blancs, un livre à la main. Elle paraissait tout à fait sérieuse.

« Nous habiterions chez sa mère, dit-elle.

— Mais Nedra, tu ne parles même pas français.

— Je sais. Ce serait d'autant plus intéressant. » Elle ne put s'empêcher de sourire. « Sa mère vit place Saint-Sulpice. C'est un très bel endroit. Il paraît qu'on peut prendre l'air sur le balcon : il y en a un tout autour de l'immeuble, avec une balustrade en fer forgé.

— Une balustrade. Sensationnel !

— Et il y a des cheminées dans toutes les pièces. L'appartement est très clair, situé au dernier étage.

— On vous fournira les draps, je suppose.

— Je te dis que sa mère *vit* là.

— Nedra, tu es vraiment bizarre. Tu sais que je t'aime.

— Ah oui ?

— Mais quant à te laisser partir en France…

— Réfléchis-y, Viri, c'est tout ce que je te demande. »

6

Ève était grande. Elle avait des pommettes saillantes et courbait les épaules en marchant. Les étagères de sa salle de séjour ployaient sous le poids des livres. Elle travaillait chez un éditeur, oh, parfaitement inconnu, disait-elle.

Dans sa vie, rien n'était jamais achevé : les lettres restaient sans réponse, les factures par terre, le beurre restait dehors toute la nuit. C'était peut-être pour cela que son mari l'avait quittée ; il s'en sortait encore plus mal qu'elle. Au moins, elle était gaie. Elle quittait son entrée en désordre vêtue avec élégance, comme une femme du *barrio* qui se dirigerait vers sa limousine sur un chemin immonde, rempli de chiens errants.

Son ex-mari venait lui rendre visite. Il s'affalait dans un fauteuil près du feu, un nécessaire de voyage posé à ses pieds. Sa veste de daim, toute tachée, avait les poches déchirées. Trente-deux ans seulement et déjà une épave. Ses yeux étaient comme morts. L'écouter parler était pénible : de longs, d'énormes blancs. Il allait… construire une maquette avec son fils, dit-il.

« Ne l'envoie pas au lit trop tard », recommanda Ève. Au matin, elle partait pour le Connecticut où ils possédaient encore une vieille maison qu'ils occupaient à tour de rôle.

« Au fait, pendant que j'y pense… », dit-il.

Un silence. Des enfants faisaient du patin à roulettes dans l'étroite impasse. L'après-midi tirait à sa fin.

« Le saule près de l'étang, dit-il d'une voix pâteuse, laborieuse. Pendant que tu es là-bas, tu devrais faire venir Nelson, le jardinier. Cet arbre a besoin… » Il s'interrompit. « Il est malade, termina-t-il.

– Celui qui ne pousse pas ? »

Une pause.

« Non, celui qui pousse. »

Il vivait avec une femme jeune. Ils mangeaient au restaurant, allaient à des soirées. Quand il se tenait debout, son pantalon paraissait vide, bâillait à l'arrière comme celui d'un vieillard.

« Il est si triste, dit Ève.

– Tu as de la chance qu'il soit parti, déclara Nedra.

– Elle ne se soucie même pas de lui nettoyer ses vêtements.

– C'est pour ça qu'il est triste. »

Ève s'esclaffa. L'or qu'on lui avait plaqué derrière les dents les ourlait d'un bord sombre, un halo de bitume. On aurait dit les dents d'une putain. Elle était toujours prête à rire. Elle était drôle. Sa vie manquait de racines. N'y étant que vaguement attachée, elle pouvait la traiter à la légère. C'est cela qui la rendait irrésistible, ces sourires, cet air insouciant.

Nedra et elle étaient comme des sœurs, le même corps allongé, le même humour. Elles se mettaient facilement à la place l'une de l'autre.

« J'aimerais aller en Europe, lui dit Nedra.

– Ce serait fantastique.

– Toi, tu es allée en Italie.

– En effet, dit Ève.

– C'était comment ? »

Leurs paroles flottaient dans l'air de cette fin d'après-midi. Elles étaient assises sur la causeuse au tissu râpé. Anthony était chez un ami. Ses livres de classe jonchaient la table, sa bicyclette encombrait la cuisine. Le désordre qui régnait dans l'appartement et le petit jardin plaisait à Nedra ; elle-même n'aurait jamais pu vivre ainsi.

« J'y étais avec Arnaud, dit Ève.

— Où avez-vous séjourné ? Je parie qu'Arnaud est formidable à Rome.

— Il adore cette ville. Il parle italien, tu sais. Il a de longues conversations avec tout le monde.

— Et toi, que faisais-tu ?

— Je passais mon temps à manger. On restait assis dans les restaurants pendant des heures. Arnaud lit le menu d'un bout à l'autre. Puis il en discute avec le serveur, il tend le cou et louche sur l'assiette des autres clients. Il ne faut surtout pas être pressé. Arnaud me dit, non, non, attends une seconde, voyons d'abord ce que le serveur mc dira sur les… les *fagioli*.

— Les *fagioli*…

— J'ai oublié ce que c'est, mais nous en mangions tout le temps. Arnaud aime le *bollito misto*, le *baccala*. Nous mangions, nous visitions des églises. Arnaud connaît bien l'Italie.

— J'aimerais beaucoup aller là-bas avec lui.

— Il adore les tout petits hôtels, jc veux dire, les hôtels *minuscules*. Il les connaît tous. Ce voyage m'a beaucoup appris. Il y a des bestioles qu'on peut laisser vivre sur son corps, par exemple.

— Quoi !

— Enfin, moi je ne l'ai jamais fait, mais c'est ce que prétendait Arnaud. Il ne se mariera jamais.

— Qu'est-ce qui te fait dire ça ?

— Je le sais. Il est égoïste, mais ce n'est pas à cause de ça. Il n'a pas peur de la solitude.

— Tout le problème est là, n'est-ce pas ?

— Oui. Moi, par contre, elle me terrifie, dit Ève.

— Je ne le crois pas.

– C'est la chose que je crains le plus au monde. Arnaud sait comment y faire face. Il aime les gens. Il aime manger, aller au théâtre.

– Mais, en fin de compte, il est seul, forcément.

– Eh bien, ça ne le dérange pas. Il est content, il sait que nous pensons à lui. »

Ève était fantastique ; c'était ce qu'Arnaud disait d'elle. Elle était généreuse dans tous les sens du terme. Elle donnait des livres, des robes, des amis, offrait aux regards son corps ferme et désirable, sa bouche libertine. Le genre de femme qu'on voit au bras d'un champion de boxe, qui apparaît le matin avec des yeux cernés, et qui n'est pas mariée.

Elles pensèrent à lui.

« En effet, acquiesça Nedra, ça complique la chose. Au fait, comment va-t-il ?

– Il aura son demi-anniversaire la semaine prochaine. Je veux dire : six mois ont passé depuis le dernier.

– Vous fêtez ça ?

– Je lui ai envoyé des mouchoirs. Il aime les grands mouchoirs d'ouvrier, et j'en ai trouvé quelques-uns. Tu sais, parfois il disparaît pendant une ou deux semaines. Parfois, il part même en voyage. Je regrette de ne pas être un homme.

7

Noël. Comme d'habitude, Tom, le vieux gardien, avait bu. Il avait un visage maigre, une oreille ulcéreuse. Un honnête homme qui cachait des bouteilles dans le sous-sol, derrière les boîtes à fusibles. Quand Viri essaya de lui glisser une enveloppe contenant un peu d'argent, il fit un bond en arrière.

« Qu'est-ce que c'est ? cria-t-il. Non, non.

– Un petit cadeau pour Noël.

– Oh, non ! » Il n'était pas rasé. « Pas pour moi. Non, non. » Il paraissait sur le point de pleurer.

Les dessinateurs se penchaient au-dessus de leurs tables dans l'attente de leurs primes de fin d'année. Les magasins étincelaient. Il faisait nuit avant cinq heures.

Garé à côté d'un panneau d'interdiction de stationner, Viri monta en courant les marches du théâtre pour acheter les billets pour *Casse-Noisette*. C'était un rituel ; ils voyaient ce spectacle tous les ans. Franca prenait des cours de danse classique à l'école Balanchine. Elle avait le calme et la grâce nécessaires à une danseuse, mais il lui manquait la détermination. Elle était la plus jeune de la classe où, sur des ordres donnés d'un ton sec, les élèves levaient leurs jambes à l'unisson, au-dessus d'une pâtisserie mélancolique de Broadway.

Crépuscule en ville, circulation, bus illuminés, reflets dans les vitrines, magasins d'optique. Il gelait à pierre fendre, la foule défilait devant des marchands de journaux, les drugstores à prix réduits, les filles en Rolls-Royce au visage éclairé par le tableau de bord. Ils stationnaient près des bouches à incendie pendant que Viri entrait dans un magasin acheter une seule bouteille de vin, qu'il payait par chèque, ou des portions de brie, molles comme du porridge – rien en abondance, jamais de provisions –, puis ils circulaient dans Broadway. C'était leur rue habituelle, leur boulevard, ils ne voyaient pas sa laideur. Ils allaient chez *Zabar*, au Maryland Market. Ils faisaient leurs achats dans des magasins bien précis, qu'ils avaient découverts peu après leur mariage, quand ils habitaient à proximité.

La radio marchait, les feux de position étaient allumés. Assise sur son siège, tournée vers l'arrière, Nedra bavardait avec les enfants pendant que, dans le magasin, Viri avançait lentement dans la queue. Par la vitrine, elles pouvaient voir ses gestes et presque distinguer ses paroles. Il s'adressait à une vendeuse morose et pressée ; elle prenait les pâtisseries disposées sur le comptoir avec un morceau de papier sulfurisé.

« Parlez plus fort, dit-elle.

– OK. À quoi sont ces gâteaux-là ?

– À l'abricot.

– Ah bon ! » réussit-il à dire.

L'employée avait une large bouche au dessin régulier. Elle attendait sa réponse. Il se sentit soudain frappé de mutisme, désespéré. Devant lui se dressait l'image de Kaya, sa copie grossière. À la vue de ses seins, il sentit ses jambes devenir molles.

« Alors ?

– Mettez-m'en deux, s'il vous plaît. »

Elle ne le regarda pas ; elle n'avait pas le temps. Quand il prit le paquet qu'elle avait déposé devant lui, elle servait déjà quelqu'un d'autre.

Dans la voiture, il faisait chaud ; les filles plaisantaient avec leur mère ; cela sentait le parfum que Nedra leur avait permis d'essayer. Pour éviter les embouteillages, ils traversèrent des quartiers résidentiels, prirent des rues écartées, des chemins peu fréquentés, jusqu'au pont. Puis, dans la nuit d'hiver, avec les enfants devenues silencieuses, ils atteignirent la maison.

Nedra fit du thé dans la cuisine. Le feu brûlait dans la cheminée, le chien était couché, la tête sur ses pattes.

Nedra adorait Noël. Elle eut une merveilleuse idée pour les cartes de vœux : elle fabriquerait des roses en papier, des roses de toutes les couleurs qu'elle enverrait dans des boîtes. Elle étala les papiers de soie sur la table – non, pas celui-ci, pas celui-là, dit-elle pour choisir les morceaux qui lui plaisaient, ah ! voilà. Dans la maison régnait l'excitation, comme dans les coulisses d'un théâtre. Pendant des jours, on trouva sur les rebords de fenêtre et les tables des pièces qu'elle préférait, des perles, du papier de couleur, des bobines de fil, des pommes de pin dorées. On se serait cru dans un atelier ; la profusion d'activité vous submergeait, vous étouffait.

Viri confectionnait un calendrier de l'Avent. Il était en retard, comme d'habitude ; on était déjà le 7 décembre. Il avait construit toute une ville sous un ciel sombre comme des coussins de velours, une nuit piquée d'étoiles découpées à la lame de rasoir où s'évanouissait la fumée des cheminées, un florilège de cours cachées, de balcons, d'avant-toits. C'était Bath, ou Prague, une ville vue à travers le trou d'une serrure, des rues en escalier, des dômes pareils à des soleils. Chaque fenêtre s'ouvrait, semblait-il, et, à l'intérieur, se cachait une image. Nedra lui en avait fourni une enveloppe pleine, mais il en avait trouvé certaines lui-même. Quelques-unes représentaient des chambres. On y voyait des animaux assis dans des fauteuils, des oiseaux, des canots, des taupes, des renards, des insectes, des Botticelli. Chaque fenêtre était mise en place avec beaucoup de soin, en secret – les filles n'avaient pas le droit d'approcher –, la façade compliquée de la ville était ensuite collée par-dessus. Il y avait des détails que seules Franca et Danny reconnaîtraient : des noms sur des plaques de rue, des rideaux particuliers, un numéro sur une maison. C'était leur vie qu'il construisait, avec sa carapace unique, ses délices, une vie aux couleurs douces, pleine de logique, de surprises. On y entrait comme dans un pays étranger ; bizarre, déconcertante, elle contenait des choses qu'on aimait du premier coup.

« Bon sang, Viri, tu n'as pas encore terminé ?

– Viens voir. »

Elle se tint près de son épaule. « Oh, c'est absolument fabuleux ! On dirait un livre, un livre fabuleux.

– Regarde ça.

– Qu'est-ce que c'est ? Un palais.

– Une partie de l'Opéra.

– À Paris.

– Oui.

– Superbe.

– Tu vois, les portes s'ouvrent.

– Ouvre-les. Qu'y a-t-il à l'intérieur ?

– Tu ne devineras jamais : le *Titanic*.

– Vraiment ?

– Oui, en train de couler.

– Tu es fou.

– Je me demande si elles sauront ce que c'est.

– On n'a pas besoin de le savoir, la scène parle d'elle-même. Quels sont les autres bâtiments ? »

Il était tard. Viri était fatigué.

Pour Danny, il avait acheté un ours, un énorme ours à roulettes avec un collier et un petit anneau à l'épaule qui, lorsqu'on tirait dessus, faisait grogner l'animal. Quelle tête il avait ! Il était tous les ours russes à la fois, les ours de cirque, les ours qui volent du miel dans un arbre. Le genre de cadeau que les enfants riches reçoivent et dédaignent dès le lendemain, le cadeau dont on se souvient toute sa vie. Il avait coûté cinquante dollars. Viri l'avait apporté à la maison dans le coffre de sa voiture.

La veille de Noël, il fit un temps froid et venté. La nuit tomba très tôt, d'interminables files de voitures encombraient les routes. Viri arriva tard avec les derniers paquets, le cognac, les cigares de Nedra. La neige qui couvrait le sol illuminait tout. Dans la maison, il y avait de la musique ; Hadji courait d'une pièce à l'autre en aboyant.

« Qu'est-ce qu'il a ?

– Il est excité, lui expliqua-t-on.

– Je me suis rendu compte d'une chose : nous n'avons pas de cadeau pour lui.

– Si, moi j'en ai un, dit Nedra.

– Je pense que nous devrions écrire une pièce sur lui.

– Quel genre de pièce ? crièrent-elles.

– Elle raconterait comment il tombe amoureux. D'un crapaud.

– Oh, papa ! s'exclama Franca.

– Fantastique ! »

Dans l'allée, Jivan, les bras chargés de cadeaux, passait devant les fenêtres éclairées. Il entrevit des étagères blanches, des enfants dont il ne pouvait entendre les voix, Nedra, toute souriante.

Assis devant le feu, ils écoutèrent Viri lire *A Child's Christmas in Wales*, un océan de mots qui lui mouillait la bouche, un océan infini. Ils étaient transportés, fascinés par les sons mêmes qu'il produisait. Sa voix calme de narrateur coulait telle une rivière. La tête du chien, triangulaire comme celle d'un serpent, reposait sur ses genoux. La phrase finale. Dans le silence qui suivit, ils rêvassèrent. Des braises blanches se détachaient doucement des bûches et tombaient dans les cendres, le froid glaçait les fenêtres, la maison était remplie de surprises étincelantes.

Conscient d'être un invité, Jivan se taisait. Sa maîtresse était intouchable. Elle était absorbée par le rituel et le devoir. Il était jaloux, mais ne le montrait pas. Ces choses lui étaient précieuses, elles constituaient son essence. À cause d'elles, Nedra méritait d'être volée. Il n'y eut pas de dîner, occupés qu'ils étaient par des préparatifs de dernière minute. Viri et Nedra travaillaient ensemble, assistés par Jivan, les filles emballaient des cadeaux dans leurs chambres. La lumière resta allumée jusqu'à minuit passé. C'était une grande fête, la plus belle de l'année.

Nedra avait changé les draps. Ils se couchèrent, contents. Nedra avait satisfait son sens de l'ordre. Elle était fatiguée, comblée.

« Tu as merveilleusement bien lu ce soir, dit-elle.

– Tu crois ?

– Oui, je regardais leurs visages.

– Elles ont aimé cette histoire, n'est-ce pas ?

– Beaucoup. Jivan aussi.

– C'était la première fois qu'il l'entendait, dit Viri.

– Ah oui ?

– C'est ce qu'il m'a dit. Mais tu as raison : cela lui a plu. Beaucoup même, je crois. Il lit énormément, tu sais.

– Oui, je sais.

– Il est plus profond qu'il n'y paraît, déclara Viri. C'est ça qui le rend intéressant.

– Que veux-tu dire ?

– Je commence à le connaître assez bien. En fait, il cache quelque chose.

– Quoi, selon toi ? demanda Nedra.

– Le sens de ce mot est tellement vaste, il exprime mal ce que je veux dire, mais je crois que Jivan cache de l'*amour*. Par cela, j'entends une sorte de sensibilité. C'est un nomade, il a dû lutter toute sa vie. Tu sais, on dirait que nous n'avons rien en commun et pourtant, d'une étrange manière, c'est faux.

– Tu as sûrement raison.

– J'en suis persuadé. Nous vivons sur des plans complètement différents, mais en certains points nous nous rejoignons.

– Ces choses-là sont difficiles à comprendre », dit-elle.

Ils dormirent. Dans la maison obscure, les pièces prenaient un air fantomatique. Le feu s'était éteint, le chien dormait. Le froid s'abattit sur le toit en mouchetures blanches et fragiles.

Le matin de Noël, il fit beau. Le vent soufflait encore, les branches grinçaient. Franca reçut un Polaroid ; en le déballant, elle poussa un cri de joie ; elle en pleura presque. Les filles se prirent en photo, elles photographièrent leurs chambres, l'arbre. L'après-midi, elles eurent droit à une fête, une toute petite, avec une invitée chacune. Pour Franca, ce fut une camarade d'école qu'elle avait rencontrée, pour Danny, ce fut Leslie Dahlander. Il y eut une chasse au trésor, de la glace, de vraies bougies allumées sur l'arbre, un sapin immense dressé près de la fenêtre, avec, dans ses branches, des oiseaux, des boules argentées, des miroirs, des anges ; un petit village en bois se blottissait à ses pieds ; une étoile à dix branches achetée chez Bonnier en couronnait la cime. La représentation commença seulement après le déballage de tous les cadeaux : poules, photos, œufs de Noël. Puis Viri apparut, déguisé en professeur Ganges avec une moustache et une vieille redingote à queue de pie. Parlant d'une voix monotone, énigmatique, il exécuta quelques tours.

On plaça neuf magazines sur le plancher, trois par rangée. Viri quittait la pièce et, à son retour, leur disait laquelle de ces revues elles avaient choisie. Nedra lui servait de complice ; elle touchait les magazines avec une canne. Est-ce celui-ci ? demandait-elle.

« Et maintenant, je vous parlerai d'un tour que fait mon maître : il peut rester sous l'eau pendant sept minutes, mémoriser un livre d'un seul coup d'œil. Il prend un jeu de cartes ordinaires et vous demande de penser à l'une d'elles, simplement d'y *penser*, puis il jette les cartes contre le carreau de la fenêtre. Elles tombent et s'éparpillent, mais l'une d'elles reste collée contre la vitre. C'est la carte à laquelle vous aviez pensé. Il dit, bien, et maintenant, allez retirer cette carte et, quand vous vous en approchez, que vous tendez le bras pour la prendre, vous vous rendez compte qu'elle est de *l'autre côté* du verre ! Vous aimeriez voir ça ?

– Oui, oui ! crièrent-elles.

– L'année prochaine », dit Viri.

S'inclinant à l'orientale, il sortit de la pièce à reculons.

« Montrez-nous ce tour ! Professeur ! Montrez-nous ce tour ! »

Quelle fête ! Il y eut un concours de cris, un jeu avec des ciseaux, un autre où il fallait jeter des pièces de monnaie dans l'eau et des cartes dans un chapeau. Vers le soir, il se mit à neiger. Les flocons descendaient sur les scieries silencieuses qui bordaient le fleuve, sur les routes désertes de Noël.

En plus de l'ours, Danny avait reçu une radio, des bottes de cheval, un superbe livre sur les animaux des éditions Larousse. Franca eut une guitare, un manteau et une boîte d'aquarelle anglaise. Dans son journal, elle écrivit : *Le plus beau Noël que j'aie jamais passé. Il a même neigé ! Mes cadeaux étaient tous parfaits. La fête était fantastique. J'aime beaucoup Avril Coffman. Elle est très intelligente. Elle a résolu le carré magique avant tout le monde. Elle a des cheveux splendides. Très longs. Danny n'a pas voulu sortir pour nourrir le poney, j'ai donc dû le faire à sa place. J'ai la meilleure mère du monde.*

8

Le père de Nedra était venu leur rendre visite. Il avait soixante-deux ans. Il lui manquait plusieurs dents. Ses cheveux fatigués, peignés en arrière, avaient été coupés par un coiffeur de province. C'était un homme bavard et dur, avec un menton énergique creusé d'une fossette comme celui d'un facteur allemand. Il fumait sans arrêt. Sa voix était rauque. Il racontait beaucoup d'histoires, certaines vraies, d'autres, non.

« J'ai fait ce voyage en sept heures sans jamais dépasser le cent », dit-il.

C'était son anniversaire. Il avait apporté deux énormes poupées identiques dans des boîtes en carton gris de mauvaise qualité, béantes comme des cercueils et couvertes de cellophane. Les deux filles le remercièrent et restèrent devant lui sans savoir quoi faire.

« Vous n'êtes pas trop grandes pour jouer à la poupée ? s'inquiéta-t-il.

– Non, non, pas du tout. »

Il se mit à tousser en plein milieu d'une longue explication sur les soins qu'il fallait donner à une automobile. Depuis 1924, il avait toujours eu une voiture. « Les gens ne comprennent pas, grogna-t-il. Vous avez beau le leur dire, ça ne sert à rien. »

Vêtue de son pull couleur d'avoine, Nedra disposait des pommes de terre autour d'un gigot d'agneau. Elles étaient pelées et mouillées. Nedra les tenait dans sa main comme des billes. Elle portait une jupe foncée à plis, des chaussettes hautes et des souliers à talons plats.

« C'est une question d'huile, poursuivit son père. Il faut employer la meilleure, et la changer – pas simplement en ajouter, la *changer* – tous les mille cinq cents kilomètres. Tu te souviens de ma Plymouth ?

– Ta Plymouth ?

– Oui, une Plymouth 36. J'ai roulé avec pendant toute la guerre.

– Ah oui, bien sûr, je m'en souviens maintenant. »

Nedra posait des choses sur la table : du fromage, du saucisson italien, du vin.

« As-tu de la bière ? demanda son père. Je prendrai juste un verre de bière. Où est Viri ?

– Il ne va pas tarder.

– C'est plutôt à lui que je devrais raconter tout ça.

– Je doute qu'il en tire grand profit. »

Ce soir-là, il demanda à Jivan :

« Vous avez une voiture ?

– Une voiture ? Oui », répondit Jivan.

Il avait été invité à venir jouer au poker avec eux. Ils étaient tous assis à la table, une pile de jetons bleus et rouges devant eux.

« J'ai une Fiat.

– Première mise cinq cents », annonça le père de Nedra.

De son index dur comme une cheville de bois, il frappa sur le rebord de la table. Le paquet de Camel était près de lui. Il distribua les cartes d'une main tremblante.

« Un valet, dit-il. Un cinq. Un sept. Un autre sept. Une Fiat, hein ? Pourquoi ne vous achetez-vous pas une Chevrolet ?

– C'est une bonne voiture, en effet, admit Jivan.

– Ça ne fait pas l'ombre d'un doute. Même en très

mauvais état, ça reste une meilleure voiture que l'une des vôtres quand elle est neuve.

– Vous croyez ?

– J'en suis sûr. À toi de miser, Yvonne.

– Oui, jouons, dit Nedra. Je me sens en veine.

– Elle aime gagner, dit son père.

– J'adore gagner », confirma Nedra en souriant.

Un jeu convivial dans la chaleur de la cuisine. Comme elle prenait soin de lui, comme elle était attentionnée ! Elle l'acceptait sans réserve, ce représentant de commerce toussotant qui se trouvait être son père. Il ne lui demandait rien, à part l'hospitalité de temps à autre. Il ne restait jamais trop longtemps. Il n'écrivait pas. Il passait sa vie dans une voiture, allant d'un client à l'autre, dans des bars où des femmes parlaient d'une voix pâteuse, dans sa maison d'où sa fille s'était enfuie des années plus tôt, et dans laquelle on avait du mal à imaginer Nedra : de vieux meubles, un store sur la porte de derrière. Une maison sans livres, sans rideaux, avec une cave qui sentait la poussière de charbon. Elle y avait grandi, jour après jour, elle qui, même à seize ans, ne donnait pas le moindre signe de ce qu'elle allait devenir. Puis soudain, un été, elle se dépouilla de tout cela et s'envola. À sa place apparut une jeune femme qui n'avait hérité de rien, chez qui tout était unique, comme si elle avait été porteuse d'un message – descendue du ciel, sereine, dotée d'un corps parfait, sans le moindre défaut.

« C'est vraiment ton père ? » murmura Jivan.

Elle ne répondit pas. Les avant-bras appuyés sur le plancher, elle était muette, aveugle. Le tapis écorchait ses coudes et ses genoux nus. Agenouillé derrière elle, il ne bougeait pas. Avec une lenteur grave, atroce, il attendait comme un fonctionnaire, comme quelqu'un qui va sonner le glas. Il écoutait la circulation lointaine, elle sentait sa concentration, son calme. « Est-ce possible ?

– Oui. »

Soudain, il la pénétra. Sa voix se noya dans son souffle. Elle pleurait. C'était comme un serpent avalant une grenouille, lentement, imperceptiblement. Sa vie s'achevait sans combat, elle restait inerte, parcourue seulement de rares spasmes involontaires pareils à des soupirs désespérés. La voix de Jivan sembla passer au-dessus d'elle comme dans un rêve : « Je trouve ça incroyable. »

Elle garda le silence. Ce n'était pas fini, il poursuivait sa besogne. Elle avait l'impression qu'il l'étranglait. Son front s'appuyait contre le tapis.

« Tu lui es très attachée. Parle-moi.

– Oui.

– J'aime entendre ta voix. »

Elle dut d'abord avaler sa salive.

« Oui. »

Elle portait le bracelet de pierres d'un violet foncé qu'il lui avait offert. Elle le portait avec trois joncs d'or. Quand elle bougeait, le bijou émettait un son léger, sensuel, qui affirmait qu'elle lui appartenait, même quand il était assis en compagnie de son mari et l'entendait travailler à la cuisine ou quand, en son absence, elle tournait les pages d'un magazine.

« J'ai trouvé une recette, dit-il. Veux-tu que je te la lise ? »

Elle perçut un bruit de pages.

« *Rillettes d'oie**, dit-il. Est-ce que je le prononce correctement ? »

Elle ne répondit pas.

« Dépiautez l'oie et détachez la viande des os. »

Elle se sentait faible, sur le point de s'évanouir.

---

* En français dans le texte.

« Gardez une partie de sa graisse pour la rôtissoire. »

Le corps de Nedra le faisait saliver. Il avait le goût de sa chair dans sa bouche.

Ils avaient commencé l'interminable voyage, un peu vers l'avant, puis vers l'arrière. Le livre était tombé par terre, il la tenait par les bras, par les épaules. Elle gémissait. Elle l'avait oublié, son corps se tordait, se crispait comme un poing.

Dans le calme qui suivit, il dit : « Nedra. »

Elle ne répondit pas. Un long silence.

« Tu connais l'histoire des Arendt ?

– Les Arendt ?

– Oui, c'était le propriétaire du magasin. C'est à lui que je l'ai acheté.

– Le jeune homme.

– Il est antiquaire.

– Ah oui !

– Son père était sculpteur.

– Ah, je ne savais pas.

– J'ai quelques-unes de ses œuvres. Je les ai trouvées au fond de la boutique. »

C'étaient deux petites pièces. L'une représentait un cheval dont le métal gravé évoquait des mailles assyriennes.

« Ça te plaît ? » demanda-t-il.

Elle tenait la sculpture en l'air, au-dessus de son visage.

« Et puis, celle-ci », dit-il.

Elle avait les mains molles, c'est à peine si elle pouvait tenir l'objet.

« Il avait du talent, n'est-ce pas ? demanda Jivan. Sa femme était merveilleuse. Elle s'appelait Niiva.

– Niiva.

– Un beau prénom, tu ne trouves pas ? Ils étaient célèbres tous les deux. Elle était très séduisante, tout le monde l'aimait. Elle était passionnée, forte ; lui, très gentil, mais on aurait dit qu'il lui manquait quelque chose. Ils avaient une maison en France, dans le Midi, de beaux livres ; ils connaissaient toutes les célébrités des années trente. Mais elle, c'était une jument, tu vois, et lui un bouc – non, pas un bouc, plutôt un âne, un âne très patient et très doux. Le résultat, c'est leur fils. Tu l'as vu : il est faible comme son père. Il a hérité d'un certain nombre de ses livres dédicacés par leurs auteurs, et de centaines de coupures de presse. Finalement, le père les a abandonnés et sa femme s'est mise à boire. Elle négligeait sa maison. Il y avait des bouteilles empilées partout. Puis elle est morte.

– Comment ?

– Elle a dégringolé un escalier. Tu sais pourquoi je te raconte tout ça ?

– Je n'en suis pas sûre », répondit Nedra.

Elle regarda de nouveau le petit cheval de bronze.

« Si, tu sais. Regarde, dit-il soudain, je vais te montrer quelque chose. Pourtant, je suis un peu fatigué maintenant, tu t'en doutes. »

Il ramassa l'annuaire. C'était celui du comté, il avait l'épaisseur d'un pouce. Jivan le prit entre ses dents et, faisant tressauter les muscles de son cou et de son bras, se mit à le déchirer lentement, régulièrement, entre sa bouche et une main.

« Tu vois ? fit-il.

– Oui. Je sais que tu es très fort. Je le sais. »

Elle reçut une lettre de son père écrite sur de petites feuilles de papier ligné. Il la remerciait pour les trois jours passés chez elle. Il avait attrapé un rhume sur le chemin du retour. Malgré tout, il avait fait une bonne moyenne, meilleure, même, qu'à l'aller. Elle était une excellente joueuse de poker ; elle devait avoir hérité ce don de lui. Il n'y a pas de véritables amis, l'avertissait-il.

9

L'été à Amagansett. Elle avait trente-quatre ans. Couchée dans les dunes, sur l'herbe sèche, elle regardait sa main marquée au feutre noir, chaque doigt divisé en trois, le pouce en deux, la paume en quartiers comme une lettre pliée. À la base de ses doigts, elle avait encerclé les monts Jupiter, Saturne et Mercure, et coloré les lignes en rouge. Le schéma posé à côté d'elle, elle s'absorbait dans son étude, fascinée. Ses enfants jouaient sur la plage au-dessous.

Silencieuse, elle se tenait à l'écart des autres, invisible, sauf de la mer. Son corps était bronzé. Ses seins, cachés, étaient pâles et une mince bande blanche, pas plus large qu'une cravate, ceinturait ses hanches. Elle avait les yeux clairs, la bouche, incolore ; elle était en paix. Elle avait perdu le désir d'être la plus belle femme à une soirée, de connaître des gens célèbres, de choquer. Le soleil chauffait ses jambes, ses épaules, ses cheveux. Elle n'avait pas peur de la solitude ; elle n'avait pas peur de vieillir.

Elle resta là pendant des heures. Le soleil atteignit son zénith, les cris d'enfants faiblirent, la mer prit la couleur du fer-blanc. La plage n'était jamais déserte. Large, infinie, on y distinguait toujours quelques silhouettes, lointaines comme des campements nomades. Dans sa main, Nedra aperçut la richesse, elle aperçut une prodigieuse troisième et dernière partie de sa vie.

Trois cercles très nets de trente années chacun entouraient son poignet ; elle vivrait jusqu'à quatre-vingt-dix ans. Elle ne s'intéressait plus au mariage. Il n'y avait rien d'autre à dire. C'était une prison.

« Non, je vais te dire ce que c'est, rectifia-t-elle. Le mariage m'est devenu indifférent. J'en ai assez des couples heureux. Je ne crois pas à leur bonheur. Ces gens se racontent des histoires. Viri et moi sommes amis, de bons amis, et je pense que nous le serons toujours. Mais le reste… le reste est mort. Nous le savons tous les deux. Ce n'est pas la peine de faire semblant. Notre couple est pomponné comme un cadavre, mais il est déjà pourri. »

« Quand Viri et moi serons divorcés… » dit-elle.

Arnaud vint les rejoindre cet été-là. Son arrivée fut digne de Chariot. Il approchait avec Ève dans une décapotable blanche, faisant de petits signes de la main, quand les roues de devant montèrent sur une souche, soulevant l'avant de la voiture de près d'un mètre. Il occupa deux pièces à l'arrière de la maison : une chambre à coucher et une véranda avec vue sur les champs. Il portait une casquette blanche, une chemise à côtes, un pantalon de la couleur du tabac ou de certains parfums, et un foulard en guise de ceinture. Il était extravagant, serein, luisant comme un cochon d'Inde. Sa première initiative fut d'acheter pour cent cinquante dollars d'alcool.

« Un cadeau fantastique, dit Nedra plus tard.
— Encore que…, observa Viri.
— Il n'a pas *tout* bu seul.
— Presque. »

Et des cigares. Ce fut l'été des déjeuners et des cigares délicieux. Chaque jour, à la fin des repas pris au soleil, Nedra demandait : « Arnaud, qu'est-ce qu'on fume aujourd'hui ?

« – Laisse-moi réfléchir…, répondait-il.

– Un Coronita ?

– Non, je ne… bon, peut-être. Que dirais-tu d'un Don Diego ? Un Don Diego ou un Palma.

– Un Palma.

– Parfait. »

Elle écrivit à Jivan : *Tu sais à quel point j'appréhendais d'être séparée de toi, même pour quelques semaines, mais, d'une certaine façon, je trouve que c'est moins difficile que je ne l'imaginais. Ce n'est pas que je ne pense pas à toi, c'est même plutôt le contraire, mais cet été ressemble à une longue journée après un de nos rendez-vous, j'ai le temps de réfléchir, de te savourer de nouveau. C'est comme dormir ou prendre un bain. Nous avons souvent parlé d'aller à la mer ensemble et bien que je sois ici sans toi, je la vois par tes yeux et je suis contente. Je ne pourrais pas ressentir une chose pareille si je ne t'aimais pas et ne sentais pas très fort que tu m'aimes. Nous avons tellement de chance. Un courant extraordinaire circule entre nous. Un tas de baisers. J'embrasse tes mains. Franca parle souvent de toi. Et même Viri…* Il y avait un petit dessin, fait de mémoire, à côté de la signature. Elle reçut du courrier de Robert Chaptelle qui était à Varengeville. Ses cartes commençaient sans la moindre salutation, son écriture était très serrée, illisible.

Ma pièce est unique en son genre : elle dure deux heures et demie sans entracte. Elle s'appelle Le Begaud. *Je suis en train d'y porter les dernières touches.*

« Il est donc rentré en France, dit Viri.

– Oui.

– Quelle perte ! »

Voici mon programme. J'ai l'intention de m'y tenir. Je serai à l'hôtel de la Terrasse jusqu'au 15 août. À l'Abbaye, à Viry-Châtillon jusqu'au 30. Au Wilbraham

142

Hotel, *Sloane Street, Londres, pendant tout le mois de septembre.*

Un certain Ned Portman prendra peut-être contact avec vous. C'est un Américain très intelligent que j'ai rencontré ici par hasard. Il m'a vu travailler et pourrait vous raconter des choses intéressantes à mon sujet.

Nedra n'avait rien à dire, mais elle réussit à écrire une brève réponse. Les adresses de Chaptelle, avec leurs mots soulignés, les timbres représentant Le Touquet et des têtes sculptées des années trente la remplirent d'une étrange allégresse.

Les enfants adoraient Arnaud. Ses cheveux bouclés, beaucoup trop longs, éclaircissaient au soleil. Il avait un gros ventre ; en comparaison, leur père paraissait mince. Arnaud était un patriarche, un mâle dominateur. Il portait un chapeau de paille, agitait joyeusement ses orteils quand il était couché sur le sable – un propre à rien aux dents blanches comme des coquillages et aux poches bourrées de billets de banque froissés. Il vendait des livres. Il gagnait bien sa vie parce qu'il savait diriger son affaire et qu'il n'hésitait pas à demander des prix élevés. Il pouvait plaisanter à propos de l'argent, il pouvait le gaspiller ; il ruisselait dans ses mains comme de l'eau dans une rigole.

Sous le soleil brûlant, il courait sur la plage avec les filles, puissant, le visage abrité, le corps bronzé. Ève vint pour le week-end. Ils prirent une chambre dans un motel.

« C'est trop calme, là-bas », se plaignit Arnaud le lendemain.

Il était en train de préparer des cocktails : du rhum avec du jus de fruits frais ; il vidait les dernières réserves de bon rhum. Viri ramassait du bois. La plage était presque déserte. Au loin, à environ huit cents mètres, un autre groupe se baignait.

Pendant que grillaient les épis de maïs trempés dans de l'eau de mer, ils burent la boisson glacée.

« Vous êtes au courant ? demanda Nedra. Notre maison a été cambriolée.

– Oh, mon Dieu ! s'exclama Ève. Quand ?

– Ce matin. Ils ont pris l'électrophone, le poste de télévision, ils ont fouillé partout.

– Vous devez en être malades.

– Je veux vivre en Europe, déclara Nedra.

– En Europe ? s'écria Arnaud. C'est pire, là-bas.

– Vraiment ?

– C'est là-bas qu'on a inventé le vol.

– Même en Angleterre ?

– En Angleterre, c'est pire que partout ailleurs. Vous savez, je fais des affaires là-bas, j'y ai quelques amis. Eh bien, ils sont sans cesse cambriolés. La police arrive, regarde, relève les empreintes digitales. Nous savons qui sont les coupables, disent-ils. Formidable, qui ? Les mêmes que la dernière fois, répondent-ils.

– Oh, mais j'adore les photos de paysages anglais.

– L'herbe est très belle, là-bas », admit Arnaud.

Ève était ivre. « Quelle herbe ? demanda-t-elle.

– L'herbe anglaise. »

Elle lui caressa la tête. « Tu es vraiment beau, dit-elle. Comment une femme peut-elle espérer…

– Espérer quoi ?

– T'intéresser, murmura-t-elle vaguement.

– Il y a sûrement un moyen. »

Elle s'éloigna de quelques pas, puis pivota sur elle-même et ôta sa robe. Au-dessous, elle ne portait qu'un slip blanc.

« Tu as chaud, ma chérie ? demanda-t-il.

– Oui.

– Tu es si imprévisible en matière de vêtements !

– Allons nous baigner », dit-elle en couvrant sa poitrine de ses bras.

La mer bruissait derrière elle.

« Le maïs est presque cuit, protesta Arnaud.

« – Chéri. » Elle tendit les bras vers lui. « Tu ne vas pas me laisser nager toute seule ?

– Bien sûr que non. »

Il la porta jusqu'à l'eau, lui murmurant des paroles apaisantes comme s'il s'était agi d'une enfant. Les autres voyaient les longues jambes d'Ève se balancer sur son bras. Les vagues étaient pareilles à de la soie. Hadji se tenait sur le rivage, aboyant après les empreintes de pas disparues dans la mer.

Ève n'était plus jeune, remarqua Nedra. Elle avait le ventre plat, mais sa peau s'était distendue. Sa taille s'épaississait. Cependant, on l'aimait pour cela, on ne l'en aimait que plus. Même les légères rides qui commençaient à apparaître sur son front paraissaient belles. Quand ils revinrent, elle avait le bout des cheveux mouillés, son corps brillait et l'on voyait son sexe à travers son slip trempé. Elle s'appuya contre Arnaud dans un geste de profonde affection. Elle enfila son pull ; le vêtement lui arrivait aux hanches ; elle semblait nue dessous. Il la tenait par la taille.

« L'ennui, dit-elle, et je n'y peux rien, c'est que j'aime les Juifs. »

L'été. La frondaison est touffue. Des feuilles luisent partout comme des écailles. Le matin, un arôme de café, la blancheur d'un rayon de soleil sur le plancher. Le bruit que fait Franca à l'étage au-dessus : les pas d'une jeune fille qui range sa chambre, se coiffe, descend avec le chaud sourire de la jeunesse. Ses cheveux pendaient en une colonne bien lisse entre ses omoplates. Quand on les touchait, elle s'immobilisait, déjà consciente de sa beauté.

À la plage en voiture. Le sable était brûlant. La mer tonnait faiblement, comme enfermée dans un verre. Ils étaient bronzés. Franca avait les vagues contours d'une femme, des hanches qui commençaient à se dessiner, des jambes longues et fines. Son père les lui tenait pour qu'elle pût s'entraîner à faire l'arbre droit. Elle portait son maillot noir. Ses fesses saillaient quand elle arquait le corps, les mollets, le creux des reins.

« OK, tu peux me lâcher », cria-t-elle.

Vacillante, elle fit deux ou trois petits pas sur les mains, puis tomba.

« J'ai tenu combien de temps ? demanda-t-elle.

– Huit secondes.

– Encore une fois », supplia-t-elle.

Le vent soufflait de la terre. Les vagues semblaient déferler en silence. Des journées entières sur la plage. Ils rentraient en fin d'après-midi, quand les vastes étendues d'eau brillaient sous un soleil tiédi. Des déjeuners qui les abritaient comme une tente. Sous un grand parapluie, Nedra disposait du poulet, des œufs, des endives, des tomates, du pâté, du fromage, du pain, des concombres, du beurre et du vin. Ou bien, ils mangeaient à une table, dans le jardin, avec la mer au loin, les arbres verts, des voix en provenance de la maison voisine. Ciel blanc, silence, arôme des cigares.

Nedra parlait souvent de l'Europe.

« J'ai besoin de vivre comme on peut vivre là-bas, sans la moindre inhibition.

– Inhibition ? » fit Arnaud.

Il somnolait, les yeux mi-clos. Viri était allé en ville. Ils étaient seuls.

« J'ai besoin d'une grande maison.

– Je ne crois pas que tu aies beaucoup d'inhibitions.

– Et d'une voiture.

– En fait, tu n'es pas inhibée du tout.

– Je parle des inhibitions des autres.

– Ah ! des autres. Mais tu t'en fiches. Je n'ai jamais connu quelqu'un qui s'intéressait aussi peu aux autres. »

Elle garda le silence. Elle observait ses pieds sur lesquels, comme pour la première fois, elle remarquait des veines bleues. Le soleil était à son apogée. Comme en apesanteur, elle sentit que sa vie avait elle aussi atteint son point culminant ; sacrée, elle flottait, prête à changer de direction une dernière fois.

« Tu sais, je songe à divorcer, dit-elle. Viri est un si bon père. Il aime tellement ses enfants, mais ce n'est pas ça qui m'arrête. Pas plus, d'ailleurs, que les formalités légales, les discussions, les arrangements qui devront suivre. Ce qui me déprime vraiment, c'est tout cet optimisme insensé. »

Arnaud sourit.

« Je voudrais voyager », poursuivit-elle. Elle ne réfléchissait pas, les mots surgissaient du fond d'elle-même et affleuraient à ses lèvres. « Je voudrais entrer dans une chambre agréable à la fin de la journée, défaire ma valise, prendre un bain. Je voudrais descendre dîner. Dormir. Puis, le matin... lire le *Times* de Londres.

– Avec le numéro de ta chambre inscrit dessus au crayon.

– Je voudrais pouvoir payer avec un chèque sans la moindre hésitation.

– Quoi que disent les gens, c'est un sentiment, n'est-ce pas ?

– Je voudrais m'acheter tous les vêtements à la mode. »

Ils étaient assis sous un dôme de chaleur, dans le silence de midi, la pose alanguie, l'air épuisé, quelque part en Sicile, peut-être, échangeant des secrets qui les enveloppaient tels des courants ralentis, aussi doux à confesser qu'à entendre.

« Arnaud, je t'aime beaucoup. Tu es vraiment mon homme préféré, tu sais ?

– Je l'espérais.

– Je parle sérieusement. Tu as une remarquable faculté de comprendre, de comprendre et d'accepter.

– On dirait, oui.

– Et tu as un sens de l'humour fantastique.

– Malheureusement, dit Arnaud. On a de l'humour parce qu'on se fiche de tout.

– Oh, je ne le crois pas.

– Le détachement, c'est ça qui engendre l'humour. C'est un paradoxe. Nous sommes les seuls êtres à rire et, plus nous rions, moins nous nous sentons concernés.

– Je ne pense pas que ce soit vrai.

– Hum. » Arnaud réfléchit. « Tu as peut-être raison. Un tas d'idées très claires vous viennent en ces heures de réflexion, surtout après déjeuner, et ensuite elles ne tiennent pas la route. On a eu un été splendide.

– C'est ce que je me répète sans cesse », acquiesça Nedra.

Vers la fin, pendant les derniers jours d'août, ils s'allongeaient le soir sur la pelouse. Arnaud, en chemise à manches courtes, appuyé sur un coude, posait comme pour un Manet, Viri et Nedra étaient assis. La nappe étendue sur l'herbe, devant eux. Les grands arbres touffus soupiraient dans le vent. Viri avait passé ses bras autour de ses genoux, on voyait ses chaussettes.

« Un été splendide, n'est-ce pas ? » dit-il.

Ils ne savaient pas très bien ce qu'ils célébraient ; les journées, leur sentiment de satisfaction, de joie païenne. Ils acclamaient cet été de leurs vies, où ils demeuraient loin du danger. C'était leur chair qui parlait, leur bien-être.

« Je vais chercher la soupe, dit Nedra.

– C'est une soupe à quoi ? » s'informa Viri.

Elle se leva.

« L'une de tes préférées. Tu ne devines pas à l'odeur ? »

L'air était rempli d'une senteur d'herbe, de terre sèche, d'un vague parfum de fleurs.

« Non, avoua-t-il.

– Tu n'as vraiment aucun nez, dit-elle. C'est du *cresson**.

– Pas possible ! Tu as fait une soupe au cresson ? »

Elle se frotta les genoux. « Spécialement pour toi. »

Elle rentra à l'intérieur. Franca lisait, assise sur le canapé. Les cuillères étaient dans le tiroir. La lumière pure du soir baignait la maison.

« Tu as une chance formidable ! » disait Arnaud. Vus de la maison, ils semblaient immobiles, comme posés sur le gazon. L'épais feuillage ondulait au-dessus d'eux. La brise retourna délicatement le coin de la nappe. « Tu es arrivé au port. »

Viri garda le silence. La douce vibration de l'été pénétrait dans le plafond du feuillage, qui chatoyait de toutes parts.

« Ta réalité est plus grandiose que celle des autres hommes, Viri. Je pourrais te donner des exemples, mais c'est évident. Regarde ici. C'est une sorte de paradis.

– Oui, enfin… je ne l'ai pas créé tout seul.

– Mais en grande partie.

– Non, les cigares, c'est toi qui les a apportés. » Viri fit une pause. « En fait, les apparences sont trompeuses. Je suis trop accommodant.

– Que veux-tu dire ?

– Il faudrait mettre les femmes en cage, sinon… » Il laissa sa phrase en suspens. Finalement, il ajouta : « Sinon, je ne sais pas. »

* En français dans le texte.

10

Cette année-là, ils avaient pour amis Marina et Gerald Troy. Marina était actrice – elle avait joué dans des pièces de Strindberg – ses yeux étaient d'un bleu intense. Elle était riche. Sa fortune, qui n'avait rien de récent, se manifestait en tout : sa peau, son beau sourire. Marina allait au gymnase trois fois par semaine, chez un vieux Grec nommé Leon ; à quatre-vingts ans, il avait encore des bras musclés, et ses cheveux étaient d'un blanc de neige.

Nedra se mit à y aller aussi. Elle ne s'était jamais intéressée au sport, mais dès les premières heures passées dans l'espace vide de la grande salle, avec ses fenêtres poussiéreuses donnant sur la circulation, émue par la ferveur du vieil homme, l'esprit de camaraderie, elle éprouva un sentiment d'appartenance. Les douches étaient propres ; elle aimait la nudité des murs verts. Son corps s'éveilla, elle prit soudain conscience qu'il contenait de grandes réserves de force douées d'une existence propre. En extension, pendue la tête en bas, quand les muscles étaient chauds et décontractés et qu'elle avait l'impression d'être une jeune athlète, elle se rendait compte à quel point elle aimait ce corps, ce véhicule qui un jour la trahirait – non, elle n'en croyait rien ; en fait, elle était persuadée du contraire. Parfois, elle percevait son immortalité : certains matins frais, durant des nuits d'été où elle était couchée, nue sur les draps, seule dans son bain, pendant qu'elle s'habillait, avant de faire l'amour, dans la mer, quand, les membres lourds, elle s'apprêtait à dormir.

Elle déjeunait avec Ève ou Marina, parfois avec les deux ensemble. Midi, quand les restaurants s'emplissaient de clients, de bruit, d'une lumière calme, parfaite. Dans son sac à main, il y avait une nouvelle lettre d'Europe à laquelle elle n'avait jeté qu'un rapide coup d'œil ; la vue de l'enveloppe avec son éclatante bordure bleu et rouge, son écriture fébrile lui suffisaient. Robert semblait être malade, en proie à des illusions sur lui-même, geignard, ascétique. On le soignait pour un dérèglement de la thyroïde dans une clinique près de Reims. *Je peux entendre les gens dire d'ici deux ans : votre pièce est extraordinaire. Et je répondrai : j'ai mis dix ans à perfectionner mon art. Je me bats contre des géants. Chaque matin, je me réveille couvert de sueur, prêt à lutter. Malgré la force des impacts, je ne suis jamais vaincu. Ce sont les répétitions qui me manquent : j'aime pouvoir y assister et voir les progrès que font les acteurs. Ma présence làbas est indispensable. Mon œil et mon oreille critiquent chaque geste, chaque intonation. J'écoute les virgules du texte comme s'il s'agissait de gouttes tombant d'une fontaine.* Dis-moi comment vont tes *affaires*. Je me sens seul.*

La salle était presque vide. C'était ce moment tranquille, paresseux, déliquescent de la mi-journée : deux heures et demie ou trois heures ; la fumée de cigarette invisible était mêlée à l'air, le zeste de citron posé à côté des tasses vides ; le flot de la circulation passait sur l'avenue, silencieux, comme mort ; des femmes d'une trentaine d'années bavardaient.

« Neil est malade. Il a le diabète, dit Ève.

* En français dans le texte.

151

– Le diabète.

– C'est ce qu'ils disent.

– N'est-ce pas héréditaire ? »

Elles étaient assises à une table près de l'entrée. Le serveur les observait, debout près du bar. Il était amoureux d'elles : leur décontraction, leurs chuchotements, les confidences qui les absorbaient tant.

« J'espère, en tout cas, que mon fils ne l'aura pas, dit Ève. Neil est en piteux état. Ce qui m'étonne, c'est qu'il n'ait *que* le diabète.

– Il est toujours avec Machine ?

– Pour autant que je le sache, oui. Mais elle est si bête, qu'elle ne saurait pas quoi faire pour lui de toute manière. Elle n'a qu'une… je ne sais pas comment appeler ça… une seule qualité.

– Elle fait bien l'amour, tu veux dire ?

– Elle a vingt-deux ans, c'est ça, son atout. Pauvre Neil, on dirait une méduse. Ses dents commencent à pourrir.

– Il a une mine épouvantable.

– Je crois qu'il ne pourrait même pas draguer une femme dans un bar obscur. C'est bien fait pour lui, mais pour Anthony, c'est terrible de le voir comme ça. C'est si triste. Et il aime son père. Ils ont toujours été très proches.

– C'est tellement plus facile quand on est deux, dit Nedra. Je n'aurais pas pu élever mes filles seule. Oh, bien sûr que j'aurais pu, mais je vois en elles des qualités qui ne sont pas les miennes, ou sont une réaction, et qui viennent de Viri. De toute façon, je pense que les filles ont besoin d'une présence masculine. Ça éveille certains côtés de leur nature.

– C'est pareil pour les garçons.

– J'imagine.

– Tu pourrais partager Viri avec moi ? » dit Ève. Elle rit. « Je plaisante, évidemment.

« – Le partager ? Je ne sais pas. Je n'y ai jamais pensé.

– Je ne parlais pas sérieusement.

– Je ne crois pas que ça marcherait, pas avec Viri. En revanche, avec Arnaud…

– Tu as raison, acquiesça Ève.

– Absolument. En fait, je crois qu'il serait mieux avec deux femmes.

– Mais tu es tellement plus ordonnée que moi.

– Et toi, tu es plus compréhensive.

– Je ne crois pas.

– Si, insista Nedra. Et c'est normal. Je suis persuadée qu'il finirait par t'aimer davantage. Oui, oui, je t'assure. »

Elles sortirent par l'étroite porte sans se hâter, pleines d'affection l'une pour l'autre. Dans Lexington Avenue, la circulation était interminable : voitures de banlieusards, taxis, limousines sombres qui flottaient au-dessus des ornières. Elles flânèrent. Les rues étaient semblables à des rivières alimentées par des affluents ; elles s'y attardaient, contemplant des vitrines où apparaissait leur reflet. Certains magasins attiraient Nedra, des endroits où elle avait acheté des objets, des nappes, du parfum. Parfois, le regard d'une vendeuse oisive, seule, croisait le sien par-dessus un étalage de livres, de bouteilles de vin. Elle n'était pas pressée ; elle ne souriait pas. C'était l'intelligence de son visage qui les frappait, sa grâce. Son visage leur était familier, il appartenait à une femme qui avait tout : loisirs, amis ; heures de la journée pareilles à un jeu de cartes. Dans ces mêmes rues, Viri marchait seul. L'ascension des uns fait la chute des autres. Son esprit était encombré de détails, de rendez-vous ; au soleil, sa peau paraissait sèche.

Elle rentra à la maison dans la circulation du début d'après-midi, parmi les femmes revenant de chez le médecin et les hommes qui sortaient du travail. Les arbres commençaient à changer.

Cinq heures. De ses mains pâles, elle se coiffa devant le miroir de sa chambre. Elle se lissa les joues, la bouche, comme pour effacer les traces d'un événement. Il n'y en avait eu aucun, mais elle se préparait au suivant : coup de téléphone, disque, une demi-heure de lecture.

Le téléphone sonna. La voix de Mme Dahlander, basse, défaillante. « Pouvez-vous venir à l'hôpital ? demanda-t-elle. Mon mari n'est pas là. Leslie est tombée de cheval. »

Cela s'était produit une heure plus tôt. Leslie faisait du cheval toute seule. Personne ne l'avait vue galoper, ni basculer, personne ne s'était trouvé là au moment où la petite fille avait traversé l'air dans une position comique, puis atterri brutalement. Elle était restée couchée par terre tandis que sa monture s'arrêtait et se mettait à brouter. Le pré était désert, invisible de la route.

À l'hôpital, on disait que c'était grave : une commotion cérébrale. Leslie était toujours inconsciente. Elle avait le visage contusionné. Sa tête avait heurté une pierre. Leslie était une enfant unique, adoptée. Le médecin expliqua l'urgence du cas, le risque, à la mère hébétée. Cela se passait dans la salle d'attente du service de pédiatrie. Des livres déchirés étaient entassés sur les étagères, des cubes éparpillés sur le plancher. Si l'hémorragie crânienne continuait, elle exercerait une pression fatale sur le cerveau.

« Que pouvez-vous faire ?

– Nous devons l'opérer. »

Vêtu d'une blouse verte, le neurochirurgien attendait déjà.

« Nous avons besoin de votre autorisation. »

Mme Dahlander se tourna, suppliante, vers Nedra : « Que dois-je faire ? »

Elles interrogèrent de nouveau le médecin. Patiemment, celui-ci recommença ses explications. C'était l'heure du dîner ; les rues s'obscurcissaient. Le cheval, encore sellé, se tenait dans le pré, oublié. L'herbe refroidissait.

« Je voudrais attendre le retour de mon mari.

– Nous devons l'opérer tout de suite. »

Mme Dahlander se tourna de nouveau vers Nedra : « Je voudrais l'attendre, plaida-t-elle. Vous ne croyez pas que ce serait mieux ?

– Je ne sais pas si c'est possible », dit Nedra.

La femme stérile acquiesça d'un signe de tête. Elle s'effondra, oui, d'accord, sauvez-la. Elles entrevirent l'enfant alors qu'on l'emmenait sur un chariot, immobile telle une morte. Son absence dura des heures. Quand elle réapparut, on aurait dit une poupée brisée, les yeux clos, la tête bandée. Cette nuit-là, on la coucha dans de la glace. La pression à l'intérieur de son crâne rasé continua d'augmenter. À minuit, on appela le chirurgien. Il alla trouver les parents qui attendaient.

« Nous serons fixés au matin », leur dit-il.

Ce matin-là, dans la dernière phase de son sommeil, Viri vit une femme vêtue d'une superbe robe arriver devant l'ascenseur d'un grand hôtel. C'était Kaya. Elle ne le voyait pas. Elle était en compagnie de deux hommes vêtus de smokings. Viri voulait rester invisible : ses habits ordinaires, ses dents, son crâne qui se dégarnissait. Il les vit entrer dans l'ascenseur, puis monter en direction d'un jardin sur le toit, d'une fête, d'une magnificence qui échappait à son imagination ; soudain, il comprit que Kaya n'était plus la même ; on l'avait enfin capturée.

Il fit ce rêve à l'aube, dans la maison au bord du fleuve. C'était l'automne, il était seul au milieu des chambres fraîches et désertes ; des vents venant de l'Hudson le lavaient comme un cadavre.

11

Les premières neiges tombèrent. On se serait cru en plein hiver, les fenêtres étaient glacées. On pouvait rester au lit dans l'obscurité et regarder poindre l'aube.

Le jour de Thanksgiving, il y eut une tempête aveuglante. Hadji était fou de joie. Il bondissait dans la blancheur comme un marsouin, roulait sur le dos, galopait, mordait la neige. Danny le vit tourner, très loin, et la chercher du regard : les yeux noirs cernés de khôl, les hautes et vigilantes oreilles.

« Viens ici, petit bonhomme de neige ! cria-t-elle. Ici ! »

Hadji se remit à courir les oreilles couchées en arrière, refusant d'obéir. Danny frappa dans ses mains. Le chien décrivait de grands cercles irréguliers, s'arrêtant parfois pour s'allonger dans la neige et lancer à sa maîtresse des regards rusés. Elle continua à l'appeler. Il aboyait.

« Petit monstre ! » cria-t-elle.

En décembre, on aurait dit qu'ils avaient sans cesse des gens à dîner. Discussions à propos du menu, des invités. Des crevettes, oui, d'accord, dit Viri, mais pas de gaspacho. Ce n'était pas la saison pour ce potage, insista-t-il : il faisait trop froid.

« Pas à côté du feu, dit Nedra.

— Je te signale qu'il n'y a pas de cheminée dans la salle à manger », rétorqua-t-il.

Elle ne répondit pas. Elle était en pleine préparation. Qui avait-elle invité, finalement ? demanda-t-il.

« Les Ayashe.

– Les Ayashe !

– Viri, nous sommes obligés. Ce n'est pas que j'y tienne absolument, mais ça commençait à devenir embarrassant.

– Qui d'autre ?

– Vera Cray.

– Mais enfin, Nedra, pour qui nous prends-tu ? Un club du troisième âge ?

– Vera est merveilleuse. Elle n'est pas sortie depuis la mort de son mari.

– Je veux bien le croire, mais c'est un mauvais assortiment. Mme Ayashe est idiote et Vera, surexcitée.

– Tu te mettras entre elles deux.

– Mais pas pour toute la soirée !

– Fais-les boire, conseilla-t-elle. Tiens, goûte ça. »

C'était le *pâté maison**.

« Oh ! gémit-il.

– Quoi ?

– Ce pâté est génial !

– Essaie-le avec un peu de moutarde. »

Ils boiraient du meursault, mangeraient des *fromages*, des pâtisseries de chez *Leonard*.

« Ce sera un merveilleux dîner », conclut Viri. Il réfléchit un moment. « Peut-être que nous n'aurons pas besoin de parler. »

Quinze jours plus tard, ils recevaient un client de Viri qui avait acheté plusieurs maisons de brique et duterrain près de Croton pour en faire un lotissement. Les constructions originales seraient incluses dans un ensemble plus vaste et plus élégant, un peu à la manière de vieilles sculptures scellées dans les murs

---

* En français dans le texte.

d'une villa. Il s'appelait S. Michael Warner ; on le connaissait aussi sous le nom de Queen Mab.

« Il vient avec Bill Hale.

– Oh, merde ! jura Nedra.

– Tu ne le connais même pas.

– Tu as raison. De toute façon, il ne peut pas être pire que Michael.

– Nedra, c'est mon client.

– Oh, tu sais bien que je l'adore. »

Les préparatifs prirent toute une journée. Nedra fit des courses dans ses magasins préférés.

Le soir venu, la maison était prête. Il y avait des fleurs disposées sous les lampes, les rideaux étaient tirés, un feu pétillait derrière les genoux de fer des soldats hessois. Nedra portait une robe molletonnée bleu marine et rose. Sa ceinture était ornée de petites clochettes d'argent ; elle avait les cheveux tirés en arrière, le cou nu.

Son visage était frais et rayonnant, son rire, magnifique, pareil à des applaudissements.

Michael Warner, quarante-cinq ans, était immaculé. Il avait l'aisance et le sourire de quelqu'un qui remarque la moindre erreur. Il trouvait Nedra charmante. Il reconnaissait en elle une femme qui ne le trahirait pas. Elle ne se montrerait jamais banale ni stupide.

« Je vous présente Bill Hale.

– Enchantée », dit-elle avec chaleur.

Un curieux dîner d'hiver. Le docteur Reinhart et sa femme arrivèrent en retard, mais juste au bon moment, comme les joueurs qu'on attend pour commencer une partie. Ils s'assirent comme s'ils savaient exactement ce qu'on attendait d'eux. Reinhart avait des manières exquises. La femme qui l'accompagnait était sa troisième épouse.

« Vous êtes docteur en médecine ? demanda Michael.

– Oui. » Il était toutefois dans la recherche, expliqua Reinhart. Une forme de recherche. En fait, il écrivait.

« Comme Tchekhov », dit sa femme.

Elle avait un léger accent.

« Enfin… pas exactement.

— Tchekhov était médecin lui aussi, n'est-ce pas ? demanda Michael.

— Il y en a beaucoup, je veux dire des médecins qui sont devenus écrivains. Bien entendu, je ne me compte pas parmi eux. Je ne suis qu'un biographe.

— Vraiment ? fit Bill. J'adore les biographies.

— Et quel est le sujet de la vôtre ? s'informa Nedra.

— En fait, c'est… c'est une biographie multiple », répondit Reinhart. Il accepta un verre avec reconnaissance. « Merci. C'est la vie d'enfants d'hommes célèbres.

— Comme c'est intéressant !

— Dickens, Mozart, Karl Marx. » Il sirota sa boisson comme un malade pourrait siroter un verre de jus de fruits, un malade cultivé, frêle, résigné. « Même leurs prénoms sont fascinants. Plorn, qui était le dernier fils de Dickens. Stanwix était celui de Melville.

— Et que deviennent-ils ? demanda Nedra.

— Il n'y a pas de règle absolue, mais il semblerait que ces enfants-là aient plus de malheurs, plus de chagrins que d'autres.

— Somerset Maugham était médecin, intervint Mme Reinhart. Céline aussi.

— En effet, ma chérie.

— Un homme affreux, ce Céline, déclara Michael.

— Mais un grand écrivain.

— Grand. Qu'entendez-vous par là ? »

Reinhart hésita.

« Je ne sais pas. La grandeur, c'est quelque chose que l'on peut considérer sous plusieurs aspects, dit-il. C'est, bien entendu, une apothéose, l'homme élevé au sommet de ses possibilités, mais, d'une certaine manière, ça peut être aussi une sorte de folie, de déséquilibre, un défaut, le plus souvent profitable, une anomalie, un accident.

– Beaucoup de grands hommes sont excentriques et même étroits d'esprit, déclara Viri.

– Moins étroits d'esprit qu'impatients et tendus, je crois.

– Ce que j'aimerais savoir, c'est si la grandeur doit nécessairement s'accompagner de célébrité, dit Nedra.

– Voilà une question difficile, répondit Reinhart au bout d'un moment. La réponse est peut-être non, mais dans les faits, il faut qu'il y ait un certain consensus. Tôt ou tard, la grandeur doit être sanctionnée.

– Il y a là quelque chose qui cloche, insista Nedra.

– Peut-être, admit Reinhart.

– Si j'ai bien compris, Nedra veut dire que la grandeur, comme la vertu, n'a pas besoin d'être reconnue pour exister, suggéra Viri.

– J'aimerais bien que ça soit vrai », dit Reinhart.

Sa femme regardait Michael. Soudain, elle dit : « Vous avez raison : Céline était un parfait salaud. »

Des nuits de conversations qui finissent par languir, de conversations qui s'élèvent vers le plafond où elles stagnent comme de la fumée. Les plaisirs de la table, le bien-être de ceux qui en jouissent. Ici, dans cette maison de campagne confortable, discrète, Viri comprit soudain, en versant le vin, combien ses paroles avaient été stupides, amères. Reinhart avait raison : la célébrité n'était pas seulement partie intégrante de la grandeur, elle était davantage. C'était la preuve, la seule. Le reste ne comptait pas. Celui qui est célèbre ne peut échouer ; il a déjà réussi.

Devant la cheminée, Ada Reinhart confiait à Michael de quelle région d'Allemagne elle venait. Elle avait vécu à Berlin. Ils se tenaient à l'écart des autres. Dans la pièce, on pouvait voir la chevelure blanche de son mari, sa main frêle qui remuait le café.

« Je savais beaucoup de choses à l'époque, déclara-t-elle.

– Ah oui ? Que voulez-vous dire ? »

Elle ne répondit pas tout de suite. Elle était beaucoup plus jeune que son mari.

« Vous voulez vraiment que je vous explique ? demanda-t-elle. Si seulement j'avais fait ce que je pensais devoir faire…

– C'est-à-dire ?

– Oui, au lieu de ce que j'ai fait.

– Tout le monde peut en dire autant, non ?

– Quand je tombe amoureuse, c'est de l'esprit d'un homme, de ses qualités spirituelles.

– C'est exactement pareil pour moi.

– Bien entendu, on est attiré par un corps ou un regard… »

Nedra les voyait parler devant le feu. À table, Mme Reinhart n'avait pratiquement pas ouvert la bouche. À présent, elle semblait discuter avec passion.

« Je ne suis pas moche, n'est-ce pas ?

– Bien au contraire, lui assura Michael.

– Vous me trouvez plutôt séduisante, alors ? »

Elle remarqua à peine que les autres étaient entrés dans la pièce. Elle continua à parler.

« De quoi veux-tu convaincre M. Warner ? demanda Reinhart d'un ton badin.

– Quoi ? Oh, de rien, chéri », répondit-elle.

Après le départ du couple, Michael se renversa dans son fauteuil et sourit.

« Fascinant. Vous savez ce qu'elle m'a dit ? demanda-t-il.

– Raconte, dit Bill.

– Quelque chose doit lui manquer dans la vie.

– Ah oui ? »

Michael se tut un instant.

« Vous me trouvez plutôt séduisante, alors ? fit-il en imitant la voix rauque de Mme Reinhart.

– Mon chéri !

– Parfaitement. Et ce n'est pas tout. Vous croyez que j'aurais dû la prendre au mot ?

– J'aurais aimé voir ça. »

Michael se mit à peler un fruit en veillant à ne pas se salir les doigts. Le feu se mourait dans l'âtre, les cigarettes n'avaient plus de goût. Nuits nuptiales, nuits conjugales, la maison enfin redevenue silencieuse, les coussins portant l'empreinte du corps des invités, les cendres encore chaudes. Des soirées qui se terminaient à deux heures du matin, la neige qui tombait dehors, le départ du dernier invité. La vaisselle du dîner restait sale, le lit était glacé.

« Reinhart est sympathique.

– Oui, il n'y a rien de mesquin en lui, approuva Viri.

– Son livre peut être intéressant.

– Ce que deviennent les enfants – oui, c'est ce qu'on meurt d'envie de savoir. »

Ils étaient couchés dans le noir comme deux victimes. Ils n'avaient rien à se donner, ils étaient liés par un amour pur, inexplicable.

Viri dormait, elle le savait même sans le voir. Il dormait comme un enfant, silencieusement, profondément. Ses cheveux clairsemés étaient ébouriffés, il étendait une main douce et molle. S'ils avaient été un autre couple, elle aurait trouvé qu'ils étaient attirants, elle les aurait même aimés – ils étaient si malheureux.

12

Dans six ans, elle aurait quarante ans. Elle percevait cette échéance comme un récif blanc au loin – signal du danger. La vieillesse l'effrayait, elle ne l'imaginait que trop facilement. Elle en cherchait tous les jours les signes, d'abord à la lumière crue de la fenêtre, puis, tournant légèrement la tête pour atténuer un peu la dureté de cet éclairage, elle reculait de quelques pas en se disant : les gens ne s'approchent jamais autant.

Dans des villes lointaines de Pennsylvanie, son père abritait déjà en lui des cellules anarchiques qui s'annonçaient par une toux permanente et une douleur dans le dos. Trois paquets de cigarettes par jour pendant trente ans, avouait-il en toussant. Il fallait consulter un toubib, décida-t-il.

« Nous allons faire des radios, dit le médecin. Juste pour voir. »

Ni l'un ni l'autre n'était présent quand les clichés furent plaqués contre le tableau lumineux, disposés comme de grandes feuilles ondulantes et que, dans l'obscurité fantomatique, la masse fatale apparut, de la même manière qu'une comète apparaît aux astronomes.

On fit venir le praticien ; il n'y jeta qu'un seul coup d'œil. « C'est bien ça », dit-il.

Selon les pronostics habituels, il vivrait encore dix-huit mois, mais avec les nouveaux appareils, trois ans, peut-être quatre. Ils ne le lui diraient pas, évidemment.

Son destin translucide était inscrit clairement sur le mur tandis qu'on exposait les radios suivantes, six à la fois, les deux spécialistes travaillant sur des cas différents, côte à côte, aussi calmes que des pilotes, dictant ce qu'ils voyaient, des piles d'enveloppes froissées près de leurs coudes. Ils s'exprimaient avec élégance, exactitude. Ils continuèrent à réciter, à discuter, à prononcer des verdicts à la chaîne bien après que Lionel Carnes, soixante-quatre ans, eut commencé ses visites à la salle de radiothérapie. Leur travail n'était jamais terminé. Devant eux défilaient crânes, viscères, seins galactiques, doigts, fractures fines comme des cheveux, genoux ; tout cela apparaissait et disparaissait sous leurs yeux comme un test ininterrompu auquel les deux hommes répondaient avec un débit monotone et régulier.

Un sarcome, disent-ils. Eh bien, il y en a de toutes les sortes. Il y a des sarcomes du muscle, oui, ça existe, et même du cœur, quoique ceux-ci soient très rares : d'habitude, ils sont dus à des métastases. Personne ne sait vraiment pourquoi le cœur est sacré, inviolable.

La machine à rayons bêta faisait entendre un gémissement terrifiant. Le patient était couché seul, abandonné dans la pièce à l'accès interdit, climatisée à cause de la chaleur. Un ordinateur lointain déterminait la dose de rayons en fonction de la taille, du poids, et d'autres paramètres du malade. La Bêta ne brûle pas la peau comme les machines moins puissantes, lui assurèrent-ils.

« Non, seulement tout le reste », dit-il.

Elle était suspendue là, muette, émettant des rayons qui écrasaient le tissu alvéolé comme des coquilles de noix. Le patient était couché au-dessous, inerte, dans une position précise. Avec son cri venu du néant, elle entamait son œuvre. C'était ce traitement-là, ou une opération radicale et sans espoir, avec du sang qui coulait des points de suture noirs, l'homme condamné servi comme un cochon rôti.

L'espace d'un moment, toute cette splendeur technologique se concentrait sur lui ; les infirmières plaisantaient avec lui, les jeunes médecins l'appelaient par son prénom.

« Est-ce que je suis déjà en train de mourir ? leur demandait-il.

– Pas encore. »

Il leur parlait de voitures, de son chat à trois pattes.

« Rien que trois pattes ?

– Oui, et il s'appelle Ernie.

– Ah bon !

– Il est noir. Il profite bien de la vie, le coquin. Il grimpe dans les arbres et attrape des oiseaux. Mais, dès qu'il vous voit, il se met à boiter. »

Tout était inscrit dans ses cellules, les taches de tabac, la noirceur. Il devait s'arrêter de fumer.

« Mourir n'est rien à côté de ça », dit-il.

Dimanche de Pâques. Le matin, il fit un temps superbe, les arbres ruisselaient de soleil. Les Vern, Larry et Rae, vinrent leur rendre visite. Quand ils apparurent dans l'allée sur leur moto, on aurait dit un jeune couple d'ouvriers. Rae était assise derrière, les bras autour de la taille de Larry. Celui-ci portait un pull irlandais blanc, le vent ébouriffait ses cheveux. Les enfants coururent à leur rencontre. Elles adoraient la moto, toute laquée et brillante. Elles aimaient la belle barbe de Larry.

« Vous arrivez juste à temps pour aider à cacher les œufs, leur dit Nedra.

– Parfait. Qui c'est, ce type ? »

C'était Viri, coiffé d'un chapeau d'où pointaient deux longues oreillettes, et tenant un panier à la main.

« Entrez vous réchauffer, dit-il. Vous avez froid ? »

La table était mise dans la cuisine : du *koulitch*, un gâteau russe très sucré, des morceaux de *feta*, du pain noir, du beurre, des fruits. Nedra versa le thé. L'abondance de son repas reflétait sa nature.

« Ève viendra aussi, dit-elle.

– Chic ! s'écria Rae.

– Et la famille Paum. Vous le connaissez, lui ?

– Je ne crois pas.

– Il est acteur.

– Ah oui, bien sûr.

– Enfin… ce n'est pas encore certain.

– Il boit, expliqua Franca.

– Ah !

– Et je suppose qu'un matin comme celui-ci, il aura commencé de bonne heure, dit Nedra.

– Quel dommage !

– Je le comprends de plus en plus. »

Rae était très brune. Elle avait un visage mince et sérieux, qui donnait l'impression d'avoir subi un accident : il y avait une certaine contradiction entre les deux moitiés. Elle avait les cheveux coupés court, un sourire forcé.

Ils n'avaient pas d'enfants, Rae et Larry. Lui, il travaillait pour une fabrique de jouets. Il avait la peau blanche. Il était résigné comme quelqu'un qui a essuyé beaucoup d'épreuves, calme comme un toxicomane. Il partit cacher les œufs avec Viri.

« Qu'as-tu fait de beau dernièrement ? demanda Nedra en se chauffant le visage contre sa tasse.

– Je n'en sais rien, répondit Rae. Tu as de la chance de ne pas vivre en ville. Je me lève, je prépare le petit déjeuner, les rebords de fenêtre sont couverts de saleté ; je passe peut-être deux heures chaque jour simplement à essayer de garder l'appartement à peu près propre. Hier, j'ai écrit une lettre à ma mère. Cela m'a pris une bonne partie de la journée. Ensuite, je suis partie à pied à la poste : je n'avais pas de timbres. Je me suis rendue à la blanchisserie. Je n'ai pas préparé de dîner. Nous sommes allés au restaurant. Alors, qu'est-ce que je fais, au juste ? »

Elle sourit d'un air impuissant, découvrant ses dents jaunies. Dehors, les hommes cachaient les œufs dans l'herbe sèche, sous des feuilles, des pierres.

« Ne leur rends pas la tâche trop facile, cria Viri.

— En mets-tu dans les branches ?

— Absolument. Il y en a qu'ils ne devraient jamais trouver.

— Ton chapeau est superbe, dit Larry quand ils eurent terminé.

— C'est Nedra qui me l'a fait.

— Je t'ai pris en photo avec.

— Laisse-moi en prendre une de toi.

— Non, plus tard », dit Larry. Ils revenaient sur leurs pas. « À la maison. »

Elle se dressait au-dessus d'eux, baignée de lumière, avec son toit à pignon pourvu d'une cheminée à chaque bout, son ardoise grise délavée. Pareille à une énorme grange, elle portait les traces des intempéries, comme un bateau après une traversée. Des souris vivaient le long de ses fondations en pierre, des mauvaises herbes poussaient à ses extrémités. L'immensité de la journée les enveloppait. Le sol était tiède, le fleuve étincelait au soleil.

« Quelle magnifique journée ! » commenta Larry.

Il lui restait encore trois ou quatre petits œufs en chocolat. Tournant le dos à la maison, il les éparpilla doucement par terre.

« Ne t'inquiète pas, le chien les trouvera », dit Viri.

Ève était arrivée. Elle buvait un verre de vin dans la cuisine. Sa voiture aux pare-chocs rouillés était garée au bord de l'allée, les roues à moitié dans le fossé.

« Salut, Viri », dit-elle en souriant.

Elle paraissait plus vieille. En une année, elle avait perdu sa jeunesse. Des rides s'étaient formées autour de ses yeux et de minuscules pores apparaissaient sur sa peau. Pourtant, elle pouvait encore faire de l'effet ; il lui arrivait d'être belle, plus encore, inoubliable ; tout dépendait de l'heure, de la pièce dans laquelle elle se trouvait. Et tandis que son éclat se ternissait, celui de son fils se révélait. Les contours du visage d'Anthony indiquaient déjà l'homme qu'il serait. Il était très agréable à regarder, mais il y avait plus que cela : un silence profond, insondable, qui annonçait la beauté. Il se tenait près de Franca. Larry les prit en photo, deux jeunes visages très différents, mais qui néanmoins partageaient le même privilège.

« Il sera absolument irrésistible », dit Nedra.

Rae acquiesça. Elle observait l'adolescent par la fenêtre, attirée par lui. Il était trop grand pour qu'elle pût imaginer l'avoir pour fils, c'était déjà un jeune homme ; les caractéristiques qui deviendraient de l'orgueil, de l'impatience étaient semées, elles germaient en lui jour après jour.

Booth Paum arriva avec sa fille. Il se produisait sur les planches depuis l'époque de Maxwell Anderson. Comme tous les acteurs, il pouvait débiter de longs discours, prononçant les mots avec une sorte d'émotion menaçante ; il pratiquait le mime et la danse.

« Nous n'arrivons pas trop tard, j'espère », dit-il.

Il présenta l'amie que sa fille avait emmenée.

Ils étaient quatre filles et un garçon. Viri commença à leur expliquer les règles. « Il y a trois sortes d'œufs, dit-il. Des unis et des mouchetés, et il y a aussi douze abeilles d'or. Les abeilles valent cinq points, les œufs mouchetés, trois, et les unis, un seul. »

Il leur indiqua les limites du terrain de chasse.

« Il est onze heures et demie. » Il précisa le temps dont ils disposaient. « Vous êtes prêts ?

– Oui !

– Partez ! »

Les enfants s'éparpillèrent dans le paysage ensoleillé. Hadji courut derrière eux en aboyant. Bientôt ils furent loin, silhouettes isolées qui bougeaient lentement, tête baissée, entre les arbres.

« Ils ne sont pas tous par terre ! » cria Viri.

Pendant la longue chasse ponctuée d'exclamations et de cris lointains, les adultes s'assirent dehors, les femmes sur d'étroits bancs de fer, les hommes sur un talus. Paum buvait son thé à la russe, un morceau de sucre entre les dents. Les acteurs étaient vifs, originaux. Il se tenait le dos tourné au fleuve, silhouette pleine d'assurance. Comme si tout ce qu'on racontait sur lui était faux ; il réfutait tous les ragots par son aisance, ses cheveux bien coiffés.

« J'ai entendu une blague, leur dit-il. Deux ivrognes sont dans un ascenseur… »

La couleur brune du thé dans son verre, ses ongles à la forme parfaite, l'éclat de ses chaussures de chez Bally.

Dana, sa fille, gagna la chasse. Elle avait trouvé le plus grand nombre d'œufs, y compris quatre abeilles. Le premier prix était un énorme soldat en carton rempli de pop-corn, le second, un stylo en bois de rose. Les femmes apportèrent la nourriture dehors et dressèrent une table. Il y avait du vin et une bouteille de Moët et Chandon. L'après-midi était doux, spacieux. Une légère brise emportait les voix, et le mystère planait sur les quelques mètres qui les séparaient, on voyait les conversations sans entendre les paroles.

« Danny sera très belle », dit Larry. Il regardait l'adolescente assise avec les autres, une assiette sur les genoux. « Elle ne ressemble pas à sa sœur. Franca a toujours été belle, elle se contente de grandir comme un chat. Je veux dire, dès le premier instant, elle avait des griffes, une queue, tous les attributs, mais chez Danny, le processus est plus énigmatique. Ses particularités s'affirmeront lentement. Elles n'apparaîtront qu'à la fin. »

Derrière eux s'étendait l'herbe endormie, desséchée par l'hiver, chauffée par le soleil.

« Elle est ainsi sous beaucoup d'aspects, dit Viri. Elle a quelques traits curieux, voire inquiétants, mais j'ai l'impression que plus tard tout ça deviendra cohérent.

– Vos enfants vous apportent quelque chose de très spécial. Vous les protégez, vous les connaissez intimement. Mais tout est là, n'est-ce pas ? »

Viri garda le silence. Il connaissait leur situation. Rae s'assit à côté d'eux.

« Tu ne veux pas prendre quelques photos ? demanda-t-elle à son mari.

– Je n'ai plus de pellicule.

– Mais si, tu en as.

– Non, je l'ai terminée.

– Je t'avais pourtant dit de t'arrêter en route pour en acheter ! »

Larry finit son champagne. « C'est vrai. Tu as toujours raison, n'est-ce pas ? »

Rae ne répondit pas.

« J'ai de la chance, tu vois », dit Larry à Viri.

Dans la position où elle était assise, Rae semblait avoir une toute petite figure, les genoux repliés sous sa jupe.

« Oui, beaucoup de chance. Rae a toujours raison. Il faut qu'elle ait raison. Rien ne peut jamais être de sa faute, n'est-ce pas ? »

Comme Rae gardait le silence, Larry se tut. Il était couché sur l'herbe, appuyé sur un coude, son verre à la main. Toute leur vie apparaissait dans l'image qu'ils offraient à ce moment, lui immobile, le menton collé à la poitrine, tenant son verre vide ; elle, la tête penchée, stérile, les mains serrées autour de ses jambes. Ils avaient des chats siamois, ils allaient dans des musées, à des vernissages ; Rae était indiscutablement une femme pas-

170

sionnée ; ils vivaient dans un grand appartement au cœur
du Village.

En fin d'après-midi, ils rentrèrent tous dans la maison. Larry buvait du café, un foulard autour du cou,
prêt pour reprendre la route. Les enfants jouaient, la
fatigue ne les avait pas encore terrassés. Après le dîner,
ils s'endormiraient devant le feu, la figure rouge, le
cœur en paix. Rae prit congé. Elle était gaie. Dans sa
poche, elle leur permit d'entrevoir un petit nid d'herbes
dans lequel il y avait quatre œufs en chocolat. Larry et
elle se feraient une omelette en chemin, déclara-t-elle.
Elle eut un sourire bref, affectueux, malsain.

Nedra et Ève s'assirent près de la fenêtre. Le vrom-
bissement de la moto s'évanouit. Viri était sorti se promener. Nedra brodait une paire de pantoufles : un dieu
soleil sur chaque orteil.

« Elle est très sympathique, dit Ève.

– Oui, je l'aime bien.

– Elle parle beaucoup, et pas pour dire des bêtises.
Elle est intéressante.

– En effet.

– Lui, par contre…

– Il parle très peu.

– C'est à peine s'il a dit un mot.

– Larry est toujours silencieux, déclara Nedra.

– Quelle haine !

– Tu crois ? Tu es très perspicace, Ève !

– J'ai vécu tout ça. »

Viri entra, le chien sur ses talons. L'animal avait des
brins d'herbe collés à ses poils.

« Oh, tu es descendu sur la berge, dit Nedra.

– Hadji a eu une sacrée journée.

– Tu aimes Pâques, n'est-ce pas, Hadji ? Il doit avoir
soif, Viri.

– Il a bu la moitié du fleuve. Vous voulez un peu de
thé ? Je vais aller en préparer.

171

– Formidable ! » répondit Nedra. Quand son mari eut quitté la pièce, elle se tourna vers Ève. « Que penses-tu de Viri et de moi ? »

Ève sourit.

« Est-ce que tu vois la même chose en nous ?

– Vous êtes absolument… vous êtes faits l'un pour l'autre. »

Nedra poussa une exclamation étouffée comme si elle s'était aperçue d'une erreur dans son ouvrage.

« La vie avec lui est impossible, dit-elle au bout d'un moment.

– Ça m'étonnerait.

– Impossible pour moi, précisa Nedra. Non, tu ne t'en rends pas compte. Je l'aime, c'est un père formidable, mais c'est terrible. Je ne peux pas t'expliquer. Je suis comme écrasée, meulée entre ce que je ne peux pas faire et ce que je dois faire. Je me transforme en poussière, c'est tout.

– Je crois que tu es un peu fatiguée.

– Viri et moi nous sommes comme Richard Strauss et sa femme. Je suis aussi garce qu'elle l'était – la différence, c'est que Strauss était un génie. Elle était chanteuse et ils avaient d'affreuses disputes. Elle hurlait et lui jetait les partitions à la tête. Quand elle n'était encore qu'une inconnue, je veux dire. Un jour, ils étaient en train de répéter un de ses opéras. Elle s'est enfuie dans sa loge. Il l'a suivie et ils ont continué à se quereller. »

Viri revint, apportant le thé sur un plateau.

« Je parlais à Ève de Strauss et de sa femme, dit Nedra.

– Il avait une superbe écriture, commenta son mari.

– Quel immense talent !

– Il aurait pu être dessinateur.

– Bon, en tout cas, les membres de l'orchestre sont arrivés et ont annoncé qu'ils refusaient d'interpréter un opéra dans lequel cette femme avait un rôle. Alors

Strauss leur a dit : C'est regrettable, car Fraülein de Ahna et moi, nous venons de nous fiancer. C'était la dernière des chipies, vous ne pouvez pas vous imaginer. Il la suppliait de le laisser entrer dans sa chambre. C'était elle qui décidait quand il devait travailler et quand il devait se reposer ; elle le traitait comme un chien. »

Viri versa le thé. Un arôme subtil s'éleva des tasses.

« Du lait ? demanda-t-il à Ève.

– Non merci, nature », répondit-elle.

Franca et Anthony entrèrent dans la pièce.

« Si vous voulez du thé, apportez deux tasses », leur dit Viri. Il les servit. Les deux adolescents s'assirent sur des coussins par terre.

« Certaines grandeurs, comme celle de Strauss, par exemple, commencent au ciel, dit Viri. L'artiste ne monte pas vers la gloire, il apparaît avec elle, il l'a déjà et le monde est prêt à la reconnaître. Météorique, comme une comète – ce sont les expressions que nous employons –, et c'est effectivement une sorte de feu. Cela les rend très visibles, mais, en même temps, cela les consume ; ce n'est qu'après, quand l'éclat a disparu, quand leurs ossements gisent à côté d'hommes plus ordinaires, que l'on peut réellement juger. Je veux dire : il y a des œuvres célèbres, renommées dans l'Antiquité, qui sont complètement oubliées aujourd'hui : des livres, des bâtiments, des œuvres d'art.

– Mais est-ce que la plupart des grands architectes n'étaient pas reconnus à leur époque ? demanda Nedra.

– Forcément, sinon ils n'auraient jamais rien construit. Cependant, beaucoup d'entre eux, très considérés de leur vivant, ont sombré dans l'obscurité.

– Le contraire ne s'est jamais produit ?

– Non, admit Viri. Aucun d'eux n'a jamais parcouru le chemin inverse. Je serai peut-être le premier.

– Tu n'es pas obscur, papa, protesta Franca.

– *Il était obscur, mais honnête*, récita Viri.

– Et Jude l'Obscur, alors ? dit Nedra.

– Ha, ha ! Très bon ! » fit Viri.

Les plaisanteries des autres le remplirent d'une légère amertume. Quand les femmes commencèrent à préparer le dîner, il monta au premier. Il se regarda dans la glace, soudain dépouillé de toute illusion. Il était au milieu de sa vie ; il ne pouvait plus reconnaître le jeune homme qu'il avait été.

Il resta assis dans la chambre à coucher, écrivant des chiffres, des mots qu'il enjolivait, transformait en dessins. *1928*, nota-t-il, et ensuite : *Né le 12 juin à Philadelphie, Pennsylvanie. 1930 : Sa famille s'installe à Chicago, Illinois.* Il poursuivit ses inscriptions, détaillant sa vie comme s'il s'agissait de celle d'un peintre. *1941 : Entre à Phillips Exeter. 1945 : Entre à Yale. 1950 : Voyage en Europe. 1951 : Épouse Nedra Carnes.*

Dans le calme de la pièce, les pensées se déversaient : périodes presque oubliées, échecs, noms d'autrefois. *1960 : La seule année vraiment fantastique de ma vie*, écrivit-il. Puis, au-dessous : *Perd tout.*

Il fut interrompu par sa femme qui l'appelait. Un coup de fil d'Arnaud. La chronologie dans sa poche, Viri descendit. Les lumières étaient allumées, il faisait nuit. Ève, les genoux pliés sur le côté, ses pieds gainés de nylon à moitié sortis des chaussures, parlait au téléphone.

« Je n'arrive pas à décider si j'aimerais être là-bas avec toi ou que toi tu sois ici avec nous », disait-elle.

Arnaud était allé voir sa mère, mais à présent il voulait parler à son autre famille, sa famille de cœur. Il manifesta une affection extravagante, raconta des blagues, supplia qu'on lui décrivît la journée qu'ils venaient de passer.

Viri prit le combiné. Ils étaient tous unis dans le

grand soir bleu qui régnait sur le fleuve et les collines. Ils bavardèrent longuement.

Ensuite, Viri s'assit pour lire le journal, l'édition du dimanche, immense et brillant, resté intact dans l'entrée. Il contenait des articles, des interviews, des nouvelles toutes fraîches, jamais imaginées ; on aurait dit un paquebot aux ponts remplis de passagers, un répertoire qui inventoriait tous les faits marquants de la ville, du monde. Un vaisseau qui naviguait tous les jours ; Viri désirait ardemment être à bord, entrer dans ses salons, se tenir au bastingage.

Tu n'es pas obscur, lui disaient-ils. Tu as des amis. Des gens admirent ton travail. Après tout, il était un bon père – autant dire un bon à rien. Un véritable talent, c'était autre chose, une force irrésistible, meurtrière, qui faisait des victimes comme n'importe quelle agression, bref, une conquête. En dépit de nos intentions, nous devons être évasifs et doux, afin d'épargner les gens, de ne pas les écraser sous une vision de lumière. Il s'agit de l'idiot, pensa-t-il, du faible, du fils qui a échoué ; au-delà, il n'y a pas de vertu possible.

La nuit tombe. Le froid s'étend sur les champs. L'herbe se pétrifie.

Couché dans son lit tel un homme en prison, il rêvait de la vie.

« Qu'est-ce que c'était que cette blague si drôle qu'a raconté Booth ? » demanda Nedra. Elle se brossait les cheveux.

« Il a un sourire extraordinaire, dit Viri. Il me fait penser à un vieux politicien.

– Où était sa femme ?

– En train d'apprendre à piloter un avion.

– Piloter un avion ?

– C'est ce qu'il nous a dit. Bon, eh bien, il y avait deux ivrognes dans un ascenseur. Cela se passait dans un hôtel…

13

Les matins étaient blancs, les arbres encore dénudés.
Le téléphone sonna. Une légère vapeur montait de la
grange de Marcel-Maas. La femme de l'artiste vivait
là-bas, seule.

« Venez me voir, supplia-t-elle.

– Je vais en ville un peu plus tard. Je m'arrêterai
peut-être chez vous en chemin, répondit Nedra.

– Je voudrais vous parler. »

Nedra passa chez elle vers midi. L'herbe non coupée
était silencieuse, l'air frais. Les murs de pierre du bâtiment brillaient dans la claire lumière d'avril. Encore
tout sec et endormi, le verger s'inclinait en pente
douce.

« Je suis en train de boire un kir, dit Nora. Vous en
voulez un ? C'est du vin blanc et du cassis.

– Oui, avec plaisir. »

Nora versa le vin.

« Robert vit à New York maintenant, dit-elle. Voilà.
Ne craignez rien : je ne vous ennuierai pas avec mes
histoires. »

Elle s'assit et but une gorgée de kir. « Ça devrait être
plus froid », dit-elle. Elle se leva brusquement pour aller
chercher une autre bouteille de vin.

« Mais non, c'est très bien comme ça, protesta
Nedra.

– Je voudrais que ce kir soit exactement comme il

doit l'être. » Nora débordait d'une pathétique énergie. « Vous le méritez. »

Nedra était assise, calme, mais mal à l'aise. Elle craignait les confidences, surtout celles d'étrangers.

« Voilà. », répéta Nora.

Le verre était glacé. « Oh, c'est bon. »

Tranquillement, comme des amants qui lèvent les yeux en même temps, elles échangèrent fortuitement un regard.

« Je suis contente que vous soyez venue. J'avais simplement envie de vous voir. Les gens du coin sont tellement ennuyeux.

– Oui, acquiesça Nedra. Pourquoi, à votre avis ?

– Ils sont complètement absorbés par leurs propres vies. Je ne les connais pas, de toute façon. Nous n'avons pratiquement jamais invité personne. Enfin… il y a quand même une fille appelée Julie. Vous la connaissez ? Elle vend des produits de beauté. C'est une ancienne strip-teaseuse. Vous aimez le kir ?

– C'est délicieux. Pouvez-vous me répéter ce qu'il contient ?

– Du vin et du cassis, très peu de cassis. »

Nedra examina la bouteille de sirop.

« C'est fait avec des baies.

– Quelle sorte de baies ?

– Je ne sais pas. Un fruit français. Je vous parlais de Julie. Elle a eu une vie fantastique. Des gangsters l'invitaient au *St. George Hotel*. Elle peut encore les décrire. Ils la faisaient raccompagner par un garde du corps. Vous pouvez imaginer ce qu'il lui faisait. Maintenant elle vend des crèmes pour le visage. Vous en voulez un autre ? Ah, vous n'avez pas fini.

– Pas encore.

– Asseyons-nous près de la fenêtre. Nous y serons mieux. »

Tandis qu'elles se déplaçaient, le téléphone sonna. Nora décrocha d'un geste brusque. « Allô », dit-elle. Elle écouta. « Désolée, M. Maas n'est pas ici. Il est à New York. »

Elle écouta de nouveau. « À New York. New York, répéta-t-elle.

– Un instant, s'il vous plaît », dit l'opérateur. Puis : « Mon correspondant voudrait parler à Mlle Moss. Mlle Moss est-elle là ?

– Mlle Moss est à Los Angeles, en Californie, dit Nora. C'est de la part de qui ? »

Nedra était assise dans un fauteuil confortable, les genoux au soleil. Le rebord de la fenêtre était encombré de plantes. L'électrophone jouait des comédies musicales de Broadway presque oubliées. Nora revint, s'assit et ferma les yeux. Elle se mit à fredonner, à chanter un refrain de ci, de là et, en fin de compte, entonna de longues notes passionnées. Soudain, elle se leva et commença à se dandiner, à danser. Elle écartait les mains à la manière des danseurs de claquettes. Elle eut un rire un peu gêné, mais ne s'arrêta pas. On devinait la vie dans laquelle elle s'était épanouie, sa gaieté, son insouciance ; tout cela s'en allait comme le rembourrage d'une poupée de son.

« Autrefois, je connaissais toutes ces chansons par cœur », avoua-t-elle.

Elle faisait bien la cuisine, elle avait de belles jambes, qu'allait-elle devenir, demanda-t-elle, rester dans ce désert avec les pommiers ? De toute façon, la plupart d'entre eux étaient si vieux qu'ils ne portaient jamais de fruits.

« J'aime lire, dit-elle, mais enfin… »

Elle avait de jolies mains, reprit-elle. Elle les regarda d'un côté, puis de l'autre, un peu usées, certes, mais elles en connaissaient des choses ! C'était d'ailleurs ce qu'on pouvait dire de l'ensemble de sa personne.

« Le problème, c'est qu'un homme peut partir avec une femme plus jeune, mais pas l'inverse. Ça ne marche pas.

– Mais si ! protesta Nedra.

– Ah oui ?

– J'en suis sûre.

– Pas pour moi, décida Nora. Pour que ça marche, il faut y croire. »

Elle était assise là, seule, à la campagne. Dans le verger, il y avait des arbres, dans le placard, des verres et des assiettes propres. C'était une maison de pierre, elle durerait des siècles, et, à l'intérieur, on trouvait les livres, les habits, les chambres ensoleillées et les tables nécessaires à la vie. Il y avait aussi une femme aux yeux encore clairs, à l'haleine fraîche. Elle était entourée de silence, d'air, du bruissement de l'herbe. Et désœuvrée.

« Je m'en irai d'ici », déclara-t-elle brusquement.

Des vêtements de son mari étaient suspendus dans les placards, ses toiles étaient toujours dans l'atelier situé au-dessus. Elle ne pouvait pas rester dans cette maison. Les journées n'en finissaient pas, l'obscurité tombait et l'écrasait. Impossible de bouger.

« C'est injuste, dit-elle.

– Non.

– Que puis-je faire ?

– Vous rencontrerez quelqu'un », dit Nedra. Comment se fait-il que je sois si différente de cette femme ? se demandait-elle. Suis-je tellement plus sûre de ma vie ? « Quel âge avez-vous ?

– Trente-neuf ans.

– Trente-neuf ans.

– Katy en a dix-huit.

– Je ne l'ai pas vue depuis des siècles.

– J'ai passé ma vie à m'occuper de lui, se plaignit

Nora. Je me souviens du jour où je l'ai rencontré. Il était très beau, je vous montrerai des photos.

– Vous êtes encore jeune.

– N'avons-nous vraiment qu'une saison ? dit-elle. Un seul été, puis c'est fini ? »

14

Un matin, aux premières lueurs de l'aube, un vent
violent se leva il fit claquer les portes et cassa des
carreaux – engloutit le silence de ses rafales brusques,
terrifiantes. Hadji était enfoui sous les couvertures. Le
lapin, les oreilles rabattues, se blottissait contre sa man-
geoire. Il y avait des moments d'un calme menaçant,
puis, parfois pendant trente secondes, l'air rugissait
d'une manière effroyable. Les murs semblaient craquer.

Bien que le temps fût clair et doux, le vent souffla
toute la journée, secouant les volets, brutalisant les
arbres. Les plantes grimpantes se dressaient, fréné-
tiques, arrachées avec un son strident. Dans la serre,
on entendait un concert de vitres. C'était un vent sans
limites, un énorme vent à la gueule béante qui ne voulait pas reculer.

En fin d'après-midi, le téléphone sonna. L'appel
venait d'une autre ville. Un ton étrange, mécanique.

« Madame Berland ? demanda une voix d'homme.

– Oui.

– Ici le docteur Burnett. » Il appelait d'Altoona. « Je
pensais qu'il valait mieux vous prévenir : votre père est
à l'hôpital. Il est très malade.

– Qu'est-ce qu'il a ?

– Il ne vous a pas parlé de son état ?

– Non. De quoi s'agit-il ?

– Il voudrait vous voir, et je pense que ce serait bien que vous veniez.

– Depuis combien de temps est-il là ?

– Environ cinq jours. »

Elle partit le soir même. Elle quitta la maison une heure avant la fin du jour. Sibelius tonnait à la radio, le vent fouettait sa voiture. Elle dépassa des chantiers navals, des raffineries, traversa sans même les regarder des banlieues affreuses et vrombissantes, l'industrie qui sous-tendait sa vie. Un flot continu de voitures allait dans les deux sens, leurs phares devenant progressivement de plus en plus éblouissants. La nuit tomba.

Elle roula sans s'arrêter. Les stations de radio faiblirent ; envahies par les parasites, elles commencèrent à grésiller. On entendait des rafales de musique, des voix fantomatiques ; on se serait cru sous une immense voûte en ruine, sous des toits percés dans une ville frappée de misère, une ville submergée de publicité, de sentiments faciles, de bruits stupides. Le chaos emplissait ses oreilles, l'éclat des phares qui venaient à sa rencontre lui piquait les yeux. Le ciel était illuminé par les agglomérations situées au-delà des arbres noirs.

Elle pénétra dans l'obscurité d'une terre ancienne, lasse, veillée jalousement, vendue et revendue, puis elle passa dans la zone des ténèbres. Les routes se vidèrent. Elle traversait le Susquehanna, aussi immobile qu'un étang, quand les premières vagues de sommeil déferlèrent sur elle. Elle roula comme dans un rêve. Elle pensa à son père, au passé dans lequel elle était en train de plonger. Elle éprouva un sentiment d'impuissance à l'idée d'entreprendre un voyage interminable, un voyage qu'elle avait déjà fait une fois pour toutes. Le long tunnel blanc de Blue Mountain défila tel un couloir d'hôpital. Puis Tuscarora. Les noms n'avaient pas changé. Ils l'attendaient, certains qu'elle reviendrait.

Finalement, elle dormit quelques heures, sa voiture était seule au milieu de la station-service éclairée de lumière bleue. Quand elle s'éveilla, le ciel blanchissait à l'est. Elle se trouvait dans un paysage vaguement familier : la forme des collines, les arbres sombres. La route était devenue visible, lisse et pâle, les bois, à perte de vue, vierges de toute maison, de toute lumière. Nedra s'en réjouit, pourvu que ça dure, pensa-t-elle. Comme l'aube sur la mer, le lever du jour la bouleversa, la vivifia.

Bientôt, elle aperçut les premières fermes, des granges, magnifiques dans le silence ; la radio égrenait des prix, le nombre de moutons et d'agneaux abattus. D'émouvantes vieilles maisons de brique décolorée avec des porches à piliers blancs, leurs habitants encore endormis. Le ciel blanchit encore, comme lavé à grande eau. Soudain, tout prit couleur, les champs devinrent verts. Avec un sentiment de désespoir, Nedra reconnut le lieu de ses origines, bien qu'elle s'en fût éloignée depuis tant d'années ; elle reconnut le pays vide, inculte, les collines si longues à gravir, les villes vulgaires. Juste au moment où les vaches rentraient, elle doubla une Chevrolet solitaire, silencieuse comme un oiseau en vol. À l'intérieur, une fille et un garçon assis tout près l'un de l'autre. Ils semblèrent ne pas la voir. Ils restèrent derrière elle, dans la lumière ruisselante.

Jardinets, églises, enseignes peintes à la main. Les reconnaître ne lui procurait aucune joie ; pour elle, c'était la désolation, la ruine. Quel échec si elle devait revenir ici ! Tout serait effacé en un seul jour.

Un matin dans l'Amérique profonde. Des ouvriers qui partaient tôt au travail dans leur voiture. Près d'une ferme, deux canards erraient, hébétés, sur la route où gisait un troisième, écrasé au milieu de plumes blanches ensanglantées.

Des serres, de vieilles écoles, des usines aux vitres

cassées. Altoona. Elle descendait des rues qu'elle avait connues dans son enfance.

L'hôpital se réveillait. Les journaux de la veille étaient encore dans le distributeur, on n'avait pas encore dactylographié le planning du bloc opératoire.

On l'arrêta presque aussitôt. « Désolée, vous ne pouvez pas entrer, dit la réceptionniste. Les visites ne commencent qu'à onze heures.

– J'ai roulé toute la nuit.

– C'est impossible. »

Elle revint à onze heures. Dans une chambre à deux lits, elle trouva son père couché près de la fenêtre. Il dormait. Le bras qui dépassait des couvertures paraissait très frêle.

Elle le toucha. « Bonjour, papa. »

Il ouvrit les yeux et tourna lentement la tête.

« Comment vas-tu ? demanda-t-elle.

– Pas trop mal, je crois. »

C'était très net. Le visage de son père paraissait plus petit, son nez, plus grand, ses yeux étaient fatigués.

« Ça fait une semaine que je suis ici », l'informa-t-il.

Il n'y avait rien pour l'attester. Sur la table de chevet, Nedra ne vit qu'un verre d'eau et un plateau. Pas de livres ni de lettres, pas même une montre. Dans le lit voisin, un vieil homme se remettait d'une opération.

« Il n'arrête pas de parler », dit son père.

Le vieillard pouvait les entendre. Il sourit comme si on lui faisait un compliment.

« Un vrai moulin à paroles, poursuivit le père. Où loges-tu ?

– À la maison. »

Dehors, la matinée était claire et ensoleillée. La chambre paraissait obscure.

« Veux-tu un journal ? demanda-t-elle.

– Non.

– Je te le lirai, si tu veux. »

Il ne répondit pas.

Elle lui tint compagnie jusqu'à deux heures. Ils échangèrent très peu de mots. Elle resta assise à lire. Son père semblait somnoler. Les infirmières refusèrent de faire le moindre commentaire sur son état ; il a le cœur solide, dirent-elles.

Finalement, le médecin lui parla dans le couloir. « Il est très faible, dit-il. La lutte a été longue.

– Il a terriblement mal au dos.

– Oui, c'est parce que cela s'étend.

– Partout ?

– Dans les os. » Le médecin expliqua la perte de poids et de force, l'inanition qui suivait son cours.

À la maison, Nedra se fit du thé et se reposa. C'était la maison dans laquelle elle avait grandi : chambres tapissées de papiers peints, rideaux gris. Près de la porte de derrière, la terre était si compacte que jamais un brin d'herbe n'y poussait. Elle appela Viri.

« Comment va-t-il ?

– Très mal.

– Est-ce qu'il s'en sortira ?

– Je ne crois pas.

– Je suis désolé, Nedra.

– On ne peut rien y faire. Je dors à la maison.

– C'est confortable ?

– Ça peut aller.

– Combien de temps, crois-tu… Tu as une idée ?

– Il a l'air si faible, si bas. Ce matin, j'ai été frappée de voir à quel point son mal avait progressé.

– Tu veux que je vienne ?

– Oh, non, ça ne changerait rien. C'est très gentil de ta part, mais ce n'est pas la peine.

– En tout cas, si tu as besoin de moi…

– Viri, ces hôpitaux sont épouvantables. Tu devrais en dessiner un qui ait de la lumière et des arbres. Quand on meurt, on devrait regarder une dernière fois

186

le monde – je veux dire, on devrait au moins voir le ciel !

– C'est l'efficacité avant tout.

– Au diable l'efficacité ! »

Quand elle revint à l'hôpital, son père dormait de nouveau. Il se réveilla dès qu'elle s'approcha de son lit, les yeux soudain grands ouverts, complètement conscient. Elle resta assise à son chevet tout ce long après-midi. Pour dîner, il n'avala que quelques gorgées de lait.

« Tu dois manger, papa.

– Je ne peux pas. »

Des infirmières entraient de temps en temps.

« Ça va, monsieur Carnes ?

– Ça ne sera plus très long maintenant, murmurait-il.

– Vous allez un peu mieux ? » demandaient-elles.

Enfermé dans un linceul invisible, il semblait ne pas les entendre. Il avait la bouche sèche. Quand il parlait, un murmure indistinct, presque inintelligible échappait à ses lèvres. Il demanda plusieurs fois quel jour on était.

Ce soir-là, épuisée, Nedra prit un bain et se coucha. Elle se réveilla pendant la nuit. Le ciel, la rue étaient absolument silencieux. Elle était reposée, calme, seule. Le chat était entré dans la chambre ; assis sur le rebord de la fenêtre, il regardait dehors.

Au matin, son père sombra dans le coma. Il gisait là, impuissant, respirant d'une façon plus régulière, plus lente ; on lui avait mis deux compresses de gaze humide sur les yeux. Elle l'appela : rien. Il avait prononcé ses dernières paroles.

Soudain, la tristesse la fit suffoquer. Oh, paix à toi, papa, pensa-t-elle. Pendant des heures, elle resta à son chevet.

Il était fort, obstiné. Il ne pouvait plus l'entendre, rien ne le réveillerait. Ses bras étaient croisés mollement sur sa poitrine comme des ailes déplumées. Elle lui essuya la figure, arrangea son oreiller.

Viri appela ce soir-là. « Y a-t-il du changement ?

– Je vais sortir manger quelque chose », lui dit-elle. Elle parla aux enfants. Comment va grand-père ? demandèrent-elles.

« Il est très malade. »

Les filles se montrèrent polies. Elles ne savaient que dire.

Cela dura longtemps, une éternité ; des jours, des nuits, l'odeur d'antiseptique, le chuintement des roues caoutchoutées. Cette machine est si frêle, pensons-nous, pourtant il faut un massacre pour la démolir ! Le cœur bat dans les ténèbres, inconscient comme ces animaux au fond des mines qui n'ont jamais vu la lumière du jour. Il n'a pas d'obligation de fidélité, pas d'espoirs, rien qu'une tâche. L'infirmière de nuit écouta la respiration du malade. Cela avait commencé.

Nedra se pencha. « Papa, tu m'entends ? Papa ? »

Il se mit à respirer plus vite, comme s'il fuyait. Il était six heures du soir. Elle veilla toute la nuit tandis qu'il râlait, son corps fonctionnant par l'habitude d'une vie entière. Elle priait pour lui, contre lui, se disant : Ensuite ce sera ton tour, ce n'est qu'une question de temps, de quelques courtes années.

À trois heures du matin, seul le bureau de l'infirmière était éclairé. Pas de médecin. Les couloirs étaient déserts.

Au-dessous s'étendait la ville sombre, appauvrie, avec ses trottoirs qui s'effritaient, ses maisons bâties si près l'une de l'autre qu'il était impossible de passer entre elles. Les vieilles écoles, le théâtre aux fenêtres masquées par des plaques de tôle, les salles de réunion des anciens combattants étaient silencieux. Au milieu coulait non pas une rivière, mais un large lit de rails abandonnés. Les voies étaient rouillées, les grands ateliers de réparation, fermés. Elle la connaissait, cette ville pentue, elle n'y avait pas d'amis, elle lui avait tourné le dos pour toujours. Quelque part en son centre, encore endormis, habitaient des cousins lointains qu'elle ne revendiquerait jamais.

Elle écouta la terrible bataille qui se livrait sur le lit étroit. Elle prit la main du malade, une main froide, insensible, sans réaction. Son père luttait loin d'elle ; ses poumons, les cavités de son cœur luttaient. Et son esprit, se demanda-t-elle, à quoi pensait son esprit enfermé dans son corps, condamné ? Son être était-il en harmonie ou bien plongé dans le chaos, comme la population d'une ville envahie ?

La gorge du moribond commença à se remplir. Nedra appela l'infirmière. « Venez tout de suite », dit-elle.

La respiration de son père était effrayante, son pouls, faible. L'infirmière lui tâta le poignet, puis le coude.

Il ne mourut pas. Il continua à respirer de la même façon effroyable. L'effort que cela représentait pour lui accablait Nedra. Elle avait l'impression que s'il pouvait seulement se reposer, il irait mieux. Une heure s'écoula. Le malade ne se rendait pas compte à quel point il se fatiguait. C'était comme une sorte de folie, il continuait sans fin, tombait et se relevait cent fois. Un pareil châtiment était intolérable. Peu après cinq heures, brusquement, il exhala son dernier souffle. L'infirmière entra dans la chambre. C'était fini.

Nedra ne pleura pas. Au lieu de cela, elle eut l'impression de l'avoir amené au port. Elle comprit alors la signification des mots « en paix, en repos ». Sous la cendre grise d'une barbe, le visage du mort était calme. Elle posa un baiser sur sa joue, sur sa main bleue. Celle-ci était encore chaude. L'infirmière remettait en place le dentier.

Dehors, des larmes se mirent à couler sur son visage. Elle marchait comme une somnambule. Elle se jura une seule chose : elle n'oublierait pas son père, elle se souviendrait de lui jusqu'à la fin de ses jours.

L'enterrement fut simple. Elle n'avait pas demandé d'office. On l'inhuma en haut de la colline, dans une partie calme du cimetière, vers le fond, où les tombes étaient légèrement en désordre, près de stèles qui disaient simplement *Père*, de croix de pierre imitant le bois, au milieu d'obélisques renversés et de plaques commémorant des enfants – *Faye Milnor, Août 1930-Nov. 1931*, une petite pierre, une dure année. La ville, plantée de nombreux arbres, lointaine comme dans une peinture primitive, semblait faire la sieste. Nedra lisait les noms en marchant. Il y avait des pigeons dans l'allée. Des drapeaux miniatures ondulaient faiblement au vent.

Le fossoyeur, un jeune homme, était torse nu. Il portait ses longs cheveux attachés sur la nuque.

Il la salua poliment d'un signe de tête et s'arrêta de travailler. Son chien était couché dans l'herbe, sous un arbre.

« Continuez », dit-elle.

La dalle du caveau était déjà en place.

« C'est vraiment un bon endroit, ici », dit-il. Il avait un visage étroit. Une de ses dents de devant était cassée. « Quand vous reviendrez, l'herbe aura repoussé dessus.

– Déjà ?

– Il faut compter une quinzaine de jours.

– Oui. Comment vous appelez-vous ?

– David. »

Elle se rendit compte qu'il était mexicain. « David…

– Oui, m'dame. »

Il se remit au travail. Il avait des bras minces, mais il pelletait la terre avec vigueur. Le dôme de la cathédrale se découpait au loin, gris sur le ciel. Elle attendit que la fosse fût à moitié remplie.

« C'est votre chien ? » demanda-t-elle.

Avec son museau long et pointu, l'animal ressemblait à un colley.

« Oui, c'est une chienne.

– Comment s'appelle-t-elle ?

– Anita. »

Nedra regarda encore une fois la ville. « Ils prendront soin de la tombe ?

– Oh ! oui, m'dame. Ne vous inquiétez pas. »

En partant, elle lui donna dix dollars.

« Non, ce n'est pas la peine, protesta le jeune homme.

– Gardez cet argent », dit Nedra, et elle descendit.

Le chemin lui parut plus abrupt. Par endroits, la haute clôture de fer du cimetière s'effondrait. Le ciel s'était soudain obscurci.

Elle avait étalé les costumes de son père sur le lit. Ils iraient à l'Armée du Salut avec ses chemises, ses chaussures. La terre avait produit un bruit sourd en tombant sur la crypte où il reposait. Comme tous ces ornements, chapeaux, ceintures, bagues, paraissaient laids et de mauvaise qualité sans lui ! Tels des accessoires de théâtre, ils se révélaient très ordinaires, et même trompeurs, à la lumière du jour. Elle garda quelques photos et mit la maison et les meubles en vente. Elle effaçait toutes les traces, retournant à une vie qui n'avait rien à voir avec celle-ci, une vie plus brillante, plus libre. Autrefois, elle avait passé dix-sept années ici à attendre, dix-sept années désespérées à pressentir l'air frémissant d'un monde lointain ; en ferait-elle jamais partie, larguerait-elle jamais les amarres ?

Adieu, Altoona, tes toits, tes églises et tes arbres. Le réservoir où ils étaient allés si souvent les après-midi d'été, son sol frais couvert de fougères, les fours abandonnés remplis de papillons et de feuilles. Broad Avenue, quartier plein de mystère. Dans chaque salon obscur, il semblait y avoir une femme aux jambes enflées, un vieil homme usé, vidé, souillé. Une ville qui avait presque un aspect européen, vaste et haut perchée, brillant au soleil de la fin d'après-midi. Comme toutes ces gares de jonction, c'était une colonie pénitentiaire, clouée dans les provinces par ses rails.

Elle roula dans les rues pour la dernière fois. Altoona, bleutée sous la lumière matinale, ville d'arbres. Les cafés bon marché étaient pleins, des voitures passaient. De la mauvaise nourriture, des gens laids. Toutes ces vies étriquées étaient comme de l'humus ; elles avaient produit la végétation du lieu, ses pierres de fondation, sa solitude et sa tranquillité infinies. Elle pensa à la neige qui tombait dans ces rues, aux longs hivers, aux pièces représentées jadis par des troupes en tournée, à certaines familles riches dont les maisons semblaient être un autre monde, à leurs filles, leurs magasins. Elle pensa à son père, aux hommes avec lesquels il jouait autrefois aux cartes, à ses amis, à leurs femmes.

C'était fini. Soudain, elle ressentit comme un présage. Elle était exposée. À présent, le champ était libre pour sa propre mort.

15

Arnaud était confortablement assis, enveloppé de fumée de cigare, indolent, amusé. Mais son amusement était caché comme ces braises sous la cendre qu'il faut découvrir pour les ranimer. Ses cheveux semblaient plus gris, plus emmêlés, ses yeux, plus pâles. Il avait l'allure d'un clochard illuminé, d'un raté bienheureux. Il avait des lèvres charnues, des dents tachées bien que solides, une figure terrienne.

Nedra était assise en face de lui. « Pense à une question, dit-elle.

– D'accord.

– Et concentre-toi dessus. Je ne peux rien faire si tu n'es pas sérieux. »

Il fumait un petit cigare pareil à un bout de bois foncé. Il inclina légèrement la tête. « Je suis sérieux. »

Nedra se mit à regarder les cartes. Arnaud l'observait, l'air grave. On aurait dit qu'ils venaient d'entrer ensemble dans une cathédrale. Ils perçurent un net rafraîchissement de l'atmosphère.

« Maintenant, je vais choisir une carte qui te représentera, annonça-t-elle.

– Comment fais-tu ça ?

– Cela dépend de tes caractéristiques, de ton âge.

– Et si tu ne me connaissais pas ? »

Nedra eut un bref sourire. « Comment pourrais-je ne pas te connaître ? » demanda-t-elle.

Elle posa une carte sur la table : un roi vêtu d'une robe jaune qui lui cachait les pieds et le trône sur lequel il était assis. Un roi franc.

« Le roi d'épée.

– Bien. »

C'était l'hiver. Les journées étaient délicieusement longues et oisives. Elle lui tendit le paquet de cartes.

« Bats-les et concentre-toi sur ta question. »

Avec lenteur, il fit ce qu'on lui demandait. « Quelle est l'origine de ce jeu ?

– Du tarot ?

– Qui l'a inventé ?

– Le tarot n'a pas été inventé. Sont-elles bien mélangées ? Coupe-les trois fois. Tu sais, je ne suis pas une spécialiste, Arnaud, dit-elle en étalant les cartes.

– Ah non ?

– J'ai encore beaucoup à apprendre, s'excusa-t-elle, mais j'en connais tout de même un rayon. »

Elle plaça les cartes soigneusement, avec une sorte de précision cérémonieuse. Elle couvrit le roi avec une carte. Elle en posa une autre, en travers, par-dessus. Puis, formant une croix, elle posa des cartes isolées au-dessus, au-dessous et de chaque côté.

Des cartes étranges, illustrées comme certains livres. Elles quittaient ses doigts avec un léger craquement. À côté de la croix, elle disposa quatre cartes en colonne, l'une après l'autre. L'avant-dernière était celle de la Mort. Elle sembla répandre une ombre sur le reste du tirage. Ils avaient l'impression d'avoir commencé à lire machinalement la lettre de quelqu'un et d'y découvrir soudain d'horribles nouvelles.

« Eh bien, tu as une merveilleuse carte ici », dit Nedra en indiquant la dernière. C'était l'Empereur.

« Elle symbolise l'avenir. Elle signifie raison, force, grandeur. L'influence la plus importante est ici, poursuivit Nedra en désignant la carte posée au-dessus de celle qui représentait Arnaud. C'est une femme, très brune, une amie, affectueuse, honorable. Elle est la clé. »

Ils partageaient l'arôme du tabac, le froid pressé contre les vitres, le ciel hivernal d'une blancheur de porcelaine.

« Je pense même que cette femme peut répondre à ta question. Ai-je raison ? demanda-t-elle.

– Tu es trop futée.

– Elle détient la réponse, à moins qu'elle ne soit elle-même cette réponse.

– En fait, la réponse à ma question est oui ou non.

– Je ne suis pas encore capable de le dire, admit Nedra.

– Moi non plus.

– Il est parfois impossible de voir clair dans sa propre vie. Il faut que quelqu'un d'autre vous y aide.

– Je suis prêt à l'accepter.

– Nous parlons d'Ève, n'est-ce pas ?

– Bien sûr.

– C'est ma meilleure amie.

– Ça s'annonce mal, non ?

– Tu sais que tu es le seul homme dans sa vie, je veux dire, l'homme de sa vie.

– C'est très difficile, répéta Arnaud. Je l'aime, j'aime beaucoup Anthony et pourtant quelque chose m'arrête.

– Quoi ?

– Je ne saurais le dire.

– Je suppose que personne ne s'est jamais marié sans avoir quelques doutes.

– En avais-tu, toi ?

– J'avais l'impression qu'on allait m'exécuter.

– Je ne te crois pas, Nedra.

– Bon, disons que j'exagère un peu.

– Qu'est-ce que tu me prédis encore ? »

Nedra regarda le jeu. « Je vois une autre femme qui t'influence, mais je ne la reconnais pas. Elle est brune et riche. Probablement très sûre d'elle. C'est elle, l'obstacle, la force contraire. Elle a des goûts un peu particuliers qui sont peut-être cachés.

– L'ai-je déjà rencontrée ?

– Je n'en suis pas certaine.

– Ta description ne correspond à aucune personne de ma connaissance.

– En tout cas, elle est là, dans ton jeu. Tu es couvert par la dame de bâton…

– Celle-ci ?

– Oui, et croisé par la dame de deniers. Ça, c'est très rare. Ça montre que tes vrais amis sont surtout du sexe féminin. Bon, ce qui s'est passé, c'est que… » Nedra s'interrompit. « On t'a exposé certaines idées, on t'a fait certaines suggestions. C'est probablement une proposition décisive. Tu devras mener une lutte acharnée.

– Encore ? »

Nedra continuait à examiner les cartes, elle parut ne pas l'entendre. « Je crois que je fais ça très mal, dit-elle soudain.

– Moi, je pense que tu t'en tires fantastiquement bien. J'aimerais que tu m'en dises un peu plus sur cette femme aux goûts particuliers.

– Non, non, je me trompe. Il y a des choses ici qui ne sont pas claires. » Elle était devenue évasive, voire un peu nerveuse.

« Attends, je voudrais juste savoir une chose. » La Mort en lettres noires montait un cheval blanc. Elle portait une bannière arabe rigide comme du bois. « Que veut dire cette carte ?

– Elle peut avoir plusieurs significations…

– Mais encore ?

– Oh, n'importe quoi. La perte d'un bienfaiteur, par exemple. Regarde, il neige ! »

Elle prit l'un des cigares d'Arnaud. Ses longs doigts l'approchèrent de sa bouche. Elle se pencha en avant pour accepter du feu. Derrière les vitres, la neige descendait en nappes de plus en plus denses, engloutissant tout.

« Allons chercher Viri », s'écria-t-elle.

Son mari se promenait quelque part. Ils commencèrent à s'habiller fébrilement, mettant tout ce qui leur tombait sous la main. Ils s'emmitouflèrent comme des Russes dans des chapeaux et des écharpes et prirent un pardessus pour Viri.

« Il doit être sur la berge », dit Nedra.

Il neigeait abondamment. Les flocons couvraient leurs épaules, s'accrochaient à leurs cils. Ils marchaient en silence, comme perdus dans les steppes nordiques. L'empreinte de leurs pas s'effaçait derrière eux. C'était fabuleux, étrange. Puis ils aperçurent Hadji ; il courait à leur rencontre, le museau blanc de neige. Il aboyait, fonçait vers les congères molles en train de se former, galopait de côté, se roulait voluptueusement sur le sol, les pattes en l'air. Viri apparut tel un personnage mythique, un voyageur, le col relevé, de la neige plein les cheveux.

« Nous sommes tes guides esquimaux, lui expliqua Arnaud.

– Quelle chance ! dit Viri en mettant le manteau.

– Et voici Nushka, ma femme.

– Ah !

– Bien entendu, tu connais la coutume esquimau concernant les épouses.

– Oui, c'est très civilisé, acquiesça Viri.

– Nushka, frotte ton nez contre celui de notre ami. » Nedra accomplit cet acte avec gravité, sensualité.

« Elle est à toi, dit Arnaud.

– Est-ce qu'elle parle ?

– Rarement. Celle qui parle ne frotte pas le nez, celle qui frotte le nez ne parle pas. »

Hadji était couché dans la neige qui s'accumulait, à

moitié enfoui dedans : yeux noirs – des yeux maquillés, disait Danny –, grandes oreilles intelligentes. Quand ils l'appelèrent, il refusa de bouger.

Jivan arriva pour le dîner ainsi que Kate Marcel-Maas, qui sortait d'une expérience de vie commune avec son petit ami. Elle avait le visage hâlé, ses bras étaient minces.

« Tu connais Kate ? demanda Nedra.

– Je ne crois pas », répondit Arnaud. Il sourit. « Vous vivez à New York ?

– Non, je ne suis ici que pour quinze jours.

– Ah oui ? D'où venez-vous ?

– De Los Angeles.

– Où ça peut bien être ? murmura-t-il.

– Quoi ? Los Angeles ?

– Je crois me le rappeler. Que faisiez-vous là-bas ?

– On avait une petite maison avec un jardin. Je passais le plus clair de mon temps à cultiver des salades. »

Jivan portait une chemise de coton au col ouvert. Il semblait plein d'énergie, presque impatient.

« Viens, je veux te montrer quelque chose », dit-il à Kate.

Il la conduisit à la cuisine où, sous le regard fasciné de Franca et de Danny, il avait sculpté des oiseaux dans du céleri.

« Où as-tu appris à faire ça ? demanda Kate.

– Ça te plaît ?

– C'est fantastique.

– Tu devrais planter du céleri chez toi. Maintenant, je vais sculpter un cygne. Veux-tu du vin ? »

C'était du résiné. Il lui en versa un peu. Elle le goûta. Debout près d'elle, Jivan paraissait légèrement plus petit. Il portait une bague sertie d'une pierre sombre.

« C'est amer, se plaignit Kate.

– Tu t'y habitueras. Franca, tu veux une goutte de ce vin, toi aussi ?

– Oui, volontiers.

– Un jour, tu l'aimeras, dit-il à Kate. Pour finir, les choses amères sont toujours les meilleures.

– Ah oui ? » fit Kate.

La nuit tombait. La maison était illuminée comme pour un bal : de la lumière partout. Nedra préparait le repas. Elle était très en beauté avec sa jupe beige moulante, ses manches retroussées, ses poignets nus. Un verre de vin était posé près d'elle. De temps en temps, elle faisait une pause pour en boire une gorgée.

Arnaud parlait à Viri. Les deux amis étaient à l'aise au milieu des coussins du grand canapé. Ils riaient, leurs sourires apparaissaient simultanément sur leurs lèvres. On aurait dit des directeurs de galerie derrière leur vitrine en verre teinté, en fin d'après-midi, des éditeurs ou des actionnaires.

Nedra leur apporta des San Raphael.

« Qu'est-ce qu'ils fabriquent à la cuisine ? demanda Viri.

– Jivan essaie de séduire Kate.

– Avant le dîner ?

– J'ai l'impression qu'il est un peu nerveux, dit Nedra. Il flaire le danger.

– Nedra, tu ne crois pas – par principe, je veux dire – que nous avons une certaine responsabilité envers ses parents ?

– Qu'est-ce que tu racontes, Viri ? Elle a été mariée.

– Ce n'est pas tout à fait vrai.

– C'est pareil.

– N'est-elle pas un peu jeune ? demanda Arnaud.

– Oh, quelle importance ! » dit Nedra.

Le dîner, annonça-t-elle quand ils furent tous à table, serait italien. *Petti di pollo.* Jivan servait le vin. Cette fois, Kate refusa.

« Prends-en un peu, insista-t-il.

– C'est quoi du *petti di pollo* ? demanda-t-elle.

– *Pollo* veut dire poulet, l'informa Arnaud.

– Et *petti* ?

– Poitrine. Du blanc de volaille. Savez-vous ce qu'ils disent au sujet du poulet ?

– Non.

– Que chaque partie de cet oiseau fortifie la partie correspondante chez l'homme.

– Ça ne me ferait pas de mal », dit Kate.

Arnaud se montra insaisissable, amusant. Il raconta des histoires d'Italie, de villes maritimes dépourvues d'hôtels où l'on descendait la rue en frappant aux portes pour trouver une chambre, de la Sicile brûlant sous le soleil, de Ravenne et de Rome. Franca était assise à côté de lui et buvait du vin.

Il avait un don pour les langues. Il plongeait dans l'italien, et en ressortait comme si tous ses compagnons pouvaient en faire autant. « En Sicile, tout le monde a une *lupara* – un fusil de chasse. Un jour, le journal a rapporté qu'un homme avait tué son voisin sous prétexte qu'il faisait trop de bruit sous sa fenêtre. Arrêté, il s'est indigné d'avoir à comparaître devant un tribunal. "Alors quoi, a-t-il demandé au juge, on ne peut même pas tirer sur quelqu'un qui est sous sa fenêtre ?"

– C'est vrai, ça ? demanda Franca.

– Tout est vrai.

– Non, sérieusement.

– C'est vrai, ou alors ça le deviendra. Je vais vous raconter une autre histoire. Un jour, un père a donné un fusil à son fils. C'était un tout petit fusil, une *luparetta*. Le fils est allé en classe où il a rencontré un garçon qui avait une montre-bracelet. Elle était magnifique et il en est tombé amoureux. Il la voulait à tout prix. Il a donc échangé sa *luparetta* contre l'objet qu'il convoitait.

– C'est une histoire vraie ?

– Qui sait ? Quand le fils est rentré chez lui cet après-midi-là, son père lui a demandé : "Où est ta *luparetta* ? [*Dov'è la luparetta ?*]" Et le fils a répondu : "Je l'ai échangée. – Quoi ! – Oui, contre une montre. – *Fantastico*, dit le père, *meraviglioso*, tu l'as échangée contre une montre ! Et maintenant si quelqu'un traite ta sœur de putain, qu'est-ce que tu fais ? Tu lui donnes l'heure ?" »

Ils mangeaient comme une famille ; bruyants, affectueux, ils se passaient plats et assiettes sans cérémonie. Kate buvait dans le verre d'Arnaud. Plus tard, dans l'autre pièce, elle joua de la guitare. Ils ne desservirent pas la table. Nedra alluma le feu qui avait été soigneusement préparé : du petit bois bien sec, du papier en dessous. Les flammes jaillirent soudain, s'épanouirent comme un bûcher de martyr. Nedra s'assit à côté de Jivan. Ils buvaient de l'eau-de-vie de poire. Sa guitare sur les genoux, Kate chantait pour Arnaud d'une voix faible, aiguë.

« Tu ferais bien de l'emmener, murmura Nedra.

– T'inquiète pas.

– Il va la fourrer dans son lit, je le sens.

– Elle est un peu soûle.

– Oui, mais pas à cause du vin que tu lui as versé, toi.

– Elle m'a dit qu'elle le trouvait amer.

– Qu'est-ce que tu as à chuchoter, Nedra ? demanda Viri.

– Oh ! je m'amuse », répondit-elle en souriant.

Elle resservit de l'alcool. Elle était pareille à une hélice de Noël argentée, à une décoration en papier d'aluminium qui tourne lentement et dont le scintillement diminue et renaît interminablement.

« Tu joues très bien », dit-elle à Kate.

Elle quitta un moment ses invités pour aller dire bonne nuit aux enfants. Viri la suivit peu après. Il embrassa ses filles. Assis sur leurs lits, il sentit la chaleur de leurs chambres ; les pièces dans lesquelles elles dormaient et rêvaient, où elles étaient en sécurité. Leurs livres, leurs affaires l'emplirent d'un sentiment d'accomplissement et de paix. Dans l'escalier, il entendit des voix, les accords sensuels qui montaient d'en bas. Kate était assise près d'Arnaud. Ses dents avaient un reflet bleu, ce bleu qui émane du blanc pur des diamants. Il s'inquiéta un moment pour elle – ce n'était pas de l'inquiétude, se rendit-il compte, mais de la convoitise. Quand il pensait à elle, il était comme un homme malade, affligé. La douleur qu'il ressentait était imaginaire comme celle qu'un amputé ressent dans ses orteils. C'était seulement le désir, qui, espérait-il, le quitterait un jour – non, il se mentait à lui-même.

Nedra parlait à Kate. « J'aurais voulu être aussi courageuse que toi quand j'avais ton âge », dit-elle.

Kate haussa les épaules. « Je n'aime pas vraiment la Californie.

– Au moins, tu y as vécu. Tu sais ce que c'est.

– Ma mère est plutôt contre. Elle voudrait que je me marie avec mon ami.

– Tu as fait le bon choix », dit Nedra.

Elle leur resservit à tous un peu d'eau-de-vie. Jivan et Viri écoutaient la musique ; Arnaud était vautré dans un fauteuil près du feu, la tête rejetée en arrière, les yeux clos. Il continuait à neiger, même les routes avaient disparu.

L'élégance de la soirée, les assiettes restées sur la table, l'aisance des rapports que Nedra avait avec son mari, la compréhension qui semblait émaner d'eux – tout cela remplissait Kate d'un bonheur fébrile, ce bonheur que l'autre a le pouvoir de nous inspirer. Elle débordait d'amour pour ces gens qui, bien qu'ils eussent été ses voisins pendant toute son enfance, semblaient se révéler à elle pour la première fois. Ils la traitaient comme la personne qu'elle désirait ardemment être à cet instant : l'une des leurs.

« Est-ce que je peux venir vous voir pendant mon séjour ici ? demanda-t-elle à Nedra.

– Bien sûr.

– J'aimerais beaucoup parler avec vous.

– Cela me ferait le plus grand plaisir », répondit Nedra.

Une après-midi, alors. Elles iraient se promener ou prendraient le thé. La femme dont Kate s'était entichée n'avait jamais mis les pieds à l'étranger, cette femme au visage empreint de sagesse, pas du tout sentimentale, qui s'appuyait sur ses coudes et fumait de petits cigares. Elle n'avait jamais voyagé, pas même jusqu'à Montréal, pourtant elle savait si bien ce qu'était la vie. C'était vrai. Au plus profond de son être, elle avait l'instinct d'un animal migrateur. Elle trouverait la toundra, l'océan, le chemin du retour.

Arnaud avait les yeux ouverts. Son regard était vide de curiosité, calme, signe qu'il reprenait lentement ses esprits. Il avait le visage aussi détendu qu'un enfant. « Je ne sais pas pourquoi, mais quelque chose ici m'incite au sommeil, murmura-t-il. Votre maison est si chaude, si agréable.

– Tu as le droit de faire tout ce que tu veux, dit Nedra. Tu auras tout ce que tu désires. »

Il y eut un silence. « Ce n'est pas la première fois que tu me dis ça, lui rappela-t-il.

– Et j'ai toujours appliqué ce principe.

– Tout ce que je désire… tu l'as appliqué, ça ?

– Absolument.

– Attends, je me réveille », menaça-t-il.

Il n'avait pas bougé, mais ses yeux étaient vifs. Sa langueur le faisait ressembler à un ours. Tandis qu'il revenait à lui, on remarquait son innocence – c'est-à-dire, l'innocence des grands acteurs. « Vous avez cessé de jouer, Kate », dit-il.

Elle recommença. Elle plaqua quelques accords mélancoliques qui tombèrent lentement de ses doigts fuselés. De sa voix ténue de jeune fille, la tête baissée, elle se mit à chanter. Cela dura longtemps. Elle connaissait d'interminables paroles, ces poèmes étaient sa véritable éloquence, elle y croyait. *Les draps étaient vieux et les couvertures, minces...*

« Mon premier petit ami chantait ça autrefois, dit Nedra. Il m'a emmenée passer un week-end dans la maison d'été de ses parents. C'était en fin de saison, il n'y avait personne.

– Qui était-ce ? demanda Viri.

– Il était plus âgé que moi. Il avait vingt-cinq ans.

– Qui ?

– C'est à cette occasion-là que j'ai mangé mon premier avocat, noyau compris », dit-elle.

III

1

À seize ans, Franca changea. Elle commença à tenir ses promesses. Du jour au lendemain, sembla-t-il, comme l'apparition des feuilles, elle acquit soudain l'assurance. Elle se réveilla un matin dotée de cette qualité. Elle avait des seins tout neufs, des pieds un peu grands, un visage calme, indéchiffrable.

Mère et fille étaient proches. Nedra traitait Franca en femme. Elles parlaient beaucoup.

Le monde était en train de changer, lui dit Nedra. « Je ne parle pas des modes, précisa-t-elle. Elles ne représentent pas de vrais changements. Je parle des nouvelles façons de vivre.

– Donne-moi un exemple.

– J'en suis bien incapable. Tu le sentiras. Tu comprendras beaucoup plus de choses que moi. À dire vrai, je suis assez ignorante, mais je peux flairer ce qui est dans l'air. »

Il y a de l'affection dans les familles, mais rarement de la camaraderie. Nedra adorait tout autant parler à Franca que bavarder à son sujet. Elle voyait en elle la femme qu'elle-même était devenue, en ce sens que le présent représente le passé. Elle voulait découvrir la vie à travers elle, la savourer une seconde fois.

Un soir, pendant les vacances, Dana organisa une fête. Dana dont le visage avait déjà une expression curieusement morne, presque rancunière, mais après tout, comme le disait Nedra, que pouvait-on espérer quand on avait un père ivrogne et une mère idiote ? Ce soir-là, elle lisait un livre sur Kandinsky, un gros livre, très beau, au papier lisse. Elle avait vu l'exposition du peintre au Guggenheim et en était encore tout éblouie. Dans le silence vespéral, à cette heure où tout le travail a été fait, elle ouvrit enfin l'ouvrage. Kandinsky était venu tard à la peinture, lut-elle, à trente-deux ans.

Elle appela Ève. « J'adore ce livre, dit-elle.

– Oui, il m'a paru intéressant.

– Je viens de le commencer. Au début de la Première Guerre mondiale, Kandinsky vivait à Munich et il retourna en Russie. Il laissa derrière lui sa compagne de dix années – peintre, elle aussi. Il ne la revit qu'une seule fois – incroyable ! – à une exposition, en 1927. »

Le volume reposait sur ses genoux ; elle en était restée là de sa lecture. La force de changer votre vie vous vient d'un paragraphe, d'une remarque isolée. Les lignes qui nous pénètrent sont fines comme ces vers, les trématodes, qui vivent dans les rivières et s'introduisent dans le corps des baigneurs. Elle était excitée, pleine d'énergie. Comme tant d'autres choses, ces phrases au style poli arrivaient juste au bon moment. Comment imaginer ce que serait notre vie sans la lumière de celle des autres ?

Elle posa le livre ouvert à côté de quelques autres. Elle voulait réfléchir, le laisser en attente. Elle y reviendrait, relirait, continuerait, se plongerait dans la richesse de ses planches illustrées.

Franca rentra à onze heures. Sitôt la porte refermée, Nedra flaira un problème.

« Que se passe-t-il ?

– Pourquoi me demandes-tu ça ?

– Qu'est-il arrivé ?

– Rien. C'était épouvantable.

– Comment ça ? »

Sa fille se mit à pleurer.

« Franca, qu'est-ce que tu as ?

– Regarde-moi », sanglota-t-elle. Elle portait un ensemble bordé de fourrure au col et à l'ourlet de la jupe. « Je ressemble à ces poupées qu'on achète dans des magasins de souvenirs.

– Pas du tout.

– J'ai été la première à partir, dit Franca, désespérée. Tout le monde m'a demandé : "Où tu vas ?" »

– Tu n'avais pas besoin de rentrer aussi tôt.

– Si. »

Nedra eut peur. « Que s'est-il passé ? Tu n'aimais pas l'ambiance de cette fête ?

– La fête était très bien. C'est moi qui n'allais pas.

– Comment étaient habillées les autres ?

– Tu veux toujours que je sois différente, explosa Franca. Je ne peux jamais m'habiller normalement, je ne peux pas aller ici, je ne peux pas aller là. J'en ai marre ! Je veux être comme tout le monde ! » Des larmes lui inondaient le visage. « Je ne veux pas être comme toi ! »

D'un seul coup, elle avait imposé son propre univers.

Nedra garda le silence. Elle était stupéfaite. C'était le début de quelque chose qu'elle pensait ne jamais voir arriver. Elle alla se coucher, perturbée, déchirée entre l'envie de se rendre dans la chambre de sa fille et la crainte de ce qui pourrait y être dit.

Le lendemain, tout était oublié. Franca travailla dans la serre. Elle peignait. Il y avait de la musique dans sa chambre. Hadji était couché sur son lit, elle était vraiment heureuse. La crise était passée.

Nedra reçut une lettre de Robert Chaptelle qui semblait être dans le creux de la vague. Elle avait de la peine à se souvenir de lui, de sa nervosité, de ses goûts de luxe et de ses caprices si semblables aux siens. Il ne parlait pas de théâtre ; toute sa lettre concernait un individu qui pouvait sauver l'Europe.

... il mesure environ un mètre soixante-quinze. Il a le charme des Kennedy. Sa voix vous fait trembler. Elle est inoubliable. J'ai eu l'honneur de rencontrer cet homme ; on ne sent pas le temps passer en sa compagnie ! Ses yeux ! Je comprends enfin la nature de la politique. Cela tient du prodige*.

Nedra parcourut rapidement ces lignes. Il lui écrirait bientôt, disait-il dans cette ultime lettre. Il voyageait pour sa santé, disparaissait dans des villes reculées de France, fuyant la compagnie d'assurances pour laquelle il avait essayé de travailler quelque temps. Parti, englouti dans le silence.

Elle pensa plus d'une fois à la compagne que Kandinsky avait abandonnée en Allemagne. Certaines expériences gagnent à être brèves. Elle avait inscrit le nom de cette femme sur son calendrier, au-dessus de l'endroit où l'on tourne les pages : Gabriele Munter.

* En français dans le texte.

2

Il gagnait de l'argent, il était aimé de ses clients, il dessinait très bien. Ruskin avait dit qu'un véritable architecte devait être d'abord sculpteur ou peintre. Il l'était presque. Si distrait, si absorbé par son travail qu'un jour, par erreur, il versa du millet pour oiseaux dans son thé. Il était loquace, spirituel ; son écriture avait la régularité de caractères imprimés.

Ils allèrent dîner avec Michael Warner et son ami. Nedra était leur préférée, ils l'adoraient.

« Votre fille est si belle.

– Oui, je l'aime beaucoup, admit Nedra. Nous sommes très amies.

– Elle… Que va-t-elle faire plus tard ?

– Je voudrais qu'elle voyage.

– Mais elle poursuivra ses études ?

– Oui, bien sûr. Mais il m'arrive parfois de penser que la seule et véritable éducation est dispensée par une unique personne. C'est comme la naissance : on reçoit tout d'une seule source parfaite.

– C'est le rôle que vous jouez auprès d'elle, n'est-ce pas ? dit Michael.

– C'est une idée très dangereuse, Nedra, protesta Viri.

– Un être dont la vie est si exceptionnelle qu'elle nourrit tout ce qui l'entoure, continua-t-elle.

– Théoriquement, c'est peut-être possible, admit Viri, mais n'établir qu'un seul lien et tout fonder là-dessus

211

– C'est la blague, ça ?

– Une femme entre – elle est complètement nue. Les deux gars ne bougent pas, ne disent rien. Quand la femme sort de la cabine, l'un d'eux se tourne vers l'autre : "C'est drôle, tu sais, mais ma femme a exactement le même ensemble." »

me paraît imprudent. On risque d'être marqué par les idées d'une personnalité trop forte ; or, même si ces idées étaient intéressantes, elles pourraient être absolument néfastes pour quelqu'un comme Franca.

– Marina a voyagé trois ans avec Darin Henze quand il faisait sa tournée mondiale. C'était une expérience fantastique.

– Darin Henze ?

– Le danseur.

– Que voulez-vous dire par "a voyagé" ?

– Elle était sa maîtresse, évidemment. Elle s'intéressait à son travail. Mais sa profession n'avait guère d'importance, il aurait aussi bien pu être anthropologue. Un savoir concret n'a rien à voir avec l'éducation. Ce qui compte, c'est d'apprendre comment vivre et sur quel mode. Et si on ne fait pas ça, tout le reste ne sert à rien. »

Une nuit en ville. Ils étaient au bar de l'*El Faro*, serrés contre d'autres clients qui attendaient une table. Le vacarme d'un restaurant bondé résonnait à leurs oreilles. Dans le fond, le personnel traînait sur le sol des caisses de provisions qu'on venait de livrer tandis que les clients, enveloppés de fumée de cigarette, criaient par-dessus leurs verres. « On ne sait jamais ce qui va arriver aux gens, disait Michael. J'ai une amie très drôle, très généreuse. Elle aurait pu devenir actrice.

– Elle s'appelle Morgan, précisa Bill.

– Il faut que vous fassiez sa connaissance un de ces jours. »

Juste à ce moment-là, on leur attribua une table. Le serveur apporta les menus.

« Nous prendrons tous de la paella, n'est-ce pas ? demanda Michael. » Il passa la commande. « Elle vit dans la 5e Avenue, en face du Metropolitan. Après son divorce, elle a gardé l'appartement. C'est un endroit fabuleux… »

Dans l'obscurité à laquelle il fallait s'habituer, où un

visage pouvait rester invisible à quelques tables à peine, Viri aperçut soudain quelqu'un qu'il connaissait. Son cœur chavira. C'était Kaya Doutreau.

« Un soir, elle rentra d'un spectacle de ballet… »

Il avait peur ; il craignait qu'elle ne le vît. Sa femme était splendide, ses compagnons distingués, pourtant il avait honte de son existence.

« … *Le Lac des cygnes*. Vous pouvez en dire ce que vous voulez, mais je ne m'en lasse jamais.

— C'est si beau ! renchérit Bill.

— Quand elle ouvrit la porte de l'appartement, elle trouva son chien couché dans l'entrée… »

Il n'entendait pas, il percevait le cliquetis des couverts, les bruits de fond, comme s'il écoutait le mécanisme qui régissait l'ensemble. Cela semblait terrible d'être si affecté par sa présence, par de simples détails dont elle était complètement inconsciente : son aisance, sa façon de s'asseoir, le poids de ses seins dans son chemisier clair.

« Eh bien, personne n'en sait rien. On pense que quelqu'un a glissé du poison sous la porte. C'était affreux. Elle n'avait aucune idée de ce que cette bête pouvait avoir. Elle l'a descendue dans ses bras, mais elle est morte dans le taxi.

— Viri, tu n'es pas bien ?

— Mais si, ça va parfaitement.

— Tu es sûr ?

— Certain. » Il esquissa un bref sourire. Il ne savait plus manger, il avait l'impression qu'il s'agissait d'un rituel appris par cœur. Il se concentra sur son assiette, essayant de ne pas regarder au-delà de leur table.

« Le plus intéressant, c'est que c'est la femme la plus chaleureuse qu'on puisse imaginer. Elle ne ferait pas de mal à une mouche. Son appartement est plein de livres. Les gens sont fous.

— C'est une histoire affreuse, dit Nedra.

213

– J'espère que je ne vous ai pas déprimés.

– Ça doit être lié à la saison, avança Bill. Février est comme ça. La seule fois de ma vie où j'ai été réellement malade, c'était en février. J'ai passé un mois et demi à l'hôpital. Pendant deux semaines, on a cru que j'étais incurable. Cette paella est délicieuse.

– Qu'aviez-vous ?

– Oh, une grave infection. Ma famille m'avait même acheté un cercueil. Trop petit. Ils voulaient faire des économies. Ils pensaient me plier les jambes. »

Bill rit.

« Viri, tu es sûr que ça va ?

– Mais oui, absolument. »

Pendant le dîner, il l'entrevit à plusieurs reprises, il ne pouvait l'éviter. Elle était en vie, elle allait bien. Soudain, elle se leva. Il connut un moment de panique absolue, de peur physique. Mais ils partaient, simplement. Quand elle passa près de lui, se frayant un chemin à travers les tables, il dissimula son visage en portant la main à son front.

Ils rentrèrent chez eux par une nuit froide, immensément claire. Les immeubles, grandes ruches obscures, flottaient au-dessus d'eux. Dans le lointain, le pont dessinait un trait de lumière.

De l'autre côté du fleuve, la route se vida. La lune brillait dans un ciel complètement blanc. La voiture sentait un peu le tabac et le parfum, comme un compartiment de train. Un passant debout dans l'obscurité les aurait vus filer tel l'éclair, la chaussée illuminée par les phares, image fugace. Le son s'évanouit dans l'air glacé, les feux arrière rouges disparaissent au loin. C'est le silence. Hormis, peut-être, le bruit ténu d'un avion, à la lisière des étoiles.

Cette même nuit, Arnaud était près du Chelsea, dans l'atelier d'un ami. Quand il partit, il était minuit passé.

Il marcha en direction de l'est. Ils avaient parlé pendant des heures. C'était le genre de soirée qu'Arnaud préférait – l'atmosphère intime, la conversation intarissable dont on ne se lassait jamais. Arnaud était dickensien : il mangeait, buvait, levait le petit doigt pour évaluer le talent d'une personne ; il nageait comme un poisson dans la ville grouillante. Il avait relevé le col de son pardessus. Les trottoirs étaient vides, les magasins tout noirs derrière leurs rideaux de fer.

La circulation se déversait sur l'avenue par vagues successives. Les phares des voitures sillonnaient l'asphalte usé dans un silence menaçant. Arnaud chercha un taxi, mais à cette heure-là, ils rentraient tous chez eux. Le carrefour, avec ses quatre sinistres perspectives, était traversé de courants d'air glacés. Arnaud longea la rue. Une cafétéria, la dernière fenêtre éclairée, était en train de fermer. Une vague de voitures déferla, la plupart d'entre elles cabossées, conduites par des hommes solitaires, véhicules de la classe ouvrière, toutes vitres remontées.

Une moto roulant très lentement tourna au coin. Le conducteur était vêtu de noir, le visage masqué par du Plexiglas. Un taxi passa, Arnaud le héla, mais il ne s'arrêta pas.

Le motocycliste s'était garé le long du trottoir, le moteur au ralenti ; il examinait ses pneus. La surface courbe et brillante dissimulait ses traits. Arnaud s'avança de quelques pas sur la chaussée. Il voyait les lumières du centre, les hauts buildings. Descendu de sa machine, le motard essayait de forcer les portes des maisons. En passant, il regardait dans les magasins vides, les mains plaquées contre la vitrine. Arnaud se mit à marcher.

Dans les 40ᵉ ouest, des jeunes gens efféminés attendaient, debout aux coins des rues. Des hommes étaient affalés devant des portes d'immeubles, les mains sales, leurs visages d'ivrognes brûlés par le froid. Les taxis qui fonçaient le long des grandes avenues se désintégraient, leurs pare-chocs cliquetaient, le sol était couvert d'immondices.

Arnaud protégeait ses oreilles. Il ne pouvait pas faire tout le trajet à pied : il habitait dans la 68e Rue. Il se retourna et regarda la circulation lointaine : il eut l'impression que le nombre de voitures venant dans sa direction avait encore diminué. La tonalité générale avait changé, comme lorsqu'on écoute trop longtemps le silence. Ses pensées, jusque-là rassemblées autour de lui comme les plis d'un manteau, s'envolèrent pour embrasser un champ plus vaste : les bâtiments sombres et délabrés, les froides légendes du commerce inscrites partout. Il songea à aller au Chelsea qui n'était qu'à trois rues. Deux hommes avaient tourné le coin et venaient lentement dans sa direction ; l'un d'eux sautillait d'un côté à l'autre, faisait de brèves incursions sous les porches des maisons.

« Hé toi, quelle heure il est ? » demanda l'un d'eux. C'étaient des Noirs.

« Minuit et demi, répondit Arnaud.

– Où est ta montre ? »

Arnaud garda le silence. Ils s'étaient arrêtés, et s'approchaient maintenant pour lui barrer la route.

« Comment tu sais l'heure si t'as pas de montre ? Tu fais la gueule ? »

Le cœur d'Arnaud se mit à battre plus vite. « Je ne fais jamais la gueule, affirma-t-il.

– Tu sors de chez ta nana ? Qu'est-ce que t'as ? Tu te crois trop bien pour répondre ? » Leurs figures luisantes étaient identiques. « Ouais, c'est ça. Ton pardingue, il vaut bien cent cinquante dollars. Alors, tu dois pas être fauché. »

Comme paralysé, Arnaud sentit ses forces l'abandonner, il avait l'impression de monter sur une scène sans une idée, sans une réplique. Une grappe de voitures arrivait, elles étaient encore à cinq ou six rues de là. Il se mit à parler ; on aurait dit un indicateur.

« Écoutez, je ne peux pas m'attarder, mais je voudrais vous dire quelque chose…

– Il ne peut pas s'attarder, dit l'un des Noirs à l'autre.

– Un jour, un type complètement sourd…

– Quel type ? »

Les voitures approchaient.

« …rencontre un ami dans la rue…

– Fais voir ta montre. Passons aux choses sérieuses.

– Je voudrais vous poser une question, dit vivement Arnaud.

– Grouille-toi.

– Une question à laquelle vous êtes les seuls à pouvoir répondre… »

Il se tourna soudain vers les voitures qui approchaient et courut dans leur direction, criant et agitant les bras. Il n'y avait pas de taxis. C'étaient des vaisseaux sombres, hermétiques, qui faisaient des embardées pour l'éviter. Quelque chose le heurta qui le brûla dans le froid. Il tomba sur un genou comme si on l'avait poussé. Il essaya de se relever. L'objet mystérieux avec lequel ils le frappaient produisait le son d'un chiffon mouillé. C'était le début d'un épisode, la fin d'un autre. Il vacillait comme un flagellant qui fuit le confort d'une vie facile. Il se protégeait la tête de ses bras en criant : « Pour l'amour du ciel ! »

Il trébucha, essayant d'arrêter la grêle de coups qui le mouillaient. Il tenta de courir. Aveuglé, il tanguait sur la passerelle de l'histoire, ridicule jusqu'au bout, appelant au secours, son numéro tournait court dans le froid glacial, ses jambes se dérobaient sous lui.

À genoux dans la rue, il leur offrit son argent. En partant, ils éparpillèrent le contenu de son portefeuille.

Ils ne prirent même pas sa montre. Elle était cassée. Comme les instruments de navigation d'un avion accidenté, elle indiquait l'instant précis du désastre. Arnaud resta couché là pendant plus d'une heure, les voitures le contournant sans jamais ralentir.

Ève appela au matin. « C'est terrible, gémit-elle.

– Que se passe-t-il ?

– Vous n'êtes pas au courant ?

– Au courant de quoi ? » demanda Nedra.

De l'autre côté de la fenêtre, au soleil, son chien marchait sur le sol gelé.

« Arnaud… » Ève se mit à pleurer. « Ils l'ont battu. Il a perdu un œil.

– Battu ?

– Oui, quelque part en ville », sanglota-t-elle.

3

La vie, en se divisant, laisse des cicatrices comme les stries d'une souche d'arbre. Les premières semblent si serrées ! Le temps les rapproche, vingt années deviennent impossibles à distinguer.

Nedra était entrée dans une nouvelle ère. Tout ce qui appartenait à l'ancienne devait être enterré, écarté. L'image d'Arnaud avec son œil recouvert d'un épais pansement, ses ecchymoses, son débit ralenti pareil à un électrophone détraqué – tout cela représentait pour elle une sorte de présage. Pour la première fois, elle avait peur de la vie, peur de la méchanceté qu'elle contenait, qui n'avait ni explication ni remède. Elle voulait vendre la maison. Quelque chose se produisait dans tous les domaines de son existence, elle commença à l'observer dans les rues ; c'était comme la nuit, comprit-elle soudain : quand elle tombait, elle tombait partout.

Chez Jivan, elle remarqua pour la première fois des détails sans importance mais clairs, comme les légères rides sur sa figure qui, elle le savait, deviendraient un jour de profonds sillons ; son caractère, son destin traçaient ces lignes. La déférence un peu servile qu'il témoignait à Viri, par exemple, n'était pas due à des circonstances particulières ; cela faisait partie de sa nature ; il avait quelque chose d'obséquieux, il respectait trop les hommes qui réussissaient. Son assurance était purement physique, comme celle d'un jeune homme s'entraînant aux haltères dans sa chambre ; il était fort, mais d'une façon puérile. Leurs relations avaient légèrement changé. Elle garderait toujours de l'affection pour lui, mais leur été avait pris fin.

« Que se passe-t-il ? » voulut-il savoir.

Elle n'avait pas envie d'expliquer. « L'amour bouge sans arrêt, répondit-elle.

— Bien sûr, mais entre deux personnes. Nedra, quelque chose t'ennuie, je te connais trop bien.

— J'ai simplement l'impression que nous avons besoin de changer d'air.

— Ce n'est pas d'air dont tu veux parler.

— Tu me comprends parfaitement.

— Peut-être. Tu es très belle, tu sais. Plus belle que lorsque je t'ai rencontrée. C'est normal, mais il y a une chose dont tu ne te rends pas compte. Quand tu es aimée, tu crois que l'amour, ça se trouve à tous les coins de rue, que tout le monde en reçoit. Ce n'est pas vrai. C'est une chose très rare.

— Je ne l'ai jamais cherché.

— C'est comme un arbre, poursuivit Jivan, cela met longtemps à pousser. Il a des racines profondes, des racines qui s'étendent très loin, plus loin qu'on ne croit. Tu ne peux pas les couper comme ça. De plus, ce n'est pas dans ta nature. Tu n'es pas une enfant ; il n'y a pas que les sensations qui t'intéressent. Je n'ai pas d'autre femme dans ma vie, je ne suis pas marié, je n'ai pas d'enfants.

— Tu pourrais te marier.

— Tu sais bien que cela m'est impossible.

— Ça peut changer.

— Nedra, tu sais que j'aime Franca, que j'aime Danny.

— Oui, je le sais.

— Ce que tu dis n'est pas juste.

— J'en ai assez d'être des deux côtés de la barrière », dit-elle simplement.

Elle n'avait pas envie de se disputer avec lui. Elle avait pris sa décision. Ses filles devinrent tout pour elle, au point que la réflexion de Jivan la perturba. D'une certaine manière, elle trouvait son amour pour elles dangereux.

Elle avait consacré son existence à l'amour qu'elle leur portait, c'était le seul qui ne se consumerait ni ne disparaîtrait jamais. Leurs vies seraient dans une phase ascendante quand la sienne pâlirait ; Franca et Danny porteraient son affection en elles comme une sorte de savoir infus dans leur sang. À ses yeux, elles seraient toujours jeunes, se prélasseraient et se promèneraient au soleil ; elles lui parleraient jusqu'à la fin.

Elle était en train de lire Alma Mahler. « Écoute ça, Viri », dit-elle.

Il s'agissait de la mort de la fille de Mahler. Elle était atteinte de diphtérie. Le couple était parti à la campagne et soudain l'enfant était tombée malade. Son état s'aggrava très vite. La dernière nuit, on fut obligé de lui faire une trachéotomie : elle étouffait. Alma Mahler courut le long du lac, seule, en sanglotant. Quant à Mahler, incapable de supporter ce chagrin, il ne cessait d'aller jusqu'à la porte de son enfant mourante, mais n'avait pas le courage d'entrer. Il fut même incapable d'assister à son enterrement.

« Pourquoi me lis-tu ça ? demanda Viri.

— C'est si terrible », confessa-t-elle. Elle tendit le bras et lui toucha la tête. « Tu perds tes cheveux.

— Oui, je sais.

— Tu les perds au bureau ?

— Je les perds partout. »

Elle était assise dans le fauteuil recouvert de tissu blanc, son préféré – celui de Viri aussi ; l'un ou l'autre l'occupait toujours, la lumière était bonne pour lire, la table, encombrée de nouveaux livres.

« Oh ! mon Dieu, soupira-t-elle, notre vie ressemble

à une épicerie. Nous restons assis ici le soir, nous mangeons, nous payons des factures. Je veux aller en Europe. Je veux faire un voyage. Je veux voir les cathédrales de Wren, les édifices et les places célèbres. Je veux voir la France.

– L'Italie.

– Oui, l'Italie. Une fois là-bas, je veux tout voir.

– Nous ne pourrions pas y aller avant le printemps prochain, dit Viri.

– Je veux y aller à ce moment-là. »

L'idée d'un voyage excita aussi Viri. Se réveiller à Londres un matin ensoleillé, les queues de taxis noirs devant les hôtels, vivre toutes les saisons à la fois.

« Je veux d'abord me documenter. Un bon livre sur l'architecture, dit Nedra.

– Pevsner.

– Qui est-ce ?

– Un Allemand. Un de ces Européens qui, bizarrement, se sentent chez eux en Angleterre – après tout, c'est le pays civilisé par excellence – et passent toute leur vie là-bas. Il fait autorité en la matière.

– J'aimerais y aller en bateau. »

La nuit d'hiver enveloppait la maison. Hadji, qui se faisait vieux, était couché contre le canapé, les pattes étendues. Nedra se sentait portée par un rêve, par l'excitation de la découverte. « Je vais boire un peu d'ouzo », annonça-t-elle.

Elle prit une bouteille offerte par Jivan à Noël, et remplit deux verres. Elle avait l'air d'une femme habituée aux voyages en Europe : son aisance, son long cou orné de rangées de perles Azuma couleur mastic, bleu et rouille, sa bouteille.

« Je ne savais pas que nous avions de l'ouzo, dit Viri.

– Juste ce petit reste.

– Sais-tu comment Mahler est mort ? demanda-t-il. Lors d'un orage. Gravement malade, il était dans le coma. Puis, à minuit, une énorme tempête éclata et Mahler disparut en elle, presque littéralement – son souffle, son âme, tout.

– C'est fantastique.

– Les cloches de l'église sonnaient le glas. Couchée dans son lit, Alma parlait à la photo de son mari.

– Ça lui ressemble. Mais comment sais-tu tout ça ?

– J'ai lu plus loin dans ton livre. »

Alors qu'elles se tenaient à un coin de rue près de Bloomingdale's, au milieu de la foule qui les frôlait, dans le grondement des autobus, elle dit à Ève : « C'est fini. » Par cette phrase, elle évoquait tout ce qui l'avait nourrie, la plus grande partie de la ville contemplée du fond de la banlieue lointaine où elle avait trouvé refuge, toujours sensible à son attrait, le ciel au-dessus d'elle, éclairé par ses lumières.

Franchissant la porte du magasin, elle regarda la foule qui entrait avec elle, ou qui sortait, les clientes au rayon des sacs à main, juste en face. La véritable question, se dit-elle, est la suivante : suis-je semblable à ces gens ? Vais-je devenir comme eux, grotesque, aigrie, obsédée par mes problèmes, comme ces femmes qui portent des lunettes bizarres, ces vieillards sans cravate ? Aurait-elle les doigts tachés comme son père ? Ses dents noirciraient-elles ?

Les deux amies regardaient des verres à vin. Tout ce qui était beau et élégant venait de Belgique ou de France. Retournant les objets, Nedra lut les prix. Trente-huit dollars la douzaine. Quarante-quatre.

« Ceux-ci sont magnifiques, dit Ève.

– Je préfère ceux-là.

– Soixante dollars la douzaine. Qu'en feras-tu ?

– On a toujours besoin de verres à vin.

– Tu n'as pas peur de les casser ?

– La seule chose qui me fasse peur, ce sont les mots "vie ordinaire". »

Elles étaient chez Ève quand Neil arriva. Il venait voir son fils. La pièce était trop petite pour trois personnes. Elle avait un plafond bas, une petite cheminée avec une porte en verre. Toute la maison était exiguë. Elle était située en retrait de la rue, au bout d'une allée privée. Elle aurait convenu à un écrivain et son chat, un écrivain discipliné, probablement homosexuel, qui recevait de temps en temps un ami pour la nuit.

« Je suis désolé pour Arnaud, dit Neil.

– C'est une histoire horrible.

– Ève dit qu'il… ne parlera peut-être plus jamais normalement », dit-il en regardant son verre d'eau. Il avait des lèvres minces, et articulait avec peine.

« Ils n'en savent rien.

– Voulez-vous du thé ? demanda Ève.

– Je vais le faire », dit Nedra en se levant vivement. Elle disparut dans la cuisine.

« Quel temps pourri, tu ne trouves pas ? murmura Neil après une pause.

– En effet.

– Il fait beaucoup plus froid que… l'hiver dernier.

– J'en ai l'impression.

– C'est en rapport avec… l'orbite terrestre… ou un truc comme ça. Il paraît que nous allons entrer dans une nouvelle ère glaciaire.

– Encore ? » fit Ève.

4

Les saisons devinrent son refuge, son vêtement. Elle se soumettait à elles ; pareille à la terre, elle mûrissait, se desséchait ; en hiver, elle s'enveloppait d'un long manteau en peau de mouton. Elle avait du temps à perdre, elle cuisinait, fabriquait des fleurs, elle vit sa fille tomber amoureuse d'un jeune homme.

Il s'appelait Mark. Il faisait de beaux dessins à la ligne claire, sans un défaut, à la manière des Vollard de Picasso. Il leur ressemblait, d'ailleurs : il avait un corps dégingandé et des cheveux châtain clair. Il venait l'après-midi ; Franca et lui restaient des heures enfermés dans sa chambre ; parfois, il restait à dîner.

« Je l'aime bien, dit Nedra. Ce n'est pas un blanc-bec. »

Plus tard, Franca chercha le mot dans le dictionnaire. Novice, lut-elle. « Elle t'aime bien. Elle dit que tu n'es pas né de la dernière couvée.

– Que je suis quoi ?

– Que tu as pris ton essor. »

Mark était amoureux de Franca, mais Nedra, il la vénérait. L'univers de ces deux femmes avait un attrait mystérieux. Il était plus éclatant, plus passionné que d'autres mondes. Être avec elles, c'était comme voyager en bateau ; elles traçaient leur route. Elles inventaient leur vie. Tous trois se retrouvèrent au *Russian Tea Room*. Le maître d'hôtel connaissait Nedra ; on leur donna un des boxes près du bar. C'était sa place préférée. Un jour, Noureev s'était assis tout à côté. « À cette table là-bas, précisa-t-elle.

– Seul ?

– Non. Tu ne l'as jamais vu ? demanda-t-elle. C'est le plus bel homme du monde. C'est tout bonnement incroyable. Quand il s'est levé pour partir, il s'est mis devant le miroir, a boutonné son manteau et bouclé sa ceinture. Les serveurs le regardaient, en adoration comme des collégiennes.

– Il vient d'une toute petite ville, paraît-il, dit Franca. Tout le monde voyait qu'il avait beaucoup de talent et pensait qu'il devrait aller étudier la danse à Moscou, mais il était trop pauvre pour prendre le train. Il a dû attendre six ans avant de pouvoir s'acheter un billet.

– Je ne sais pas si c'est vrai, mais ça colle assez bien avec le personnage, dit Nedra. Quel âge as-tu, Mark ?

– Dix-neuf ans », répondit-il.

Elle savait ce que cela voulait dire, quelles flammes l'habitaient, quelles découvertes l'attendaient. Il avait passé un an en Italie grâce à un programme d'échange et inspiré à Franca le désir d'en faire autant. Imaginez un garçon de dix-huit ans débarquant à Southampton. En regardant une carte, il vit que Salisbury était à côté. Salisbury, pensa-t-il soudain, le tableau de sa cathédrale peint par Constable, qu'il connaissait et admirait, voilà que ce nom figurait là, sur la carte ! Il fut bouleversé par cette coïncidence, comme si le seul mot qu'il eût jamais appris dans une langue étrangère lui avait apporté le succès. Il prit le train où, à sa grande joie, il eut droit à un compartiment vide, le paysage était superbe, il voyageait seul à travers le monde ; soudain, de l'autre côté d'une vallée, apparut la cathédrale. C'était la fin de l'après-midi et le soleil l'illuminait. Mark fut si ému qu'il applaudit, dit-il.

Viri arriva et s'assit. Il était très courtois ; dans cette

226

pièce, à cette heure-là, il paraissait l'âge qu'on désire ardemment avoir, l'âge de la réussite, de l'acceptation, l'âge que nous n'atteignons jamais. Devant lui, il voyait son épouse et un jeune couple. Franca était certainement devenue une femme, comprit-il soudain. Il avait dû rater le moment où cela s'était produit, mais le fait était là. Le véritable visage de Franca avait émergé de sa sympathique frimousse d'enfant et, en l'espace d'une heure, était devenu plus passionné, plus mortel. C'était un visage qui lui inspirait un respect mêlé de crainte. Il entendait la voix de sa fille répondre « oui, oui » avec ardeur à tout ce que disait Mark ; les jeunes années de Franca s'évanouirent sous ses yeux. Sa fille se montrerait nue, elle vivrait à Mexico, elle découvrirait la vie.

« Tu n'as pas envie d'un verre, Viri ?

– Si. Qu'est-ce que tu bois, toi ?

– Ça s'appelle Nuits blanches.

– Je peux goûter ? Qu'y a-t-il dedans ?

– De la vodka et du Pernod.

– C'est tout ?

– Et beaucoup de glaçons.

– Vous ne devinerez jamais qui j'ai vu aujourd'hui dans l'ascenseur ? Philip Johnson.

– Pas possible !

– Il était très beau. Je l'ai salué. Il portait un chapeau sensationnel. »

Mark demanda : « Ce Philip Johnson, c'est… ?

– L'architecte.

– Pourquoi portait-il un chapeau ? demanda Franca.

– Ma foi… Pourquoi un coq porte-t-il des plumes ?

– Tu as autant de talent que lui, affirma Nedra.

– Ça n'avait pas l'air de le déranger.

– Je vais t'acheter un chapeau magnifique.

– Je doute que ça change grand-chose.

– Un grand feutre beige, poursuivit-elle, comme ceux que portent les maquereaux.

– Je me demande si tu ne te trompes pas un peu sur mon compte.

– Si Philip Johnson a un chapeau, il n'y a pas de raison que tu n'en aies pas un.

– Ça me rappelle la blague au sujet de cet acteur qui est tombé raide mort sur scène, dit Viri. Tu la connais ? » demanda Viri en se tournant vers Mark. C'était une des histoires d'Arnaud, savoureuse, terre à terre. « Ça se passait au théâtre yiddish. Je crois qu'il jouait *Macbeth*.

– On a baissé le rideau, mais tout le monde se rendait bien compte que quelque chose clochait, poursuivit Nedra. Finalement, le directeur est arrivé et a dit au public : Un terrible malheur est arrivé, l'acteur est mort.

– Mais une spectatrice assise au balcon ne cessait de crier : "Donnez-lui du bouillon de poule !" Le directeur se tenait là, debout devant le cadavre. Il a fini par répondre : "Écoutez, madame, vous n'avez pas compris. Il est mort. Aucun bouillon de poule au monde ne pourra le ressusciter ! – Mais ça peut pas lui faire de mal !" a crié la femme. »

Ils racontèrent l'histoire ensemble aussi tendrement qu'ils avaient un jour uni leurs vies. Personne ne connaissait Nedra aussi bien que Viri. Tous deux possédaient une vaste réserve de souvenirs en vrac ; ensemble, ils avaient fait front à tout. Quand il se déshabillait, la nuit, il ressemblait à un diplomate ou à un juge. Un corps blanc, doux et faible, émergeait de ses vêtements, sa position sociale gisait par terre, à ses pieds ; il était clément, pareil à une grenouille, son sourire avait quelque chose de mélancolique.

Il boutonna son pyjama, brossa ses cheveux.

« Est-ce qu'il te plaît ? demanda Nedra.

– Qui ça ? Mark ?

– Je suis sûre qu'ils ont fait l'amour », déclara-t-elle.

Le détachement de sa remarque le blessa. « Ah ! Pourquoi ?

– N'en ferais-tu pas autant ? demanda-t-elle. Peut-être pas, après tout.

– L'important, c'est qu'elle prenne des précautions.

– Oh ! elle sait. Je lui ai donné tout ce qu'il fallait.

– Tu veux parler de la pilule ?

– Elle refuse de la prendre.

– Ah bon !

– Et je suis d'accord avec elle. Elle ne veut pas se bourrer de produits chimiques. »

Les pensées de Viri se tournèrent brusquement vers sa fille. Elle n'était pas loin, elle était dans sa chambre, à écouter de la musique en sourdine, ses vêtements pendus bien soigneusement dans le placard. Il pensa à son innocence, à la prodigalité de la vie qui l'avait surpris, telle la vague soudaine, silencieuse, qui surprend le promeneur sur la plage, mouillant son pantalon, ses cheveux. Et pourtant, maintenant que la houle l'avait frappé, il était envahi d'un sentiment d'acceptation, voire de plaisir. Il avait été touché par la mer, le plus grandiose des éléments terrestres, comme on est touché par la main de Dieu. Il n'avait plus à craindre ce genre de choses.

Cette nuit-là, il rêva d'une plage argentée sous le vent. Kaya venait vers lui. Ils étaient dans une grande salle, seuls ; un congrès avait lieu à côté. Il ne savait pas comment il avait réussi à la convaincre, mais elle dit : « Oui, d'accord. » Elle se dépouilla de ses vêtements. « J'aime aussi le faire le soir. »

Ses hanches étaient tellement réelles, tellement éblouissantes, qu'il se sentit à peine honteux quand sa mère les croisa en faisant semblant de ne pas les voir. Elle le dirait à Nedra, ou peut-être pas, impossible de le savoir, il essaya de ne pas se tracasser à ce sujet. Puis il perdit cette femme resplendissante dans une foule, près d'un théâtre. Elle disparut. Des pièces vides, des couloirs où se tenaient d'anciens camarades de classe, plongés dans une conversation. Il passa à côté d'eux, manifestement seul.

Au matin, il regarda Franca avec plus d'attention, à la dérobée, en essayant d'être naturel. Elle semblait égale à elle-même, peut-être plus affectueuse, plus en harmonie avec le jour, l'air, les étoiles invisibles.

« Comment ça va, en classe ? demanda-t-il.

– Super bien. C'est ma meilleure année.

– Je suis content pour toi. Quelle est ta matière préférée ?

– Si je devais choisir…

– Oui ?

– La biologie. »

Habillée avec soin, le visage serein, elle était en train de casser le bout d'un œuf à la coque.

« Et ensuite ? demanda-t-il.

– Je ne sais pas. Le français, peut-être.

– Tu aimerais étudier là-bas pendant un an ?

– À Paris ?

– À Paris ou à Grenoble. Il y a plein d'endroits possibles.

– Oui, mais je ne suis pas sûre de vouloir faire des études.

– Que veux-tu dire ?

– Ne t'affole pas. J'aurai peut-être envie de faire une école des Beaux-Arts ou un truc comme ça.

– C'est vrai que tu peins très bien, admit Viri.

– Je n'ai pas encore pris de décision. » Franca sourit comme sa mère ; un sourire mystérieux, plein d'assurance.

« On verra.

– Et Mark, ira-t-il à l'Université ?

– Il n'en sait rien, lui non plus. Ça dépend.

– Je vois. »

Franca parlait d'une voix si raisonnable.

5

À l'automne – c'était en octobre, par une journée ventées –, elle partit en voiture déjeuner chez Jivan. La rivière était d'un gris brillant, la lumière du soleil ressemblait à des écailles.

Jivan avait déménagé. Il avait acheté le petit cottage en pierre au bout d'un chemin rempli d'ornières, un long chemin qui franchissait un ruisseau. Il y avait des arbres partout, le soleil filtrait à travers leurs feuillages. Dans sa robe blanche, Nedra était fraîche comme un fruit. Elle ouvrit la porte : tout l'éclat de l'Asie Mineure remplissait la pièce. Il y avait là une table à pieds d'argent, exposant, tel un catalogue, toutes sortes d'objets dont on ne se servait jamais : livres d'art, sculptures, cailloux, coupes pleines de perles. Des tableaux ornaient les murs. C'était elle qui avait fait la décoration ; on retrouvait partout son empreinte. Les fauteuils regorgeaient de coussins aux couleurs somptueuses : citron, magenta, ocre.

Jivan vint à sa rencontre. Il était courtois. « Nedra, dit-il en ouvrant les bras.

– Quelle magnifique journée !

– Comment va la famille ?

– Tout le monde va bien. »

Un homme en costume de ville était assis là, tranquillement. Elle ne l'avait pas remarqué.

« Je te présente André Orlovsky », dit Jivan.

Un visage pâle et des mâchoires proéminentes. Il

portait des lunettes cerclées d'or, ainsi qu'un gilet. Il y avait une étrange discordance entre sa personne et ses vêtements, on aurait dit qu'il s'était habillé pour être photographié ou qu'il avait emprunté un costume. Il avait un visage impassible, un visage de fanatique.

« André est poète.

– Je viens justement d'en prendre un en voiture », dit Nedra.

Elle avait vu un homme à cheveux blancs trotter le long de la route. « Où allez-vous ? » avait-elle demandé en ralentissant. Il lui avait dit qu'il se rendait à environ un kilomètre et demi de là, pour jardiner. Et pourquoi courait-il ? Il vivait à Nanuet ; il avait fait tout le trajet à cette allure.

« Il était vieux, mais il avait un très beau visage, tout bronzé.

– Et des jambes solides.

– Un type intéressant, vraiment. Originaire de Californie. Il m'a récité un de ses poèmes. C'était au sujet des astronautes. Pas très bon, en fait », admit-elle.

Jivan lui apporta un verre de vin.

« C'était son courage que j'admirais », reprit Nedra. Elle eut un de ses grands sourires éblouissants. Elle regarda André. « Vous voyez ce que je veux dire ?

– Comment ça va, chez vous ? demanda Jivan.

– Nous allons en Europe, annonça-t-elle.

– Quand ? fit-il d'une voix un peu faible.

– Nous allons à Paris. Le printemps prochain, j'espère.

– Le printemps prochain.

– Nous louerons une voiture et nous irons partout. Je veux tout voir.

– Combien de temps resterez-vous là-bas ?

– Au moins trois semaines. Je veux aller à Chartres et au Mont-Saint-Michel. C'est la première fois, après tout.

– Mais Viri s'y est déjà rendu.

– En effet.

– André connaît bien l'Europe.

– Vraiment ?

– Je suis allé à l'école là-bas », dit André. Il fut obligé de s'éclaircir la voix.

« Ah oui ? Où ça ?

– Près de Genève.

– C'est curieux, dit Jivan, mais je n'ai aucune envie d'aller en Europe. J'aimerais rendre visite à ma mère, mais pour moi, le pays des merveilles, c'est les États-Unis. Quoi qu'on puisse trouver en Europe, il y en a encore plus ici.

– Mais tu es allé là-bas, fit remarquer Nedra.

– Tu verras bien. »

Nedra sirota son vin. Jivan avait préparé un repas froid recherché. Tout en parlant, il servait ses invités.

« L'Europe…, reprit-il.

– Ça suffit, dit-elle.

– Pas de viande ?

– Je ne veux pas en entendre davantage sur l'Europe, sinon ça va me gâcher mon voyage. » Elle déplia sa serviette et accepta une assiette. « J'adore les déjeuners. C'est tellement agréable, surtout avec des amis.

– En effet, acquiesça André.

– N'empêche que les gens trouvent ça suspect. »

André fit un vague mouvement de tête

« Vous vivez en ville ? demanda-t-elle.

– Oui. »

En ville et seul. Ça l'intéressait, dit-elle, l'idée de vivre seul. C'était comment ?

« C'est un luxe, dit-il.

– On s'y habitue, ajouta Jivan.

– Cela dépend énormément des personnes, n'est-ce pas ? dit-elle.

– Quand on n'a pas de femme, on doit avoir une autre passion, déclara Jivan. C'est l'un ou l'autre.

233

« – Mais pas les deux à la fois », marmonna André.

Il parlait peu. Quand il intervenait, c'était d'un ton posé, presque indifférent. Il mangeait à peine, mais fumait et buvait du vin. Dans la pièce baignée de soleil, le léger arôme du tabac était délicieux. Jivan apporta des petites assiettes de raisin candi que lui avait envoyé sa mère et plaça de minuscules cuillères d'argent à côté. Il servit le café. La cigarette du poète bleuissait air.

« Qu'avez-vous écrit ? demanda Nedra.

– *These bbones in bbed* », articula-t-il.

– C'est un poème ?

– Un poème et un livre. »

Elle but son café. « Je voudrais le lire », dit-elle. Elle aimait la façon dont il s'habillait : comme un homme d'affaires. Avec sa petite tasse à la main, sa voix claire, sa robe blanche, elle était le personnage central de la pièce ; sa façon de bouger, ses sourires. Sous leur éclat, les femmes ont un pouvoir semblable à la gravité des étoiles. Au fond de la tasse reposait un marc épais et chaud.

« Encore un peu de café ? demanda Jivan.

– Oui, merci. »

Il versa le liquide noir comme il l'avait fait si souvent, du café turc très dense qui coulait sans bruit.

« Vous savez, durant toutes ces années que j'ai passées aux États-Unis – et pour moi, c'est comme une seule longue journée – je ne suis jamais arrivé à aimer leur café, dit-il. Quant aux amis, je m'en suis fait très peu.

– Tu en as beaucoup.

– Non. Je connais tout le monde, mais ce ne sont pas des amis. Un ami, c'est quelqu'un à qui on peut vraiment parler, chez qui on peut même aller pleurer. J'en ai très peu. Un, peut-être.

– Plus que ça.

234

– Non.

– Je crois qu'on les trouve quand on en a besoin, déclara Nedra.

– Tu es tellement américaine. Tu crois que tout est possible, que tout finira par arriver. Je sais que ce n'est pas vrai. »

On aurait dit un commerçant qui a perdu une bonne affaire. Il avait quelque chose de résigné ; physiquement, il était le même, mais il semblait avoir perdu son énergie. À côté de lui, concentré comme un étudiant en théologie, un acrobate – elle avait du mal à le décrire, elle aurait aimé pouvoir le contempler et mémoriser son visage –, était assis un homme de – elle essaya de deviner – trente-deux, trente-quatre ans ? Leurs regards se croisèrent brièvement. Elle était belle avec son cou, sa large bouche, elle en était consciente comme on l'est de sa force. Elle avait nagé sans but, prête à disparaître dans la mer, et voilà qu'elle se trouvait soudain à un déjeuner ensoleillé ; de temps en temps, la lumière faisait étinceler les lunettes de l'invité.

Quand elle partit, Jivan l'accompagna dehors.

« C'était comme nos repas d'autrefois, dit-elle.

– Oui, un peu.

– Ton ami est sympathique.

– Nedra, il faut que je te voie.

– Eh bien, n'avons-nous pas passé un moment agréable ?

– Tu me manques affreusement. »

Elle le regarda. Les yeux noirs de Jivan exprimaient de l'incertitude. Elle l'embrassa sur la joue.

Elle roula dans la clarté automnale. Elle passa à côté de chevaux paisibles qui déambulaient dans leur pré, baignés par la journée la plus resplendissante de l'année. Les arbres étaient calmes, comme doués de sensation. Le ciel paraissait infiniment profond, ruisselant de lumière. Assise dans le fauteuil blanc, elle lisait. Des villes abandonnées au cœur de l'Amazonie, des villes avec des opéras, de grands vaisseaux européens échoués dans le gazon. Elle s'imagina en voyage là-bas, descendant dans l'un de ces vieux hôtels. Elle sortait de bon matin quand les rues étaient fraîches, ses talons frappaient l'asphalte comme des claquements de mains. La ville était grise et argentée, le fleuve, noir. Elle se préparait pour le dîner, assise devant des miroirs qui n'avaient jamais vu son visage. Il y avait des automobiles sans pneus sur les rails du chemin de fer, des trottoirs en mosaïque ; dans les cafés mal éclairés, on rencontrait des prostituées qui ressemblaient à Ève à vingt ans. Elle volait vers le Brésil à la vitesse de la lumière, comme les paroles d'une chanson qui vous vont droit au cœur. Elle portait la robe blanche qu'elle avait mise pour le déjeuner, mais s'était déchaussée. L'hiver arrivait, l'hiver de sa vie. Là-bas, c'était l'été. On franchissait une ligne invisible, et tout s'inversait. Le soleil brillait, elle avait les bras bronzés. Elle habitait un pays lointain, déjà presque légendaire, inconnu.

Elle se perdait dans les fantasmes qui se déployaient devant elle et la submergeaient de plaisir. À quatre heures, tel le signal de l'entracte à un concert, la sonnerie assourdie du téléphone retentit.

« Allô, Nedra ? »

Elle reconnut aussitôt la voix. « Oui.

– C'est André Orlovsky. »

6

Le soleil paraît, sans consistance ni chaleur, il est pâle, serein. L'eau semble morte. Les amarres se détachent en noir sur la surface, les pavillons pendent mollement. La rivière est anglaise, froide comme de l'argent. Sur la pelouse est étendu un corps. C'est Mark. Il dort. Il est arrivé de New Haven avant l'aube et s'est allongé là, sous leur fenêtre, assemblage de longs membres anguleux à l'intérieur de ses vêtements.

Nedra, qui s'est levée tôt, le regarde d'en haut. Il dort paisiblement, elle admire cet acte simple. Ses pensées se déversent sur lui, elle le voit bouger à leur contact, se réveiller, ses yeux s'ouvrir lentement pour croiser les siens. Il est jeune, gracieux, plein d'idées arrêtées. Il est sous l'emprise d'une poussée de sève ; aussi parcourt-il de longues distances, se met-il en chasse. Le voir au repos permet de l'examiner un bref instant, de le jauger ; d'habitude, on ne peut l'approcher, il court, rit, se cache derrière le visage de la jeunesse.

Elle s'allongea par terre et commença ses exercices : d'abord une complète relaxation, les bras, les épaules, les genoux. En ville, elle avait trouvé un yogi, Vinhara. Elle allait chez lui quatre fois par semaine. Chauve avec une longue frange graisseuse de cheveux noirs ; il arborait d'amples vêtements flottants. Il avait la voix assurée, impérieuse. « L'eau purifie le corps, disait-il avec un fort accent indien. La vérité purifie l'esprit. »

Il avait une peau basanée, un large nez grêlé, d'énormes mains et des oreilles aussi velues que celles d'un chat. « La sagesse purifie l'intellect, la méditation purifie l'âme. »

Son appartement sentait l'encens. La cuisine était pleine de casseroles sales. Il dormait sur un matelas par terre. Dans un coin, il y avait un mannequin de couturière cabossé qu'il frappait parfois avec un bâton. « Je m'entraîne », expliquait-il.

Pendant une heure, échauffée, plus souple, se représentant les parties de son corps comme si on les lui montrait sur un dessin, elle se soumettait à son professeur. Puis, tendre, éveillée, elle parcourait à pied les quelques rues qui la séparaient de l'appartement d'André. Il l'attendait ; il savait presque à la minute près le moment où elle arriverait.

« Je me dis parfois que, si tu habitais le West Side, je ne serais pas avec toi.

– Le West Side ?

– Ou n'importe où ailleurs qu'ici. »

Il avait un trois-pièces, très propre, meublé avec soin, chaque chose était à sa place. On entendait de la musique : *Petrouchka*, Mahler. Les stores étaient déjà baissés.

Envers son mari, elle se montrait compréhensive, voire affectueuse, pourtant ils dormaient comme s'ils avaient signé un contrat : même leurs pieds ne se touchaient jamais. Et il y avait bien eu contrat : le mariage.

« Nous devons en parler au passé », lui dit-elle.

La lumière d'automne inondait tout. Elle entrait par chaque fenêtre, imprégnait l'air même. Sur la table, les dures pommes jaunes, les pages du journal.

« Nedra, notre mariage n'est pas mort, c'est clair.

– Veux-tu des toasts ?

– Oui, merci.

– Si, il l'est », affirma-t-elle.

Mark entra. Il était monté dans la chambre de Franca pour se laver les mains, les manches de sa chemise étaient retroussées. Ils parlèrent du temps qu'il faisait, des premières taches jaunes qu'on apercevait maintenant dans les bois. Les feuilles ne tombaient pas encore. La terre était sèche et chaude.

«Tu ne t'es pas enrhumé, à dormir dehors? demanda Viri.

– Non.

– Moi-même je fais souvent un petit somme à cet endroit, admit Viri. Mais de jour.

– L'herbe y est très épaisse», dit Mark.

Nedra leur apporta des toasts, du beurre, des figues, du thé. Elle s'assit. «C'est comme une photo brûlée, dit-elle calmement. Certains morceaux du cliché sont encore là, mais la partie principale a disparu à jamais.»

Viri eut un faible sourire. Il garda le silence. «Nous parlons du mariage, expliqua-t-elle à Mark.

– Le mariage...

– Y penses-tu jamais?»

Le jeune homme hésita. «Oui, finit-il par répondre.

– Pas beaucoup, je suppose, dit-elle. Mais une fois que tu es marié, tu constates que tu y penses très souvent.

– Bonjour, papa», dit Franca.

Encore un peu endormie, elle s'assit à côté d'eux. Ils l'accueillirent affectueusement; elle était tendre comme une biche, avait un sourire éloquent. Elle avait sa propre vie, mais inextricablement entrelacée à celle des autres: son père aux allures de gnome, sa mère au sourire éblouissant. Elle ressemblait à un jeune arbre qui se dresse modestement au soleil, solitaire et gracieux, pourtant la mousse à ses pieds, les pierres, les racines enfouies, les bosquets lointains, la forêt avaient exercé leur influence et continuaient à l'affecter.

Sur la paillasse de la cuisine trônait une coupe en verre bleue comme la mer, remplie de coquillages blanchis, vestiges de l'été. Trois photos, chacune représentant un œil féminin différent, étaient fixées l'une au-dessus de l'autre sur le mur. Des clés pendaient dans un vieux cadre doré. Il y avait des dessins d'oiseaux, de beaux œufs en onyx, une carte postale encadrée adressée par Gaudí à un certain Francisco Aron.

Ils parlèrent de la journée qui s'ouvrait à eux comme s'ils n'avaient que le bonheur en commun. L'heure paisible, la pièce confortable, la mort. Car, en fait, chaque assiette, objet, ustensile, coupe illustrait ce qui n'existait plus ; c'étaient des fragments charriés par le passé, les tessons d'une époque révolue.

Nous acceptons le mensonge, alors que nous vivons dans sa réalité. Comment s'accumule-t-il, comment naît-il ? Quand Viri mentionna André, dont la présence commençait tout juste à se faire sentir, bien qu'il ne laissât pas encore de messages téléphoniques et ne s'assît pas à leur table, Nedra répondit calmement qu'elle le trouvait intéressant.

Ils étaient seuls dans la cuisine. L'air sentait l'automne.

« Intéressant dans quel sens ?

– Oh, Viri, tu comprends très bien ce que je veux dire.

– Aussi intéressant que Jivan ?

– Non. Pour être franche, non.

– Je n'y peux rien, mais ça me perturbe.

– Ce n'est pas tellement important, assura-t-elle.

– Ces choses... Je suis sûr que tu re rends compte que ces choses, faites ouvertement...

– Oui ?

– ... peuvent profondément marquer les enfants.

– J'y ai pensé, admit-elle.

– Mais tu n'as certainement rien fait pour y remédier.

– J'ai fait un tas de choses.

– C'est censé être drôle ? » cria-t-il.

Il se leva brusquement, tout pâle, et alla dans la pièce voisine. Elle l'entendit composer un numéro de téléphone.

« Viri, dit-elle par la porte, tu ne crois pas qu'il vaut mieux qu'une femme suive son désir et soit heureuse, généreuse, plutôt que fidèle et aigrie ? »

Il ne répondit pas.

« Viri ?

– Quoi ? Ces histoires me rendent malade.

– Tout finit par s'arranger, tu sais.

– Ah oui ?

– Cela ne change pas grand-chose », affirma-t-elle.

7

Danny succomba par hasard, comme un oiseau dans les griffes d'un chat.

C'était l'hiver. Elle se trouvait avec une amie. Elles rencontrèrent Juan Prisant dans la rue, près du *Filmore*. Il portait un gros pull blanc, et rien par-dessus. Il faisait froid. Sa barbe cachait des dents parfaites ; elles ressemblaient à ces mains blanches et délicates qui trahissaient les aristocrates en fuite. Juan avait vingt-trois ans. Aussitôt, Danny fut prête à oublier ses études, son chien, sa maison. Il ne lui accorda aucune attention, attitude qui ne saurait surprendre les victimes d'un coup de foudre. Elle était trop jeune, savait-elle, trop bourgeoise ; pas assez intéressante pour lui. Elle portait un manteau qu'elle détestait. Les yeux rivés sur le trottoir, elle risquait de temps en temps un regard vers ce visage dont la force la fascinait. Malgré ses efforts, elle semblait incapable de le mémoriser, et même de le fixer très longtemps, comme s'il l'avait éblouie. Juan dégageait une énergie qui la terrifiait et chassait toute autre pensée de son esprit.

« Qui était-ce ? s'informa-t-elle ensuite.

– L'ami d'un ami.

– Qu'est-ce qu'il fait ? » Elle eut honte de ses questions maladroites.

Juan Prisant habitait dans Fulton Street. À la première occasion, elle feuilleta fébrilement l'annuaire : le nom y figurait. Son cœur battit violemment, elle ne pouvait croire à sa chance. Non que le garçon fût devenu plus proche, mais du moins elle ne l'avait pas perdu et savait où il était.

L'amour doit attendre, vous briser les os. Elle ne voyait pas son idole, ne pouvait imaginer la moindre coïncidence qui permît une rencontre. Finalement – c'était le seul moyen –, elle inventa un prétexte pour lui téléphoner. Il répondit d'une voix froide, perplexe.

«Nous nous sommes rencontrés près du *Filmore*, expliqua-t-elle, embarrassée.

– Ah oui ! Tu portais un manteau violet.»

Elle se hâta de dénigrer sa tenue. Comme elle serait dans son quartier aujourd'hui, elle se demandait si…

«Oui, OK.»

Elle n'avait jamais été aussi heureuse de sa vie.

Ils avaient rendez-vous dans un café au coin de la rue, une longue et vieille salle comme on en trouvait autrefois dans toute la ville ; le carrelage était usé, le bar, désert. On avait installé une cuisine à l'arrière. Ça sentait la soupe. Juan était assis à une table.

«Toujours le même manteau», dit-il.

Elle acquiesça d'un signe de tête. Le détestable vêtement.

«Tu veux prendre quelque chose ? demanda-t-il. Une assiette de soupe ?»

Non. Elle était incapable de manger. Elle avait aussi peu d'appétit qu'un chien qui vient d'être vendu.

«Qu'est-ce que tu fais alors ? Tu travailles ? demanda-t-il.

– Je fais des études.

– Pour quoi faire ?

– Je ne sais pas.

– Allons-y.»

Un après-midi d'hiver, ensoleillé et froid. Ils traversèrent une large rue, presque une place, avec des mouettes au milieu. Il y en avait d'autres perchées sur le faîte des toits blanchis par les fientes.

Ils marchaient vite, puis se mirent à courir. Elle essaya de se maintenir à sa hauteur. Ils passèrent devant les vitrines sales de maisons de gros, coupant par des terrains vagues où Juan trouvait le bois pour son travail. Toujours au pas de course, il l'entraîna à travers les décombres. Le sol était parsemé de briques ; elle trébucha et tomba. Un de ses talons se cassa.

« C'est pas grave », déclara-t-elle. Elle serrait le morceau brisé dans son poing.

Il continua à courir, le bras tendu en arrière pour lui donner la main. Elle le suivait en clopinant. Il l'emmena dans une entrée jonchée de tessons ; les portes avaient disparu, un vieux matelas défoncé était posé par terre, des bouteilles à côté. Elle monta l'escalier en boitillant. Juan vivait dans une immense pièce, un entrepôt aux fenêtres sales, au plancher de bois fendillé. Quelqu'un était déjà là, debout près du poêle.

Elle promena son regard autour d'elle. Dans les coins où la lumière ne pouvait pénétrer, elle aperçut des structures partiellement assemblées. On aurait dit un chantier naval ; il y avait des marteaux et des copeaux de bois sur le plancher. Monté sur quatre colonnes, le lit était très haut, tout près des fleurs de lis peintes au pochoir sur le plafond métallique. Au mur, il y avait des croquis, des publicités, des photos.

Elle resta debout, silencieuse, tandis que les garçons discutaient travail : ils devaient installer des rayonnages dans une galerie de la 60e Rue. Ces étagères, peintes en blanc, feraient le tour de la salle. Danny ne regardait ni l'un ni l'autre, ils se chauffaient les mains. Elle avait peur de regarder, elle avait des palpitations dans les bras, dans les genoux, elle n'osait pas lever les yeux vers le visage de Juan. Il lui tendit une tasse d'un liquide vaguement coloré et parfumé. Du thé. Il portait un pantalon d'un bleu délavé, des souliers cloutés.

« Tu veux du sucre ? », demanda-t-il.

Elle secoua la tête. Il ne s'était pas donné la peine de la présenter, mais il se tenait près d'elle en parlant, comme pour l'inclure dans la conversation. Ses bras et ses jambes étendaient leur pouvoir. Elle essaya de ne pas penser à eux. Elle se sentait faible, comme si elle avait été malade. Elle ignorait ce que faisaient son visage, son corps ; elle était trop bouleversée pour même se souvenir d'eux. Ils raboteraient les bords des planches, disaient-ils, mais laisseraient les surfaces rugueuses. Les murs étaient en brique recouverte de plâtre ; ils ne pourraient pas utiliser des clous ordinaires. Danny écoutait sans comprendre, comme un enfant écoute parler les adultes ; elle savait qu'ils étaient plus expérimentés, plus puissants qu'elle. Finalement, l'autre garçon partit. Elle n'était ni nerveuse ni effrayée, elle avait simplement perdu l'usage de la parole.

« Mettons-nous au lit », dit-il. Il lui ôta la tasse des mains et l'aida à grimper. C'était un lit d'homme, défait, à la couette sale, au drap strié de traînées grises. Elle ne savait que faire. Elle s'agenouilla et attendit. Elle pensa aux maisons sur pilotis de Thaïlande ou des Philippines. Le plafond était à moins de trente centimètres de sa tête.

Il s'agenouilla à côté d'elle et lui caressa les cheveux. Elle se mit à trembler sous ses baisers. Aucune voix en elle ne se demandait ce qui allait se passer ni ce qu'il ferait ; elle était totalement consentante, subjuguée. Elle se rendait à peine compte des gestes qu'il accomplissait. Il tira sa robe par-dessus ses bras levés qui fléchirent, comme privés de force. La chaussure au talon cassé tomba par terre. Il glissa doucement ses mains à l'intérieur du slip de Danny, là où son corps portait une marque rouge imprimée par l'élastique. Le merveilleux mont de Vénus muet parut au jour, sa toison aplatie. Il le toucha, c'était comme s'il la tuait, elle était incapable de bouger. Elle pensa seulement à murmurer : « Je n'ai pris aucune précaution. »

Juan ne répondit pas. Elle réussit à répéter sa phrase. « Ne t'inquiète pas », dit-il.

Son corps nu la brûlait. Elle était impuissante, il lui écarta les genoux.

Quand ce fut fini, elle demeura couchée à côté de lui, rêveuse, contente. Elle sentait les plis du drap sous elle, respirait leur odeur douteuse. Elle était mouillée, mais n'osait pas se toucher. Juan avait un corps compact, ses muscles comme enchâssés à l'intérieur. Pareille à la fumée d'un feu de bois, l'odeur de ses cheveux l'étourdissait.

Elle resta immobile. Je l'ai fait, songea-t-elle. Une lumière hivernale entrait par les fenêtres. L'air piquait comme si on avait brûlé du charbon. Haut dans le ciel, à peine audible, un avion survolait la ville, en route vers le Canada ou la France.

Il la regarda se rhabiller. « Où vas-tu ? »

Elle dut s'interrompre. Elle s'assit à moitié vêtue, les bras nus, les seins lourds et fermes. Sous le regard du garçon, elle se sentait calme, presque inerte. « Je dois m'en aller.

— Écoute, je voudrais te passer une commande.

— Une commande ?

— Tu livres à domicile, n'est-ce pas ? Trois litres de lait par semaine. Plus un demi-litre de crème.

— Je pourrais venir le mercredi, dit-elle.

— Parfait. »

Il avait bouleversé sa vie. Elle avait envie de lui baiser les mains, mais n'était pas sûre d'être assez aimée pour montrer ses sentiments. En remettant ses vêtements, elle éprouva de la gêne. Ils lui paraissaient artificiels, enfantins.

8

Un matin d'été, les branches vertes des arbres volaient dans tous les sens, les feuilles soupiraient au vent, des bagages étaient posés près de la porte d'entrée. Ils prirent leur petit déjeuner à la hâte, incapables de s'attabler.

« Tu as ton passeport, Viri ? Tu as les billets ? » Ils partaient enfin pour l'Angleterre.

Danny leur dit au revoir à la porte et encore une fois à la voiture, par la vitre baissée. Hadji était malheureux. Danny le tenait dans ses bras.

« Dieu, qu'il est lourd ! »

La vieillesse voilait les yeux du chien.

« Écris-nous à l'hôtel, Danny, rappela Nedra.

– Oui.

– Viens, Viri, on va être en retard ! » cria-t-elle.

La matinée s'ouvrait au grand jour, s'étendait devant eux comme la mer intacte. Ils foncèrent avec Franca, qui les accompagnait afin de ramener la voiture. Elle avait dix-neuf ans. Elle allait faire un tour dans le Vermont.

« Dommage que tu ne viennes pas avec nous, dit Nedra. Mais ce serait moins amusant, je suppose.

– J'aimerais pouvoir faire les deux.

– Viri, je n'arrive pas à y croire, dit Nedra.

– Que nous partions ?

– Oui, enfin. »

Viri s'éclaircit la voix et chercha le visage de Franca

dans le rétroviseur. « La prochaine fois, nous irons ensemble », promit-il.

La voiture était en train de quitter la route.

« Viri ! cria Nedra.

– Je m'excuse. »

La journée ressemblait à une rivière qui prend sa source très loin. Alimentée par des affluents, elle s'élargissait lentement, accélérait son cours, parvenait enfin dans un estuaire où le bruit et l'agitation de la foule s'élevait comme une brume.

Les moteurs tournaient ; l'immense carlingue roula au bout de la piste en faisant de légères embardées. Ayant déjà constaté qu'il n'y avait rien d'intéressant à voir par le hublot, Nedra feuilletait un *Vogue* tandis que Viri examinait le plan des issues de secours. On aurait dit qu'ils avaient fait ce voyage une douzaine de fois. Ils attendirent un moment dans une rangée d'avions miroitants, puis, dans un rugissement prodigieux qui ébranla les sièges, ils décollèrent.

Nedra voulait du champagne. « Tu en prendras ? demanda-t-elle à son mari.

– Bien sûr. »

Ils passèrent six jours à Londres et deux dans le Kent, dans une belle demeure avec des jardins qui descendaient vers la mer. Une cour de gravier et une grille en fer forgé. La maison de brique était peinte en crème et en blanc. Elle appartenait à Thomas Alba, un ami des Troy. Il avait un visage aux traits vigoureux, carré, cultivé, rassurant. Il parlait avec lenteur et clarté. « Vous savez, nous menons une vie plutôt calme ici », dit-il.

La maison était remplie de tableaux et de gravures. Les appuis intérieurs des fenêtres du bureau s'ornaient d'une collection de tasses à thé. De chaque pièce on avait une vue fantastique sur la campagne lointaine bien ordonnée, sur la mer anglaise. Mais le meilleur de tout, le véritable bijou, c'était la femme d'Alba. Elle avait vécu à Bordeaux et s'était mariée deux fois – comme toutes les femmes intéressantes, déclara Nedra.

« Est-ce que cette conversation sur Londres ne te donne pas envie d'y aller ? demanda Claire.

– Non, répondit Alba calmement.

– Cela fait un mois que nous n'y avons pas mis les pieds.

– Déjà un mois ?

– Au moins. Tommy déteste Londres, expliqua leur hôtesse.

– Autrefois, j'aimais beaucoup cette ville. Maintenant, je préfère être ici.

– Oh, ses réverbères la nuit ! Ses orfèvres, ses marchands de gravures, ses magasins de jouets, ses quincailleries, le cimetière de Saint-Paul, Charing Cross, le Strand !

– Tu mélanges tout.

– Enfin, quelque chose comme ça », dit-elle. Elle avait un visage superbe.

Ils étaient en train de dîner. C'était le genre de repas que Nedra aimait donner, simple, mais qui pouvait se prolonger des heures. Les fenêtres étaient ouvertes sur le jardin, la fraîcheur de la nuit anglaise avait pénétré dans la pièce.

« J'aime jardiner, déclara Alba. Je le fais tous les jours, sinon je ne suis pas vraiment heureux. J'ai une vie supportable, mais pas heureuse. Il nous arrive de voyager. Nous sommes allés à Chester, tu te souviens ? demanda-t-il à Claire. J'apprécie une petite virée de temps en temps.

– À condition de ne pas aller trop loin.

– J'aime visiter des jardins botaniques, en fait. Et, parfois, une jolie ruine. C'est bien quand il n'y a personne. Le problème, voyez-vous, c'est que je ne conduis pas. C'est Claire qui doit s'en charger et nous aimons rouler lentement. Nous faisons environ quatre-vingts kilomètres par jour.

– Par jour ! s'exclama Nedra.

– Oui, c'est tout.

– Ça alors !

– Nous aimons nous arrêter », expliqua Alba.

Claire servait le café.

« Quel genre de vie menez-vous aux États-Unis ? demanda son mari. Que faites-vous là-bas ?

– Eh bien, moi je m'occupe de ma famille, répondit Nedra.

– Et à part ça ?

– Oh, j'étudie des choses.

– Comme c'est étrange, dit Alba.

– Quoi ?

– Les Américaines semblent toujours en train *d'étudier des choses.* »

Nedra ne protesta pas. Elle aimait Alba, sa candeur, ses cheveux ternes.

« En fait, nous parlons souvent de l'Amérique, dit-il. Nous lisons même vos journaux. Je suis assez obsédé par votre pays qui, après tout, a eu tellement d'importance pour le monde entier. Ce qui s'y passe actuellement nous perturbe beaucoup. C'est comme si le soleil s'éteignait.

– Vous pensez que l'Amérique est en train de mourir ? demanda Viri.

– Chérie, pourrait-on avoir un peu de cognac dans le café ? fit Alba. Y en a-t-il ? »

Il proposa à ses invités la bouteille que sa femme apporta. « Je ne pense pas sérieusement que des nations puissent mourir, répondit-il. Une contrée aussi vaste que l'Amérique, avec une histoire aussi considérable ne saurait disparaître, mais elle peut décliner. Et il semblerait que votre pays penche dans ce sens. Je veux dire, vers des passions totalement aveugles, un manque de

250

modération – c'est une sorte de fièvre. En fait, c'est plus que grave. Peut-être nous inquiétons-nous au sujet d'un phénomène que simplement nous n'avions pas remarqué jusqu'ici, un phénomène qui a toujours existé, mais je ne le crois pas. Connaissez-vous l'histoire de la guerre civile espagnole ? Je ne parle pas de l'aspect militaire.

– Nous sommes très inquiets nous-mêmes, dit Viri. Tout le monde l'est.

– Le problème, c'est que nous dépendons tellement de vous. Nous sommes très petits, maintenant. Pour nous, c'est fini.

– Je ne le pense pas.

– Bien entendu, nous avons nos souvenirs. »

Après le repas, assis ensemble, ils continuèrent à parler. Alba et sa femme étaient assis l'un à côté de l'autre. Le bras de Claire reposait sur le dossier du canapé, un long bras fin, bien formé, blanc comme du linge. Blancs aussi, semblables, leurs visages se détachaient sur la masse dense des livres, des rideaux, des fenêtres de nuit. Ils menaient une vie calme et organisée, dénuée de passion, du moins en surface, mais ils avaient un air bon enfant, presque paresseux, comme des animaux au repos.

« Et nous avons nos petites plaisanteries, dit Alba, n'est-ce pas, Claire ?

– Oui, parfois. »

Un homme et une femme. À cet instant précis, ils étaient pareils à une photo parfaite. Les poiriers invisibles, le gravier humide de l'allée, les problèmes avec la grande fille de Claire – tout cela était comme suspendu, en paix sous le contrôle de ce couple.

Viri fut ému de retrouver cette image de la vie conjugale sous sa forme la plus pure, la plus généreuse, par laquelle il avait lui-même si souvent bouleversé les autres. Soudain, il se sentit vulnérable, impuissant. Il eut l'impression de ne rien savoir, d'avoir tout oublié. Il essaya de voir des failles dans leur bonheur, mais sa surface l'éblouissait. Les doigts de Claire dépourvus de bagues, leur minceur et leur nudité, le contour de ses joues, de ses genoux, le troublaient. Il connut un de ces moments de panique inavouables où l'on se rend compte que sa propre vie n'est rien.

Nedra vit aussi cette image, qui avait pour elle un autre sens : elle prouvait que la vie exigeait de l'égoïsme, de l'isolement et que, même dans un autre pays, une femme totalement inconnue pouvait le lui révéler d'une façon si limpide, car les Alba, elle en était sûre, tenaient à un certain mode de vie et l'avaient trouvé – par chance, ensemble. À Porto Bello Road, à Londres, Nedra acheta un très beau flacon de Lalique. Elle l'envoya à Claire.

C'était l'été, les gaz d'échappement des voitures teintaient en bleu l'air suffocant de la ville. Ils mangeaient des sandwichs au concombre à l'heure du thé. Ils dînaient dans des restaurants italiens. Ils visitèrent Chelsea et la Tate Gallery.

Dans un quartier de New York déserté après cinq heures, Danny était assise avec son dieu. Les rues étaient vides. La terrible tristesse de jours abandonnés était tombée sur toute chose, mais elle ne les affectait pas, c'était le théâtre de leur vie. Ils étaient seuls à une table, en train de dessiner sur une serviette en papier : des inscriptions, une initiale, un nom. Il dessina la bouche de sa compagne. Elle dessina la sienne. Il traça un D tout en feuilles et en plantes grimpantes, un buisson à l'intérieur duquel elle les représenta tous deux, Adam et Ève symbolisés par leur sexe.

« Tu me flattes.

– C'est comme ça que je le vois », murmura-t-elle.

Ils marchaient, passant devant des entrepôts fermés et des silhouettes pathétiques affalées sous des porches, les mains sales, les vêtements crasseux. Le ciel était épuisé, saigné par la chaleur. Tout en bas perchaient des rangées de mouettes, les toits blancs comme de la craie sous leurs pattes.

La chambre était toujours fraîche et sombre. Il y régnait une odeur saumâtre, comme dans la cale d'un bateau. Juan avait construit une table et peint le mur situé près du lit. Danny était éperdue d'amour. Ils avaient le même âge, ils se ressemblaient. La profondeur de ces jours d'été, leur silence ! Elle allait chez lui presque quotidiennement. Il en jouissait intensément.

Les parents de Danny dînaient à Marlow, une ville située à une heure de Londres. Le restaurant était bondé. L'air fraîchissait enfin. Ils avaient une table de coin. Devant les fenêtres, la Tamise, étroite et couverte de bateaux de plaisance. Ils lurent le long menu. La serveuse apparut. Viri leva son regard vers elle. Elle avait un visage frais et même des taches de rousseur, de grands yeux bleus. Elle n'eut pas l'air de remarquer sa présence ; elle se déplaçait, complètement perdue dans ses pensées, le geste un peu saccadé quand elle posa soigneusement les cuillères devant eux – tous ses gestes étaient automatiques – et plia les serviettes en forme de cône sous leurs yeux.

« Vous prenez notre commande ? » demanda Viri.

Un long silence pendant que la fille continuait à s'affairer. Elle le regarda, l'air absent. « Non », répondit-elle.

Elle les quitta, un faible sourire aux lèvres. Sa mini-jupe découvrait des jambes bien faites. Près de l'ourlet, on voyait une tache de crème chantilly.

« Qu'est-ce que c'est que ce numéro ? fit Nedra.

– Oui, ça promet pour le repas ! »

Finalement, il apparut que la fille ne faisait que servir les plats et verser le vin. Le maître d'hôtel, dont les mâchoires avaient un reflet sombre, nota leur commande. Toutes les tables étaient occupées. Il y avait des couples âgés, silencieux, des filles aux yeux outrageusement maquillés. Entre les plats, l'attente était longue. Ils burent le vin blanc. « Tu as remarqué ces gens ? demanda Viri. Regarde autour de toi. N'est-ce pas incroyable ?

– À quel point ils sont laids ?

– Oui, tous autant qu'ils sont. Quand ils n'ont pas un long nez, ils ont des dents gâtées. Ou des pellicules plein leur col. Peux-tu croire qu'ils sont faits de la même argile que les Alba ? Qu'ils appartiennent à la même race ?

– Alba m'a fait une forte impression. Tu as vu ses mains ? Elles sont très puissantes.

– C'est curieux comme on sent tout de suite que certaines personnes sont vos amis, tu ne crois pas ?

– Oui, très curieux. »

Avec une lenteur perplexe, la fille servait d'autres tables. Quand elle se penchait en avant, on voyait la peau au-dessus de ses bas. Enfin, elle apporta le poisson.

« Ce voyage a été absolument merveilleux, dit Nedra. Tout à fait comme je l'ai toujours imaginé. J'ai adoré chaque minute de notre séjour ici. Regarde la rivière. Tout est parfait. Et nous n'avons presque rien vu encore. Je veux dire : on se rend compte que l'Angleterre est infiniment riche. C'est une impression très agréable.

– Veux-tu que j'essaie d'avoir des billets pour demain soir au National Theater ?

– Ça m'étonnerait que tu en trouves.

– On peut essayer.

– Laisse tomber. De toute façon, c'est notre dernier soir ici et je ne veux pas le passer au théâtre.

– Tu as sans doute raison.

– Je voudrais simplement te remercier pour ce merveilleux voyage.

– Je regrette que nous ne l'ayons pas fait beaucoup plus tôt. Il y a si longtemps que nous en parlons.

– Moi, je suis très contente que nous ne soyons venus que maintenant ! C'est bien mieux. C'est une porte ouverte dans notre vie. » Elle but une gorgée de vin. « Et ce n'est possible que le moment venu. En tout cas, j'ai pris une décision irrévocable…

– Laquelle ?

– Je ne veux pas retourner à notre ancienne vie. »

Elle prononça cette phrase avec désinvolture. La serveuse essayait de leur resservir du vin, mais il n'y en avait plus. Elle regarda dans le goulot d'un air étonné, puis remit la bouteille à l'envers dans le seau à glace.

« Vous reprendrez du vin ? demanda-t-elle.

– Euh… non, merci », répondit Viri.

Ils mangèrent en silence. Le fleuve était lisse, immobile.

« Vous voulez voir le chariot des desserts ? récita la fille.

– Nedra ?

– Non. »

Ensuite, ils traversèrent le pont et visitèrent le bourg où Shelley avait vécu autrefois. La blancheur du jour envahissait encore le ciel. Les magasins étaient fermés.

Ils s'arrêtèrent près de l'église. « Il paraît que la main de saint Jacques se trouve dans la chapelle, dit Viri.

– Sa vraie main ?

– Oui. Une relique. »

Les paroles de sa femme continuaient à le tourmenter ; il ne s'était pas attendu à cela. Dans la chaleur estivale, dans le silence de ce village aux maisons sombres et aux rues courbes, la peur s'empara soudain de lui.

Il atteignait presque l'âge où l'univers devient brusquement plus beau, et se révèle d'une façon spéciale, dans chaque détail : un toit, un mur, le frémissement des feuilles avant la pluie. Maintenant que la vie raccourcissait, le monde s'ouvrait le temps d'un long regard passionné et tout ce qui avait été refusé était enfin accordé.

À cet instant, dans le cimetière verdoyant où flottaient, avec la poussière de citoyens anglais, les murmures des offices, il eut une vision angoissante de ce que l'avenir pourrait lui réserver : le restaurant bas de gamme, un petit appartement, des soirées vides. Il ne put le supporter.

« Que veux-tu dire par "notre ancienne vie" ? demanda-t-il.

– Regarde cette pierre tombale », dit Nedra tout en lisant une longue inscription sur une dalle mince, patinée par les intempéries. « Viri, tu sais parfaitement ce que je veux dire. C'est une des choses que j'aime le plus en toi : tu comprends toujours mes paroles, à tous les niveaux.

– Mais en l'occurrence, je ne suis pas sûr d'avoir compris.

– Ne te tracasse pas pour ça maintenant, dit-elle d'un ton rassurant.

– Ça m'a donné un coup. C'était une telle surprise !

– Une surprise ?

– Quand tu parles de "notre ancienne vie", je ne sais pas trop quoi imaginer. Notre vie n'a pas cessé de changer.

– Tu crois ?

– Tu le sais très bien, Nedra. Au fil des années, elle a toujours pris une forme qui nous convenait plus ou moins, qui nous permettait d'être contents. Elle est complètement différente de ce qu'elle était au début.

– En effet.

– Alors, que veux-tu dire ? »

Elle garda le silence.

« Nedra. »

Elle se tourna vers le pont. « Nous en parlerons en temps voulu », dit-elle.

Ils revinrent sur leurs pas dans le crépuscule. Au-dessous d'eux, le fleuve sommeillait. Presque tous les bateaux avaient disparu.

Ils dormirent au *Brown's*, la fraîcheur de minuit était enfin tombée, on n'entendait qu'un avion traversant le ciel. Ils se déshabillèrent et prirent un bain dans le décor confortable d'une chambre conçue pour une race qui adore la chasse, qui connaît parfaitement les règles de bonne conduite, qui est laconique dans la conversation privée et triomphante en public. Côte à côte, dans deux lits moelleux séparés, ils reposèrent, pareils aux souverains de deux royaumes voisins.

Nedra écrivit à André : *Nous ne nous sommes jamais promenés dans Hyde Park, ce que tu disais vouloir faire avec moi quand tu me montrerais Londres. Bien entendu, cela n'a pas été difficile d'éviter le parc : il y a tellement d'autres choses à voir ! Londres est une si grande ville qu'on n'a jamais fini de l'explorer.*

Je longe ces rues merveilleuses, et je pense à ton visage, à mon amour pour toi, à certaines choses que tu dis et qui, d'une certaine manière, expriment tout. Je pense souvent à toi et d'une façon que je te laisse imaginer. Pour je ne sais quelle raison, je me sens très proche de toi ici et je ne souffre pas vraiment de notre séparation. Aucun chagrin ne peut me venir de toi, car tu as mis le soleil en moi (notre seul fils, j'espère). Tu me manques, je te vois partout.

Nous passons ici d'excellents moments. Nous parlons de bâtiments, nous voyageons pour en voir, nous en débusquons. Je suis comme la femme d'un entomologiste. Nous sommes dans cette île extraordinaire pleine de forêts, de concerts, de restaurants – et nous ne nous occupons que d'insectes. Mais j'ai toujours pensé, et je suis convaincue que c'est vrai, que la branche principale vous mène droit au tronc. Si tu connais une chose à fond, cela éclaire tout le reste. Mais, bien entendu, il faut en avoir conscience.

Je t'aime beaucoup aujourd'hui. Je t'embrasse de tout mon cœur.

IV

Ils divorcèrent à l'automne. Je regrette que cela se soit passé ainsi. La clarté des journées de l'arrière-saison les affecta tous les deux. Nedra avait l'impression que ses yeux s'étaient dessillés, elle était remplie d'une grande force tranquille. Il faisait encore assez chaud pour s'asseoir dehors. Viri se promenait, le vieux chien sur ses talons. L'herbe jaunie, les arbres ct même la lumière lui donnaient le vertige, comme s'il avait été un invalide ou un affamé. L'arôme de sa propre vie se dissipait. Pendant la procédure du divorce, ils continuèrent à vivre normalement, comme si de rien n'était.

Le juge qui communiqua à Nedra la décision finale écorcha son nom. Il était grand et décati, on voyait des pores dilatés sur ses joues. Il se trompa plusieurs fois en lisant, mais personne ne le corrigea.

On était en novcmbre. Le dernier soir qu'ils passèrent ensemble, ils écoutèrent de la musique – du Mendelssohn – un compositeur mourant et sa femme. La pièce paisible était emplie de sons magnifiques. Les dernières bûches brûlaient dans la cheminée.

« Veux-tu un peu d'ouzo ? demanda-t-elle.

– Je ne crois pas qu'il en reste.

– On a tout bu ?

– Il y a déjà un moment. »

Elle portait des pantoufles et un pantalon de velours marron. Au poignet, des bracelets en argent et en bambou. Ses cheveux flottaient sur ses épaules. Elle partait pour se réaliser, bien qu'elle eût quarante ans. Elle donnait ce chiffre, mais avait en fait quarante et un ans. Elle était malheureuse, contente. Elle ferait son yoga, lirait, s'apaiserait comme on apaise un chat. *Le singe respire trente, trente-deux fois par minute, le singe vit vingt ans. La grenouille respire deux, trois fois par minute, disparaît dans la boue en hiver, vit deux cents ans.*

« C'est complètement fou, ça, avait dit Viri. Les grenouilles ne vivent pas deux siècles.

– Vinhara doit confondre avec autre chose.

– Tu te rends compte, ces bestioles auraient notre taille ! »

Ce ne serait pas facile, bien sûr, mais la difficulté ne lui faisait pas peur. Elle avait confiance en ce qui allait suivre. Peut-être même – une foule de pensées et d'idées, la plupart très brèves, lui venaient – réussirait-elle à établir de nouvelles relations, des relations plus honnêtes, avec Viri ; enfin libre, leur amitié s'approfondirait. En tout cas, c'était là une chose qu'elle pouvait imaginer, comme beaucoup d'autres. Elle se détournait de tout ce qui n'était plus utile pour affronter l'avenir inconnu.

Le lendemain, elle partait pour l'Europe. En cette fin d'après-midi, la voiture stationnait devant la maison. De loin, cela ressemblait à n'importe quel autre départ, à l'un des milliers qui avaient précédé celui-ci.

« Eh bien, au revoir », dit-elle.

Elle mit le contact, puis alluma la radio et partit rapidement. La route était déserte. Il y avait de la lumière dans les maisons voisines. Roulant à vive allure dans l'obscurité naissante, elle passa à côté de la clôture sommaire qui fermait le champ où Leslie Dahlander avait monté son cheval. Solennel, sombre tel le lieu de naufrage d'un bateau, le pré silencieux lui dit adieu d'une manière particulière. Le poney vivait toujours. Il était devenu boiteux ; on l'avait installé dans une prairie située derrière la maison. Alors, la tête droite, elle se mit à pleurer. Des larmes pour un enfant mort lui inondèrent le visage tandis qu'on donnait les nouvelles de six heures.

Viri resta dans la maison. Tous les objets, même ceux qui avaient appartenu à Nedra et qu'il ne touchait jamais, semblaient partager sa perte. Il était soudain coupé de sa propre vie. Cette présence, aimante ou non – qui remplit le vide des chambres, l'atténue, l'allège – avait maintenant disparu. La simple avidité qui vous retient auprès d'une femme le laissa soudain désespéré, hébété. Un espace fatal s'était créé, comme celui qui sépare un paquebot du quai, devenu brusquement trop large pour sauter ; tout est encore présent, visible, mais inaccessible désormais.

« Nous devrions peut-être sortir dîner », dit-il à Danny.

Ils parlèrent à peine. Ils mangèrent en silence, tels des voyageurs. Quand ils rentrèrent, la maison était éclairée et vide, comme un hôtel de banlieue, ouvert mais éloigné de tout.

« Salut, Hadji, dit-il. Nous avons quelque chose de bon pour toi. Pauvre vieil Hadji, ta maman est partie. »

Il tenait le chien dans ses bras. Le museau gris de l'animal était appuyé contre sa poitrine, ses pattes raides pendaient. Danny était en train de couper en petits morceaux le steak qu'ils avaient rapporté.

« Ne t'inquiète pas, Hadji, poursuivit Viri. Nous prendrons soin de toi. Nous continuerons à faire des feux. Et, quand il neigera, nous descendrons au bord du fleuve.

– Tiens, papa. » Danny lui tendit l'assiette. Elle pleurait.

« Pauvre Danny.

« – Oh, je vais bien. Simplement, il faut que je m'habitue.

– Évidemment.

– Je monte dans ma chambre.

– Je vais allumer un feu. Tu pourras peut-être descendre un peu plus tard.

– Oui, peut-être. »

Danny était comme sa mère, évasive, discrète. Elle était plus en chair que Nedra et avait une bouche un peu cruelle, des lèvres douces et sensuelles, un sourire rusé, irrésistible. Son visage avait cette expression de résignation maussade qu'ont les filles qui étudient des matières dont elles ne voient pas l'intérêt, les filles trahies par les circonstances, obligées de travailler le dimanche, les filles dans les bordels, à l'étranger. Un visage qu'on pouvait adorer.

2

Cet hiver-là, Nedra se rendit à Davos qui lui avait été recommandée, tout à fait à tort, comme une ville intéressante. En fait, même recouvert de neige, c'était un endroit oppressant. Le soleil, néanmoins, y était éblouissant. Et un air aussi limpide que de l'eau de source emplissait sa chambre.

Un jour, au déjeuner, on lui présenta un certain Harry Pall.

« Où habitez-vous à Paris ? demanda-t-il.

– Je ne sais pas encore.

– Vous ressemblez à Paris. »

Il remplit généreusement de vin son propre verre, puis agita la bouteille en direction de Nedra.

« Oui, volontiers », dit-elle.

Il avait les cheveux frisés, des yeux bleu pâle. Il avait cinquante ans, un large torse et un visage que l'âge désagrégeait comme du papier mouillé. Il dominait la table de sa force et de sa voix, pourtant, il y avait en lui quelque chose qui toucha aussitôt Nedra : il ressemblait à Arnaud. Il était le survivant blessé de la même famille, le frère aîné qui mourrait sans douleur, convivial, continuant à plaisanter et faisant cadeau de cent dollars à l'infirmière. Ses mains évoquaient les pattes d'un animal. C'était le dernier des ours, semblait-il. Vin, blagues, amis ; il était couché tout habillé dans le fleuve de la vie.

« Je ne veux rien laisser », avoua-t-il. Surtout à son ex-femme. « D'ailleurs, à part le numéro privé de mon avocat, elle a déjà tout. » En ce qui concernait son fils, c'était différent. Il lui léguerait quelques maîtresses. « Comme Dumas. » Il rit. « Vraiment, vous n'êtes pas de Paris ?

– Pourquoi Paris ?

– Vous êtes grande comme un mannequin de Dior.

– Non.

– Un ex-mannequin de Dior. À une certaine époque de la vie, tout devient "ex" : ex-athlète, ex-président, expatrié. » La nourriture tombait de sa fourchette. Il la ramassa. Il mangeait avec application. « Où logez-vous ? »

Nedra nomma son hôtel.

« À Davos ? s'écria-t-il. Une ville épouvantable. Savez-vous qu'elle sert de cadre à *La Montagne magique* ? Que faites-vous ce soir, à l'heure du dîner ? Je vous emmène au *Chesa*, mon restaurant préféré en Europe. Vous connaissez ? Je passerai vous prendre à sept heures. »

Il se leva brusquement, régla son addition au milieu de cris d'amis auxquels il ne prêta aucune attention, salua de la main et sortit. Nedra le vit mettre ses skis, la figure rougie par l'effort. Il avait un visage extraordinaire sur lequel tout était écrit, un visage ridé, rugueux comme l'écorce d'un arbre. Le verre dans lequel il avait bu était vide, sa serviette, jetée à terre. Quand elle regarda de nouveau par la fenêtre, il avait disparu.

Elle rentra à son hôtel en fin d'après-midi. Il n'y avait pas de courrier. Une race docile de gens feuilletait les journaux de Zurich et du sud de l'Allemagne. Elle demanda qu'on lui apportât du thé dans sa chambre. Elle prit un bain chaud. Le froid, qui faisait partie de la beauté de cette journée, commença à la quitter en vagues fiévreuses, remplacé par une sensation de bien-être, de délice physique. Ensuite, comme toujours après un intense plaisir, elle se sentit un peu lasse. La nuit était tombée. La dernier reflet glacé avait disparu. Une légère désorientation la saisit. Des hirondelles criaient au-dessus des toits tachés de Rome. À Amagansett, les flots déferlaient sur une plage ardoise. Des forces terrestres l'attiraient dans des endroits lointains. Elle semblait incapable de revenir dans le présent, dans une heure suspendue comme celle qui précède l'orage.

La chambre était aussi nue que les tables d'un restaurant fermé. Une chambre de malade, froide, aux tapis usés. Une chambre où une sorte d'absurdité émanait des objets. Un livre, une cuillère, une brosse à dents semblaient aussi incongrus qu'un canapé dans la neige. Elle avait habillé cet espace de ses vêtements, rouges à lèvres, lunettes de soleil, ceintures, forfaits de ski, mais rien n'avait entamé la froideur de ce lieu. Elle s'y sentait en sécurité seulement dans la claire lumière des premières heures du matin, ou pendant une tempête.

Elle se maquilla les yeux devant la glace. Elle s'examina, tournant lentement la tête d'un côté, puis de l'autre. Elle ne voulait pas vieillir. Elle lisait Mme de Staël. Le courage de vivre quand les meilleurs jours sont passés. Oui, elle l'avait, mais ne pouvait penser sans trouble à ce qui l'attendait. Les chambres d'hôtel où l'on est seul, quand le téléphone se tait et que des voix vous parviennent de la rue comme des bribes de musique – elle avait décidé de ne pas supporter ces choses. Elle avait encore ses dents, ses yeux. Bois, bientôt la bouteille sera vide, se dit-elle.

Elle recula de quelques pas. Comment redonner vie à cette grande jeune femme dont le rire faisait tourner la tête aux passants, dont le sourire éblouissant tombait lors des réunions comme l'argent sur une table de restaurant, la neige sur des maisons de campagne, le soleil matinal sur la plage ? Elle prit son attirail, son crayon à yeux, sa crème au concombre, un brillant à lèvres… Finalement, elle s'estima satisfaite. Sous un certain éclairage, dans le cadre adéquat, avec les vêtements appropriés, un beau manteau… oui, et elle avait son sourire, c'était tout ce qui lui restait de sa jeunesse, il lui appartenait à elle, elle l'aurait toujours, de la même façon qu'on n'oublie pas comment nager.

Il arriva inopinément devant sa porte avec une bouteille de champagne. «Cela fait des semaines que je la garde au frais dans l'attente d'un événement», dit-il.

Quand il l'ouvrit, le champagne se répandit sur ses mains et ruissela par terre en longues traînées écumantes. Sans y prêter la moindre attention, il alla renifler les verres à dents de la salle de bains : ils étaient propres.

«Vous êtes mariée, annonça-t-il.

– Non.

– Vous l'étiez, alors ?» Il lui tendit un verre. «Je le vois. Les femmes qui vivent seules se dessèchent. Je ne pense pas que cela nécessite des explications. C'est un fait prouvé. Même si c'est un mauvais mariage, ça les empêche de se déshydrater. Elles sont comme les mouches à vinaigre dans le vin de Franklin. Vous connaissez cette histoire incroyable ? Une des plus belles de tous les temps – je veux dire : même si vous la connaissez, elle reste étonnante, elle ne vous déçoit jamais, elle est comme un tour de prestidigitateur. Et je crois que Franklin disait la vérité ; c'était l'un de nos derniers grands honnêtes hommes. Avec Walt Whitman, peut-être. Non, laissez tomber Whitman.»

Il but une grande gorgée de champagne.

«Il a le goût de la jeunesse, déclara-t-il. Rien n'est plus agréable, quoique je m'en souvienne à peine. Enfin… je me rappelle un certain nombre de choses. De maisons où vivaient certaines personnes. Les cours de latin. Je crois que ça n'existe même plus. C'est comme un costume qu'on a trop repassé : il n'en reste rien, à part les taches. Ces mouches – écoutez ça –, ces mouches s'étaient noyées dans le vin ; elles étaient au fond de la bouteille avec un peu de sédiment, ce déchet qui vous prouve l'authenticité des choses. Voilà ce qui manque à la vie américaine : le sédiment. Quoi qu'il en soit, Franklin a vu ces petites bestioles noyées, c'étaient des drosophiles, ces insectes qu'on voit si souvent sur les pêches et les poires. Franklin les a fait sécher sur une assiette au soleil. Vous savez ce qui est arrivé ?

– Non.

– Elles ont ressuscité.

– Comment est-ce possible ?

– Je vous ai dit que c'était incroyable. Ce vin avait été expédié de France. Il avait au moins un an. Vous pouvez dire que c'est la puissance du vin français. L'histoire, en tout cas, est vraie. D'où mon plan. Si ça marche pour les mouches, pourquoi pas pour les primates ?

– Eh bien…

– Eh bien quoi ?

– C'est une expérience qui a été tentée bien des fois. »

Au restaurant, on leur donna une bonne table ; de toute évidence, Pall était un habitué ; il y avait des fleurs, de grands verres à vin. Le jeune maître d'hôtel en chemise à haut col et pantalon rayé s'approcha d'eux.

« Comment allez-vous, M. Pall ? demanda-t-il.

– Apportez-nous une bouteille de vin de Dôle. »

Un feu dans la cheminée. Du vin sec suisse, qui disparut rapidement dans les verres.

« Alors, quels sont vos projets ? demanda Pall. Vous n'allez pas rester à Davos ? Vous devriez venir ici. C'est très confortable. Je parlerai au propriétaire. Je verrai si je peux vous trouver une chambre.

– J'adore le restaurant.

– Considérez l'affaire réglée. C'est l'endroit idéal pour vous. Vous aimez ce vin ?

– Il est délicieux.

– Vous buvez peu. Vous avez beaucoup de modération. C'est une chose que j'admire. Racontez-moi votre vie.

– Laquelle ?

– Vous en avez beaucoup, hein ?

– Seulement deux.

– Passerez-vous l'hiver ici ?

– Je ne sais pas. Ça dépend.

– Évidemment », dit Pall. Il but du vin. Il avait commandé le dîner sans consulter le menu. « Évidemment. Eh bien, j'ai ici des amis dont vous devriez faire la connaissance. J'en avais beaucoup autrefois, mais au moment du divorce vous coupez tout en deux, et ma femme est partie avec la moitié d'entre eux – dont quelques-uns des meilleurs, malheureusement. En fait, c'étaient surtout les siens. J'ai toujours aimé ses amis, les femmes en particulier. C'était l'un de nos problèmes. » Il rit. « Il y en avait une ou deux que j'aimais un peu trop. »

Pall commanda une autre bouteille.

« Le meilleur ami que j'aie jamais eu – vous n'avez jamais entendu parler de lui – était un écrivain qui s'appelait Gordon Eddy. Vous connaissez ?

– Non.

– C'est bien ce que je pensais. Un type merveilleux. »

Des bulles de salive se formaient aux coins de ses lèvres. Pall se mouvait avec désinvolture, gesticulait. Solide, généreux, pratique, une coque sans quille. Le gouvernail était petit, le compas perdait le nord.

« C'était l'ami de ma vie. Vous savez, vous n'avez qu'un seul ami comme ça, il ne peut y en avoir deux. Il était fauché – cela se passait juste après la guerre. Il vivait avec nous. Je lui filais un peu d'argent et il allait aussitôt le perdre au casino. Il ramenait des filles qui restaient un ou deux jours. Naturellement, ma femme ne pouvait pas le sentir : les filles, de la cendre de cigarette partout et il descendait toujours avec la braguette ouverte. Le souvenir le plus vif qu'elle garde de la France, c'est la braguette ouverte de Gordon. Finalement, elle m'a donné à choisir entre elle et lui. J'aurais dû dire : eh bien, lui, alors. J'étais vraiment bête à l'époque.»

Le dîner était servi sur de grandes assiettes chaudes : des tranches de steak et du *rosti*, des framboises à la crème pour dessert. Pall était en train de vider la deuxième bouteille de vin. Dehors, il faisait froid, les rues étroites étaient obscures, la neige crissait sous les pas. Il avait les yeux vitreux. On aurait dit un boxeur vaincu qui attend dans son coin du ring. Il pouvait encore sourire et parler, il saisissait toujours la vie à pleines mains, mais il était usé. Quand des gens s'arrêtèrent pour lui parler, il ne se leva pas, il en était incapable, mais il se rappelait le nom de Nedra.

«Prenons un cognac», proposa-t-il. Il cria à la serveuse : «Rémy-Martin. *Zwei*. Le Rémy-Martin est excellent, conseilla-t-il à Nedra. Le Martell aussi, mais je connais Martell. Personnellement, je veux dire, et je trouve qu'il est déjà assez riche comme ça.

– Vous semblez connaître beaucoup de monde. Que faites-vous dans la vie ?

– Je suis rentier. Autrefois, j'étais banquier, mais j'ai pris ma retraite. Maintenant, je m'amuse. Je n'ai aucune responsabilité. Je peux traiter toutes mes affaires par téléphone. Je me suis débarrassé de mes problèmes.

– Tels que ?

– Absolument tout. Je projette d'aller en Inde.

– J'adorerais y aller moi aussi. J'ai étudié avec des Indiens.

– Je parie que vous ne savez rien sur la question.

– Sur l'Inde ?

– Y êtes-vous jamais allée ?

– Non.

– Eh bien, c'est ça, le problème, affirma Pall. Vous étudiez, mais l'Inde, c'est autre chose.

– Il y a probablement plusieurs Indes.

– Plusieurs ? Non, il n'y en a qu'une. Comme il n'y a qu'un Chesa, une Nedra, un Harry Pall. Ça m'arrangerait bien qu'il y en ait un autre, avec deux foies.

– Vous avez été en Tunisie ?

– Évitez d'avoir affaire aux Arabes.

– Pourquoi ?

– Vous pouvez me croire, murmura-t-il. Vous n'avez pas à vous inquiéter, vous n'êtes pas si jeune, mais pour eux, l'âge importe peu. Ce sont des malades.

– Ils sont terriblement pauvres.

– Pas si pauvres que ça. *Moi*, j'étais pauvre. Écoutez, faites ce que vous voulez, mais ils ont toujours été comme ça, ils ne vont pas changer. Vous pouvez leur donner des écoles, des profs, des livres, mais comment les empêcher de manger les pages ? »

Il demanda l'addition qu'il signa d'un gribouillage illisible.

« Carlo, appela-t-il.

– Oui, monsieur Pall.

– Carlo – il se leva –, pouvez-vous commander un taxi pour ramener Mme… Berland ? » se souvint-il finalement. Il se tourna vers elle. « Voyons-nous là-haut, demain, à l'heure du déjeuner. Maintenant, je suis trop ivre pour vous tenir compagnie plus longtemps. »

Ses yeux tombèrent sur le verre de cognac. Il en avala le contenu comme s'il s'était agi d'un médicament. Cela sembla le réveiller, l'illusion de la maîtrise de soi le gagnait.

« Bonne nuit, Nedra », dit-il d'une voix distincte,

puis il quitta la pièce d'un pas ferme, l'air excessivement sérieux, comme s'il répétait une scène.

Il s'affala sur les marches de l'entrée.

«Dois-je vous appeler un taxi ? demanda le maître d'hôtel à Nedra.

– Dans un instant. »

Elle se sentait pleine d'assurance, animée d'une sorte de joie païenne. De nouveau, elle était une femme élégante, seule, admirée. Elle prit un verre au bar avec des amis de Pall. Elle allait en connaître beaucoup d'autres. C'était le début d'un triomphe auquel sa chambre austère du Bellevue lui donnait droit, tout comme une salle de classe vous donne droit à des rencontres éblouissantes, des nuits d'amour.

3

Franca travaillait chez un éditeur, c'était un job d'été. Elle répondait au téléphone, disant : « Le bureau de Mlle Habeeb… »

Elle tapait à la machine et prenait des messages. Des gens venaient la voir – des employés, des coursiers, de jeunes directeurs de collection qui passaient. D'une certaine manière, toute la maison se mit soudain à exister pour elle. Elle avait vingt ans. De longs cheveux bruns divisés par une raie au milieu et, comme c'est parfois le cas chez les femmes d'une grande beauté, certaines caractéristiques légèrement masculines. On est souvent étonné de voir une fille courir très vite, avec un dos aussi élancé que celui d'un valet de ferme ou des bras de garçon. Chez elle, c'étaient des sourcils très droits et foncés, des mains pareilles à celles de sa mère : longues, habiles, blanches. Elle avait un visage clair, on aurait presque pu dire radieux. Elle était différente. Elle souriait, se faisait des amis ; le soir, elle disparaissait. Le sacré est toujours mystérieux.

Dehors, la rue était brûlante, l'air aussi lourd qu'une planche. Une ville sans arbre, sans fontaine verte ; quand on était à l'intérieur, même les rivières et le ciel restaient invisibles. Franca la trouvait passionnante. Elle aimait ses foules, ses voix, les têtes qui se tournaient sur son passage. Elle parlait aux auteurs qui venaient au bureau et leur apportait du thé. Nile était l'un deux.

Il portait les vêtements d'un homme libéré de prison – de deux hommes, plutôt, car rien n'était assorti. Sa chemise provenait d'un magasin de surplus, sa cravate était défaite. Il avait l'assurance, les lèvres gercées d'une personne résolue à vivre sans argent. Jamais il ne ferait bonne impression lors d'une entrevue.

« Comment as-tu obtenu ce travail ? » demanda-t-il. Il avait pris un livre et le feuilletait.

« Comment ? Eh bien, j'ai simplement fait une demande.

– Ah bon. C'est curieux, quand moi j'en présente une… » Il laissa sa phrase en suspens. « D'habitude, ils vous posent un tas de questions. Est-ce que tu as dû subir cette épreuve ?

– Non.

– Évidemment.

– Je suis certaine que tu es capable de répondre à n'importe quoi.

– Ce n'est pas si facile que ça, affirma Nile : on ne sait jamais où ils veulent en venir. Ils te demandent : Aimez-vous la musique ? Quel genre de musique ? Alors tu réponds : eh bien, j'aime Beethoven, Mozart. Beethoven, ah bon. Mozart. Et en ce qui concerne la lecture, que lisez-vous ? Shakespeare. Ah, Shakespeare, fait le type. Et sur sa feuille – on ne voit rien parce que le rabat de la chemise est relevé –, il inscrit : "Ne parle que des morts." » Nile tourna les pages comme s'il cherchait quelque chose. « Tu connais l'histoire du cannibale ?

– Non.

– Il dit à sa mère : maman, j'aime pas les missionnaires. Et elle répond : Eh bien, ne mange que tes légumes, mon chéri. » Il tourna encore quelques pages. « C'est un de vos livres, ça ? Un de ceux que vous publiez ? »

Franca vérifia si c'était le cas.

« Il est complètement débile, poursuivit Nile. Écoute,

je vais te raconter une conversation que j'ai eue avec un ami ; ce n'est pas une blague. Nous parlions d'un couple qui venait d'avoir un bébé. Mon ami me demande : Comment vont-ils l'appeler ? Je dis : Carson. Carson, répète-t-il, c'est un garçon ou une fille ? Un garçon, je précise. Ah, c'est marrant, alors comme ça ils l'ont appelé Carson… Je t'avais bien dit que ce n'était pas drôle. C'est juste un… Mais qu'est-ce qui se passe ? s'écria-t-il soudain. J'éprouve une envie folle de parler avec toi. »

Il était intelligent, mais désarmé dans la vie. À cette époque-là, on publiait ses nouvelles dans la *Transatlantic Review*. Sa mère était psychologue, elle avait divorcé quand Nile avait trois ans. Elle ne se faisait guère d'illusions sur son fils : la chose qu'il redoutait le plus, c'était de réussir, mais il fallait très bien le connaître pour comprendre cette attitude. Il donnait une impression de faiblesse, une faiblesse voulue, pareille à certaines maladies. Au bout d'un certain temps, elles veulent être légitimées, traitées comme un état normal, et ne font plus qu'un avec le patient.

Nile connaissait tout ; il avait un savoir étendu. Il était comme un étudiant irrévérencieux qui passe un examen. Il avait des yeux foncés, d'un marron terreux comme la peau d'un Noir. Ses poignets de chemise étaient sales. Un grand nombre de ses phrases commençaient par un nom propre.

« Gödel était à Princeton, dit-il. Un jour, il longeait le couloir, l'air profondément absorbé, quand un étudiant l'a croisé et lui a dit : "Bonjour, docteur Gödel." Le savant a levé brusquement les yeux et répondu : "Gödel ! Ah oui, c'est ça !" »

Pendant leur premier repas ensemble, alors qu'il questionnait Franca tout à loisir, il apprit qu'elle avait une maison à la campagne. « J'en étais sûr, affirma-t-il. J'étais sûr que tu avais ce genre de maison.

– Que veux-tu dire ?

– Je l'imaginais. C'est une grande maison, n'est-ce pas ? Elle est située près du fleuve.

– Oui.

– Tout près.

– Oui.

– Aussi près, en fait, qu'une telle maison peut l'être.

– Oui, acquiesça-t-elle, c'est exactement ça. »

Nile était ravi. « Et il y a des arbres.

– Pleins d'oiseaux.

– Cela n'a pas de sens ! s'écria Nile.

– Pourquoi ?

– Ta vie. Elle ne contient aucune douleur. Qu'est-ce qu'une vie sans un peu de chagrin de temps en temps ? Tu me la montreras, ta baraque ? Tu m'y emmèneras ? »

Franca pensa à sa maison. Bien qu'elle y eût grandi et la connût par tous les temps, elle avait envie d'y retourner de la même façon qu'on a envie de retrouver un certain livre qu'on connaît par cœur, d'entendre une musique ou de voir des amis. Dans sa vie, devenue plus imprévisible, frôlée par d'autres vies comme le varech dans la mer, dans cette ville, grand astre mystérieux vers lequel s'était toujours tournée la banlieue de Franca, avec ses toits et ses jours tranquilles – la demeure bien-aimée revint soudain occuper ses pensées parce qu'un étranger l'avait évoquée. Elle se révélait soudain indélogeable, comme ces vieux cimetières situés au cœur d'un quartier commerçant.

Il y avait eu beaucoup de changements. La mère de Franca n'y habitait plus. La maison existait sans elle, à la manière des vêtements, des photos, des bagues égarées. Elle faisait partie de ces souvenirs, les contenait, leur donnait vie.

« Oui, je t'y emmènerai », répondit-elle.

Ce fut Nile qui conduisit. Le soleil blanchissait sa

figure. Franca put l'examiner de profil tandis qu'il regardait devant lui.

« Sommes-nous sur la bonne route ? s'informa-t-il.

– Oui. »

Il avait le teint pâle. Les pointes de ses cheveux décoiffés étaient fourchues. Il commençait d'ailleurs à les perdre, ce qui, d'une certaine manière, ne déplaisait pas à Franca : c'était comme s'il avait été malade et qu'elle le voyait se rétablir.

À moins d'un kilomètre de la maison, elle eut soudain un choc en voyant que le sol avait été excavé. Ils construisaient un immeuble, on distinguait nettement d'énormes fondations, les bétonnières jaunes reposaient, abandonnées, dans la lumière de l'après-midi.

« Oh, mon Dieu ! s'exclama Franca.

– Quoi ?

– Regarde ce qu'ils sont en train de faire ! »

Les arbres, les quelques vieilles maisons qui autrefois se dressaient là avaient été détruits, il ne restait que de la terre nue, retournée. Franca faillit pleurer. D'une certaine façon, cela n'aurait jamais pu arriver du temps de Nedra – elle n'aurait pas réussi à l'empêcher, mais son départ, en un sens, avait sonné le glas. Les événements ont besoin d'un encouragement, les dissolutions d'être lancées.

L'ombre du changement s'étendait partout. Son premier aperçu de la maison, d'un point de la route qu'elle connaissait bien – les cheminées qui dominaient les arbres, le faîte du toit – la remplit de tristesse, comme si cette demeure était condamnée. Elle semblait vide, silencieuse. Les lapins qui fuyaient devant Hadji – mais fuyaient-ils vraiment, ils virevoltaient si vite, bondissant avant de s'évanouir dans l'air – avaient tous disparu.

Ils se garèrent dans l'allée. Il était cinq heures passées.

Il n'y avait personne. Nile regarda la maison, les arbres, la pelouse en terrasses. « C'est ici que tu as grandi ?

– Oui.

– Ça ne m'étonne pas. »

Ils allèrent à l'écurie ; des brins de paille étaient encore éparpillés par terre. Ils s'assirent dans la serre à même le gravier. Le soleil embrasait les vitres. Franca alla chercher du vin.

« Comment as-tu réussi à te détacher de tout ça ? demanda Nile.

– Je ne sais pas.

– C'est un mystère. Quelle vie tu as eue ! D'une qualité tellement supérieure ! Je pourrais te donner une douzaine d'exemples, mais c'est évident. » Il parlait sincèrement. Son haleine sentait un tout petit peu mauvais.

« Laurence vivait ici, dit Franca.

– Laurence…

– Oui, un lapin. »

Le soleil frappait comme des cymbales sur l'étendue de verre. Dans l'air flottait un léger arôme de vin. Le souvenir lointain du lapin – sa couleur noire, ses longues dents de rongeur – sembla lui monter à la tête comme un afflux de sang.

« Tu as connu des lapins dans ta vie ? demanda-t-elle.

– Par périodes. Je n'ai pas eu avec eux des relations suivies. J'ai travaillé dans un laboratoire pendant un certain temps. Il y avait là une grosse lapine belge nommée Judy. Ce qu'elle pouvait mordre !

– Oui, ils le font tous.

– J'étais obligé de garder mon pardessus.

– Laurence aussi mordait.

– Tous les animaux mordent, dit Nile. Qu'est-il devenu ?

– Il est mort, un hiver. C'était très triste. Tu sais ce qu'on éprouve quand une bête est malade : on voudrait tellement faire quelque chose pour elle. Nous l'avons couché sur un lit de paille et couvert, mais au matin, il était parti.

– Il s'était enfui ?

– Il était dans un coin de sa cage, affalé sur le côté et déjà raide comme du bois. Il avait les yeux ouverts. Nous l'avons enterré dans le jardin. Il était plus gros que nous le pensions et il nous fallait sans cesse agrandir le trou. Sa fourrure était encore chaude. De mes mains nues, j'ai jeté de la terre sur lui. Je pleurais, nous pleurions toutes les deux, et j'ai dit : "Oh, mon Dieu, recevez Votre lapin en Votre sein…" » Elle avait pleuré dans le jardin glacé. Sa sœur et elle avaient trouvé une pierre grise bien lisse et commencé à la graver, mais elles ne terminèrent jamais ce travail. La pierre était encore là, cachée dans les herbes. LAU…

« Ta sœur – comment s'appelle-t-elle, déjà ?

– Elle a changé de nom.

– Que veux-tu dire ?

– Eh bien, elle s'appelait Danny, mais elle est devenue Karen.

– Karen ?

– C'est une longue histoire. Elle est avec un garçon qui trouve que ce nom lui va mieux.

– Je vois. »

Franca haussa les épaules. « Et ce n'est pas tout. Ça, c'est un détail. Elle s'est aussi fait percer les oreilles pour lui.

– Je vois.

– Elle se plie à tous ses caprices. »

Nile hocha la tête comme s'il comprenait. Les actes de cette sœur inconnue le stupéfiaient. Bien qu'incapable de les imaginer, il en était tout désorienté comme par une lumière aveuglante. Plus grand est le besoin de savoir, plus il est difficile de demander. Il voulait dire quelque chose. Dans des pièces situées au-dessus de lui, près de fenêtres garnies de rideaux, ces filles avaient passé leur adolescence. Il se sentit submergé d'une immense curiosité à leur égard. Comparé à cela, toutes ses connaissances ne servaient à rien.

« Je vois », murmura-t-il.

4

Des mouches mortes sur le rebord des fenêtres ensoleillées, des mauvaises herbes le long de l'allée, la cuisine, vide. La maison était mélancolique, trompeuse comme une cathédrale où, dans l'atmosphère sereine, quelque chose sonne faux : les saints sont en cire, l'orgue a été évidé.

Viri n'avait pas le courage d'y remédier. Il vivait là, impuissant, comme nous vivons dans nos corps quand nous devenons vieux. Alma continuait à venir trois fois par semaine pour faire le ménage. Chaque vendredi, il lui laissait une enveloppe contenant quarante dollars, mais il la voyait rarement. C'était comme si un événement terrible – la cécité ou la perte d'un membre, quelque chose d'irrémédiable – s'était produit. Aucun témoignage de sympathie ne pouvait l'aider à surmonter le désastre, aucune distraction l'atténuer.

Un soir, au théâtre, il vit une reprise de *Solness le Constructeur* d'Ibsen. Les plafonniers s'éteignirent, la scène déversa sa magie. C'était une forme d'accusation. Soudain, sa propre vie, une vie d'architecte, comme dans la pièce, parut exposée. Il eut honte de sa mesquinerie, de son insignifiance, de sa résignation. Quand, sur le plateau, Solness parla pour la première fois à sa maîtresse et comptable, lui murmurant quelque chose, Viri se sentit pâlir, sentit des gens le regarder comme si un cri involontaire lui avait échappé.

Lorsque Solness, dans cette première scène où il est enfin seul avec elle, l'appelle avec impétuosité, elle répond, effrayée : « Oui ? » Quand il lui dit : « Viens ici ! », puis : « Plus près ! », et qu'elle obéit en demandant : « Que me veux-tu ? » Viri en fut bouleversé ; son cœur se brisa, et flancha même un instant.

Quand Solness dit tout au début, avant qu'on n'ait eu le temps de s'y préparer – à supposer que ce soit possible : « Je ne peux pas me passer de toi, tu comprends. J'ai besoin de ta présence auprès de moi chaque jour », elle se met à trembler et à gémir : « Oh, mon Dieu ! Oh, mon Dieu ! » et s'affaisse en murmurant qu'il est si bon pour elle, si incroyablement bon. Le nom de la femme – Viri ne put en croire ses yeux – était écrit là, noir sur blanc, sur ses genoux : Kaya.

Et ce n'était que le commencement. Tandis que la représentation se poursuivait, et que les actes s'enchaînaient, Viri perdit peu à peu le pouvoir de résister, et la pièce devint cette chose dangereuse entre toutes : un exemple inoubliable, inoubliable et faux. Captivé par sa force, par des phrases qui le transperçaient comme des flèches, par une histoire dont la fin était déjà écrite, par les répliques enregistrées dans le cerveau des acteurs selon l'ordre précis dans lequel elles devaient être prononcées – pourtant il n'eût jamais osé les imaginer –, il se sentait pareil à un enfant, un jeune garçon qui, derrière une porte, surprend une voix qu'il n'est pas censé entendre, une déclaration qui le démolira pour la vie.

Il regarda les autres spectateurs placés latéralement devant lui, leurs visages levés, éclairés par la scène. Il était si désespéré, si incapable de réagir, de discuter, et même d'imaginer un monde animé par une autre dynamique qu'il se sentit libre ; capable d'écouter, d'observer sans le moindre effort. Il voyageait interminablement, infiniment plus loin que la pièce, déroulait sa propre vie passée et future, vivait la vie de ces gens, fantasmait au sujet de femmes assises à trois rangées de lui. Plus tard, le théâtre se vida, et il resta debout près de l'entrée, intelligent, calme, tandis que les autres spectateurs disparaissaient rapidement dans la nuit. La vérité semblait éclater devant lui, incarnée par tous ces gens en route vers leurs destinations, ces hommes et ces femmes unis les uns aux autres par les liens du mariage, de l'ennui, des épreuves ordinaires. Bien qu'il l'eût toujours nié, il avait été l'un d'eux ; ce n'était plus le cas désormais.

Il marcha le long de rues à moitié éclairées par les néons de restaurants chinois et d'hôtels bon marché. Il pensait à sa femme, se demandait où elle était. Il ne s'était pas encore libéré d'elle, de son approbation, de ses caprices. Soudain, à vingt pas de lui, il aperçut son père. D'abord, il ne put le croire. Ils allaient dans la même direction. Il regarda plus attentivement : la démarche, la forme de la tête, oui, ce ne pouvait être que lui. La réalité se désintégrait par grands fragments, pour révéler son noyau. Un vieillard avançait à petits pas, la bouche entrouverte, les yeux larmoyants. Ils arrivaient à un coin de rue ; Viri, alors, le verrait distinctement ; son cœur se mit à battre très vite, il ne voulait pas, il avait peur. Comme si devait s'ouvrir le couvercle d'un cercueil, d'où sortirait un homme plus malade que jamais, les commissures des lèvres noires, l'haleine empestant le cigare. Il aurait besoin de médicaments et de soins. Il va me demander de l'argent, pensa Viri, désespéré. Il aurait sur ses joues cette ombre grise, cette tristesse des vieillards qui ne se sont pas rasés. Étreintes d'êtres déjà disparus, insupportables agonies recommencées. Pour l'amour du Ciel, papa ! pensa-t-il. Son esprit, délié par les cris du cœur d'Ibsen, était vivant mais atone, telle une huître détachée de sa coquille. Rentre à la maison, pensa-t-il, rentre à la maison et meurs !

À la lumière d'un réverbère, il regarda l'inconnu, un homme au visage marqué par la ville, malsain, assombri par l'avidité. Pendant un moment, on eût dit deux hommes seuls sur un quai de gare. Ils s'examinèrent mutuellement d'un œil froid, puis se détournèrent. Viri s'arrêta au coin tandis que le vieillard poursuivait son chemin. Il se retourna pour lui jeter un regard soupçonneux. Il ne ressemblait absolument pas à Isaac Berland. Les façades aveugles des magasins, les bus rugissants, la nuit le dévorèrent.

Il arriva chez lui fort tard. Hadji aboyait dans la cuisine ; le chien était si vieux qu'on aurait dit le grincement d'une scie.

La maison avait changé ; cette impression l'assaillit dès la porte. Il le connaissait cet endroit ; on aurait dit que quelqu'un s'y cachait, un intrus plaqué contre le mur – non, son imagination s'emballait. Alors qu'il allait d'une pièce à l'autre – son chien, entre-temps, s'était désintéressé de lui pour se coucher par terre – calme, résigné, acceptant le danger. Il constata finalement que la demeure était vide. Il se mit à appeler : « Nedra ! Nedra ! »

Il courait en criant, frénétiquement, comme s'il y avait un coup de téléphone urgent.

« Nedra ! »

Il tremblait, perdant toute maîtrise. Il allumait les lumières au fur et à mesure et, dans l'entrée, il tomba nez à nez avec sa fille à moitié endormie. Danny murmura, déconcertée :

« Qu'est-ce qu'il y a, papa ? Quelque chose ne va pas ?

– Oh, mon Dieu ! » s'exclama-t-il.

Elle lui prépara du thé à la cuisine. Elle était en robe de chambre, pieds nus, la figure encore ensommeillée. Ses traits, remarqua-t-il alors qu'il s'asseyait à la table avec gratitude, un peu honteux de sa conduite, n'étaient pas aussi fins que ceux de Franca. Son visage était plus humain, moins mystérieux ; il aurait pu être celui d'une serveuse ou d'une jeune infirmière. Et, sans maquillage, il semblait encore plus vrai, plus révélateur, comme la paume d'une main. Il était à la cuisine et sa fille lui faisait du thé. Cet acte simple comme l'amour, qui ne pourrait jamais cacher la moindre hypocrisie, le toucha profondément. Troublé, il se rendit compte que tel un meuble délabré dans une remise, ce geste pouvait sembler insignifiant à quelqu'un d'autre, mais qu'en ces temps de pénurie, il représentait tout pour lui : il n'avait rien d'autre.

Danny s'assit avec lui. Par ses gestes féminins, sa façon de se mouvoir, son regard clair et direct, elle lui rappelait constamment Nedra.

« La pièce était bonne ? demanda-t-elle.

– Très impressionnante, apparemment. Elle a fait de moi une sorte de fou qui court à travers toute la maison en appelant ta mère.

– Oui, c'était bizarre. En me réveillant, j'ai cru un moment qu'elle était vraiment ici. »

Il but son thé. Il entendit le claquement des vieilles griffes de son chien sur le plancher. Hadji s'assit à ses pieds et leva les yeux, affamé comme tous les gens âgés. Son chien qui avait galopé à perdre haleine dans la neige, les pattes solides, les oreilles couchées en arrière, le regard vif, l'haleine pure. Une vie qui était passée comme un éclair.

Il regarda sa fille. De même qu'un joueur malchanceux a tendance à imaginer qu'il récupérera son argent, le sort qui le lui a pris étant perfide et injuste, Viri avait parfois du mal à croire à ce qui était arrivé ; il était même certain que, d'une manière ou d'une autre, sa vie conjugale recommencerait. Elle était encore si réelle.

« Comment va votre dame ? » demandait Captain Bonner. Il collectait les objets au rancart dans les maisons le long de la route. La moitié du temps, il ne reconnaissait pas Viri. Sa question était-elle méchante ou simplement stupide ? Une veste de costume marron tachée, un bonnet, un visage aussi vieux que celui de Polichinelle. Sa bouche aux dents depuis longtemps disparues arborait un sourire à l'évocation de certaines choses – la nourriture, les femmes ? Il descendait la route, une porte sur le dos, et il bondit devant la voiture de Viri, agitant les bras pour l'arrêter.

« Je vais en ville », annonça-t-il. Il essaya désespérément de faire entrer son fardeau dans l'auto. Impossible. « Tant pis, je la mettrai sur le toit. Je peux la tenir. »

La peau de ses mains était bleue, fine comme du papier ; sur ses joues sèches poussait une barbe de plusieurs jours. Ses chaussures étaient comme des pantoufles sales aux bouts relevés.

« Il fait beau », dit-il.

Il sentait le vin. Puis, après un silence, de nouveau cette question, posée d'un ton désinvolte, au sujet de Nedra.

« Elle va bien, merci, répondit Viri.

– On la voit pas beaucoup ces jours-ci.

– Elle est en Europe.

– En Europe. Ah ! Y a un tas de beaux coins par là-bas. »

Viri surveillait la porte qui surplombait son pare-brise.

« Vous y êtes allé ? demanda-t-il distraitement.

– Non, répondit Bonner. J'ai vu assez de choses comme ça, ici, sur place. » Il fit une pause. « Trop même, ajouta-t-il.

– Que voulez-vous dire ? »

Le vieil homme hocha la tête. Il sourit vaguement au soleil blanc devant eux. « Je rêvais », dit-il.

La maison continuait à sentir les fleurs séchées de Nedra, le jardin était négligé. Dans le tiroir d'un bureau sur lequel tombait le soleil, il y avait de vieux cahiers de classe. Franca, avec son écriture si docile, si nette, les avait tous gardés.

La fête était finie. Comme dans cette histoire qu'il leur avait lue si souvent, où un couple pauvre se voyait offrir la réalisation de trois vœux, mais gaspillait ses chances, il n'avait pas été assez exigeant. C'était très clair. En définitive, il n'avait eu qu'un seul désir, beaucoup trop modeste : que ses filles grandissent dans le plus heureux des foyers.

5

Une des dernières grandes révélations : la vie ne sera pas conforme à votre rêve.

Viri alla dîner chez les Daro. Il y avait des invités qu'il ne connaissait pas. « Enchanté », dirent-ils. Des gens beaux, tout à fait à l'aise. La femme portait une robe longue vert émeraude, un collier en or et des bracelets en fils d'or tressés. Elle s'appelait Candis. Son mari était directeur artistique. Il travaillait sur des films, concevait des couvertures de livres.

« Que veux-tu boire, Viri ? demanda Peter.

– Eh bien, tu sais, il y a quelque chose que je n'ai pas bu depuis des siècles…

– Ce que tu voudras.

– Un Martini », décida Viri.

Il en but un, glacé, dans un verre étincelant. C'était comme si le temps venait de changer. La carafe en contenait un autre, tout aussi clair et puissant.

« Pourquoi tu les sers si froids ? s'enquit-il.

– Eh bien, tu m'as demandé la boisson test, à mon avis. Il ne s'agit pas seulement d'avoir les bons ingrédients, il faut aussi garder le gin au congélateur.

– Ah !

– À une époque, je voulais écrire un article sur les dix meilleurs bars du monde. J'ai fait beaucoup de recherches sur le terrain et j'ai failli y laisser ma santé.

– Quel est le meilleur, alors ? demanda le directeur artistique.

– Impossible d'en choisir un. En fait, cela dépend surtout de sa proximité. Il y a une heure du jour où on commence à tirer la langue, où il faut absolument aller boire un verre. Alors, être tout près d'un de ces établissements à ce moment-là, c'est comme le paradis de Mahomet.

– Cela m'étonnerait que vous y trouviez de l'alcool, fit remarquer Candis. Dans un paradis musulman ?

– Vous avez raison, reconnut Peter. Ça suffirait à le rayer de la liste.

– Mais il y aurait des femmes en abondance, dit le mari.

– Quand on me conduira au paradis… », commença Peter. Il s'était levé pour se rendre à la cuisine : c'était toujours lui qui préparait les dîners. « … mes rapports avec les femmes seront de l'histoire ancienne.

– Impossible, mon chéri, rectifia Catherine, qui entrait.

– Ou imaginaires.

– Tu t'intéresseras aux femmes toute ta vie, affirmat-elle. Salut, Viri. Comment vas-tu ? Tu as l'air en pleine forme !

– Je m'y intéresserai peut-être, mais je crains que mes moyens…

– Ils sont éternels, dit-elle.

– Je ne sais pas ce que tu as bu dans la cuisine, murmura-t-il, mais je suis très touché par ta confiance en moi.

– Les femmes savent ces choses-là, n'est-ce pas ? demanda-t-elle.

– Parfois, elles sont bien placées pour cela », dit Viri.

Pendant que les autres riaient de sa remarque, son regard croisa celui de Candis. Elle avait un long nez, un visage intelligent. Ses yeux étaient très clairs.

« Viri, tu nous as tellement manqué ! » dit Catherine.

Un autre couple arriva. Viri se mit à parler sans réserve. Il décrivait une soirée au théâtre.

« Dans la famille, c'est moi l'amateur de théâtre, dit Candis. Une des premières pièces que j'aie vues – il y a une jolie histoire à ce sujet – a été *La Forêt pétrifiée*.

– Vous ne pouvez pas être aussi âgée », dit Viri.

Il se sentait immensément chaleureux et à l'aise.

« J'avais quatorze ans à l'époque.

– Cette pièce a été écrite avant votre naissance, insista-t-il.

– C'était peut-être une reprise. Quoi qu'il en soit…

– Quel âge avez-vous ?

– Vingt-huit ans.

– Vingt-huit ans…

– Quand je suis rentrée à la maison, on m'a demandé si ça m'avait plu. J'ai déclaré que c'était une pièce très drôle. Par exemple, ai-je dit, à un moment donné, le personnage principal demande à la fille : "Et si nous allions batifoler un peu dans les foins ?" Et le public a ri, parce que, bien entendu, il n'y a pas de foin dans le désert. »

La richesse, le confort de cet appartement d'une banlieue peu à la mode. Situé dans un vieil immeuble, il était aussi agréable qu'un parc, qu'un très beau volume découvert dans une pile de bouquins d'occasion.

Peter était calé en histoire, en peinture et en vins, il connaissait des bordeaux de deuxième et de troisième rangs aussi bons que des grands crus. Il connaissait un village plus intéressant que Beaune, le nom des vignobles. Il se tenait dans la cuisine exiguë, des légumes frais et des assiettes éparpillés sur toutes les surfaces de travail et, dans ce fouillis, hachait du persil avec un énorme couteau.

« Dans notre prochaine maison, dit-il à Viri, j'aurai

une cuisine assez grande pour pouvoir y travailler, une cuisine comme la tienne. » Il avait mis un tablier par-dessus son costume. Tandis qu'il préparait le repas, il appelait parfois sa femme pour lui demander où était ceci ou si elle avait cela. « Je veux une cuisine assez grande pour pouvoir y donner un dîner ou même y dormir. Tu sais, mon affaire commence à péricliter. Ce n'est pas que je me débrouille mal – bien au contraire, en fait – mais le problème, c'est que les sources de bonnes gravures sont en train de tarir. Je n'arrive pas à en trouver pour les vendre, ou, si j'en trouve, je dois les payer tellement cher que je ne fais aucun bénéfice. Si je vends un Vuillard, je ne peux pas m'en procurer un autre. Autrefois, on pouvait aller en Europe, mais c'est fini. Les prix sont encore plus élevés là-bas. Il y a plein d'acheteurs, mais pas de marchandise.

– Que vas-tu faire ?

– Passer plus de temps à la cuisine. En fait, je n'ai que deux désirs…

– Qui sont ?

– Une vraie cuisine, et puis, je veux mourir sous le ciel étoilé. »

Les invités s'entretenaient avec animation, les rideaux étaient tirés ; le vin, ouvert, attendait sur le long buffet. Peter cherchait les anchois. « Ils sont dans une petite boîte de conserve longue et plate, marmonna-t-il. Plate, mais imprenable. Ce sont d'anciens ingénieurs de navires de guerre qui l'ont conçue. » Peter avait été dans la marine. « Si les bateaux avaient seulement été à moitié aussi résistants… ah ! les voilà.

– Que vas-tu faire avec les anchois ?

– Essayer de les ouvrir. »

Les délicieux arômes, le superbe désordre, le livre de cuisine écrit par Toulouse-Lautrec, un livre contenant les dîners et les invitations d'une vie entière – tout cela créait en Viri une sensation merveilleuse, comme celle d'une nuit d'amour. Il y a des moments où l'on boit littéralement la vie.

Il se trouva à côté de Catherine. « Ce type que je viens de te présenter…, chuchota-t-elle.

– Lequel ? » Sa remarque lui parut très drôle, il ne put s'empêcher de rire.

« … en costume marron, disait-elle.

– En costume marron. » Il se pencha vers elle pour écouter ses révélations. Son œil s'était porté sur la personne en question, un homme corpulent affublé d'un lorgnon. « Tout ce qu'il y a de plus marron, murmura-t-il. Comment s'appelle-t-il déjà ?

– Derek Berns.

– Ah oui, c'est ça ! »

Berns les regarda comme s'il avait conscience qu'ils parlaient de lui. Il avait un visage lisse doté de gros traits comme un enfant qui sera laid, et il tenait sa cigarette par le bout, entre le pouce et l'index. « C'est un collègue de Peter, poursuivit Catherine. Il a une très belle galerie. Il est très ami avec l'un des membres de la famille Matisse. Il obtient de lui tout ce qu'il veut. »

Un peu plus tard, Viri essaya de lui parler. Entre-temps, il avait oublié à la fois son nom et celui de Matisse, mais il fonça sans complexes. Il avait du mal à prononcer les mots, difficulté qu'il surmonta en articulant soigneusement toutes les consonnes. Au milieu de la conversation, il se rappela soudain le nom de son interlocuteur et l'employa aussitôt. Kenneth. Berns ne rectifia pas.

Candis attira de nouveau son attention. Assise à côté de lui, elle parlait de la partie du corps féminin qu'un homme regardait en premier. Les mains et les pieds, suggéra quelqu'un.

« Pas exactement », dit-elle.

Ils se trouvèrent en train d'examiner les disques ensemble.

« Y a-t-il du Neil Young ? demanda-t-elle.

– Je ne sais pas. Regardez ça.

– Oh, mon Dieu ! »

C'était un enregistrement de Maurice Chevalier. Ils le mirent.

« Quelle vie il a eue, ce type, dit Viri. Ménilmontant, Mistinguett…

– Qu'est-ce que c'est ?

– Les années trente. Les deux guerres. Il disait que jusqu'à l'âge de cinquante ans, il avait vécu au-dessous de la ceinture, après cinquante ans, au-dessus. Comme j'aimerais parler français !

– Mais vous le parlez, non ?

– Oh, juste assez pour comprendre ces chansons. »

Il y eut un silence. « Mais il chante en anglais », fit remarquer Candis.

Il ne put lui expliquer à quel point cette découverte était drôle. Il essaya, mais ne réussit pas à l'exprimer de façon suffisamment claire.

« L'avez-vous jamais vu ? demanda-t-il.

– Non.

– Jamais ?

– Jamais.

– Attendez, dit Viri. Attendez ici un instant. »

Il s'absenta pendant cinq minutes. Quand il revint dans la pièce, il portait un chapeau de paille de Peter, puis, sous l'œil étonné des personnes présentes, il chanta d'une voix éraillée, imitant celle de Chevalier, *Valentine* en entier, accompagnant sa performance de gestes passionnés, haussant les épaules, se trompant, oubliant les paroles. Avant même que le dîner fût servi, il traversa la cuisine en titubant et alla s'affaler à plat ventre sur un lit, dans la chambre de bonne.

« Qui est ce type ridicule ? » demandèrent les autres.

Le lendemain matin, il appela en Europe. C'était l'après-midi là-bas. Elle avait la voix enrouée comme si elle venait de se réveiller.

« Bonjour, Nedra.

– Bonjour, Viri.

– Il y a si longtemps que je ne t'ai pas parlé, je n'ai pas pu résister à l'envie de le faire.

– Oui.

– J'étais chez Peter et Catherine hier soir. Peter est vraiment un type merveilleux. Bien entendu, ils m'ont demandé de tes nouvelles.

– Comment vont-ils ?

– Comme tu sais, ils mènent une drôle de vie. Il n'y a pas tellement d'affection entre eux et pourtant ils sont très attachés l'un à l'autre. » Viri fit une pause. « Je suppose que c'était un peu pareil pour nous.

– C'est pareil pour tout le monde.

– Comment vas-tu ?

– Oh, pas mal. Et toi ?

– J'ai souvent, d'innombrables fois, même, été tenté de te rejoindre.

– Écoute, Viri… C'est une idée charmante, cela me ferait plaisir de te voir, mais cela ne… Enfin… nous n'en sommes plus là.

– J'ai du mal à me le rappeler.

– Je sais que c'est difficile. »

Elle répondait à ses supplications par de sages paroles, ce qui l'étonnait toujours. Il voulait s'accrocher à elle, entendre ce qu'elle allait dire.

« Dans quinze jours, tu auras quarante-quatre ans, tu sais.

– Oui.

– Je suis navrée de rater ton anniversaire.

– Quarante-quatre ans, dit-il. Et je commence à les faire, je crois.

– Le passage facile de ta vie est terminé.

« – Ah ! Parce qu'elle était facile ?

– Nous entrons dans la rivière souterraine, dit-elle. Tu vois ce que je veux dire ?

– Oui.

– Elle nous attend. Tout ce que je peux te dire, c'est que même le courage ne nous servira à rien.

– Es-tu encore en train de lire un livre d'Alma Mahler ?

– Non. » Sa voix était calme, intelligente.

La rivière souterraine. Le plafond s'abaisse, s'humidifie, l'eau s'engouffre dans les ténèbres. L'air devient moite et glacé, le passage rétrécit. Il n'y a plus de lumière ni de son ; le courant coule sous de grands blocs de pierre infranchissables.

« Qu'est-ce qui te fait dire que le courage ne servira à rien ?

– Ni courage ni sagesse, rien.

– Nedra…

– Oui ?

– Est-ce que tout va bien pour toi ?

– Bien sûr.

– Sérieusement, Nedra. Tu sais que je suis toujours… que je suis toujours ici.

– Je vais très bien, Viri.

– Es-tu heureuse ? »

Elle rit. Le bonheur. Ce qu'elle voulait, c'était être libre.

6

Ce fut Marina Troy qui attira Nedra quand elle finit par revenir. Elle habita même quelque temps chez le couple. À cette époque, le dieu du théâtre était Philip Kasine. Il n'annonçait pas ses pièces ; la nouvelle de leurs représentations circulait de bouche à oreille, il fallait se lancer à leur recherche pour les débusquer, comme une cérémonie vaudou ou un combat de coqs. L'homme lui-même était inaccessible. Il avait un nez mince et osseux comme un doigt, un accent citadin, un parfum de mythe. Il refusait de parler au téléphone. Son égocentrisme était si démesuré qu'il passait pour une absence d'ego, les deux choses se confondaient. Il était davantage une source d'énergie qu'un individu. Il obéissait aux lois de Newton, au plus grand des soleils.

Le soir où elles se rendirent à son spectacle, il avait lieu dans une vieille salle de bal. Le public dut faire une heure de queue sur un escalier. Kasine resta invisible, mais quelqu'un prétendit que c'était lui qui balayait la scène avant le début du spectacle. On finit par annoncer le titre de la pièce. Silence. Un acteur apparut. Il avait l'expression d'un homme dont il faut se méfier, qui a tout essayé, qui a assez faim pour tuer. Il bougeait avec la frénésie d'un fou, mais ses yeux surtout frappèrent Nedra. Elle reconnut leur pouvoir, leur ironie ; ils appartenaient à un être qui était son frère, à une personnalité qu'elle enviait mais n'avait jamais été capable d'incarner.

« Qui est-ce ? chuchota-t-elle.

– Richard Brom.

– Il est extraordinaire.

– Tu aimerais faire sa connaissance ? »

Elle ne comprit pas la pièce, mais n'en éprouva aucune déception. Quel que fût le sens de ce spectacle – tout n'était que répétition, explosions de colère, cris –, elle était conquise, elle voulait le revoir. Quand les lumières revinrent dans la salle et que le public applaudit, elle bondit presque inconsciemment sur ses pieds et frappa dans ses mains haut levées. Son manque de pudeur, sa ferveur marquaient sa conversion. Les coulisses ressemblaient à une épicerie ouverte la nuit. Les lumières étaient vieillottes, criardes ; plusieurs personnes mal habillées, qui semblaient n'avoir aucun rapport avec la troupe, y déambulaient. Brom n'était pas là.

« Venez à la fête », dit quelqu'un.

Elles prirent un taxi. Les rues obscures défilèrent en cahotant.

« Tu as aimé le spectacle ? demanda Marina.

– C'est tellement fort. Pas tant la pièce que la représentation. Les acteurs n'ont pas l'air de jouer – du moins, ce n'est pas le mot qui convient.

– Oui, c'est comme une sorte de folie au ralenti.

– Avec cette façon qu'ils ont de se mettre à nu, ils dégagent une force fantastique. J'étais tout bonnement bouleversée. C'est un seul homme qui l'enseigne ?

– Oui. Il a une maison qu'on lui a donnée dans le Vermont, répondit Marina. Tout le monde y va. On y travaille, on y discute. On y fait tout ensemble.

– Mais c'est lui, le professeur ?

– Oh oui ! Il est tout à la fois. »

Elles montèrent dans un ascenseur grinçant. D'autres personnes étaient déjà là. Parmi elles, Brom. Il portait des vêtements ordinaires.

« Je n'ai jamais vu quelqu'un jouer aussi bien que vous », lui dit Nedra.

Les yeux sombres de Brom la dévisagèrent. Il se contenta d'incliner légèrement la tête, encore inerte, vidé. Elle ignorait ce qu'il pouvait penser ou sentir. Comme tous les grands acteurs, il affichait son épuisement comme un oiseau qui a volé trop loin. Il n'y avait rien à répondre.

On lui donna un verre. Tout le monde était très gentil. Ils riaient, parlaient doucement. C'étaient les gens les mieux assortis qu'elle eût jamais rencontrés ; ils l'acceptaient parmi eux. Elle écouta les histoires qu'ils racontaient sur Kasine. Il avait des dons prodigieux. C'était un professeur extraordinaire ; il repérait instinctivement le problème, comme un guérisseur.

« Je suis allée le voir chaque jour à la même heure, pendant deux mois. Nous bavardions, c'est tout. Il m'a tout appris.

— Quoi, exactement ? demanda Nedra.

— Eh bien, ce n'est pas si simple…

— Évidemment, mais pourriez-vous me donner un exemple ?

— Il me posait toujours la même question : Qu'avez-vous fait aujourd'hui ? »

Elle enviait leur bonheur, mais ne pouvait le comprendre. C'était comme de rencontrer les membres d'une famille orthodoxe : tous différents, mais étroitement liés.

« J'aimerais étudier avec lui », dit-elle. Elle n'avançait aucune excuse, ne montrait aucune hésitation.

Il avait appris à parler à une actrice en seulement quatre heures. « Que voulez-vous dire par "parler" ?

— Utiliser sa voix correctement. Pour que les gens l'écoutent. »

Elle voulait faire sa connaissance. Elle regarda autour

d'elle comme Jeanne d'Arc, se demandant s'il se cachait parmi les personnes présentes.

« Vous devez venir dans le Vermont », dirent-ils.

Les heures passèrent sans qu'elle s'en rendît compte. Plus tard, debout près d'une fenêtre, elle s'aperçut que la nuit était finie. Le fragment de ciel qu'elle voyait au-dessus des immeubles était gris et silencieux. Elle leva les yeux. La voûte céleste était bleue, d'un bleu qui, pendant qu'elle regardait, descendit lentement vers la terre. Dans la rue, les arbres déployaient leurs feuilles. Comme par sympathie, les lumières de la pièce s'éteignirent. L'aube pointait. Dehors chantaient quelques oiseaux, les seuls bruits de la nature ; à part cela, le silence. Elle n'était pas fatiguée. Elle aurait aimé rester. Quand, pour prendre congé, elle serra les mains de ceux qui se trouvaient près d'elle, les siennes étaient fraîches et douces. Elle dormit mieux qu'elle ne l'avait jamais fait.

Dix ou douze élèves par an, il n'en prenait pas plus. Ils vivaient, travaillaient ensemble. Elle voulait se joindre à eux, écarter toute distraction, étudier une seule et unique chose.

« Tu crois que c'est grave que je ne sois pas actrice ?

— Mais tu l'es, dit Marina.

— Ils ont tant de force, tous autant qu'ils sont. Tant de naturel. J'ai l'impression de voir la vie pour la première fois. Viens avec moi, supplia Nedra.

— J'aimerais bien, mais c'est impossible.

— Gerald te laisserait partir.

— Non, justement. »

Elle demanda la même chose à Ève. Elles dînaient dans le box d'un restaurant, de longs menus à la main. « Tu crois que c'est une folie ?

— Tout le monde veut étudier avec lui.

— Vraiment ?

— Est-ce que Marina t'a présentée ? »

– En fait, je ne l'ai pas encore vu », dit Nedra.

Ève semblait lasse, résignée. Arnaud était parti. De toute façon, il n'avait plus jamais été le même. Personne ne savait si c'était physique ou non. Elle se demandait si elle allait réépouser son mari.

« Tu parles sérieusement ? demanda Nedra.

– Nous en avons beaucoup discuté. Nous devrions peut-être essayer encore une fois. Nous avons un tas de choses en commun. »

Nedra garda le silence.

« Il suit un régime, reprit Ève. Il a l'air en forme.

– Ce n'était pas son poids qui posait problème entre vous.

– Il montre simplement qu'il veut changer. Tu penses que c'est une mauvaise idée ?

– Je ne sais pas. J'ai simplement l'impression…

– Oui ?

– Que tu en as assez bavé comme ça.

– Pour revenir au point de départ, tu veux dire ?

– C'est comme si tu abandonnais.

– Que faire ?

– Buvons un peu de vin », dit Nedra.

Elle se rendit en voiture dans le Vermont pour une entrevue. Elle était tendue. Il y avait quinze ou vingt autres candidats. Ils attendaient, assis sur des bancs, près de la grange. Kasine les recevait dans la cuisine. Parfois, une demi-heure passait avant que la porte ne s'ouvrît, parfois plus.

Elle attendit tout l'après-midi, jusqu'au soir. Personne ne leur apporta à manger ni à boire. Ils restèrent assis en silence. La nuit tomba. On était en avril ; il commença à faire froid. Enfin, son tour arriva. Elle se sentait lasse. Elle avait les jambes ankylosées. Elle entra dans la maison par une porte-moustiquaire.

Kasine, les yeux cachés derrière des lunettes de soleil, était installé devant une table nue. Il portait un costume noir, terne. Elle le revit le lendemain au village, dans les mêmes vêtements élimés, une serviette à la main. On aurait dit un comptable ou un conférencier. Richard Brom se tenait, impassible, au bout de la table. Il n'ouvrit pas la bouche pendant toute l'entrevue.

Elle leur avoua qu'elle n'avait pas d'expérience. Elle leur dit la vérité : d'une certaine façon, elle s'était inconsciemment préparée à devenir actrice. Physiquement, elle était souple, forte. Elle n'avait pas de responsabilités, pas de besoins, elle pouvait se consacrer totalement à l'art du théâtre. Elle avait lu saint Augustin…

« Qui ?
– *Les Confessions.*
– Ah oui, continuez. »

Il y avait dans ce livre un passage qui disait que nous tournions le dos à la lumière, que nos yeux voyaient des choses éclairées par cette lumière, mais pas la lumière elle-même. C'était cela qui l'avait bouleversée : les choses éclairées par la lumière. Elle se tourna vers Brom qui était assis, immobile, avec l'air de ne pas écouter, de rêver.

« Quel âge avez-vous ? » demanda Kasine. Il contempla ses mains croisées sur la table.

« Quarante-trois ans », répondit-elle.

Un silence tomba comme après une question finale, une question qui laisse des traces. Pendant un moment, Nedra se sentit impuissante, furieuse.

« Mais cela ne veut rien dire, leur assura-t-elle.

– Nous sommes une troupe de théâtre », dit simplement Kasine. S'ils acceptaient une jeune actrice, elle vieillirait, bien sûr…, expliqua-t-il.

Elle faillit l'interrompre. Oui, oui. Elle savait ce qui allait suivre.

« Je pense que, pour le moment, vous devriez aller étudier ailleurs et voir ce qui se passe, dit-il. Peut-être que cela nous permettra ensuite de décider s'il y a ou non une place pour vous ici. »

Cet homme avait écrit que, de même que les grands saints avaient commencé par être les plus grands pécheurs, de même ses acteurs étaient faits du matériau le plus vil, le plus profane, le plus improbable qu'il pût trouver. Mais c'était toujours la même histoire – une femme demandait un passeport, un permis de travail, n'importe quoi ; ce qu'elle pouvait dire ne servait à rien : elle n'était plus jeune.

« L'âge n'est pas un véritable critère, déclara-t-elle. Je suis sûre que vous n'êtes pas aussi arbitraire. J'ai encore beaucoup à apprendre, certes, mais, par ailleurs, je sais plus de choses que d'autres.

– Je regrette », dit Kasine.

Ils étaient immunisés contre elle. Elle ne distinguait pas les yeux de l'homme auquel elle parlait, elle osait à peine regarder l'autre. Elle leur avait tout montré, sa sincérité, sa ferveur, mais cela ne suffisait pas.

« Merci d'être venue », dit-il.

Dehors, quatre ou cinq personnes attendaient encore. En passant près d'elles, elle essaya de ne rien leur révéler. Comme une femme qui sort d'une cathédrale et descend les marches, le visage grave et impénétrable.

À minuit, on frappa à sa porte. Un homme se tenait sur le seuil et lui tendait quelque chose. C'était Brom.

« Voulez-vous un verre de vin ? demanda-t-il.

– Volontiers. Entrez. »

La pièce était froide. Une cellule de novice. Sol nu et petite lampe. Bien qu'il ne sourît pas, Brom n'avait rien de distant. La gamme d'expressions de sa seule bouche semblait infinie, bien que provisoirement laissée de côté.

« Vous avez terminé ? demanda-t-elle.

– Pas tout à fait. »

Elle s'était lavé la figure. Sa peau était nue, les rides autour de sa bouche et de ses yeux à peine visibles, mais éternelles. C'était une femme qui avait lu, dîné dans des restaurants, on n'avait pas besoin de lui expliquer les choses.

Il se consacrait à un seul talent, n'avait pas d'intérêts accessoires, pas de failles. Il était pareil à un analphabète, un martyr ; il ne pouvait se tourner ni à droite ni à gauche. La sévérité, l'austérité de sa vie auraient pu inspirer une épitaphe d'une ligne unique.

Le paysage derrière la fenêtre, les arbres, les collines sombres étaient baignés de clair de lune. L'astre lui-même était trop énorme, trop blanc. Brom avait un torse de coureur : plat comme une planche. Il avait les grosses artères d'un cheval qui a galopé. Plus tard, elle les examinerait, à la recherche de cicatrices. Ses doigts étaient puissants.

Ils auraient pu se trouver à bord d'un bateau, un de ces vieux rafiots à vapeur qui relient le continent aux îles, propre, inconfortable, avec des portes de cabine très minces. Ils étaient les seuls passagers.

« Je crois que vous êtes découragée, dit-il. Il ne faut pas. Vous trouverez votre voie. Vous trouverez votre nouvelle vie.

– J'ai l'impression de commencer à peine à nager, répondit-elle.

– Je pense que vous vous en tirez très bien.

– Je suis en train de trouver la rivière.

– Oui, acquiesça-t-il, avoir de l'eau est essentiel. »

Ce fut la première strophe du poème. Un peu plus tard, elle ajouta : « Sauf que maintenant, j'ai envie de voler. »

Au matin, il lui donna un petit objet en argent qu'il portait autour du cou. C'était un poisson primitif, lisse comme une pièce de dix cents. Il ne lui en précisa pas l'origine. C'était une sorte de laissez-passer qui lui permettrait de rentrer chez elle saine et sauve.

Elle vivait dans un studio qui appartenait à Marina. Dehors, des camions et des rues jonchées d'immondices. Un couple avec enfant habitait au-dessus d'elle, elle entendait leurs disputes.

Elle acheta un couvre-lit ocre et rose, de l'encens, des fleurs séchées. Il y avait des livres près du lit, une série de loupes, un réveil. Ses filles l'appelaient tous les jours. Elle ne se plaignait de rien. Elle se sentait pleine d'énergie.

Quand Brom venait, elle portait le poisson scintillant, et rien d'autre sous sa robe. Parfois, quand il avait joué, ils dînaient très tard. Ces jours-là, il ne mangeait que de la viande maigre et de la salade, buvait du vin et terminait le repas par quelques fruits. L'électrophone jouait du Scriabine, du Purcell. Quand il dormait près d'elle, il était silencieux, tranquille. Sa force ne l'abandonnait pas, elle était simplement enroulée sur elle-même. Bien que peu musclé, il était résistant comme une corde. Ils faisaient l'amour lentement. Il ne bougeait pas, à part une flexion invisible, aussi légère que le frémissement des ouïes d'un poisson. Les genoux de Nedra se mettaient à tressauter. Des gémissements s'échappaient de ses lèvres. Quinze, vingt minutes, elle chavirait, criait, il la tenait fermement, lui collant les bras contre les flancs, et se mettait à rouler un peu d'un côté à l'autre en une lente et absurde annonciation. Elle était secouée de soubresauts comme une bête qu'on tue, les grands coups de bélier avaient commencé, répétés, longs, interminables comme la cognée d'un bûcheron. Il la bâillonnait de la main pour l'empêcher de crier, il vacillait, enfin il tombait comme si on avait tiré sur lui à bout portant, d'une façon abrupte, inexplicable. Ensuite, elle sombrait dans un profond sommeil dont elle était incapable de sortir, un sommeil d'ivrogne. L'air de la nuit se répandait sur eux. Le grondement des camions montait de la rue.

Un petit déjeuner composé de chocolat et d'oranges. Ils lisaient, se rendormaient. Brom parlait peu. Ils connaissaient un bonheur profond et complet, un bonheur situé au-delà des mots, pareil à un jour de pluie. Parfois, elle allait le voir jouer. Assise parmi les autres spectateurs, cachée par eux, elle se repaissait de lui, nourrie par tout ce qui existait entre eux et que tout le monde ignorait. Elle allait au théâtre pour pouvoir le contempler indéfiniment, pour amasser, lui voler son visage, sa bouche, la force de ses cuisses. Enfin satisfaite, elle allait boire un verre avec Ève ou prendre un dessert et le café chez les Troy. Ils ne lui demandaient jamais d'où elle venait, ils la présentaient, l'accueillaient encore plus chaleureusement que leurs autres invités ; elle était très belle, ivre de vie, sentant la provocation à une lieue. Aussi bien le mari que la femme aimaient la voir, elle les excitait, ils pouvaient parler en sa présence ; des sujets, qui, sinon, auraient été passés sous silence, devenaient faciles à aborder ; en même temps, le changement de cap de sa vie confirmait en quelque sorte la vertu de la leur. Elle vivait au-dessus de ses moyens spirituels, cela se lisait sur son visage, dans chacun de ses gestes ; elle dépenserait tout. Ils lui étaient attachés comme on l'est à l'idée d'une existence bue à grands traits. Sa chute serait la victoire de leur bon sens, de leur raison.

« Ta vie est la seule authentique que je connaisse », lui dit Marina.

Nedra garda le silence.

« Je regrette de ne pas y être allée avec toi.

– Tu sais que j'ai été recalée.

– Oui, mais tu es avec eux maintenant. »

La troupe était nomade. Une semaine, elle se produisait dans une salle de répétitions, une autre, dans la salle de bal d'un hôtel délabré. Brom ne jouait jamais de la même façon, que ce fût sous les projecteurs ou à la lumière du jour. Ils se donnaient rendez-vous dans des cafés. Elle portait des lunettes ovales cerclées d'acier.

« À quoi ça sert, ça ? demanda-t-il.

– À lire les petits caractères.

– Mais non, tes yeux sont parfaits. Je le vois à leur couleur, leur limpidité.

– Ça ne veut rien dire.

– Mais si, insista-t-il. Le corps exprime tout. La façon dont quelqu'un bouge, dont il te regarde – tu peux en déduire énormément de choses si tu t'y connais un peu. Tout est visible.

– Rien ne l'est. »

Leurs jambes se touchaient sous la table. « Surtout ça, ajouta-t-il.

– Ce qui compte, ce sont ces heures-ci », dit-elle.

L'après-midi touche à sa fin. Elle lui montre des photos de sa famille, de Franca, de jours oubliés.

« C'est ta fille ?

– Aussi incroyable que ça paraisse, oui. »

Plus tard, sans dire un mot, il sort une de ses propres images. C'est la reproduction, découpée dans un magazine, d'un tableau de Van Dongen représentant la maîtresse de Picasso, la célèbre Fernande. Elle est nue, exposée comme une tapisserie. Elle ressemble d'une façon frappante à Nedra.

« Où as-tu trouvé ça ?

– Oh, je l'ai depuis longtemps. Même si tu ne peux pas te marier, tu dois avoir une idée du genre d'épouse qui te plairait. Je la porte toujours sur moi. Elle est très pratique. »

Nedra sentit un pincement de jalousie.

« Je ne crois pas au mariage, poursuivit Brom. Cela ne m'intéresse absolument pas. C'est une notion dépassée, une autre façon de vivre. Si tu fais ce que tu dois vraiment faire, tu obtiendras ce que tu veux.

– C'est très juste.

– La Bhagavad Gîta », dit-il.

Le soir, à l'heure où, de l'autre côté de petits jardins, on peut voir des gens réunis dans des chambres éclairées, elle est couchée, les jambes pointant vers un coin du lit, les bras écartés. De la rue monte un faible bruit d'avertisseurs. Elle a les yeux fermés ; on l'a attrapée comme un animal fabuleux. Ses gémissements, ses cris excitent beaucoup son amant. Cela dure longtemps. Ensuite, elle reste couchée, nue, immobile. Elle lui embrasse les doigts. Ils s'immergent dans le silence, dans le long fleuve de rêverie qui suit. Elle sait fort bien – elle en est absolument convaincue – que ce sont là ses derniers jours. Elle ne les retrouvera jamais.

7

Le mariage de Danny eut lieu dans la maison d'un ami. C'était à la campagne, près d'Ossining, un mariage un peu désuet malgré sa jeunesse et son absence de formalités. Il faisait chaud. C'était comme un dimanche dans un petit village. Ses parents étaient là, bien sûr, ainsi que sa sœur, et son amant, Juan. Elle épousait le frère de celui-ci. Thco Prisant était plus grand que Juan, plus jeune, moins bien fait. Il n'avait pas terminé ses études ; il faisait sa dernière année de droit. Avant d'avoir jamais rencontré Danny, il en avait entendu parler par son frère : « la fille d'un architecte, dix-neuf ans, fantastique au lit... » Un charbon ardent avait jailli dans les ténèbres. Le désir et la jalousie s'emparèrent de lui.

« C'est quoi, fantastique ? Qu'est-ce qu'elle a de si extraordinaire ?

– Elle est incroyable, je te dis. »

Il était à la fois impatient et un peu effrayé à l'idée de la rencontrer. Quand il la vit pour la première fois, il eut l'impression que les vêtements de la jeune fille disparaissaient sous ses yeux. Il en eut le vertige. Il osa à peine lui manifester de l'intérêt, il avait honte de ce qu'il savait. Ce secret causa sa perte, sifflant à ses oreilles dès le premier instant, bouleversant son cœur.

La première fois qu'ils sortirent ensemble, ils allèrent au Metropolitan et gravirent ces marches que le père de

Danny avait un jour montées en courant. C'était un long après-midi serein. Dans les grandes salles surveillées par des gardiens, Theo pouvait à peine la regarder, bien qu'elle fût à ses côtés. Il mourait d'envie de lui parler, d'être capable de bavarder avec elle comme si rien n'était en jeu. Il ne pouvait penser qu'à ses jambes, ses cheveux, aux choses qu'elle avait faites. Elle semblait calme et belle. Il voyait partout son reflet, tout lui parlait d'amour : les bustes, les membres de marbre lisse, la ceinture de muscles qui encerclait les hanches d'un jeune Grec. Il se tenait à quelques pas derrière elle. Il la vit promener son regard sur les épaules, l'estomac, puis fixer les yeux sur les organes génitaux et les poils frisés sculptés dans la pierre. C'était comme si elle le dédaignait. Ils poursuivirent leur chemin ; la bouche sèche, il ne pouvait même pas plaisanter. Elle se fichait pas mal de lui, se dit-il.

Maintenant, il se tenait là, en costume et chapeau de paille, du genre que portent les fermiers, une fleur de pissenlit à la boutonnière, possédant enfin la femme que son frère avait trouvée et éduquée à son intention, qu'il lui avait fournie à son insu. Il avait un visage jeune, des mains hâlées. Il avait rencontré Viri plusieurs fois, mais il le connaissait à peine, et Nedra, une fois seulement. Il attendait leur arrivée.

Ils étaient en retard. Ils se garèrent à l'endroit où la route avait été emportée – il y avait déjà huit ou dix voitures – et remontèrent vers la maison par un étroit sentier dallé. D'énormes arbres ombrageaient le bâtiment. À l'intérieur, des verres étincelaient sur un long buffet ; il y avait des fruits, des fleurs, des gâteaux. Le soleil entrait à flots par de grandes fenêtres. Plusieurs chats se glissèrent à leurs pieds.

« Je suis heureux de vous voir, leur dit Theo.

– Nous aussi.

– Quelle charmante maison ! commenta Nedra.

« – Venez, je vais vous présenter notre hôte. »

Nedra trouva ses filles au premier étage. Elles pleurèrent ensemble, et sourirent. Elles essuyèrent les larmes de Danny qui coulaient droit vers sa bouche. Quand Viri apparut à la porte, l'air hésitant, sa fille cadette se mit à sangloter.

« Pourquoi ces larmes ? demanda-t-il.

– Pour rien.

– Moi aussi. »

Une vaste et lumineuse journée, les arbres soupiraient, il faisait un peu chaud dans la maison. La cérémonie fut brève, un chat vint se frotter contre la jambe de Viri. Les mariés entrèrent dans la salle de réception au son de la marche nuptiale. À cet instant, quand il vit sa fille dans une robe blanche éclaboussée de soleil au bras d'un autre homme, sur le départ, déjà envolée, Viri éprouva un brusque sentiment d'amertume et de frustration, comme si, d'une certaine façon, il s'était révélé être un raté, comme si toute sa vie pouvait être révoquée par un seul mot.

Ils burent du vin rouge et ouvrirent les cadeaux. Ils se tournèrent vers Viri pour lui demander un toast.

« Theo et Danny », commença-t-il. Il leva son verre et le regarda. « Quoi qu'il advienne, vous accédez maintenant au vrai bonheur, le plus grand qui puisse jamais exister. »

Tout le monde but. Il y avait un télégramme de Chicago. QUE VOTRE VIE SOIT PARSEMÉE DE FLEURS MAINTENANT ET POUR TOUJOURS. ENVOYEZ PHOTOS. ARNAUD. Ils parlèrent de lui ; peut-être savait-il qu'ils le feraient. Ils racontèrent des histoires dithyrambiques sur son compte. Celles-ci étaient devenues sa vraie vie ; Arnaud ressemblait à un personnage de théâtre, admiré, imité. Il ne pouvait ni décevoir ni disparaître. Il était comme un invité parfait qui part tôt, mais dont le souvenir demeure, fortifié par cette interruption au bon moment.

La voiture des mariés démarra, brusquement, semblat-il. Soudain, on agita la main, on cria au revoir. L'auto commençait à descendre la route, un labrador courait à côté d'elle.

« Et voilà, ils sont partis, dit quelqu'un.

– Oui », acquiesça Viri.

Au loin, le chien noir galopait dans la poussière soulevée par le véhicule, galopait et perdait du terrain. Finalement, il abandonna la poursuite et s'immobilisa sur la route, au bord d'un bouquet d'arbres.

Le mariage avait eu lieu au printemps. Cet été-là, Franca le passa avec Nedra, à la mer. Elles avaient une petite maison dégradée par les intempéries, au bout d'un champ de pommes de terre. Sur le devant était garée leur voiture, une Morris anglaise achetée au garagiste du coin et dont la peinture avait blanchi au soleil. Il y avait un jardin, une salle de bains où l'eau sortait des robinets en maigres filets, une vue des dunes qui disparaissaient à l'horizon.

Elles déjeunaient longuement. Elles allaient à la mer en voiture. Elles lisaient Proust. Dans la maison, elles se promenaient les jambes et les pieds nus, bronzées, les yeux du même gris, les lèvres douces et pâles. La tranquillité des jours, leur compagnie mutuelle, le soleil éliminaient tous leurs soucis comme un filtre, ne laissant subsister que du contentement. On les voyait le matin. Elles étaient dans le jardin : une belle femme arrosant ses fleurs ; debout près d'elle, sa fille étendait le bras pour caresser doucement un long chat blanc. Ou bien l'on passait à côté de la maison en leur absence : fenêtres silencieuses, minuscules maillots étendus sur le coffre à bois ; des rouges-gorges à la tête sombre et aux corps décolorés traversaient la pelouse en sautillant. Dehors, il y avait une table en bois où elles s'asseyaient au soleil. De petites abeilles jaunes picoraient les croûtes de fromage. Les paumes de Nedra reposaient à plat sur les planches lisses et brûlantes. On était au début d'août. La mer chantait. Au-dessus flottait la brume argentée qui s'était levée ce matin-là et où criaient et jouaient quelques enfants, aux heures creuses après le déjeuner.

Elles rendirent visite à Peter et à Catherine. Dîner sous les grands arbres. Ensuite, ils restèrent assis et parlèrent de Viri. Nedra avait en partie déboutonné sa robe et se frottait l'estomac. Cela aidait la digestion, prétendit-elle. Au-dessus d'eux, des avions traversaient la nuit avec un son faible et continu, mêlant leurs lumières aux étoiles.

« J'ai déjeuné avec lui le mois dernier, dit Nedra. Il est un peu fatigué par... par la vie, vous savez. Ça n'a pas été facile pour lui, je ne sais pas très bien pourquoi.

– Oh, je pense qu'il y a une raison très simple, dit Peter.

– On se trompe si souvent...

– Oui, mais toi et Viri – n'importe quel couple qui se sépare – c'est comme une bûche qu'on fend. Les morceaux ne sont pas égaux. L'un d'eux contient le cœur.

– Viri a son travail.

– Mais c'est toi qui as emporté la partie sacrée. Tu peux vivre heureuse. Pour lui, c'est différent.

– Il va mieux maintenant, dit Franca.

– Nous ne l'avons pas vu depuis longtemps.

– Il va beaucoup mieux, affirma à son tour Nedra.

– Vit-il toujours dans la maison ? demanda Catherine.

– Bien sûr. »

Ils avaient parlé de nourriture, de vieux amis, de l'Europe, de magasins en ville, de la mer. Comme un homme d'affaires qui garde les sujets importants pour la fin, Peter demanda :

« Et toi, Nedra, comment vas-tu ?

– Moi ?

– Oui.

313

– Que puis-je te dire ? J'ai si bien dîné et j'ai un lit si confortable…

– Oui.

– Laisse-moi réfléchir. Je n'ai pas l'habitude de répondre à ce genre de question, surtout à quelqu'un qui me comprendra. » Elle fit une pause. « Quelle impression je vous fais ?

– Peter, Nedra ne veut pas en parler, expliqua Catherine.

– En fait – je ne voudrais pas te décevoir –, tu as l'air en pleine forme. Tu me parais égale à toi-même.

– Égale… Non. Aucun de nous ne reste le même. Nous poursuivons notre chemin. L'histoire continue, mais nous n'en sommes plus les personnages principaux. Et puis… J'ai eu une vision étrange, l'autre jour. La fin, ce n'est pas un squelette en cape noire gravé sur du bois. C'est un gros Juif dans une Cadillac, un de ces fumeurs de cigare qu'on voit si souvent. La voiture est neuve, les vitres sont fermées. Il n'a rien à dire, il est trop occupé. Vous partez avec lui, c'est tout. Dans les ténèbres. Qu'est-ce que j'ai à parler autant ? fit-elle soudain. Ça doit être le cognac. Bon, il est temps de rentrer. »

Ses journées s'écoulaient dans une paix absolue. Sa vie était pareille à une seule heure bien remplie. Son secret ? Un manque total de remords, d'apitoiement sur soi-même. Elle se sentait purifiée. Ses journées étaient taillées dans une carrière qui ne s'épuiserait jamais. Absorbée par des livres, des courses, la mer, des lettres parfois. Assise au soleil, Nedra les lisait lentement et soigneusement, comme des journaux étrangers.

« Elle me fait de la peine, dit Catherine.

– De la peine ? Pourquoi ?

– Elle est malheureuse.

– Elle n'a jamais été aussi heureuse, Catherine.

– Tu crois ?

– Oui, parce qu'elle ne dépend d'aucun homme, elle ne dépend de personne.

– Je ne sais pas ce que tu veux dire par "dépendre d'un homme". Elle en a toujours eu un dans sa vie.

– Eh bien, ce n'est pas ça dépendre.

– Elle sera forcément malheureuse.

– Comme c'est curieux ! Je suis persuadé du contraire.

– Tu ne connais pas tellement bien les femmes.

– Je l'ai vue arranger des fleurs l'autre jour.

– Arranger des fleurs ?

– Oui.

– Et alors ? Qu'est-ce que ça veut dire ?

– Rien, sauf que cela m'a fait penser qu'elle n'était pas malheureuse.

– Peter, j'ignore ce que tu as vu, mais une femme qui abandonne son foyer ne peut être que malheureuse, non ?

– Nora Helmer a fait la même chose.

– Je te parle de la vie réelle.

– Moi aussi.

– Ce que tu dis est absurde.

– Catherine, tu sais parfaitement que dans les grandes œuvres d'art il y a une vérité qui transcende les simples faits.

– Si tu parles de Nora... tu veux dire la Nora d'Ibsen ?

– Oui.

– On ne sait même pas ce qu'elle devient. C'est au spectateur de l'imaginer, non ?

– J'aime ce que représente Nedra, dit-il.

– Évidemment.

– Je ne veux pas parler de ça. Tu sais parfaitement ce que je veux dire.

– Je crois que oui.

« – Merde ! cria-t-il.

– Quoi ?

– Je parle de quelque chose d'autre, tu ne comprends pas ? D'un certain courage, d'une manière de vivre.

– Je crois que c'est quelque chose que tu imagines.

– Je parle d'une vie de femme.

– Quel est ce soudain intérêt pour les femmes ?

– Il n'est pas soudain.

– J'en ai pourtant l'impression.

– La vie des hommes m'ennuie », déclara-t-il.

8

Dans sa jeunesse, Peter Daro avait vécu un certain temps à Paris, à l'hôtel Alsace où Oscar Wilde était mort. Dans la chambre même de l'écrivain, en fait ; il avait dormi dans son lit. Tout cela avait disparu. C'était l'homme d'un certain nombre d'habitudes et d'une seule expression : il abaissait brusquement les coins de sa bouche en une mimique de fausse consternation. Elle servait à traduire n'importe quoi, perplexité ou doute. Le vendredi soir, il arrivait de la ville par le train. Les essieux des vieux wagons délabrés grinçaient. Voix dans les gares quand ils s'arrêtaient en plein brouillard, cris exubérants ou grossiers tandis que policiers et ouvriers descendaient dans leurs villes. Puis le long trajet cahoteux à travers la plaine, les champs apparaissant enfin, des restaurants qu'il reconnaissait, des magasins. Catherine l'attendait, assise dans la voiture ; ils rentraient chez eux sous les arbres touffus de l'été.

Leur maison était ouverte comme une grange, dénuée de protection. Son manque d'élégance avait quelque chose de touchant, tel un voyageur coincé quelque part sans argent. Le chemin de terre s'élargissait devant elle pour former une île où se trouvait un cimetière de pierres inclinées dont les noms étaient effacés : des hommes péris en mer. La voiture s'engageait dans une allée couverte de galets polis. Des lumières brillaient aux fenêtres, des feux brûlaient dans les cheminées, les retrievers au pelage clair aboyaient.

Un homme d'habitudes et, il faut bien le dire, un excentrique. Il préparait le dîner, ses enfants jouaient dans leurs chambres au premier. Sa femme bavardait avec Nedra dans la pièce de devant. Les quais des petites gares étaient vides à présent, la nuit tombait ; partout, les maisons étaient éclairées.

Peter allait et venait, plein d'assurance ; des escalopes fraîches et du graves blanc bien froid. Il savait faire beaucoup de choses – un cocktail, un feu, un dîner –, il savait quel genre de cuisinière on devait avoir. Sa demeure donnait sur de longs champs vides où se posaient parfois des mouettes.

Sa grande passion, c'était la pêche. Il avait pêché en Irlande, dans le Restigouche, le Frying Pan, l'Esopus.

« C'est là que j'ai conquis Catherine, se rappela-t-il. Une journée miraculeuse. Nous sommes descendus au bord de la rivière et elle est restée là à lire pendant que je pêchais. Finalement, elle a dit : "J'ai faim." À cet instant précis, comme si je n'avais attendu que ces paroles, j'ai sorti deux magnifiques truites de l'eau. Mais la meilleure histoire de pêche que je connaisse est arrivée à l'un de mes amis qui vit en France. Son beau-père a une grande maison de campagne avec un étang où vivait un énorme brochet. Un poisson très vieux et très rusé. Cela faisait des années que le jardinier essayait de l'attraper ; il s'était juré de l'avoir. Un jour, Dix pêchait là-bas sans espérer grand-chose ; il a lancé sa ligne et, par hasard, accroché la queue du brochet. C'est rare, mais ça arrive. Il s'est ensuivi une bataille acharnée. Le brochet mesurait plus d'un mètre de long. Dix se battait avec lui et appelait à l'aide. Le jardinier a couru à la maison et en est revenu à toute allure avec un fusil ; avant que quelqu'un ait pu l'arrêter, il a tiré sur le poisson. Le sang a giclé partout, une pagaille. Le brochet était assommé, mais toujours vivant. Ils l'ont mis dans une baignoire où il nageait en rond, blessé. Il est mort cette nuit-là. On se demande de quoi au juste, car il portait des traces de coups de couteau, mais, de toute façon, il n'y avait plus rien à faire. Ils l'ont congelé dans une bassine d'eau – cela se passait en hiver –, puis ils l'ont envoyé à Paris pour en faire une soupe à l'occasion d'un dîner important que donnait le beau-père. Dix était là, tout le monde était là, jusqu'au ministre de l'Éducation. Celui-ci a mangé un peu de poisson et, surpris, a porté la main à sa bouche pour en sortir des morceaux de chevrotine. Le beau-père regarda Dix qui... – que pouvait-il bien dire ? – s'est contenté de hausser les épaules. »

« Les femmes n'aiment pas la pêche, décida-t-il.

– Mais si, chéri, protesta sa femme.

– Elles n'aiment pas se lever de bonne heure. Moi non plus, d'ailleurs. »

Il aimait le cognac, les verres de cristal, le vermouth cassis du Century. Il avait une vie solide, bien construite, peut-être pas très heureuse, mais confortable ; il se livrait à des orgies de confort comme ces nuits passées dans des wagons-lits avec leurs draps bien propres et les villes qui passent en flottant dans l'obscurité. Les premiers anachronismes commençaient à apparaître dans ses vêtements, les premières taches brunes au dos de ses mains. Il y avait rarement de la musique chez lui. Livres. Conversations. Réminiscences. Il portait des chemises à carreaux bleus délavées par les nombreuses lessives. Des chaussures anglaises légèrement démodées. Son visage était merveilleusement éveillé, dans l'iris de l'œil gauche, on voyait une petite clé sombre pareille à une tache sacrée. Il avait voyagé, dîné partout ; il parlait d'hôtels avec l'affection que l'on réserve habituellement aux femmes ou aux animaux. Il savait exactement dans quel musée se trouvait tel ou tel tableau. Son français était une structure boiteuse fondée sur des mots ayant trait à la nourriture ou à la boisson. Il le parlait avec superbe.

Le temps passa vite. Le brouillard descendit, le cognac était terminé.

« Mon Dieu ! s'exclama Nedra. Quelle heure peut-il bien être ? »

Peter regarda sa montre. Après un moment de réflexion, il répondit : « Une heure.

— J'ai bu trop de cognac, dit Nedra. Je le supporte moins bien qu'autrefois.

— Il n'y en a plus, de toute façon.

— L'alcool me descend dans les jambes. »

Silence. Peter acquiesça d'un signe de tête.

« Nedra…, dit-il finalement.

— Quoi ?

— Ça n'a pas l'air de leur faire du mal. »

Une dernière image de lui debout sur le seuil éclairé, le brouillard oblitérant tout le reste : la maison et même les fenêtres, les chiens rassemblés derrière lui.

« Je vais te reconduire, décida-t-il soudain. Cette brume est épouvantable. Tu récupéreras ta voiture demain matin.

— Non, non, ça ira.

— Je connais la route, dit-il gravement d'une voix pâteuse. Restez tranquilles, vous, les chiens ! Attends une minute ! Je ne veux pas que tu conduises seule ! » décréta-t-il.

Ils parvinrent jusqu'au bout de l'allée ; là, Peter entra dans un poteau. « J'avais raison, dit-il. Tu n'y serais jamais arrivée. »

Cet automne-là, en novembre, ses jambes se mirent à enfler d'une façon inexplicable. Cela affectait ses genoux et ses chevilles. Il alla à l'hôpital où on lui fit faire des analyses et suivre des traitements, mais cela ne servit à rien. Finalement, le liquide disparut comme par enchantement et, à sa place, telle une mortelle sécheresse, commença un terrible changement. Ses jambes devinrent raides et dures. Alors, les médecins comprirent de quoi il s'agissait.

« C'est la goutte, expliquait Peter calmement, couché dans son lit. Je l'ai depuis toujours. De temps en temps, j'ai une crise aiguë. »

C'était l'excès de bonne chère, disait-il, le sort des Rois-Soleil. Il souffrait, bien qu'il ne le montrât pas. La douleur augmenterait. Elle s'étendrait. La peau et les tissus sous-cutanés durciraient. Peter se transformait en bois.

« Qu'est-ce qu'il a ? » demandaient les amis à Catherine.

C'était une maladie sans nom.

« Nous ne savons pas », répondait-elle.

9

Nedra ne le revit qu'au printemps. C'était un dimanche. Quand elle sonna, Catherine vint lui ouvrir.

« Il sera content de te voir, dit-elle.

– Comment va-t-il ?

– Guère mieux. Il est dans l'autre pièce.

– Je peux entrer ?

– Oui. Nous sommes en train de prendre l'apéritif. »

Nedra entendit des voix. Par la porte ouverte, elle aperçut un homme joufflu qu'elle ne connaissait pas. Alors qu'elle entrait dans la pièce et s'approchait, elle se rendit soudain compte que cette figure bouffie appartenait à Peter. Elle ne l'avait même pas reconnu. En six mois, quel pas de géant il avait fait vers la mort ! Ses yeux étaient enfoncés dans ses orbites, son nez paraissait plus petit. Même ses cheveux… se pouvait-il qu'il portât une perruque ?

« Bonjour, Peter », dit-elle.

Il se tourna et la regarda, le visage dénué d'expression, comme un débauché calé dans un fauteuil. Elle eut envie de pleurer.

« Comment vas-tu ?

– Nedra, finit-il par répondre. Eh bien, compte tenu des circonstances, pas trop mal. »

Dans les manches de sa veste, on voyait les bras atrophiés d'un paralytique. Son corps avait durci de partout, on aurait dit le couvercle d'un coffre. Peter ne pouvait presque plus bouger.

« Touche », lui dit-il.

Il lui fit tâter sa jambe. Nedra faillit se trouver mal. C'était une jambe de statue, un tronc d'arbre. La chair s'était transformée en boîte, l'homme était son prisonnier.

« Je te présente Sally et Brook Alexis », dit-il.

Une jeune femme rousse. Son mari, très maigre, était replié comme une mante dans des vêtements indéfinissables. Leurs enfants jouaient avec ceux des Daro dans le fond de l'appartement.

La conversation était anodine. D'autres visiteurs arrivèrent : un cousin de Peter et une vieille femme qui avait un œil de verre : la baronne Krinsky.

« Les médecins, mon cher, ne savent absolument rien, dit-elle. Quand j'étais petite, je suis tombée malade et on m'a emmenée chez le docteur. J'étais très mal en point. J'avais de la fièvre et la langue toute noire. Eh bien, de deux choses l'une, a diagnostiqué l'homme de l'art, ou bien vous avez mangé trop de confiture de mûres, ou bien vous avez le choléra. Bien entendu, il se trompait sur toute la ligne. »

Nedra trouva le moyen de parler à Catherine en privé.

« Qu'est-ce qu'il a exactement ? demanda-t-elle.

– Une sclérodermie.

– Je n'en ai jamais entendu parler. Cela affecte seulement les bras et les jambes ?

– Non, ça peut s'étendre. Ça peut toucher n'importe quelle partie du corps.

– Que peuvent faire les médecins ?

– Pas grand-chose, malheureusement, soupira Catherine.

– Mais il y a sûrement des médicaments !

– Nous sommes en train d'essayer la cortisone, mais tu as vu sa figure ? En fait, il n'y a pas de remède. Ils disent tous la même chose : ils ne peuvent rien promettre.

– Est-ce qu'il souffre ?

– Presque en permanence.

– Pauvre Catherine !

– Oh, non, ce n'est pas moi qui suis à plaindre, c'est lui. La nuit, il se réveille trois ou quatre fois. Il ne dort jamais vraiment.

– Catherine ! appela-t-il. Tu peux déboucher une bouteille de champagne ?

– Bien sûr », répondit-elle.

Elle partit chercher le vin.

« Qu'est-ce que tu as fait ? demandait le cousin.

– J'ai réfléchi, répondit Peter.

– Aux choses en général ?

– J'ai réfléchi à ce que seraient mes dernières paroles, dit Peter. Vous connaissez la mort de Voltaire ? »

Il fut interrompu par Catherine qui revenait avec un plateau et des verres. Elle ouvrit la bouteille et commença à servir.

« Attendez, quelque chose ne va pas, dit Peter dès qu'il eût bu la première gorgée.

– Quoi ?

– Ce n'est pas le bon champagne.

– Mais si, chéri.

– Impossible.

– C'est celui que nous buvons toujours, chéri », protesta Catherine.

Elle retira la bouteille du seau à glace pour lui montrer l'étiquette. « Pourquoi a-t-il un goût si bizarre, alors ? » Peter se tourna vers la baronne : « Qu'en pensez-vous ?

– Je le trouve très bon.

– Je vois. Ne me dites pas que je perds le goût ! »

Il sourit à Nedra tel un curieux mannequin, rouge et pourrissant. Seule sa voix était restée la même, sa voix et son caractère, mais la structure qui les maintenait se

324

désintégrait. Tout son ancien savoir, ses connaissances intimement liées – l'architecture jointe à la zoologie et à la mythologie perse, recettes pour préparer le lièvre, sa familiarité avec les peintres, les musées, les rivières noires de truites –, tout cela s'évanouirait quand les vastes cavités intérieures céderaient, quand l'heure finale venue, les pièces de sa vie s'effondreraient comme un immeuble en démolition. Son corps s'était retourné contre lui ; l'harmonie qui y régnait autrefois avait disparu.

« Les grands spécialistes de cette maladie sont en Angleterre, dit-il. Le docteur Bywaters. Quel est le nom de l'autre médecin, Catherine ? À Westminster Hospital ? J'ai oublié. Je pensais aller en Angleterre, mais pourquoi entreprendrais-je un si long voyage alors que je connais déjà la réponse ? C'est à l'époque où Viri et toi y étiez que nous aurions dû aller en Angleterre. Je regrette vraiment que nous ne l'ayons pas fait. J'adore ce pays.

– Nous étions descendus au *Brown's*, se rappela Nedra.

– Le *Brown's*, dit Peter. Un jour, j'y ai pris le thé. Tu sais comme les Anglais sont à cheval sur le rituel du thé – feu dans la cheminée, gâteaux, etc. Eh bien, à la table voisine, il y avait une Anglaise et son fils. Lui, il avait la quarantaine et elle, c'était une de ces provinciales qui montent à cheval jusqu'à quatre-vingts ans. Ils avaient assisté à une matinée et, pendant une heure, ils sont restés là à discuter de la pièce qu'ils venaient de voir. C'était *La Cerisaie*. Bien entendu, j'écoutais. En l'espace d'une heure, ils ont échangé peut-être quatre phrases. Une conversation fantastique. Après un long moment, elle a dit : "C'était une assez bonne pièce." Silence pendant près de quinze minutes. Finalement, le fils répond : "Euh, oui, en effet." Une longue, très longue pause, puis elle a dit : "Ces merveilleux silences…" Passent encore dix bonnes minutes. "Oui, ils sont très réussis", a dit le fils. "Tellement typiques du tempérament *slave*", a-t-elle ajouté. Les Anglais sont extrêmement pointilleux en matière de prononciation, vous savez. Eh bien, c'est exactement comme ça qu'elle l'a dit : *slave*. »

Peter se tut brusquement comme s'il regrettait ses paroles.

« J'aimerais beaucoup retourner en Angleterre, dit Nedra.

– Oui, eh bien, tu y retourneras. »

Sa voix s'estompa. Pour finir, sa femme le conduisit hors de la pièce. Il sortit à petits pas, en traînant les pieds comme s'il portait ce qui lui restait de son existence.

« Ta visite lui a fait tellement plaisir ! » dit Catherine quand Nedra fut à la porte.

Nous ne pouvons pas imaginer ces maladies, dites idiopathiques ; elles sont d'origine spontanée, mais nous savons instinctivement qu'il doit y avoir autre chose, une faiblesse invisible qu'elles exploitent. Il est impensable qu'elles frappent au hasard. C'est là une idée insupportable. Nedra atteignit la rue. Elle était mal à l'aise, comme si l'air qu'elle avait respiré, le verre dans lequel elle avait bu avaient été contaminés. Que savons-nous vraiment de tout cela ? se demandat-elle. Elle avait touché la jambe de Peter. Elle avait l'impression d'avoir un peu mal à la gorge. Elle devait surveiller son corps, noter le moindre signe inhabituel. Que je suis bête, se dit-elle, bête et méprisable ! Les enfants de Peter vivaient dans le même appartement, après tout, sa femme dormait dans la même chambre. Elle passa devant des vitrines encombrées derrière lesquelles travaillaient des pharmaciens. Cosmétiques, médicaments, inhalateurs contre l'asthme – elle vit son image réfléchie au milieu de tous ces objets sacrés qui pouvaient guérir, apporter le bonheur. Et, quelque part, au-dessus d'eux, endormi ou plongé dans un état proche du sommeil, se trouvait la victime pour laquelle il n'y avait plus aucun remède ni soulagement possibles.

La maladie est-elle un accident ou est-ce une sorte de choix, comme l'amour – un choix caché, involontaire, mais aussi caractérisé qu'une empreinte digitale ? Mourons-nous de plein gré, en quelque sorte, même si c'est impossible à comprendre ?

« Reviens le voir », avait dit Catherine.

Un mois plus tard, Peter allait plus mal, il était de retour à l'hôpital. Ayant perdu tout espoir, sa famille attendait la fin. Il faisait déjà chaud. La mort en été, dans une ville hagarde d'où tout le monde veut s'enfuir, une mort privée de sens, privée d'air.

Il tint encore six semaines. Il était trop fort pour mourir.

Le médecin vint faire sa visite de routine. « Eh bien, comment allez-vous aujourd'hui ? demanda-t-il.

– Ils disent que je vais bien, réussit à répondre Peter.

– Mais vous, que dites-vous ?

– Je ne peux pas avoir raison contre tout le monde, n'est-ce pas ? »

Le médecin lui tâta l'abdomen, les jambes. « Est-ce que vous vous sentez très mal ?

– Non.

– Vous souffrez ?

– Affreusement.

– Vous êtes un dur à cuire, Peter.

– Oui. »

Il voulait quitter l'hôpital et aller dans sa maison au bord de la mer. À présent, sa vie se composait de petits incidents ; elle avait perdu toute envergure. Il avait une seule ambition, disait-il, un seul but. Il bougeait à peine, ne pouvait plus plier bras ou jambes, ses articulations étaient aussi enflées que celles de Toutankhamon, mais il s'était juré de marcher jusqu'à la mer.

« Tu le feras, mon chéri, dit sa femme.

– Je parle sérieusement.

– Je sais. »

Là-dessus, il se tourna vers le mur.

En septembre, on l'emmena en voiture à Amagansett. C'est la plus belle époque pour aller là-bas. Les journées déversent leur cargaison de chaleur ; au matin, l'odeur de l'automne. La maison des Daro était une résidence d'été ; ils la fermaient toujours pour l'hiver. Les murs étaient minces. C'était comme une traversée en mer dans un bateau fragile ; les premiers froids, les premières tempêtes le détruiraient.

Peter était couché au premier étage. Sa chambre donnait à l'est, sur l'étendue de l'océan. Sous ses fenêtres, une infirmière en uniforme blanc prenait un bain de soleil sur la pelouse.

Les Daro se disputaient beaucoup maintenant ; chaque heure du jour apportait sa querelle. Des griefs plus profonds sous-tendaient ces difficultés. Peter accusait sa femme de vouloir le quitter, de le considérer déjà comme mort.

« Elle a été formidable, confia-t-il à Nedra, un ange. Peu de femmes auraient fait ce qu'elle a fait, mais maintenant elle veut partir, elle veut aller se reposer quelques jours en ville – en ce moment où j'ai tellement besoin d'elle. Et quelques jours… Je sais ce que cela veut dire. Comment va Viri ? »

Il écouta à peine la réponse. Il lisait des biographies, il en avait trois ou quatre sur sa table de chevet. Tolstoï, Cocteau, George Sand.

« Comment va Franca ? demanda-t-il. Comment va Danny ? »

Il lui raconta des choses sur sa famille qu'il n'avait jamais mentionnées jusque-là, lui parla de sa première femme à laquelle il continuait à écrire de temps en temps, de sa sœur, de ses projets pour l'hiver. Ils dînèrent dans sa chambre. Son ami John Veroet, avec lequel il pêchait souvent, avait préparé le repas. Ils mangèrent sur une nappe rose. Verres étincelants, serviettes empesées, feu dans la cheminée, le froid du soir pressé contre les carreaux. Peter était dans son lit, peigné, le col ouvert. Un très beau dîner de fête, inopportun, comme un dîner du Nouvel An à Saint-Moritz où l'hôte aurait eu la malchance de se casser une jambe.

Peter lui-même ne mangeait rien. Cela faisait presque une semaine qu'il était incapable d'avaler de la nourriture ; cela ne passait pas. Seulement un peu de yaourt et du thé. Adossé à ses oreillers, il leur parlait.

« Qu'est-ce qu'on joue de bon au théâtre en ce moment, John ? », demanda-t-il.

Veroet mangeait les petits pois frais aux champignons qu'il avait lui-même préparés. C'était un homme corpulent à la langue acérée. Il était critique dramatique. Il avait une petite maison. Sa femme et sa maîtresse étaient amies.

« Rien du tout, finit-il par répondre.

– Tu exagères ! On donne sûrement une bonne pièce quelque part.

– Bonne ? Que veux-tu dire par là ? Il y a toutes sortes de pièces épouvantables que les gens trouvent bonnes. C'est une honte. Tous les ans, on publie des pièces d'auteurs comme John Whiting, Bullins, Leonard Melfi – des pièces que pas un chat n'est allé voir, que les critiques ont condamnées à l'unanimité. C'est criminel de les imprimer, n'empêche qu'ils le font et que les gens se mettent à appeler ces merdes des chefs-d'œuvre, des classiques modernes. Et, peu après, elles sont jouées comme pièces de répertoire à l'université du Montana ou ailleurs, ou adaptées pour la télévision. »

Veroet parlait à son assiette. Il regardait rarement quelqu'un en face.

« John, tu ressasses toujours la même chose, se plaignit sa femme.

– Toi, tais-toi.

– Les pièces qui te plaisent, personne ne va les voir non plus, insista-t-elle.

– *Marat-Sade* a été un succès, non ?

– Ce n'est pas une pièce que tu as aimée.

– Oui, mais elle ne m'a pas déplu. »

Veroet but une gorgée de vin. Sa lèvre supérieure était humide.

Avait-il entendu parler de Richard Brom ? demanda Nedra.

« Brom ?

– Oui, qu'en pensez-vous ? voulut savoir Nedra.

– Je n'ai rien contre lui. En fait, je ne l'ai jamais vu.

– Je trouve que c'est l'acteur le plus étonnant de notre époque.

– Vous avez bien de la chance. Le plus souvent, quand on veut aller voir une de ses pièces, on se retrouve dans une rue pleine de magasins de brocante et de teintureries, tous hermétiquement fermés. Nous nous intéressons tous à l'invisible, mais, là, c'est pousser le bouchon un peu loin.

– Il veut un public qui participe activement.

– Il a tout à fait raison ! s'écria Veroet. Il en a marre du vieux public et moi, j'en ai marre d'en faire partie, de ce public. Cependant, le théâtre qu'on ne voit pas, ça n'existe pas, c'est contraire à sa définition. Il faut qu'une pièce finisse par paraître au grand jour, sinon ce n'est pas du théâtre. Ce n'est que de la masturbation intellectuelle.

– Qui est ce Brom ? » demanda Peter.

Nedra se mit à le décrire. Elle leur parla de son jeu, de la vigueur de son corps, de son inépuisable énergie.

Veroet s'était affalé sur le côté et dormait sur la banquette, au-dessous de la fenêtre. « Il fait toujours ça, expliqua sa femme.

– John, réveille-toi et écoute ! cria Peter. Pas étonnant que tu ne trouves jamais rien d'intéressant au théâtre. Réveille-toi, John ! Nedra, ne fais pas attention à lui, c'est un cas. Allez, continue… »

Les Veroet la ramenèrent chez elle. Il était onze heures passées. Qu'en pensaient-ils ? demanda-t-elle. « Quoi, de Peter ?

– Oui.

– Il pourrait vivre un mois, comme il pourrait vivre cinq ans, répondit Veroet. Je connais une femme à Sag Harbor qui a cette maladie depuis aussi loin que je m'en souvienne – sous une forme moins grave, bien sûr. L'essentiel, c'est qu'aucun organe vital ne soit atteint. Peter se sentait très bien ce soir.

– Il était merveilleux.

– Oui, on se serait cru revenu au bon vieux temps », dit Veroet.

Peter Daro ne marcha jamais jusqu'à la mer. Il mourut en novembre. Lors de l'enterrement, on vit dans le cercueil un visage fardé comme celui d'une vieille femme invincible ou d'une sorte de clown.

V

1

Où cela part-il, se demandait-elle, où cela était-il parti ?

Elle était frappée par les distances de la vie, par tout ce qui se perdait en route. Elle n'arrivait même pas à se rappeler – elle ne tenait pas de journal – ce qu'elle avait dit à Jivan le jour de leur premier déjeuner. Elle ne se souvenait que de la lumière du soleil qui la rendait amoureuse, de la certitude qu'elle ressentait, du restaurant qui se vidait pendant qu'ils parlaient. Le reste s'était érodé, n'existait plus. Des choses qu'elle avait crues impérissables, des images, des odeurs, la façon dont il mettait ses vêtements, les gestes de la vie quotidienne qui l'avaient bouleversée, tout cela disparaissait à présent, devenait faux. Elle écrivait rarement des lettres, elle n'en gardait presque aucune.

« Tu crois que tout est là, mais ce n'est pas vrai, dit-elle à Ève. Tu n'arrives même pas à te rappeler tes sentiments. Essaie de te souvenir de Neil et de ce que tu éprouvais pour lui.

– C'est difficile à croire, mais j'étais folle de lui.

– Oui, tu peux le dire, mais pas le ressentir. Peux-tu seulement te rappeler à quoi il ressemblait ?

– Seulement d'après des photos.

– Ce qui est bizarre, c'est qu'au bout d'un certain temps tu te demandes si elles correspondaient vraiment à la réalité.

– Tout a tellement changé.

– J'ai toujours pensé que les choses importantes ne bougeraient pas, dit Nedra, mais je me suis trompée.

– Je me souviens de mon mariage.

– Tu m'étonnes.

– Je t'assure. Ma mère y était.

– Qu'est-ce qu'elle t'a dit ?

– Elle ne cessait de répéter : "Ma pauvre enfant."

– Quand j'ai débarqué à New York, j'avais dix-sept ans. » C'était un épisode dont elle n'avait jamais parlé à Ève. « J'étais avec un homme de quarante ans, un pianiste de concert qui était passé par Altoona. Il m'a envoyé une lettre d'invitation. Dans l'enveloppe, il y avait une rose. Nous habitions une maison de Long Island. Il vivait avec sa mère et il me rejoignait dans ma chambre tard le soir. Eh bien, je ne me rappelle même plus son visage. »

Tout la quittait en de lents, imperceptibles mouvements comme la marée quand on tourne le dos à la mer : les personnes et les choses qu'elle avait connues. Ainsi, tout chagrin et tout bonheur, loin d'être enterré avec soi, disparaît bien avant, à l'exception de quelques bribes éparses. Nedra vivait au milieu d'épisodes oubliés, de visages inconnus privés de noms, coupée du monde même qu'elle avait créé ; voilà où elle en était arrivée. Mais je ne dois pas le montrer, se disait-elle. Ses enfants –, elle ne devait jamais le leur révéler.

Elle construisait sa vie au jour le jour, les sentiments de vide et de panique qu'elle éprouvait ainsi que ses moments de joie pareils à des accès de fièvre lui servaient de matériau. Je suis au-delà de la peur de la solitude, se disait-elle, je l'ai dépassée. Cette idée l'enchantait. Je l'ai dépassée et je ne sombrerai pas.

Cette soumission, ce triomphe la rendaient plus forte. Comme si, finalement, après être passée par des stades inférieurs, sa vie avait trouvé une forme digne d'elle.

L'artifice en avait disparu ainsi que les vains espoirs, les vaines attentes. Il lui arrivait d'être plus heureuse qu'elle ne l'avait jamais été et il semblait que ce bonheur ne lui était pas donné, mais qu'elle l'avait créé elle-même, l'avait cherché sans même connaître sa nature, avait renoncé à tout ce qui était moins important – même des choses irremplaçables – pour l'atteindre.

2

Quand Viri vendit la maison, Nedra en fut bouleversée. C'était une chose qu'elle avait crue impossible, à
laquelle elle n'était pas préparée. Cet acte la perturbait.
Il révélait chez Viri soit de la faiblesse soit une grande
force de caractère ; elle ne savait pas ce qu'elle craignait
le plus. Il y avait là-bas beaucoup d'objets qui lui appartenaient, elle ne s'était jamais donné la peine de les
prendre, bien qu'elle eût toujours été libre de le faire. Et
maintenant, alors qu'elle les voyait soudain sur le point
de disparaître, ils n'avaient plus aucune importance. Elle
dit à ses filles d'emporter ce qu'elles voulaient, elle vien-
drait chercher le reste.

Viri partait, lui annoncèrent-elles.

« Où ça ?

– Son bureau est jonché de brochures touristiques. Il
en a coché certaines. »

Elle l'appela. « Je suis désolée pour la maison.

– Elle tombait en ruine, répondit-il. Enfin… pas vraiment, mais je ne pouvais pas m'en occuper. C'est toute
une vie, tu sais.

– Je sais.

– Je l'ai vendue pour cent dix mille dollars.

– Tant que ça ?

– La moitié de cette somme te revient. Moins l'hy-
pothèque et tout le reste.

– Tu en as tiré un bon prix. Elle ne les vaut pas. Les acheteurs n'ont certainement pas regardé la cave.

– Le problème, ce n'est pas la cave, mais le toit.

– Ah oui, le toit. Mais dans un autre sens, elle vaut beaucoup plus que cent dix mille dollars.

– Pas vraiment.

– Viri, je suis très satisfaite de ce prix. Simplement… enfin, nous ne pourrons plus la vendre, n'est-ce pas ? »

Il embarqua sur le *France* par un après-midi gris et bruyant. Nedra vint lui dire au revoir comme une sœur, une vieille amie. Il y avait beaucoup de monde, une foule de gens qui, pour finir, se tiendraient au bout du quai, pressés les uns contre les autres, agitant la main ou un mouchoir, comme dans les années vingt, au temps des révolutions au Mexique et des menaces de guerre.

Ils burent du champagne dans la cabine. « Veux-tu voir la salle de bains ? demanda-t-il. Elle est très bien.

– Combien de temps resteras-tu là-bas, Viri ? s'enquit Nedra alors qu'ils examinaient les installations, les détails conçus pour une mer agitée.

– Je n'en sais rien.

– Un an ?

– Oh oui, au moins un an. »

Franca arriva enfin. « Quel emboutcillage ! s'écria-t-elle.

– Veux-tu un peu de champagne ?

– Oui, merci. J'ai dû descendre du taxi à trois rues d'ici. »

Viri les emmena visiter le bateau. Verre en main, il leur montra les salons, la salle à manger, le théâtre vide. Les escaliers étaient bondés, les couloirs sentaient la fumée de Gauloise.

« Tous ces gens ne partent pas, tout de même ? s'étonna Franca.

– Soit ils partent, soit ils sont venus dire au revoir à quelqu'un.

– C'est incroyable.

– Tout est complet », les informa-t-il.

Les haut-parleurs avaient commencé à prier les visiteurs de descendre. Ils se dirigèrent vers la passerelle. Viri étreignit sa fille et l'embrassa, il fit de même pour Nedra.

« Au revoir, Viri », dit celle-ci.

Les deux femmes restèrent sur le quai. Elles pouvaient voir Viri au bastingage du pont où ils s'étaient séparés. Son visage était très blanc et petit. Il agita la main ; elles lui rendirent son salut. Le bateau était énorme, il y avait des passagers à tous les niveaux, la taille de sa coque noire et tachée les impressionna. C'était comme de dire adieu à une bibliothèque ou à un hôtel. Enfin, le navire s'ébranla. « Au revoir ! crièrent-elles. Au revoir ! » Les grands gémissements de la sirène emplissaient l'air.

Au dîner, ce soir-là, Nedra se surprit à penser à toutes les choses parties avec la maison – ou plutôt, elles flottaient dans son esprit malgré elle, comme les traces d'un naufrage très loin en mer. Il en restait beaucoup, néanmoins. La demeure – quelques pièces – dans laquelle sa fille et elle étaient maintenant assises n'était qu'un vestige de celle qui avait disparu. Elles burent du vin, se racontèrent des histoires. Il ne manquait qu'un feu dans la cheminée.

Viri dîna au deuxième service. Il prit un verre au bar où les gens entraient en saluant bruyamment le barman. Dans le couloir, il y avait des femmes d'une cinquantaine d'années habillées pour le dîner, les joues fardées. Deux d'entre elles s'installèrent à côté de lui. Tandis que l'une d'elles parlait, l'autre mangeait de longs triangles de pain beurré, deux bouchées par morceau. Il lut le menu et le poème de Verlaine imprimé au dos. Le consommé arriva. Il était neuf heures trente. Il voguait vers l'Europe. Au moment où il leva sa cuillère, des poissons aussi noirs que la glace dans une mer de minuit glissèrent au fond de l'eau. La quille filait au-dessus d'eux tel le zigzag d'un éclair.

Franca était devenue éditrice. Maintenant, elle devait penser à des manuscrits, les mettre au point. Elle travaillait dans un minuscule bureau encombré de nouveaux livres, de photos, de coupures de presse, de distractions de toutes sortes. Elle allait à des réunions, des déjeuners d'affaires. Au printemps, elle partirait en Grèce. Sereine, elle avait un charmant sourire ; elle ne connaissait pas le chemin du bonheur, mais savait qu'elle le trouverait.

« Tu continues à voir Nile ? demanda Nedra.

– Pauvre Nile », répondit Franca.

Nedra fumait un cigare, cela lui donnait un brin d'autorité, de force. Elle mit de la musique comme un homme aurait pu le faire pour une femme et s'assit sur le canapé en ramenant les jambes sous elle.

« Cet après-midi, sur le bateau, je me suis dit que tout cela était bien rétrograde. C'est à toi que nous aurions dû dire au revoir.

– Moi, je prendrai l'avion.

– Tu dois aller plus loin que moi, tu le sais, n'est-ce pas ? dit Nedra.

– Plus loin ?

– Oui, dans la vie. Tu dois devenir quelqu'un de libre. »

Elle n'expliqua pas ses paroles ; elle en était incapable. Il ne s'agissait pas seulement du fait de vivre seule, bien que ç'eût été nécessaire dans son cas. La liberté dont elle parlait, c'était la conquête de soi. Ce n'était pas un état naturel. Ne la connaissaient que ceux qui voulaient tout risquer pour y parvenir, et se rendaient compte que sans elle, la vie n'est qu'une succession d'appétits, jusqu'au jour où les dents vous manquent.

3

L'appartement de Nedra se trouvait près du Metropolitan, au rez-de-chaussée. C'était l'annexe d'un
immeuble. Il ne comptait que deux pièces, mais il y
avait un jardin, mieux encore : un mur entièrement vitré
comme une serre. Le jardin était sec, mort ; les plantes
grimpantes se cassaient, les amphores de pierre étaient
vides. Mais le soleil y donnait toute la journée et, à
l'intérieur, derrière l'étendue de verre, Nedra avait beaucoup de plantes, protégées, bien soignées. Baignant
dans la lumière, elles répandaient calme et beauté.
Comme dans une maison française, la porte ouvrant sur
le jardin était en fer peint et pourvue d'un carreau dans
sa moitié supérieure. Il y avait une cheminée dans la
chambre à coucher et une étroite baignoire abîmée. Le
matin, pieds nus, Nedra s'asseyait à une petite table et
donnait libre cours à son imagination. Entourée de
silence, de soleil, elle commença à écrire des histoires
pour enfants – pas sérieusement, se disait-elle, trop
orgueilleuse pour risquer un échec précoce. Viri avait
eu un véritable talent dans ce domaine. Elle pensait
souvent à lui comme le ferait la veuve d'un homme
célèbre ; elle le revoyait buvant du thé le matin, fumant
d'une façon un peu maladroite, l'haleine légèrement
chargée, ses cheveux clairsemés ne faisant qu'aviver le
souvenir du passé. Il était tellement dépendant, tellement irréfléchi. Dans une période d'épreuves ou de bou-

leversements, il aurait vite sombré, mais il avait eu de la chance : il avait toujours vécu à une époque paisible, il avait connu des années calmes. Elle revoyait ses petites mains, sa chemise à rayures bleues, son inefficacité, ses lubies. Pourtant, en matière d'histoires, il était comme un homme qui connaît par cœur l'horaire des trains – exact, sûr de lui. Il commençait sa narration par une petite touche d'humour merveilleuse. Ses histoires étaient légères, mais non frivoles ; elles étaient étrangement limpides comme ces endroits de la mer qui laissent entrevoir le fond.

Elle s'apercevait dans la glace. La lumière était douce. Un grain de beauté situé sur sa joue avait foncé. Ses rides avaient pris une forme définitive. Incontestablement, elle avait l'air plus vieille : cet âge où l'on vous admire sans vous aimer. Tel un pèlerin, elle avait dépassé la vanité, les pages de magazine et même l'envie de parvenir à un pays plus vaste, plus tranquille. Telle une voyageuse, elle pouvait raconter beaucoup de choses ; et en taire tout autant.

Les jeunes femmes aimaient parler avec elle, être en sa compagnie. Elles pouvaient se confier à elle. Nedra était bien dans sa peau. Il y avait une fille, Mati, qui travaillait avec Franca. Son mari l'avait quittée et elle semblait avoir touché le fond. Un après-midi, Nedra lui montra comment se maquiller les yeux. En une heure, tout comme Kasine était censé avoir changé une actrice, elle transforma un visage sans beauté, vaincu, en une sorte de Néfertiti capable de sourire.

Elle lisait à livre ouvert dans les vies de ces jeunes femmes, voyant des choses invisibles ou cachées à leurs yeux. Puis un jour vint à elle une jeune Japonaise, une fille mystérieuse, délicate, née à Saint Louis, mais définitivement étrangère, issue d'un autre monde. Nedra avait l'impression d'observer un animal exotique qui a sa propre façon de manger, de marcher. Elle s'appelait

Nichi. Elle venait souvent, parfois elle restait deux ou trois jours. Prononcés avec douceur, ses *s* avaient un parfum oriental. Nichi était gracieuse comme un chat, elle pouvait marcher sur des assiettes sans faire de bruit. Elle avait vécu cinq ans avec un médecin.

« Mais c'est fini, dit-elle. Un psychiatre. Il n'avait pas de cabinet, il faisait de la recherche. Un homme très intelligent, brillant même.

– Mais vous ne vous êtes jamais mariés ?

– Non. Peu à peu, je me suis rendu compte que… la psychiatrie n'apporte pas de solution. Ils sont bizarres, les psychiatres, vous savez, ils ont des drôles d'idées. Je ne veux même pas en parler. En tout cas, mon ex deviendra célèbre. Il est en train d'écrire un livre. Cela fait longtemps qu'il y travaille. C'est sur la médecine non conventionnelle. Bien entendu, c'est lié à l'esprit, au pouvoir de la pensée. Certaines personnes peuvent faire ce que nous appelons des miracles. Il y avait un homme très célèbre au Brésil. Nous sommes allés le voir. Il travaillait dans l'administration d'un hôpital, mais après son boulot, il recevait des malades ; ils venaient de partout, d'endroits situés à des centaines de kilomètres de là. Il les opérait, même, et sans anesthésie. Les patients ne saignaient même pas. C'est vrai. Nous l'avons filmé.

– Je n'ai jamais entendu parler de lui.

– Oh, les gouvernements étouffent ce genre de choses », dit Nichi. Elle parlait avec passion, certitude. « Les médecins le rejettent.

– Mais comment procède-t-il ? Que dit-il à un patient ?

– Eh bien, je ne parle pas espagnol, mais je sais qu'il demande : "Qu'est-ce qui ne va pas ? Où avez-vous mal ?" Il leur palpe tout le corps, comme un aveugle, puis il s'arrête soudain et dit : "C'est ici."

– Incroyable.

– Puis il coupe la chair avec un couteau ordinaire.

– Il le stérilise ?

– C'est un couteau de cuisine. Je l'ai vu. »

Elles s'hypnotisaient mutuellement au moyen de paroles, d'admiration réciproque. Les heures s'écoulaient lentement, heures où la ville sombrait dans l'après-midi et qui n'appartenaient qu'à elles. Nedra avait le goût de l'Orient – peut-être était-ce Jivan qui le lui avait donné – et maintenant, en présence de cette fille mince qui disait avoir neuf sens, qui se plaignait de son manque de poitrine, elle se trouvait de nouveau attirée par cette civilisation. Nichi avait de petites dents, des dents épouvantables, elle jurait qu'elle venait de payer deux cents dollars à son dentiste, et encore était-ce là un prix de faveur.

« Je lui ai dit que quand j'étais sous anesthésie, il pouvait faire ce qu'il voulait.

– Et alors ?

– Eh bien, je ne me suis rendu compte de rien. »

Elle avait une silhouette parfaite. Conformément au cliché, elle ressemblait à une poupée. Elle avait des doigts menus, des orteils aussi osseux que des pattes d'oiseau. Dans son appartement, elle brûlait de l'encens, ses vêtements en gardaient une légère odeur. Elle avait une maîtrise en psychologie, mais, à part ses livres universitaires, elle n'avait rien lu. Nedra mentionna Ouspensky. Non, elle n'avait jamais entendu parler de lui. Elle n'avait jamais lu Proust, Pavese, Lawrence Durrell.

« Qu'est-ce qu'ils ont écrit ? demanda-t-elle.

– Et Tolstoï ?

– Tolstoï… J'ai dû lire quelque chose de lui. »

Elles se donnaient rendez-vous dans le jardin du Modern Art ; derrière ses murs, les bruits étouffés de la ville. Elles déjeunaient ensemble, parlaient. Sous la chevelure noire et luisante qui brûlait au soleil, derrière les yeux au regard intense, Nedra perçut un instant quelque chose qui l'émut profondément – cette chose rare, l'idée d'une amie qu'on se fait quand le cœur a déjà commencé à se fermer.

Elle était pareille à un arbre fruitier, se disait-elle, trop vieille pour porter des fruits, mais encore solide, comme ces pommiers dans le verger en pente de Marcel-Maas, il y avait bien longtemps de cela. Récemment, les journaux avaient mentionné cet artiste. Il avait fait une exposition importante, on écrivait des articles sur son œuvre. Voici que lui était accordé tout ce dont il avait rêvé, désiré, les choses qu'il n'avait pas pu dire, les amis qu'il n'avait jamais eus, le succès – tout cela était maintenant déposé au pied des tableaux qu'il avait peints. Il était enfin tiré d'affaire. Il existait, ne pouvait plus disparaître. Sa célébrité sauvait même son ex-femme. Elle en faisait partie. Elle avait quitté la scène avant le dernier acte, mais elle pourrait parler de sa vie avec le grand homme jusqu'à la fin de ses jours – à des dîners, dans des restaurants, dans les grandes pièces vides de la grange si elle y habitait encore.

Il y avait donc les jeunes femmes qu'elle attirait, des coups de fil, des conversations avec des amis, et, de temps en temps, une lettre de Viri. Elle se rendit compte que l'existence était faite de ces galets. «Il faut s'y soumettre, déclara-t-elle à Nichi… marcher dessus, se meurtrir les pieds.

– Que voulez-vous dire par "galets"? Je crois comprendre.

– … s'allonger dessus, épuisée. Vous êtes-vous jamais réchauffé la joue avec le soleil qu'ils ont absorbé?

– Oui.

– Je vais vous lire les lignes de la main», dit Nedra.

La main de Nichi était étroite, creusée de sillons étonnamment profonds. Elle semblait nue, cette paume, comme celle d'une femme plus âgée. Nedra releva les lignes principales. Elle sentait les yeux étirés de Nichi posés avec fascination et confiance sur son propre visage mince, intelligent, mobile, mais elle n'en laissa rien paraître.

« Votre main indique que vous êtes à mi-chemin entre l'émotion et l'intellect, dit-elle, partagée entre les deux. Vous êtes capable de vous regarder froidement, même en des périodes où vous êtes dominée par l'émotion, mais vous êtes aussi une romantique qui aimerait se donner complètement, sans réfléchir. Vous avez un intellect très fort.

– C'est l'émotion qui me tracasse.

– Vous craignez de ne pas en avoir assez ?

– Oui.

– Il y en a assez, plus qu'assez. Oh là là, oui ! »

Toutes deux regardaient la petite paume nue.

« Mais ça, vous le savez déjà », murmura Nedra. Elle créait, elle inventait la vérité. Sa silhouette se découpait sur l'éclat des plantes et du soleil, l'air était traversé de pans lumineux dans lesquels flottait une poussière brillante. Elle ne répondit pas comme elle aurait pu le faire. « La vérité, c'est que vous êtes une femme qui ne sera jamais satisfaite. Vous cherchez, mais vous ne trouverez jamais. »

Elle frôlait la toute-puissance. Elle sentait son ascendant sur cette fille crédule, elle pouvait facilement aller trop loin. Elle comprit soudain comment un coup d'épingle pouvait tuer. Plus tard, elle en parla à Ève comme d'un accident qu'elle avait évité.

« Et alors, qu'as-tu fait ?

– Je l'ai invitée à déjeuner à *L'Étoile*.

– À *L'Étoile* ?

– Je me sentais coupable, avoua Nedra. Bien entendu, j'ai eu moins de remords quand on m'a présenté l'addition. J'en ai eu pour trente dollars.

– Qu'avez-vous mangé ?

– Je me demande pourquoi je suis si dépensière. J'ai essayé de me corriger.

– Ça t'est arrivé. »

Nedra sourit. Ses dents, encore blanches, étaient celles d'une femme soignée.

« J'ai vraiment essayé, mais pour une raison que j'ignore, cela m'est très difficile. Je sais que je mourrai dans la misère.

– Penses-tu !

– … sans le sou. J'aurai tout vendu, mes bijoux, mes vêtements. On viendra me saisir mes derniers meubles.

– C'est impossible à imaginer.

– Pas pour moi », dit Nedra.

4

Viri était à Rome. Il y était arrivé lentement, comme un morceau de papier traîné le long d'une rue. Il logeait à *L'Inghilterra*. On lui repassait ses vêtements, les femmes de chambre lui apportaient son linge, les chemises soigneusement pliées sur le dessus. Elles avaient des noms d'héroïnes fabuleuses : Angela, Luciana. La chambre était petite, la salle de bains, spacieuse ; une barre de cuivre terni en délimitait le seuil. Il y avait une étroite baignoire, du carrelage blanc ; un point rouge indiquait le robinet d'eau chaude, un point bleu, celui de l'eau froide. Dans le couloir, Angela appelait Luciana. Des portes claquaient. Un portier soupirait.

Il avait défait ses valises. Ses chaussures étaient rangées sous le lit ; il avait mis des photos sur la table qui lui servait de bureau et dont le dessus de verre amplifiait le tic-tac de sa montre à l'endroit où il l'avait posée. Il ne travaillait pas vraiment. Il prétextait qu'il visitait la ville pour voir toutes les choses qu'il avait négligées jusque-là. Il lisait une vie de Montaigne. Une ou deux fois, il parla d'écrire un livre. L'aube. Le trafic avait commencé. L'air était déjà baigné d'une lumière italienne, uniforme, pareille aux portes d'un théâtre ouvert le matin. Il était seul. D'un geste solennel de paysan, il rompit le pain à cinq sections, pâle et fariné au-dessous, qu'on lui servait au petit déjeuner. En silence, il étala dessus les coquilles de beurre mou et but son thé. De la ville lointaine lui

parvenaient le grondement de la circulation et le tintement continu de marteaux d'ouvriers sur la pierre.

Dans les rues étroites et négligées où il aimait déambuler, il regardait les vitrines des antiquaires, les mul-
tiples reflets des passants. À l'intérieur des magasins
frais, parmi d'énormes fauteuils, étaient assis les marchands. Ils parlaient tout au long de la matinée, gesti-
culant de temps en temps, inconscients de ses regards
curieux. Il avait quarante-sept ans. Il promenait son
front dégarni dans la lumière romaine. Il errait dans
ces villes d'Europe aux pigeons blottis dans des niches
ou endormis sur les genoux de saints. Il attendait l'arrivée du *Tribune* devant les kiosques. Il mangeait seul.
Quand il voyait, sur les vitrines, son visage éclairé par
le soleil, il avait un choc. C'était le visage d'un vieux
politicien, d'un retraité, ses rides paraissaient tracées à
l'encre noire. Ne me méprisez pas parce que je suis
vieux, suppliait-il.

Il déjeuna dans un restaurant, assis près de la fenêtre.
Une mi-journée glacée, une lumière froide. Dehors, les
arbres avaient déjà perdu leurs feuilles. C'était dans la
villa Borghèse ; l'air du grand parc était calme et
humide, des bruits lointains le traversaient comme des
chutes de glace. Devant lui se trouvait une feuille de
papier sur laquelle il écrivait, pendant la longue attente
entre les plats, une liste des choses qui pouvaient le
sauver, ne fût-ce que passagèrement ; autrement dit, les
plaisirs qui lui restaient. *Feux de bois*, avait-il inscrit,
The London Times, dîner avec des amis.

Le temps s'était détérioré, à présent il se décompo-
sait. Viri avait d'assez vagues projets, des rendez-vous,
mais rien à faire. Son regard était incapable de se fixer,
il glissait d'une chose à une autre comme un insecte
mourant. Il oscillait entre les moments où, privé de
force, de raison, et de combativité, il se disait, ah ! si
seulement je pouvais courir à la mort comme un fana-

tique, un croyant, en plein délire, hébété, de ce pas accéléré qui se hâte vers l'amour – et les heures calmes du début d'après-midi, où, assis quelque part, ouvrant son journal, il voyait les choses tout autrement.

Il se tenait dans la salle de bains, entre la chaise blanche, le rebord de fenêtre en marbre gris, les immenses fenêtres en verre dépoli qui semblaient intensifier la lumière. La courbe intérieure du bord du bidet, sa surface lisse le remplirent d'une sensation fugitive de désir. Cette forme épousait la partie du corps destinée à s'y emboîter, et il se sentit faible comme à la vue d'un vêtement abandonné ou de quelques dessous minuscules et frais que la femme aimée a jetés de côté.

Il n'arrivait pas à avoir une image claire de lui-même, là était le problème. Il savait qu'il avait du talent, qu'il était intelligent, qu'il n'allait pas périr comme un mollusque échoué sur la plage. Tout le passé, se disait-il, tout ce qui avait été si difficile, et avec quoi il s'était débattu comme un voyageur chargé de trop nombreux bagages – idéalisme, fidélité, vertus, honnêteté –, il en aurait besoin quand il serait vieux, cela le conserverait, le maintiendrait en vie, c'est-à-dire, cela intéresserait quelqu'un. Puis, le lendemain, son mal revenait le frapper ; il était aussi incapable de l'identifier que de le comprendre. Soudain, il se sentait nerveux, effrayé, abattu comme jamais. Il eut la révélation de ce qu'était une dépression : la perte du contrôle de soi. Il avait mal à la poitrine, ses jambes étaient glacées, il n'arrêtait pas de déglutir, son cerveau battait la campagne. Par la fenêtre, il regardait les arrière-cours baignant dans la lumière des après-midi d'hiver, des cours aux balcons et aux paliers vitrés. Son seul contact avec le monde extérieur, à part le faible bruit de la circulation et les incessants murmures dans le couloir, c'était le téléphone noir, un instrument effrayant, aussi strident qu'un cauchemar et qui lui transmettait des voix abruptes dont il avait du mal à deviner l'humeur. Il n'avait aucune énergie, pas envie de sortir. L'idée de rencontrer des gens le terrifiait. Il ne voulait pas parler l'italien ; ce n'était pas sa langue, elle ne correspondait pas à sa sensibilité. Il voulait revoir ses filles, juste une fois, avant la fin.

Le lendemain, au soleil, tout allait mieux. Le ciel était doux, les gens se montraient aimables et souriants. On aurait dit qu'ils voyaient qu'il était un invalide, le survivant d'un naufrage.

Il alla au bureau de deux architectes avec lesquels il avait correspondu. Ils étaient jeunes et sérieux. Il avait rencontré l'un d'eux à New York. La salle de réception était calme et luxueuse, de ce luxe obtenu par des choix irrévocables. Cette pièce parlait d'ordre, de discernement ; il se sentit immédiatement à l'aise. La crise était passée.

La secrétaire leva les yeux. « *Buon giorno*.

– Je suis M. Berland.

– Bonjour, monsieur Berland. » Elle dressait vers lui un petit visage intelligent aux cheveux courts, noirs comme les ailes d'un oiseau. « Nous vous attendions, dit-elle. M. Cagli a quelqu'un dans son bureau, il vous recevra dans quelques minutes.

– Pas de problème. »

Ils se regardèrent. Elle parut incliner légèrement la tête, à la manière orientale.

« Cela fait longtemps que vous êtes à Rome ? demanda-t-elle.

– Plusieurs semaines.

– Vous vous plaisez, ici ?

– C'est une ville étrange. Je crois que je n'y suis pas encore tout à fait habitué.

– Vous parlez italien ?

– Eh bien, j'ai commencé à l'apprendre.

– *Bene*, dit-elle simplement.

– Je l'écorche d'une façon épouvantable.

– Non, je ne pense pas. *Trova quale più facile, parlare o capire ?*

– *Capire.*

– *Si* », acquiesça-t-elle.

Elle sourit. Sa bouche était petite comme celle d'un enfant. Elle s'appelait Lia Cavalieri. Elle avait trente-trois ans. Elle vivait près du cimetière protestant. L'avait-il visité ? demanda-t-elle. Il mit un certain temps à répondre. Il était en train de l'identifier.

« Non, murmura-t-il.

– Keats y est enterré.

– Pas possible ! Ici, à Rome ?

– Vous n'avez pas vu sa tombe, alors ? Elle est complètement isolée dans un coin. C'est très émouvant. La pierre ne porte aucun nom, vous savez.

– Aucun nom ?

– Seulement une belle épitaphe. »

Elle faillit lui dire : « Je vous y emmènerai, si vous voulez », mais elle se retint. Elle ne lui fit cette offre que lors de sa deuxième visite.

Ils se rendirent sur la tombe par un jour d'hiver très doux. Le sol était sec sous leurs pieds. Au loin, près d'un arbre, Viri aperçut les deux pierres. Ensuite, ils allèrent déjeuner.

Comme Montaigne, dont il était en train de lire la vie, il avait rencontré une Italienne au cours de son voyage dans le Sud et en était tombé amoureux. Il ne manquait que les bains de Lucca. Montaigne avait alors quarante-huit ans. Une source qu'il avait crue tarie rejaillit.

5

Lia était du Nord. Son père était né à Gênes, Gênes et sa nécropole pentue ; sa mère, d'une manière plus romantique, à Nice. Elle lui raconta tout cela. Il aimait les détails de sa vie ; ils l'électrisaient. Il avait entamé cette période où tout, dans la sienne, semblait se répéter, se produire pour la deuxième ou la troisième fois comme une prestation dont il connaissait toutes les variations possibles. Lia le lui fit oublier.

« Nice. Cette ville n'appartenait-elle pas autrefois à l'Italie ?

– Tout lui appartenait autrefois », répondit-elle.

Les noms qu'elle mentionnait, les faits historiques, les événements de son enfance – tout cela était neuf, brillait comme l'énergie qu'irradiait ses cheveux noirs. Lia avait une intelligence résignée, elle était méticuleuse, farouche. Le grand malheur de sa vie, c'était d'être restée célibataire.

Dès l'instant où il l'avait vue assise, menue et pleine d'assurance, derrière son bureau, où il l'avait vue taper à la machine et répondre au téléphone, il s'était rendu compte qu'elle était quelqu'un d'extrêmement compétent. Cependant, elle n'avait jamais rien risqué, se contentait d'attendre : toutes ces années, elle avait attendu un homme. C'était une sorte d'invalide très douée ; elle pouvait tout imaginer, mais était incapable de marcher. Et lui, il était à peine plus brillant. Bien qu'il se fût immédiatement senti attiré par elle, il hésitait ; cela faisait si longtemps qu'il n'avait pas chassé ; d'ailleurs, il n'avait jamais été bon à ce sport.

Ils allèrent dîner dans un restaurant appelé *La Fornarina* en l'honneur de la fille de boulanger qui avait été l'une des maîtresses de Raphaël. C'était l'hiver, le jardin était fermé. Elle avait tout de suite eu envie de lui parler, assura-t-elle. Elle s'était fait une idée de sa personne à partir de ce qu'elle avait entendu dire sur lui et de sa correspondance, mais rien de tout cela ne pouvait expliquer le sentiment d'intimité, de familiarité qu'elle avait ressenti quand il était entré pour la première fois dans le bureau de réception.

« Vous êtes unique, lui dit-elle. Oui, vous êtes quelqu'un de très spécial. »

Une chaleur, une sorte de vertige envahit Viri comme s'il venait de combattre un ennemi. Elle l'embrassait d'un mot, d'un regard ; elle avait dissipé la grisaille, la lumière ruisselait. C'est toujours un accident qui nous sauve. Quelqu'un que nous n'avions jamais vu.

Elle connaissait Rome comme peut la connaître un prisonnier à perpétuité. Elle connaissait ses magasins, les appartements bien exposés, les rues avec une belle vue. Elle les lui montrerait. Viri sentit revenir ses appétits, ses désirs, sa faculté de se réjouir.

Elle remplit le verre de Viri de vin, mais n'en versa que très peu dans le sien ; d'ailleurs, elle n'y toucha pas. Elle lui déclara d'une façon tout à fait détachée qu'elle serait incapable de lui résister.

« Mais ça, vous le saviez déjà », ajouta-t-elle. Elle glissa sa main sous la sienne. Le contact de ses doigts lui coupa le souffle.

Elle avait une petite voiture, d'innombrables paires de chaussures, dit-elle avec un sourire mélancolique, un peu d'argent en Suisse ; elle était comme un repas tout préparé.

« Et vous êtes venu vous asseoir devant, dit-elle. Oui, c'est un merveilleux dîner, le repas d'une vie. »

Zuppa, carne, verdura, formaggi. Le défilé d'assiettes blanches et usées sur la nappe, le pain simple, grossier, les serveurs avec leurs vestes légèrement tachées. Le vin ne lui faisait aucun effet, il était trop excité pour cela. Quand elle se pencha vers lui pour expliquer le menu, il sentit la chaleur de son visage. Elle mangea fort peu, fuma quelques cigarettes, parla. Son père était grainetier. Il était conservateur, petit, amèrement déçu par son fils. Sa fille, il l'aimait tendrement, trop peut-être ; cet amour avait parfois été trop lourd, trop charnel. Il l'embrassait toujours sur la bouche, des baisers profonds, implacables. Quand sa femme mourrait, avait-il l'habitude de dire, il épouserait sa fille. Il plaisantait, bien entendu, mais un jour, dans l'autobus, il lui avait touché un sein ; cela l'avait révulsée.

« Je vous ennuie ?

– Bien sûr que non !

– C'est certain ?

– Vous m'épatez. Vous avez un si riche vocabulaire ! Comment avez-vous si bien appris l'anglais ?

– Je le parle depuis longtemps.

– Comment cela se fait-il ?

– Sans doute vous attendais-je, *amore.* »

Devrait-on décrire l'acte d'amour qui les unit, peut-être cette nuit même ? Elle avait la clé de l'appartement d'une amie. Elle la tourna trois fois dans la serrure ; l'un des vantaux de la porte vernie à deux battants s'ouvrit. Il n'y avait pas de tapis, le sol était froid. Il n'éprouva ni hésitation ni peur. C'était comme s'il n'avait encore jamais vu de femme ; le spectacle de sa nudité, la tache noire au milieu de son corps le bouleversèrent, son esprit murmura des *Te Deum*, des chuchotements emplirent ses oreilles. La ville s'ouvrit comme un jardin, les rues l'accueillirent et déversèrent leurs noms. Il vit Rome comme l'un des anges de Dieu, d'en haut, de loin, il vit ses lumières, ses chambres les plus pauvres. Il la bénit, il entra dans son cœur. Il devint son apôtre, il crut en sa grâce.

Elle le déposa à l'entrée de son hôtel, puis repartit à toute allure dans sa voiture bruyante, ordinaire. Pour Viri, chaque détail de la montée vers sa chambre – le visage du *portiere*, la lourde clé, la fermeture des portes patinées, l'ascension de l'escalier, la lente avancée dans les couloirs voûtés –, tout confirmait son sentiment de triomphe. Il se coucha, heureux d'être seul à un moment si solennel, de pouvoir le savourer. Dans les rues de la ville endormie, le long de ses avenues austères et nouvelles, à travers ses places vides, la voiture de Lia continuait à foncer, ses phares sautillant nerveusement sur la chaussée défoncée ; elle roulait enveloppée, protégée par ses pensées à lui.

Au matin, le téléphone sonna.

« *Ciao, amore*, dit-elle.

– *Ciao*.

– J'avais envie d'entendre ta voix.

– Je dormais, avoua-t-il.

– Bien sûr. Du sommeil du juste. Moi aussi… »

Ses paroles l'ébranlèrent. Les femmes de chambre faisaient tomber des balais dans le couloir.

« Je t'imagine couché, là-bas… » Enfin, elle était libre de parler. Elle avait tant de choses à dire, tant de choses qui avaient dû attendre. « Je t'imagine en train de prendre un bain. L'eau qui coule dans la baignoire remplit la chambre d'un son voluptueux.

– Es-tu chez toi ? demanda-t-il.

– *Si*. Chez moi, dans mon lit. Il est tout petit, à la différence du tien.

– Du mien ?

– Tu en as un grand, n'est-ce pas ? C'est du moins ce que j'imagine. »

Elle téléphonait de sa chambre ; sa voix était légèrement circonspecte, bien que selon elle, sa mère ne parlât pas anglais. Il était en Italie. Les filles dans la rue, les mécaniciens, les garçons des banlieues qui, les soirs d'hiver, rentraient du travail en moto, les mains enveloppées de papier journal – il sentit soudain qu'il pourrait peut-être partager leurs vies.

Ils retournèrent à l'appartement aux portes de bois. À la lumière du jour, celui-ci semblait abandonné. Un vague motif floral ornait le sol, les murs étaient ocres. Les vêtements anglais de la propriétaire pendaient dans un coin du placard. Par une heureuse coïncidence, le soleil frappait l'une des fenêtres. C'était un lieu nu et froid, mais, de visite en visite, ils le firent leur.

Ils y allaient le samedi. Viri dessinait des esquisses des ruines qui se trouvaient en face. Il y avait des piles de magazines déchirés près de lui : *Oggi, Paris Match*. Dans la rue, un bruit de pas occasionnels, le vacarme des voitures. Il semblait calme mais, au fond, il était terrifié. Jamais je n'apprendrai leur langue, pensa-t-il, leurs horaires, leur mode de vie. Il se concentra sur le dessin, cherchant les couleurs appropriées. Lia apparut à ses côtés.

« Est-ce qu'un peu de musique te dérangerait ?

– Pas du tout. »

Elle mit un disque et le regarda travailler. L'après-midi, ils allèrent au cinéma. Ils se garèrent trois rues plus loin. En approchant de la salle de spectacle, Viri se sentit pareil à un petit garçon qui entre dans la classe sans avoir appris ses leçons. Il avait du mal à se mêler aux autres. Pendant la projection, dans le noir, elle lui chuchota la traduction des répliques importantes du film.

La radio résonnait en sourdine. Il faisait froid le soir ; ils étaient gelés. Même sous ces latitudes méridionales, la lumière déclinait. Lia avait mis de l'eau à chauffer et disposait les tasses et les petites cuillères – des sons légers, familiers qui lui parurent semblables à des voix lointaines. Pour la première fois, la gentillesse de Lia lui inspira de la panique. Ce n'était pas de gentillesse dont il avait besoin. Sa vie s'en allait à vau-l'eau, se désagrégeait, flottait comme du papier sur la mer ; il avait besoin d'heures bien remplies, de travail, de responsabilités. Il eut un faible sourire quand elle apporta les tasses près de sa chaise et s'agenouilla à côté de lui. Silence. À la façon d'une servante, elle se mit à lui ôter chaussures et chaussettes. Elle attira ses pieds nus vers elle. « Oh ! vous êtes glacés », dit-elle. Elle les tenait entre ses mains. « Vous allez voir, je vais vous réchauffer. » Elle leur parlait comme si c'étaient des enfants. « Voilà, ça va mieux, n'est-ce pas ? *Si*. Vous n'avez pas l'habitude des hivers, de ces hivers-là. C'est quelque chose de tout nouveau pour vous. Ils peuvent être froids, beaucoup plus froids que vous ne l'imaginez. Tout le monde croit que vous êtes bien au chaud et contents dans vos jolies chaussures anglaises. Comme vous avez de belles chaussures, disent-ils. Oui, ils pensent que vous avez chaud parce que vous êtes élégants ; ils pensent que vous êtes heureux. Mais le bonheur, ça ne se rencontre pas au coin d'une rue, n'est-ce pas ? Il est très difficile à trouver. C'est comme l'argent. Il ne vient qu'une fois. Enfin, si vous avez de la chance. Et le pire, c'est que vous ne pouvez rien y faire. Vous avez beau espérer, chercher, vous révolter, prier, ça ne sert à rien. Que c'est effrayant d'en être dépourvu, de l'attendre patiemment, d'être prêt à le recevoir, le visage levé vers le ciel illuminé comme celui des petites filles à leur communion ! Oui, vous dites-vous, moi, moi, je suis prêt. »

Elle pressait sa joue contre ses pieds. Elle paraissait toute petite. « Et rien ne se passe, poursuivit-elle. Cela arrive à tout le monde, alors il n'y a pas de raison pour que ça ne m'arrive pas, vous dites-vous. Et chaque année, vous avez davantage à donner, vous ne dépensez rien, on ne vous prend rien, vous êtes plus riche, chargé de fruits, et chaque année, c'est pareil : rien. Finalement, il ne vous reste plus qu'une poignée d'années ; vous demeurez seule comme une fleur dans une grande prairie ; c'est l'automne, oui, les jours raccourcissent, l'herbe se couche sous les rafales de vent. Le soleil se montre et continue à vous éclairer, seule dans ce grand pré, la dernière fleur, belle, précisément pour cette raison, et vous passez de longs après-midi interminables à attendre, attendre… »

C'était une femme très forte. Bien que menue, elle avait de la volonté. Sa solitude était terrifiante. La ville y faisait écho. Les lourds rideaux de fer baissés la nuit, les rues désertes. Certains restaurants et cafés vides étaient encore éclairés, tout le reste n'était que ténèbres, néant. Les monuments dormaient, les chats se blottissaient sous les voitures en stationnement. C'était une cité bâtie sur le mariage et la loi, malgré le ridicule et le mépris qu'ils inspiraient, tout le reste était vain, fugitif.

« Tu trouveras le bonheur », lui dit-il. Ils déjeunaient. L'hiver leur offrait des journées ensoleillées, des midi d'un calme infini. Consterné par le temps de conjugaison qu'il venait d'employer, Viri rompit un morceau de pain pour cacher son embarras.

« Tu crois ? » fit-elle avec froideur. Aucune nuance ne lui échappait.

« Oui.

– Merci de m'encourager. » Elle scruta ses traits d'un air prudent, vigilant.

Il regretta ses paroles. C'était comme s'il avait essayé de se libérer de tout lien avec la vie de Lia. Son sentiment de culpabilité et l'air de santé des clients installés aux tables voisines le remplirent de trouble et de honte. Les longs cheveux sombres des Italiennes, leurs visages

passionnés et d'autant plus poignants qu'ils étaient fragiles et se flétriraient en moins de dix ans, la conversation de couples, de familles, l'intense intérêt que ces
personnes manifestaient l'une pour l'autre, leur rire,
tout cela semblait célébrer la vie conjugale, une vie aux
nombreuses facettes plus riche que la sienne, plus riche
aussi que tout ce qu'il pourrait jamais connaître. Effrayé,
il se rendit compte que sa relation avec Lia en était déjà
au stade du silence des repas pris ensemble par devoir,
où ils se laissaient distraire par les gens autour d'eux en
attendant qu'on leur apportât les plats.

« Tu es bien silencieux, dit-elle.

– Ah oui ? »

Il ne savait que répondre. Il voyait en face de lui,
comme si cela s'était déjà réalisé, la femme qu'il avait
épousée, avec laquelle il était destiné à s'asseoir à table
pour le restant de ses jours. Il envia tous les hommes de
la salle qui avaient épousé quelqu'un d'autre et avaient
avec cette personne une conversation facile ; à long
terme, qu'y a-t-il de plus important que ça ? C'est ce
qui alimente la vie sexuelle.

En même temps, il savait que la panique le rendait
muet, qu'il n'était pas lui-même, qu'il hésitait. Cette
femme avait, enfouis en elle, une faim, des désirs inépui-
sables. Ils ne se révéleraient pas en un jour, ils avaient
dormi trop longtemps. Lia était pareille à un forçat, un
paria en qui il fallait croire, sinon elle était perdue ; elle
avait besoin d'un sauveur. Et elle étonnerait cet être-là,
qui s'engagerait vis-à-vis d'elle. L'idée de la rivière souterraine, du voyage que peu d'hommes osaient entreprendre, dans lequel on risquait tout, lui traversa l'esprit.

« Tu sais ce que j'aimerais faire, Lia…

– Dis-le-moi.

– J'aimerais que nous allions quelque part, loin de
Rome, toi et moi. Cela te plairait ?

– *Si, amore.*

– Pour une semaine environ.

– *Si*. Pourrais-tu attendre quelques jours ? Mes parents ont l'intention de partir. Ce serait le meilleur moment.

– Où vont-ils ?

– En Sicile.

– Nous irons vers le nord.

– Ne t'inquiète pas, ils ne nous trouveront pas. »

Il ne pouvait retenir ses pensées assez longtemps pour comprendre ce qui se passait. Il était dans un état d'extrême agitation ; le mettait-on à l'épreuve ? Pouvait-il connaître autre chose que le déclin de ce semblant de bonheur dans l'ennui et la peur ? Ou peut-être, aveugle à ses propres faiblesses, était-il sur le point de recommencer une vie domestique sans espoir, de répéter les actes qui l'avaient amené ici, dans ce pays étranger, loin de chez lui.

Parfois, il dormait dans l'appartement, mal à l'aise, seul. Elle venait le retrouver le matin. Dans son sac, elle portait des oranges, des fleurs, des photos de son enfance, de ce père qui l'adorait trop ouvertement, de clichés pris à Mykonos, à Londres quand elle pesait cinquante-cinq kilos – horrible, elle retournait les clichés très vite, honteuse, mais elle voulait tout lui montrer –, son amie anglaise au physique ingrat chez laquelle elle avait passé un Noël glacial, dans sa maison de campagne. Elle voulait qu'il partageât sa vie. Vêtue d'un slip blanc, elle s'agenouillait sur le lit et pelait une orange. Elle était solennelle, silencieuse. Le soleil entrait à flots par les volets ouverts.

Elle lui montra la ville, le trou de serrure de la Piazza dei Cavalieri di Malta par lequel on voyait un jardin caché et, au-delà, le dôme de Saint-Pierre, vaste comme le soleil. Elle lui montra des musées et les ruines d'Ostie, San Giovanni à la Porta Latina, avec son arbre frappé par la foudre, Santa Agnese où les barbiers de Rome rasaient les mendiants, des petits restaurants, des tombes. Sur le mur de stuc d'un rouge passé, au-dessus du sous-sol où vivait un fou quand elle était enfant – ils l'écoutaient divaguer, puis s'enfuyaient dès qu'il se mettait à crier – quelqu'un avait gravé une inscription. Viri s'arrêta pour la lire. BEAU J.H. TRAVAILLEUR AVEC POUR BUT MARIAGE CHERCHE J..F. *CARINA* ET SÉRIEUSE. Au-dessous, un numéro de téléphone et quelques commentaires impertinents.

« Le mariage, mon œil, dit Lia d'un ton sec.

– Tu crois qu'il n'est pas sincère ?

– Qui sait ? »

Il faisait doux. L'hiver était presque terminé.

6

En avril, ils partirent pour l'Argentario. Les routes étaient désertes. Ils roulèrent pendant des heures ; dans la tiédeur du soleil qui frappait le pare-brise, le doux balancement de la voiture, Viri se sentait en paix. Le paysage qu'ils traversaient était différent de ce qu'il avait imaginé : une côte industrielle aride. Il n'y avait ni villages tranquilles ni fermes.

C'était Lia qui conduisait. Alors qu'il la regardait, lui parlait, observait ses petites mains, il se rendit compte que, d'une certaine manière, il lui cachait malgré tout quelque chose : l'opinion qu'il avait d'elle. Au lieu de cela, il se demandait vaguement ce que Nedra penserait d'elle ; il était presque nerveux, envisageant tous les cas de figure, même un rejet brutal ; il se préparait presque à avoir avec son ex-femme une de ces discussions qui le rendaient toujours furieux, où il n'avait jamais le dernier mot.

« À quoi penses-tu, *amore* ?

– À quoi je pense ? Je ne suis jamais capable de répondre à cette question.

– Est-ce que ce sont des pensées inavouables ?

– Non, pas vraiment.

– Dis-le-moi, alors.

– Rien n'est inavouable, mais certaines choses sont difficiles à dire.

– Tu piques ma curiosité.

– Je te le dirai ce soir, au dîner », promit-il.

Elle sourit.

« Tu ne me crois pas ?

– Je ne veux pas être indiscrète. »

L'hôtel qu'elle avait choisi se dressait au flanc d'une colline. Il était isolé et coûteux. Ils inscrivirent leurs noms dans un petit bâtiment qui servait de réception, devant un jeune homme en pantalon rayé et jaquette. Un employé descendit leurs bagages dans l'une des ailes situées au-dessous, ouvrit la porte de leur chambre. Comme un prisonnier qui, le long d'un couloir, a été emmené du bureau de l'administration à sa cellule et qui finit par entendre les verrous se refermer derrière lui, Viri, dès l'instant où ils se retrouvèrent seuls, se sentit infiniment déprimé. Sous ses pieds, le sol était carrelé. La chambre était froide, sombre, la fenêtre ouvrait sur des murs. Il y avait un large lit opportunément composé de deux petits lits jumeaux. Il occupait presque tout l'espace.

« Je suis désolé, dit-il à Lia, mais tu aimes cette chambre, toi ? »

Elle promena un bref regard autour d'elle et haussa les épaules.

Il remonta dans le bureau où, après maintes consultations du livre des réservations – quoique l'hôtel fût presque vide – et de longues palabres entre un personnage invisible qui se trouvait dans une pièce adjacente et le réceptionniste –, il fut convenu qu'ils auraient une autre chambre, une suite, en fait.

Viri ne put se résoudre à parler italien. « Ce sera au même prix ? demanda-t-il.

– Oui, au même prix, répondit le réceptionniste sans se donner la peine de lever les yeux.

– Merci.

– À votre service, monsieur. »

Après le déjeuner, ils descendirent à la *cala* à pied.

Le soleil était chaud. Le sentier serpentait entre une succession de villas toutes neuves aux pelouses fraîchement plantées. Lia parlait des quartiers et du genre d'appartement où l'on pouvait vivre, à Rome. L'esprit de Viri vagabondait. Les toits des maisons, les petites allées qu'ils voyaient étaient parfaitement identiques. De temps en temps, Viri grognait pour marquer son assentiment. Il essayait d'avoir l'air détendu.

Ils s'allongèrent sur la plage de galets. Le bar de bambous et de feuilles de palmier était fermé ; la saison n'avait pas vraiment commencé.

« Parle-moi, dit-elle. Tu parles si peu de toi. Ton nom me fascine. Comment se fait-il qu'on t'ait appelé Vladimir ?

– C'est un nom russe. Ma famille venait de Russie.

– De quelle partie ?

– Je ne sais pas. Du Sud. »

Il était couché en silence. Un employé solitaire ratissait les algues. Baissant les yeux, Viri aperçut soudain les jambes décharnées de son père. Il s'enveloppa d'un drap de bain. Le vent hérissait la peau toujours mate, exotique, étrange de Lia.

« Tu veux une serviette ?

– Non, je préfère le soleil, répondit-elle.

– C'est comment, la Sicile ?

– Je n'y suis jamais allée. »

Ils remontèrent lentement. Un très long chemin ; au moment de la descente, il avait essayé de ne pas y penser. Elle s'arrêta deux fois pour reprendre haleine ; il l'attendit, juché sur un monceau d'ordures. « Ils les jettent n'importe où, dit-elle. Tu sais, il y a une grève des éboueurs, *amore*. Ils ne les ramassent plus. »

Viri commença à remarquer les sacs de plastique vert fourrés dans les buissons tout le long du chemin.

« Nous aurions dû descendre en voiture, dit-il.

– *Si*. »

En fin d'après-midi, la chambre sentait l'humidité. Viri vit un moustique glisser le long du plafond. Il était allongé sur un petit divan près des fenêtres donnant sur la terrasse, Lia à côté de lui. Le peignoir de la jeune femme était ouvert – il en avait défait la ceinture –, ses yeux étaient cachés dans l'ombre. Le creux noir de son nombril, les poils encore plus noirs de son pubis brillaient comme des pierres sombres au fond d'un étang. Lia était mince, elle avait une chair douce, vulnérable. Il se glissa entre ses cuisses, elle était découverte, vautrée dans les plis de son vêtement. Le moustique avait disparu. Ils étaient agrippés l'un à l'autre, l'esprit ailleurs, nus, souillant le tissu froissé qui recouvrait le matelas.

D'une certaine manière, leur acte avait quelque chose de honteux ; c'était un geste d'ennui et de désespoir qu'ils accomplissaient parce que tout le reste avait échoué. Ce fut vite terminé. Il resta couché à ses côtés ; il passa son bras sous la tête de Lia et ramena les pans de son peignoir, comme si sa compagne avait été un magasin qu'il fermait pour la nuit – et auquel il fallait parler. Elle demeura allongée en silence dans le noir.

À Porto Santo Stefano, ils trouvèrent un restaurant et s'assirent pour dîner. Seule une autre table était occupée.
« Il est encore trop tôt, je suppose, commenta-t-il.
– *Si*. »
Il comptait sur le repas pour retrouver un peu de cette joie qui l'avait quitté, comme on compte sur des médicaments ou des distractions. Il lut et relut le menu, tel un homme à la recherche de quelque chose qui, inexplicablement, ne s'y trouve pas. Le serveur se tenait près de lui. Elle n'avait pas faim, avoua-t-elle. Cette nouvelle le découragea. Il se mit à suggérer des plats qui pourraient lui plaire : « *Bollito misto*.
– Non.
– Ils ont du poisson.

367

– Non, rien, *amore*. »

Le restaurant était désert ; même dehors, dans la rue, il n'y avait personne. Il saupoudra son assiette d'un peu de sel qu'il prit dans un petit récipient en verre avec la pointe de son couteau. Il essaya de boire du vin. Il en avait commandé beaucoup trop.

Elle le regarda manger, parlant à peine. Elle était comme une étrangère qu'il aurait rencontrée en voyage ; soudain, il se demanda s'il pouvait lui faire confiance. Il était sûr qu'elle sentait sa nervosité. Le serveur était assis près de la porte de la cuisine, le patron semblait somnoler.

« On dirait que nous sommes en exil, déclara Viri. Les *tagliatelle* sont bonnes. Goûte. »

Elle accepta. La main de Viri tendit sa fourchette dans cette salle déserte qui ressemblait au théâtre d'un crime imminent.

« Tu veux retourner à Rome ? » demanda-t-elle.

Il se sentit coupable. Il eut l'impression de tout gâcher.

« Je ne sais pas, répondit-il. Attendons demain pour décider. Je suis un peu tendu, je ne sais pas pourquoi. Je suis sûr que ça va passer. Et puis cet hôtel… C'est peut-être la pression atmosphérique ou un truc comme ça. Donne-moi un jour ou deux, ça ira. »

Plus tard, au lit, il la vit approcher, lever les bras et ôter sa chemise de nuit. Même ce geste l'effraya. Elle se glissa à côté de lui, nue, patiente. « Bien sûr que j'attendrai, *amore*, dit-elle. Tu sais que je t'appartiens, ajouta-t-elle d'une voix dénuée d'espoir. Fais ce que tu veux de moi. »

7

Terreur du bannissement, terreur d'un monde nouveau. Ce qui, au début, est inédit, curieux, durcit lentement, se met à résister, le rire disparaît, c'est comme une école difficile, une école qui ne finit jamais. Il ne reconnaissait pas les jours fériés. Même les dimanches, quand tout était fermé comme un livre, paraissaient dénués de sens, redoutables.

Adorato, chuchotait-elle, *amore dolce*. Pardonne-moi la cour acharnée que je te fais. Il lui restait peu de pudeur, admettait-elle. Elle avait des appétits que seul un orphelin pouvait connaître. Elle avait commencé à perdre l'espoir. D'une certaine manière, cela lui donnait de la force. Maintenant, elle retirait la terrible attente qu'elle avait déployée devant lui. Elle la remplaça par une sorte de soumission aristocratique. Elle partit à Milan avec ses parents. Elle se fit couper les cheveux. *Le propriétaire de notre hôtel veut que sa fille se fasse faire la même coupe*, écrivit-elle. Ils allèrent à des expositions, firent des emplettes. *Mais même ces occupations-là ne tuent pas tout à fait la solitude. Tu me manques. Le soir, je fume un cigare. Ils m'appellent Cigarello, à cause de ça, et parce que je suis brune et mince*. Elle revint, belle et spirituelle. Son regard était froid. Elle le désirait. Elle vivait une passion à la D'Annunzio, une passion faite d'acceptation et de désespoir. J'aimerais épouser la forme de ta main comme ta savonnette préférée. Ils étaient assis sur un banc, dans la villa Borghèse, et mangeaient du chocolat au lait posé sur son emballage de papier aluminium. Du chocolat de la couleur de ses mamelons, déclarat-elle plus tard. Elle devait rentrer dîner chez elle. *Ciao*, mon cygne, dit-elle en souriant.

Ils se marièrent un dimanche. La mère de Lia donna à Viri une bague française émaillée, un bijou de famille. Elle croyait en son beau-fils et, au repas de noces, se montra gaie ; sa sourde crainte disparaissait. Même le frère fut cordial.

Ils commencèrent une deuxième vie. Ils habitaient Via Giulia, dans un appartement situé au troisième étage. On y accédait par un escalier ovale au bout de l'entrée. L'habitation était petite, mais comprenait un bureau, une petite cuisine, une salle de bains. Il y avait du soleil le matin. Lia était heureuse. C'était un appartement intellectuel, disait-elle.

Ils vécurent donc en paix dans la Vecchia Roma, cette partie de la ville que Viri aimait. Il se mit à déambuler entre ses magasins, dans ses rues qui conduisaient à la Piazza Navona, à Sant'Eustachio. Il dormait bien. Il maigrit. Il travaillait avec Cagli et Rova. Il semblait plus jeune, il y avait moins de rides sur son visage ou bien, s'estompaient-elles à présent. Mais peut-être n'était-ce qu'un effet de la lumière.

La porte était pourvue de deux verrous. « Rome est pleine de voleurs », assura Lia.

Il se tenait près d'elle tandis qu'elle tournait la clé, deux, trois, quatre fois, poussant le pêne toujours plus loin. Il y avait aussi une clé pour la porte d'entrée et deux pour la voiture. Il se rappela qu'autrefois il ne verrouillait jamais rien sauf quand ils allaient en ville. Il se rappela le fleuve, les pelouses sèches de l'automne tiédies par le soleil, et il ressentit une terrible nostalgie.

Il prit conscience de son état d'esprit. N'ai-je été libre

que pendant cette courte période ? se demanda-t-il. Rétrospectivement, tout cela avait un attrait trompeur. Maintenant, d'antiques murs, des familles qui ne lui étaient rien, des coutumes immuables limitaient sa vie. Dans les petites pièces de l'appartement, dans les rues étroites, tous les défauts de Lia semblaient sauter aux yeux, s'imposer à lui : sa nervosité, sa dépendance, son besoin d'amour. Il se rendit compte qu'elle était incapable de s'amuser seule, que, sans lui, elle était perdue.

« Je t'aime, expliqua-t-elle. Je veux être auprès de toi, *amore*. Ne me prive pas de ta présence, apaise la faim que j'ai de toi. »

Il ne pouvait la décevoir. Il voyait dans ses yeux à quel point elle parlait sérieusement. Elle éprouvait pour lui un attachement trop fort, presque pathétique.

Ils partirent en voiture déjeuner à la campagne, dans un endroit très simple appelé Montarozzo. L'air était doux comme le premier jour d'une convalescence. Lia portait une jupe bleu marine et un chemisier sans manches. Toutes blanches au soleil, des communiantes jouaient dans les champs pendant que leurs familles festoyaient. Plus loin s'étirait la voie ferrée. De temps à autre, attirant les regards, un long express passait.

Comme d'ordinaire, Lia mangea peu, il s'y était habitué. Finalement, il était devenu extrêmement compréhensif. Il n'était pas en voyage, il allait vivre ici, avoir cette vie et aucune autre. Patience, se disait-il, ça finira bien par s'arranger. Le pain était délicieux. Comme un paysan, il en trempait des morceaux dans son vin. Cette mer était à Lia, tout comme cette lumière qui tombait sur eux à travers les feuilles de vigne. On eût dit qu'elle la faisait luire. Ses cheveux courts brillaient, sa timidité s'évanouissait. Les légers cernes bleus qu'elle avait en permanence sous les yeux lui donnaient un air sensuel. Elle ressemblait à une réfugiée, à une femme qui a vu défiler plusieurs armées, qui a vu la destruction, l'absurdité de la guerre. Elle y avait survécu, elle était saine et sauve.

« Tu es un très bon architecte. Ils te respectent énormément, tu sais.

– Vraiment ?

– Ils t'aiment beaucoup. »

Il eut un faible sourire, mais il était content. « Ce serait curieux si, après avoir échoué aux États-Unis, je réussissais en Italie.

– Non. Tu étais destiné à venir ici.

– Sans doute.

– Pour me découvrir, dit-elle.

– Te découvrir…

– Oui, comme un champignon. Tu as écarté les feuilles, et me voilà ! » Elle semblait calme, soumise. « Tu as le nez d'un cochon truffier, *amore*.

– Tu crois ?

– Tu as énormément d'intuition. Je m'intéresse à ces choses, tu sais, je les étudie, même. Je finirai par devenir mystique. En temps voulu. Quand les derniers appétits de la chair m'auront quittée », ajouta-t-elle avec un petit sourire.

Elle se rendait souvent chez une voyante, une femme qui vivait entourée d'animaux. Un jour, Viri l'accompagna. Cette personne habitait un quartier résidentiel, un immeuble ordinaire, moderne, froid. Son appartement était rempli de plantes, d'oiseaux, de tableaux bizarres, d'aquariums. Il y avait d'autres visiteurs : des couples qui voulaient des enfants, des mères avec des fils malades. La signora Clara les touchait. Elle leur parlait d'une voix distante, avec effort. Le doux bouillonnement des pompes à air s'élevait derrière elle. Elle dit à Viri : « Venez, regardez ceci. Vous parlez italien ? »

Ils se tenaient devant l'eau trouble où montait un flot de bulles perlées. La femme portait des pantoufles en

tapisserie et un gilet déboutonné. « Voilà mes enfants »,
déclara-t-elle.

Suspendus dans une ombre lumineuse, les poissons
tressautaient d'une manière singulière. Elle tapota le
verre. « Venez, mes petits, venez. » D'un geste affectueux, elle plongea lentement la main dans le réservoir,
prit une des bestioles et la sortit. Le poisson resta
couché tranquillement dans l'eau retenue au creux de
sa paume. « Toute vie est une », dit-elle.

Elle vivait avec sa bonne. Elle avait un mari, une
famille, dit Lia, mais elle les avait quittés pour se
consacrer à son travail.

Il y a deux graines en vous, expliqua la voyante à
Viri : une graine vivante et une graine morte. C'est la
morte que vous préférez. Il ne comprit pas ce qu'elle
voulait dire.

« Elle guérit des gens, affirma Lia. Elle sait tout.

– Elle m'a paru froide, distante, dit Viri.

– C'est vrai, elle est froide. Tout comprendre, c'est
ne rien aimer », cita Lia.

Elle lui préparait du thé, s'occupait de ses vêtements,
lui faisait couler son bain. Ses produits de beauté remplissaient les étagères de l'armoire à pharmacie. La cour
sur laquelle donnait la salle de bains ne changeait jamais.
Le soir, quand il avait fait sa toilette, il la trouvait couchée sur le lit, la peau olive, nue, mince comme un fil. Il
se brossait les dents avec de la pâte dentifrice italienne,
mangeait de la viande italienne ; jour après jour, il disparaissait dans les vieilles rues, les foules aux visages
basanés. Il montait dans les grands autobus verts avec
leurs chiffres argentés, et, les remarquant de moins en
moins, passait devant les colonnes érodées, les statues
qui versaient des larmes noires. Il se perdait parmi les
passagers, condamné comme eux aux actes quotidiens
les plus humbles. Il franchissait des coins de rue enso-
leillés, plongeait dans l'ombre des stores de TRATTORIA,

flânait devant des librairies. À certaines heures, entre l'après-midi et le soir, il regrettait désespérément ses filles. Il leur écrivait des lettres fébriles qu'il pouvait à peine finir ; leurs visages, certains moments passés avec elles défilaient devant ses yeux. Son écriture était celle d'un malade. *Soyez généreuses*, leur disait-il, *comprenez le sens de la joie, portez mon amour en vous toute votre vie.*

Il était gentil, calme. Lia et lui passaient d'un endroit à l'autre, d'un repas à l'autre, ils sombraient dans le silence, au-dessus de tasses vides.

« Hara kiri ? » suggéra-t-elle d'un air solennel en lui offrant un couteau.

Il réussit à sourire. « Sois patient avec moi », fut tout ce qu'il trouva à dire.

Et, tard le soir, elle lui parlait. Elle le réveillait si nécessaire et il restait couché là, à l'écouter.

« Oui, dit-elle, tu as peur. Je sais que tu as peur. Je connais tes habitudes, tes pensées. Tu m'as épousée pour faire mon bonheur, mais pas le tien – pas encore. Cela viendra. Oui. Parce que j'attendrai. Je déborde comme une corne d'abondance. Je ne suis pas sucrée – pas de la façon dont le goût le perçoit de prime abord. Mais les choses sucrées sont vite oubliées, elles sont fades. J'ai la patience d'attendre, oh oui, aussi longtemps qu'il le faudra. J'attendrai un mois, un an, cinq ans ; comme une veuve, je jouerai à une sorte de *napoleone*, parce que, petit à petit, je te captiverai. Je le ferai en temps voulu, quand je saurai que le moment est propice. D'ici là, je m'assoirai à ta table, je m'étendrai à tes côtés comme une concubine –, oui, je me donnerai à toi de la manière que tu voudras, je m'emparerai de tes fantasmes, je les pillerai et me servirai du butin pour t'hypnotiser. Je dirai : "Ces choses dont tu rêves, elles vont devenir réalité." Je serai ta femme arabe, je te servirai nue, oui, je t'offrirai la nourriture entre mes dents, je serai ta fille, ta putain. Tu n'as pas idée de tout ce que je sais – tu ne le devinerais jamais – ni de ce que j'ai imaginé. Le secret, c'est d'avoir le courage de vivre, *amore*. Si tu l'as, tout changera tôt ou tard. »

Il se leva et alla se réfugier dans la salle de bains. Le ton passionné de Lia, la solitude de sa voix le bouleversaient. Dans la glace, il aperçut un homme pâle comme quelqu'un qui vient de se réveiller. Il paraissait mortel, faible. Il vit clairement qu'une chose impensable était déjà en train de se manifester : il allait devenir un vieil homme. Il n'arrivait pas à y croire, il devait l'empêcher, ne pouvait pas permettre que cela se produisît – et pourtant, c'était le sens de toute sa vie.

Elle frappa doucement à la porte. « Ça va, *amore* ?

– Oui. »

Il ouvrit. Elle avait mis sa robe de chambre. « Oui, ça va bien.

– Viens, je vais te faire du thé. »

Ses progrès furent lents, comme le passage des jours, mais au bout d'un certain temps il ne remarqua plus la froideur des sols carrelés, la stridence de la sonnerie du téléphone, les robinets d'où l'eau sortait sans force, comme en pleine sécheresse. Après une interminable dépression, des nuits d'insomnie où il se rendait compte que la vie dans laquelle il s'était engagée était désastreuse, sans espoir, il devint progressivement plus lucide, presque calme. Ça y est, la crise est passée, se dit-il. Tel le survivant d'un naufrage, il s'examina attentivement. Il tâta ses membres, son visage, et entreprit d'oublier le passé – tâche essentielle.

Il connut une période de paix où la vie quotidienne lui apporta des satisfactions. Il regardait autour de lui avec reconnaissance. Tout cela ne lui paraissait pas encore complètement réel, c'était comme une sorte de paysage contemplé par la fenêtre d'un train, éclatant ici, désolé ailleurs.

8

Dans la boîte aux lettres, il y avait une enveloppe à son nom. Il reconnut aussitôt l'écriture soignée de l'adresse. Il ouvrit la missive dans l'entrée de l'immeuble et commença à la lire, le cœur battant. *Très cher Viri...* Aussitôt, la voix de Nedra résonna, toute proche malgré les kilomètres, et le reste ! Ses yeux parcoururent les lignes. Il s'attendait toujours à lui entendre dire qu'elle s'était trompée, qu'elle avait changé d'avis. Il n'y avait pas eu un seul jour, pas un seul moment, où sa réponse immédiate, spontanée, n'eût été de se rendre. Il était comme ces anciens combattants retirés depuis longtemps auxquels parvient soudain un appel aux armes : rien ne peut les retenir, leurs cœurs se réveillent, ils déposent leurs outils, quittent leurs maisons, leur pays, et s'en vont.

Elle voulait lui emprunter dix mille dollars ; elle en avait besoin, écrivait-elle – *tu sais comment ça se passe, dans la vie.* Elle promettait de les lui rendre.

Dix mille dollars. Il n'osa en parler à Lia, sachant d'avance ce qu'elle dirait. La vénalité, la rigidité de la vie italienne imprégnaient toute chose. La femme de ménage touchait mille lires par semaine, le prix d'une paire de chaussures dans la Via Veneto, et encore. Comment pourrait-il le lui dire ? Rome était une capitale méridionale fondée sur les axes d'acier de l'argent et de la richesse, les banques ressemblaient à des dépôts mortuaires. Dès qu'il s'agissait d'argent, les Italiens montraient les dents comme les chiens.

Lia lut la lettre. Elle resta de marbre, silencieuse. « Non, dit-elle, tu ne peux pas. Pourquoi a-t-elle besoin de cette somme ?

– Elle ne m'a jamais rien demandé.

– Elle te plumera. Elle n'a aucun sens de l'argent, tu me l'as dit toi-même, elle le jette par les fenêtres. Si tu lui en donnes maintenant, dans six mois elle t'en redemandera.

– Elle n'est pas ainsi. »

Il savait qu'il ne pouvait pas expliquer Nedra, pas à cette femme devenue soudain soupçonneuse, vigilante. Elle était frêle, mais sûre d'elle, elle connaissait le langage, le mécanisme de ce monde. Au dîner, elle remit le sujet sur le tapis. Le morne cliquetis des fourchettes emplissait l'air.

« *Amore*, je voudrais te demander une chose. »

Il savait ce qu'elle allait dire.

« Oui, bien sûr que tu sais », acquiesça-t-elle.

Elle paraissait abattue, soumise, comme si elle acceptait la présence de cette autre femme.

« N'envoie pas cet argent, supplia-t-elle.

– Mais pourquoi, Lia ?

– Ne l'envoie pas.

– D'accord.

– Crois-moi, *amore*, je sais ce que je dis.

Le fait est que tu ne le sais pas », rétorqua-t-il d'un ton calme. Il y eut un silence. Elle emporta les assiettes à la cuisine, revint. « As-tu jamais entendu parler de Paul Malex ? demanda-t-elle.

– Non.

– C'est un écrivain, le plus grand cerveau d'Europe. Tu n'as jamais entendu parler de lui ?

– Je ne pense pas.

– Eh bien, pour ce qui est du savoir, de l'intuition, il n'a pas son pareil, crois-moi. Il lit couramment le grec et l'arabe. Il circule dans les sphères les plus élevées d'Europe.

– Quel rapport cela a-t-il avec… ?

– Malex est descendu au-dessous du plancton. Il a atteint un niveau de pensée aussi profond que le lieu où se nourrissent les baleines. Là, tout en bas, on trouve les ténèbres, le froid, des bêtes aux dents monstrueuses qui s'entre-dévorent, la mort. Il a exploré ces régions. Il peut s'y rendre à volonté. Il y discerne des structures, les structures fondamentales de la vie. »

Viri avait perdu le fil. « Qu'es-tu en train de me dire ?

– Je dis qu'en Europe, on sait certaines choses. Elles ont été prouvées de nombreuses fois. Cette ville, ici, a presque trois mille ans. Tu verras. »

La lettre était posée sur le marbre brun d'un bureau qui se trouvait dans leur chambre, son contenu demeurait invisible dans le noir. Nedra l'avait écrite très vite, selon son habitude : de longues phrases sans coupures, des mots qui, comme une insulte ou un jugement exact, devaient être relus ; on n'arrivait jamais à se les rappeler d'une façon précise ; ils ressemblaient à leur auteur ; instinctifs, ils scintillaient comme un poisson entrevu dans la mer.

… tu sais comme je déteste revenir sur des événements passés, mais comme je regrette que nous n'ayons pas acheté une petite maison quelque part près d'Amagansett ! Une maison ou cinq hectares. Marina m'a dit ce que coûtait un terrain de nos jours – c'est incroyable. Je suppose que ce qui nous en a empêchés, c'était la raison habituelle : nous n'avions pas d'argent. En ce moment, je fais des choses intéressantes, des choses que j'ai toujours eu envie de faire. Je travaille à mi-temps chez une fleuriste, c'est l'idéal pour moi, comme si j'allais dans une maison que j'aime particulièrement. Très peu de fleurs, en fait. Surtout des plantes. Cela ne paraît guère

prestigieux, à première vue – fleuriste ! –, mais je ne ferai peut-être pas ça toute ma vie. Viri, pourrais-tu me rendre un très grand service ? Je te le demande sans te donner un tas d'explications...

Ces mots restèrent pliés toute la nuit. Ils étaient arrivés à Rome comme tant d'autres appels à l'aide, et maintenant, ils attendaient. Ils avaient rejoint le monde des choses anodines, intemporelles, en souffrance. Ils n'en étaient pas moins dangereux. Couchés parmi des flacons de cristal, des billets de banque italiens déchirés, à côté d'un peigne et d'un stylo en or, ils étaient toujours là à l'aube.

Lia, nue, s'agenouilla près de ses hanches. La lumière matinale emplissait la pièce, il était encore à moitié endormi. Elle défit les boutons blancs, usés, de son pyjama, ses doigts frais n'hésitèrent pas ; elle était calme, sûre d'elle comme la femme arabe qu'elle avait promis d'être. Il avait tourné la tête de côté, fermé les yeux.

« Regarde-moi », ordonna-t-elle.

Elle était sombre comme une fille des rues, l'éclatant soleil matinal donnait sur un côté de son corps.

« Regarde-moi », répéta-t-elle.

Elle était le glaive d'une lumière céleste ; les bras minces, les seins d'une adolescente de seize ans.

Elle bougeait avec lenteur, comme dans un rêve, appuyée sur ses mains placées près de ses cuisses. La lettre constituait son public, elle se donnait en spectacle comme si cette feuille de papier avait eu des yeux, ou bien était un pauvre enfant impuissant, témoin de son impudeur, de son pouvoir. Tandis qu'elle se penchait, elle murmura d'une voix altérée : « Oui, je serai ta putain. »

La tête de Viri gisait, comme coupée, parmi les oreillers. Ses pensées se bousculaient dans sa tête.

« Je serai tout ce que tu voudras », jura-t-elle.

Plus tard, elle descendit du lit, sans hâte, résolue ; son

numéro n'était pas terminé. La porte de la salle de bains se referma. Il resta couché. La chambre devint silencieuse, les murs et le plafond s'évanouirent comme l'eau argentée après le saut d'un grand poisson. Il contempla le décor, le monde de la mémoire opposé à celui de la chair, et son esprit se tourna irrésistiblement vers tout ce qu'on l'avait supplié d'oublier : vers Nedra qui continuait à vivre malgré sa lettre, dont la vie rayonnait toujours de force, dans le sillage de laquelle il avait toujours voyagé – même avant leur mariage, et après. Puis vers sa rivale dont il avait un peu peur. Ces femmes avec leurs besoins, leur assurance, leur éblouissant égoïsme, leurs sourires – il ne parviendrait jamais à les dompter. Il était trop timide, trop complaisant. Face à elles, il était sans défense ; il se sentait proche d'elles, oui, extrêmement proche, comme avec un membre de sa famille, mais à la fois totalement différent, seul tel un soldat estropié resté à la caserne.

Il était couché dans les draps encore tièdes. Il avait ramené les couvertures sur sa poitrine ; sous l'une de ses jambes, il sentait une humidité dense et froide. Il était seul dans cette ville, seul sur cette mer. Chaque jour qui passait, éparpillé autour de lui, l'hébétait comme de l'alcool. Il n'avait rien accompli. Il avait sa petite vie – une vie sans grande valeur, à la différence d'autres qui, même à leur terme, avaient vraiment représenté quelque chose. Si seulement j'avais eu du courage, pensa-t-il, si seulement j'avais eu confiance ! Nous nous ménageons comme si c'était important et cela toujours aux dépens des autres. Nous nous économisons. Nous réussissons si les autres échouent, nous sommes sages si les autres sont insensés, et nous continuons sans lâcher prise jusqu'à ce qu'il n'y ait plus personne. Nous restons avec Dieu pour unique compagnon. Mais nous n'y croyons pas. Car, nous le savons, Il n'existe pas.

9

Quand la mort approche, elle presse le pas.

Nedra était malade. Elle refusait de l'admettre ; toutefois, elle prit soudain conscience que la vie en ville lui pesait. Elle avait envie de grand air, d'invisible. Tels ces animaux qui remontent les fleuves pour migrer sans connaître leur destination finale, mais qui, d'une manière ou d'une autre, trouvent leur chemin sur d'incroyables distances, elle partit au début du printemps à Amagansett et loua une petite maison, une ancienne dépendance de ferme. Il y avait là quelques pommiers, stériles depuis longtemps. Un plancher poli par l'usure. Un village et des champs, vides et tranquilles. C'est en ce lieu qu'elle établit son ashram, sous la voûte céleste, devant d'occasionnels feux de cheminée, près de la langue de terre où s'arrêtait le continent.

Elle avait quarante-sept ans, une épaisse et belle chevelure, des mains fortes. On aurait dit que tout ce qu'elle avait connu et lu, ses enfants, ses amis, les choses qui à un certain moment avaient semblé disparates, opposées, s'apaisaient enfin, trouvaient leur place en elle. Une impression de riche moisson, d'abondance l'emplissait. Elle n'avait rien à faire, elle attendait.

Elle se réveillait dans le silence d'une chambre encore fraîche et sombre. Les yeux grands ouverts, elle prenait conscience que la nuit était terminée. Une brise muette agitait les petites branches noueuses des pommiers. Le soleil n'était pas levé. À l'ouest, le ciel bleu foncé contenait des nuages presque trop brillants, trop denses. À l'est, il était presque blanc. Le corps et l'esprit de Nedra étaient reposés, en paix. Ils se préparaient à une transformation finale qu'elle pressentait seulement.

À Rome, la vieille femme de ménage de Lia pleurait. Elle avait quatre-vingts ans. Elle était lente mais encore capable de travailler. L'âge avait émoussé ses mains.

« Qu'avez-vous ? demanda Lia. Qu'est-ce qui ne va pas ? »

La femme continua à pleurer désespérément, le corps secoué de sanglots.

« *Ma come*, Assunta ?

– Signora, je ne veux pas mourir », gémit-elle. Elle était assise sur une chaise de la cuisine, accablée de douleur.

« Mourir ? Vous êtes malade ?

– Non, pas du tout. » Le visage usé avait une expression suppliante, on aurait dit le visage d'un vieil enfant. « Je ne suis pas malade.

– Alors, qu'est-ce que vous racontez ?

– J'ai simplement peur.

– Oh, mon Dieu ! fit Lia avec gentillesse. Calmez-vous. Ne soyez pas bête. » Elle prit la main de la vieille femme dans la sienne. « Tout ira bien, ne vous inquiétez pas.

– Signora…

– Oui ?

– Croyez-vous à une vie après la mort ?

– Assunta, cessez de pleurer », ordonna Lia.

Que les vieilles personnes étaient donc touchantes ! pensa-t-elle. Comme elles étaient honnêtes, dénuées de ruse et d'orgueil !

« J'ai peur.

– Je vais vous dire comment c'est, proposa Lia d'un

ton apaisant. On se sent fatigué, très très fatigué et on s'endort, voilà tout.

– Vous croyez ?

– C'est un merveilleux sommeil comme seuls le méritent ceux qui ont longtemps travaillé, un sommeil pour l'éternité. »

Elle réconfortait cette femme avec la force et l'affection de ceux qui n'ont rien à perdre. Il lui était impossible d'imaginer que la vie pouvait se terminer. Elle avait encore des décennies devant elle, un voyage à Paris avec son mari en décembre, les lumières et les décorations de Noël dans les rues, ses premières huîtres, accompagnées de citrons coupés et de pctits carrés de pain, qu'elle consommerait par un après-midi très froid.

« Un merveilleux sommeil », répéta-t-elle.

La vieille femme s'essuya les yeux. Elle s'était calmée. « Oui, acquiesça-t-elle, c'est bien ça.

– Évidemment.

– N'empêche… C'est si bon de se réveiller le matin, de pouvoir boire du café…

– Oui.

– Ça sent si bon. »

« La pauvre femme, commenta Viri, plus tard.

– Je lui ai offert un verre de vin, dit Lia.

– N'a-t-elle aucune famille ?

– Non, ils sont tous partis. »

Cet été-là, Franca rendit visite à sa mère encore une fois. Elles étaient assises sous les arbres. Nedra avait de l'argent, elle avait acheté du bon vin.

« Tu te souviens d'Ursula ? demanda-t-elle.

– Notre poney ? Bien sûr.

– Elle était insupportable. Je voulais la vendre, mais ton père s'y opposait.

– Je sais. Il adorait cette bête.

– Il l'adorait par moments. Tu te souviens de Leslie ? Leslie Dahlander ?

– La pauvre…

– C'est curieux, mais j'ai pensé à elle récemment.

– Pourtant, tu la connaissais à peine.

– Oui, mais elle faisait partie de toute cette époque. »

Regardant sa fille, elle sentit monter en elle une bouffée d'envie et de bonheur dense comme l'air. Elles parlèrent de la maison, du temps passé ; les heures s'écoulaient, tel un lent cours d'eau. Alentour s'étendait la campagne que la présence cachée de la mer rendait grisante. Des lapins grignotaient dans les champs poussiéreux, il y avait des mouettes sur le rivage. Tout ici disparaîtrait, tout appartiendrait un jour à des propriétaires de caniche, comme disait Arnaud. Cette région avait été sauvée par son éloignement, mais maintenant les fermes fondaient comme neige au soleil ; elles s'effritaient et partaient à vau-l'eau pour toujours. Toute cette vaste terre maritime, toute cette province aride n'existerait plus. Nous vivons trop longtemps, se dit Nedra.

« Tu te souviens de Kate ? demanda Franca.

– Oui. Qu'est-elle devenue ?

– Elle a trois enfants maintenant.

– Elle était si mince ! Presque comme un garçon, un très beau voyou.

– Elle vit à Poughkeepsie.

– Autant dire en exil.

– Son père est devenu célèbre, annonça Franca. As-tu vu l'article sur lui ? » Elle alla chercher un exemplaire de *Bazaar*.

« Oui, j'ai lu quelque chose à son sujet », se rappela Nedra. Franca feuilletait la revue. « Ah, voilà ! » Elle passa le magazine à sa mère. C'était un long compte rendu. « Il a exposé au Whitney.

– Oui, je m'en souviens. »

Un gros visage gris, au nez et au menton criblés de pores dilatés, la fixait. C'était comme si elle regardait une sorte de passeport, le seul qui comptât vraiment.

« C'est vraiment un très bon peintre, dit Franca.

– Sans aucun doute puisqu'il est dans ce magazine plein d'histoires de comtesses françaises.

– Tu te moques de lui.

– Pas du tout. Eh bien, Au revoir, Robert. » Tournant la page, elle tomba sur des photos très colorées des Bahamas, du vert, du bleu, de grandes filles bronzées en caftans et chapeaux blancs. « Simplement, c'est difficile de croire au génie, ajouta-t-elle, surtout chez des amis. »

Elles s'allongeaient au soleil divin qui les enveloppait, les oiseaux les survolaient, le sable chauffait leurs chevilles, leurs mollets. Comme Marcel-Maas, Nedra était arrivée elle aussi. Enfin arrivée. La voix de la maladie lui avait parlé. Telle la voix de Dieu. Elle ne connaissait pas sa source, elle savait seulement ce qu'elle lui ordonnait : jouis de tout, jette sur toute chose un long et dernier regard. Un grand calme était venu l'habiter, le calme d'un grand voyage qui se termine.

« Fais-moi la lecture », disait-elle à sa fille.

Les mains autour des genoux, elle restait assise dans les hautes herbes jaunes des dunes, couche païenne qui dominait la mer, à écouter Franca. Celle-ci lisait, comme Viri avait si souvent lu des livres à ses filles, à eux tous. C'était la vie de Tolstoï écrite par Troyat, une véritable bible. Une vie si riche en événements, en chagrins, en séparations, en luttes qu'une force jaillissait de chaque page. Les chapitres devenaient votre propre chair, votre propre être ; les épreuves décrites vous purifiaient. Bien au chaud, à l'abri du vent, Nedra écoutait la voix claire de Franca décrire les paysages russes, continuer sans trêve, se fatiguer, s'arrêter enfin. Alors, pareilles à des lionnes, elles restaient couchées en silence dans l'herbe sèche, puissantes, repues.

« C'est un bon livre, n'est-ce pas ? demanda sa fille.

– Je t'aime tant, Franca », dit Nedra.

De tous les amours, c'était le plus vrai, le meilleur. L'autre, cet amour somptueux qui vous grisait, qu'on désirait, enviait, auquel on croyait, ce n'était pas la vie. C'était ce à quoi la vie aspirait ; une suspension de la vie. Mais être proche d'un enfant auquel on donne tout, qu'on protège, qu'on nourrit de sa propre substance, et avoir cet enfant paisiblement auprès de soi, c'était la seule, la véritable joie, la joie la plus profonde. On apercevait, pieds nus sur le rivage au murmure étouffé, se touchant parfois, hanche contre hanche, dans la pénombre des voitures, dans les magasins, des couples obsédés l'un par l'autre, emplis, repus, débordants de la satisfaction de se posséder. Elle les voyait, ils passaient devant elle, aussi fades que peuvent paraître à un pèlerin des âmes ordinaires. Ils ne l'intéressaient absolument pas. Ils étaient flasques, translucides comme des pétales. Leur heure n'était pas encore venue. Elle avait perdu une conviction qu'elle avait crue éternelle : la saveur, l'exaltation des jours illuminés par l'amour étaient tout. « C'est une illusion », disait-elle.

Son esprit se tournait vers le passé avec beaucoup d'indulgence, d'affection. Il y avait des choses qu'elle avait presque oubliées, qu'elle n'avait jamais racontées à personne. Elles lui revenaient à l'improviste, peut-être pour la dernière fois.

« Ton grand-père, c'est-à-dire mon père, était dans la marine, le savais-tu ? Il était le champion de boxe de son navire. Il nous parlait parfois de ses exploits. Je me rappelle que lorsque j'étais petite, il nous mimait la scène. Il levait les poings, comme ça. L'amiral et tout l'équipage étaient là. Et, de l'autre côté du ring, le visage luisant et la bouche pleine de couronnes en or, se dressait le Cubain…

— Tu ne m'avais jamais raconté ça.

— J'adorais ces histoires. Je crois qu'il aurait voulu un garçon. Quand j'ai eu douze ans et qu'il devenait clair que j'étais une fille, il a renoncé à cette idée. C'était un homme difficile, renfermé. Et tu sais, j'ai appris par hasard une chose très étrange. La mère d'Ève et la mienne sont enterrées dans le même petit cimetière au Maryland. C'est un minuscule patelin, à la campagne. Ma mère était originaire de cet endroit. Elle a rencontré mon père à un pique-nique. Il y a si longtemps de ça. Et maintenant, ils sont morts. Mes grands-parents maternels étaient commerçants. Ils venaient de Virginie. Ma mère avait deux sœurs et un frère, mais celui-ci est mort très jeune. C'était le préféré. Il s'appelait Waddy.

— Dommage que je n'aie pas connu ta mère.

— Elle avait de très belles mains. Je crois qu'elle regrettait son Maryland. Elle avait une santé délicate.

— Quel était son nom de jeune fille, déjà ?

— McRae.

— Ah oui, McRae.

— Et aucun membre de cette famille n'avait le moindre sou. C'est ça qui est triste. Ils étaient honnêtes, oui, mais tu ne peux pas léguer l'honorabilité.

— J'ai donc du sang écossais, dit Franca.

— Surtout russe, je pense. Tu ressembles beaucoup à ton père.

— Tu crois ?

— Oui, et c'est très bien ainsi.

— Pourquoi ?

— Laisse-moi te regarder. Eh bien, parce qu'il y a quelque chose de mystérieux ici. » Nedra toucha la joue de sa fille. « Oui, de mystérieux et de divin. »

Franca prit la main de sa mère et l'embrassa.

« Maman… », commença-t-elle. Elle était au bord des larmes.

« Je suis si contente que tu aies pu venir cette année, dit Nedra. J'ai l'impression que nous ne retournerons plus ici. Il faudra que nous trouvions un autre endroit. Nous devrions vraiment sortir dîner une ou deux fois. Catherine m'a dit qu'il y avait un restaurant grec correct dans le coin. Il est tenu par deux frères. On y sert de la *moussaka*. J'en ai mangé à Londres. Il y a un merveilleux restaurant grec là-bas. Nous irons ensemble, un de ces jours.

– Oui. »

Nedra caressait les cheveux de sa fille.

« J'aimerais bien », dit Franca.

10

Elle mourut comme son père, brusquement, à l'automne. C'était comme si elle quittait un concert au milieu d'un de ses morceaux préférés, comme si elle abandonnait tout, une heure avant l'aube. Du moins, à ce qu'il sembla. Elle aimait l'automne, elle s'accordait avec ces journées bleues, parfaites, où le soleil de midi brûlait comme la côte africaine, aux nuits froides, immenses, claires. C'était comme si, souriante et pressée, elle partait dans un pays, une chambre, un soir plus beaux que les nôtres.

Elle mourut comme son père. Elle tomba malade. Des douleurs abdominales. Pendant quelque temps, les médecins furent incapables de faire un diagnostic. Les radios, les nombreuses analyses de sang ne révélaient rien.

Les feuilles étaient tombées en une seule nuit. La prodigieuse arcade d'arbres du village les perdait très vite, elles descendaient comme la pluie, formant des sortes de rigoles le long de la route mélancolique. À la saison nouvelle, ces grands arbres reverdiraient. On couperait leurs branches mortes, les autres se ranimeraient, s'étofferaient. Outre leur beauté, la voûte qu'ils formaient sous le ciel, leur murmure, leurs sons hésitants, inarticulés, les richesses qu'ils répandaient, outre tout cela, ils donneraient la mesure de toute chose, une mesure honnête, sage, rassurante. Nous ne vivons pas aussi longtemps, nous n'en savons pas autant.

Ils s'étaient dépouillés de leurs feuilles comme s'ils prenaient le deuil, comme s'ils pleuraient une reine de la forêt.

Parmi les quelques personnes qui assistaient à l'enterrement, Franca se tenait seule. Elle n'avait pas de mari. Son visage et ses mains paraissaient nus, comme lavés à grande eau. Elle était pâle, céleste, elle ressemblait à la morte, mais elle était plus belle, beaucoup plus belle que sa mère avait jamais pu l'être. Le présent est puissant. Les souvenirs s'effacent.

Danny était venue avec ses enfants, deux petites filles de deux et quatre ans qui avaient à peine connu leur grand-mère. Leur grand-mère ! Cela semblait incroyable. Elles avaient des traits purs et un caractère égal, bien que l'aînée se fût mise à parler très fort pendant l'office. Deux filles, une de chaque côté, qui tout en l'ignorant encore verraient le siècle suivant, le millénaire. Peut-être liraient-elles à haute voix comme Viri l'avait fait en ces longues soirées d'hiver, en ces étés oisifs où, dans une maison au bord de la mer, la famille qu'il avait fondée semblait devoir exister à jamais. Elles seraient sûrement passionnées, grandes ; un jour, elles offriraient à leurs enfants – rien ne le garantit, nous ne pouvons que l'imaginer – de merveilleux anniversaires, d'énormes gâteaux hérissés de bougies, des concours, des devinettes, un nombre restreint d'invités, six ou huit, une pièce donnant sur le jardin ; de loin, on entend leurs rires, les portes s'ouvrent soudain, elles se précipitent dehors dans le long et tiède après-midi.

Il y avait tant de questions qu'on aurait voulu lui poser. Les réponses avaient disparu. C'était dans le petit cimetière situé sur la route, près de la maison des Daro, qu'elles auraient aimé l'enterrer. Nedra en avait peut-être elle-même exprimé le désir un soir où elle avait bu, mais cela ne put se faire. Nedra, elle, aurait peut-être obtenu gain de cause, mais Franca essaya en vain. Il n'y avait que très peu de concessions, lui dit-on ; c'était un conseil d'administration qui en décidait ; la famille habitait-elle la ville ? Plus il devenait difficile de la faire accepter dans ce cimetière, plus cela lui semblait nécessaire. Elles voulaient que Nedra fût séparée des morts ordinaires. Elles refusaient l'égalité ; Nedra n'y avait jamais cru un seul instant.

Ève se tenait près d'elles. Les poignets osseux qui dépassaient de ses manches la faisaient paraître décharnée. Ses doigts minces et ses longues mains semblaient appartenir à une fermière ruinée. Son manteau était en tissu, son chapeau, en paille noire. Comme d'habitude, elle avait à la fois quelque chose de vulgaire et d'excitant. C'était le genre de femme capable de vous dire tranquillement : « Qu'en savez-vous en réalité ? » et, sur son visage, on voyait que c'était vrai – comparé à elle, on ne savait rien. Elle se tenait là, impassible. Lorsqu'on descendit le cercueil, elle sembla soudain prise d'une quinte de toux ; elle baissa la tête comme si elle suffoquait. Ses joues étaient inondées de larmes.

« Tu as de très beaux enfants, Danny », dit-elle quand ce fut terminé.

On lui présenta les filles. Elle ôta une bague de son doigt, un bracelet de son poignet et les leur tendit. « Tenez. Je ne vous ai rien donné pour votre baptême. Mais peut-être n'avez-vous jamais été baptisées ?

– Non, en effet, répondit Danny.

– Ça ne fait rien. Je voulais vous offrir quelque chose. C'est une très jolie bague, dit-elle à l'aînée. Tu ne la perdras pas, n'est-ce pas ? Il fut un temps où j'aurais fait n'importe quoi pour l'avoir. »

Artis, la cadette, avait laissé tomber le bracelet. Danny le ramassa. « Tiens-le bien fort, ordonna-t-elle.

– C'est de l'or ancien », précisa Ève.

Il y eut une petite réception chez Catherine Daro. Elles dirent au revoir à tout le monde, acceptèrent les murmures de condoléances, s'attardèrent encore un peu, puis repartirent en ville dans une voiture de location. Les petites filles dormaient. Le soleil paraissait très chaud. Il n'y eut rien à dire, au début. Elles traversèrent la campagne vide en silence, la dernière et inhabituelle chaleur de l'année gagnait leurs bras, puis leurs genoux.

« Voilà le magasin en forme de canard, dit Franca. Tu te souviens ? »

Elles le virent devant elles, au début d'un virage : une forme ronde, un peu rudimentaire, avec une porte ménagée dans ce qui était censé être la poitrine de l'oiseau. Le souvenir d'un enthousiasme d'enfant. Combien de fois étaient-elles passées devant au crépuscule, au moment où un flot de lumière se déversait par l'entrée !

« Papa le détestait, dit Danny.

– Tu te souviens ?

– C'est parce qu'il nous plaisait tellement, à nous. Nous voulions vivre dans une maison qui aurait eu la forme d'une énorme poule. Moi, j'allais avoir une chambre dans son bec. D'accord, avait-il dit. Mais il faut qu'elle soit couverte de vraies plumes, insistions-nous. Puis nous nous mettions à crier. Nous hurlions, chacune essayant de couvrir la voix de l'autre. »

Franca hocha la tête. « Pourquoi on ne le ferait pas maintenant ? murmura-t-elle.

– Parce qu'on ne fait plus semblant.

– C'est vrai. »

Ève était assise dans son coin, silencieuse. Des larmes coulaient sur ses joues plates.

La voiture aux vitres teintées filait sur les autoroutes entre des étendues de terre nue, en friche, des étalages de fruits signalés par des pancartes peintes à la main, des maisons ordinaires. Une heure plus tard, dans la chaleur persistante de l'après-midi, elle arrivait dans la forêt d'immeubles, d'appartements, de magasins, fonçant dans les rues parsemées d'ordures, vers le centre de la vie, le cœur de l'essaim.

Viri revint par une chaude journée de printemps. Il arriva de New York en voiture. L'air calme et silencieux, la lumière le remplirent d'une sorte d'angoisse : il avait peur d'affronter des souvenirs trop forts pour lui. Il s'arrêta sur les falaises et resta là à regarder. La hauteur du promontoire lui donna un curieux vertige. Il baissa les yeux. Au pied des parois verticales, à plusieurs mètres au-dessous de lui, gisaient des blocs glaciaires. Le grand fleuve souillé brillait au soleil. Sur l'autre rive, une interminable succession de maisons ; il percevait presque l'odeur de leurs pièces, une odeur de cuisine, de literie, de tapis. Les radios étaient mises en sourdine, les chiens dormaient dans des flaques de soleil. Il s'était coupé de tout cela ; il contemplait le paysage avec une sorte d'indifférence, voire de haine. Mais pourquoi aurait-il été ulcéré par des choses qu'il avait rejetées ? Pourquoi même leur accorderait-il son dédain ?

Il regarda encore une fois en bas tandis que ses pensées se déversaient avec lenteur. L'idée de tomber le terrifiait ; pourtant, il lui sembla alors que tout son passé, toute sa vie n'avait pas duré davantage que le temps qu'il lui faudrait pour traverser l'air.

Quand il repartit, il n'aperçut que deux autres voitures garées près de la sienne. Elles étaient vides. Aucune trace de leurs occupants. Il avait peur de rencontrer quelqu'un et même de croiser un étranger qui lui sourirait. Les poubelles étaient vides, le kiosque était fermé. Tout ce qui n'avait pas changé le bouleversa : une station-service avec ses constructions en bois, le lieu où ils avaient vécu. Son esprit s'engourdit. Il essaya de ne pas penser à ces choses, de ne pas les voir. Tout évoquait les jours qui avaient continué de passer, les vies comblées. La sienne était faite d'errance, de désespoir.

Il s'enfonça dans le bois verdissant, derrière sa maison. Il la voyait par instants à travers les arbres ; elle était silencieuse, étrange. Les feuilles autour de lui étaient pâles, illuminées par le soleil. Des plantes grimpantes s'accrochaient à ses picds.

Il portait un costume gris acheté à Rome. Il marchait lentement. Ses semelles s'imbibèrent d'humidité. Les arbres, devenus immenses, avaient perdu leurs branches inférieures ; mortes, elles étaient tombées tandis que la cime cherchait la lumière. Mouillées, enterrées, elles se cassaient sous ses pieds. Il vit le drapeau fané d'un jalon d'arpenteur ; plus loin, le fort abandonné qu'avaient construit les enfants. À côté se trouvait un marteau rouillé, au manche vermoulu. À chaque pas, il faisait craquer des rameaux et des branches, détritus de plusieurs années. Il donna un coup de marteau, le manche se brisa. Dans le silence, des oiseaux s'appelaient. L'air était empli de moucherons. Tout en haut, dans la lointaine lumière du soleil, le rugissement d'avions en route pour l'Europe.

Le fort s'était écroulé, les enfants étaient parties. Elles s'étaient cachées dans ce bois, s'étaient allongées parmi les petites fleurs sauvages. Ici, Hadji s'était roulé, baigné dans la neige, il avait gigoté, couché sur le dos – cette bête odorante aux yeux couleur café, à la gueule souriante. Ces après-midi qui devaient durer toujours avaient pris fin. Lui, remarié. Ses filles, au loin.

Un vieil homme dans les bois. Ses pensées se projetèrent aussi vite dans l'avenir qu'elles s'étaient tournées vers le passé. Il avança à pas lents, circonspects, le regard rivé au sol. Soudain, il aperçut une forme bombée, miraculeuse. Il s'arrêta, stupéfait. Comment pouvait-elle avoir échappé aux voitures, aux yeux perçants des enfants, des chiens ? Elle y était pourtant parvenue. C'était la tortue. Elle ne l'avait pas vu. Elle poursuivit son chemin en faisant bruisser les feuilles. Il se pencha pour la ramasser. La gueule reptilienne, impassible, empreinte de sagesse, n'exprimait rien ; l'œil pâle, limpide comme une perle, semblait vouloir regarder ailleurs. De ses pattes recourbées, la bête lui frappait les doigts, mais en vain. Finalement, elle se retira dans sa carapace, sur laquelle, pareilles à l'inscription à moitié effacée d'un écriteau, étaient gravées des initiales. C'est à peine s'il put les déchiffrer. Il mouilla son index et le passa dessus ; comme par enchantement, elles devinrent lisibles. À contrecœur, il reposa la tortue et l'observa un moment. Elle ne bougeait pas.

On eût dit que le bois respirait, qu'il l'avait reconnu, accueilli en son sein. Il perçut un changement. Il se sentit ému, profondément reconnaissant. Son sang tourbillonna, bourdonnant dans sa tête.

Il se dirige vers le fleuve à pas prudents. Son costume est trop épais, trop serré. Il atteint l'eau. L'embarcadère abandonné avec sa peinture qui s'écaille, ses planches pourries, ses pilotis couverts de mousse. Ici, au bord du vaste fleuve noir, ici, sur la rive.

Cela n'a été qu'un rêve. Une longue journée, un interminable après-midi, des amis s'en vont, nous restons sur la berge.

Oui, songea-t-il, je suis prêt, je l'ai toujours été, je le suis enfin.

RÉALISATION : IGS-CHARENTE-PHOTOGRAVURE À L'ISLE-D'ESPAGNAC

Cet ouvrage a été imprimé en France par
CPI Bussière
à Saint-Amand-Montrond (Cher)
en novembre 2010.
N° d'édition : 98549-6. - N° d'impression : 101561.
Dépôt légal : octobre 2008.

Collection Points

DERNIERS TITRES PARUS